UNA HERENCIA EN JUEGO

JENNIFER LYNN BARNES

Traducción de
Martina Garcia Serra

MOLINO

Papel certificado por el Forest Stewardship Council®

Título original: *The Inheritance Games (Book 1)*

Primera edición: marzo de 2022
Novena reimpresión: febrero de 2024

Publicado por acuerdo con International Editors'Co.
y Curtis Brown, Ltd.

© 2020, Jennifer Lynn Barnes
La autora hace valer sus derechos morales.
© 2022, Penguin Random House Grupo Editorial, S. A. U.
Travessera de Gràcia, 47-49. 08021 Barcelona
© 2022, Martina Garcia Serra, por la traducción

Penguin Random House Grupo Editorial apoya la protección del *copyright*.
El *copyright* estimula la creatividad, defiende la diversidad en el ámbito de las ideas y el conocimiento,
promueve la libre expresión y favorece una cultura viva. Gracias por comprar una edición autorizada
de este libro y por respetar las leyes del *copyright* al no reproducir, escanear ni distribuir ninguna
parte de esta obra por ningún medio sin permiso. Al hacerlo está respaldando a los autores
y permitiendo que PRHGE continúe publicando libros para todos los lectores.
Diríjase a CEDRO (Centro Español de Derechos Reprográficos, http://www.cedro.org)
si necesita fotocopiar o escanear algún fragmento de esta obra.

Printed in Spain – Impreso en España

ISBN: 978-84-272-2362-2
Depósito legal: B-1.016-2022

Compuesto en Grafime, S. L.
Impreso en Romanyà Valls, S. A.
Capellades (Barcelona)

MO 23622

Para Samuel

CAPÍTULO 1

Cuando yo era pequeña mi madre no paraba de inventarse juegos. *El Juego de los mudos*. El juego *¿A quién le dura más la galleta?* Uno de los eternos favoritos era el *Juego de las nubecitas*, que consistía en comer nubes de azúcar llevando puestas dentro de casa las gruesas chaquetas de la beneficencia para, así, no tener que encender la calefacción. El juego de la linterna era para cuando saltaban los plomos y nos quedábamos sin luz. Mi madre y yo nunca íbamos andando a los sitios: íbamos echando carreras. El suelo casi siempre era lava. Y la función principal de las almohadas no era otra que construir fuertes.

El juego que nos duró más tiempo se llamaba *Tengo un secreto*, porque mi madre decía que todo el mundo debería tener siempre al menos uno. Algunos días adivinaba el mío; otros no lo conseguía. Jugamos cada semana hasta que cumplí los quince años y uno de sus secretos la llevó al hospital.

Para cuando me quise dar cuenta, ya se había ido.

—Te toca, princesa. Una voz áspera me arrastró de vuelta a la realidad—. No tengo todo el día.

—Nada de princesa —repliqué al tiempo que avanzaba uno de mis caballos—. Te toca, viejo.

Harry me miró con mala cara. En realidad, yo no sabía qué edad tenía ni tampoco cómo había acabado siendo un sin techo y viviendo en el parque donde jugábamos al ajedrez cada mañana. Lo que sí sabía era que era un oponente formidable.

—Tú... —gruñó, escrutando el tablero—. Eres una persona horrible.

Al cabo de tres movimientos ya lo tenía.

—Jaque mate. Ya sabes lo que significa, Harry.

Me lanzó una mirada asesina y replicó:

—Que tengo que dejar que me invites a desayunar.

Aquellas eran las condiciones de nuestra antigua apuesta. Si ganaba yo, él no podía negarse a que le comprara algo de comer.

A mi favor diré que solo me regodeaba un poco.

—Qué bien sienta ser reina, oye.

Llegué al instituto a tiempo, pero por los pelos. Tenía la costumbre de apurar. Hacía lo mismo con las notas: ¿cuál era el mínimo esfuerzo que podía dedicarle y aun así sacar un sobresaliente? No es que fuera vaga; era práctica. Aceptar un turno extra en el trabajo merecía sacrificar un 9,8 por un 9,2.

Estaba concentrada en el borrador de un trabajo de inglés a media clase de castellano cuando me llamaron de dirección. Se supone que las chicas como yo tenemos que ser invisibles. No nos llaman para que nos presentemos ante el director. Causábamos exactamente tantos problemas como nos podíamos permitir, lo cual, en mi caso, significaba absolutamente ninguno.

—Avery. —El saludo del director Altman no fue precisamente cálido—. Siéntate.

Me senté.

El director colocó las manos encima de la mesa que nos separaba.

—Supongo que sabes por qué estás aquí.

A no ser que se tratara de las partidas de póquer semanales que había organizado en el aparcamiento para financiar los desayunos de Harry —y a veces también los míos—, no tenía ni idea de lo que había hecho para llamar la atención del director.

—Lo siento —respondí, intentando sonar más bien dócil—, pero no.

El director Altman me dejó reflexionar la respuesta un instante y luego me colocó delante unos papeles grapados.

—Este es el examen de física que hiciste ayer.

—Vale —dije.

No era la respuesta que él esperaba, pero era todo lo que podía decirle. Por una vez había estudiado de verdad. No podía creer que me hubiera ido tan mal como para requerir una intervención del director.

—El señor Yates ha corregido los exámenes, Avery. El tuyo es el único que ha puntuado con un diez.

—Genial —repuse, haciendo un esfuerzo deliberado para no volver a decir «vale».

—Genial no, señorita. El señor Yates siempre plantea los exámenes para poner a prueba las habilidades de sus alumnos. En veinte años jamás ha puesto un diez. ¿Ves el problema?

No pude reprimir mi respuesta, me salió de dentro:

—¿Un profesor que prepara exámenes que la mayoría de sus alumnos no pueden aprobar?

El director Altman entornó los ojos.

—Eres buena estudiante, Avery. Bastante buena, dadas tus circunstancias. Pero no es habitual en ti ser la mejor de la clase.

El hombre tenía razón. ¿Por qué, entonces, aquello me sentó como un puñetazo en el estómago?

—No es que no empatice con tu situación —prosiguió el director—, pero ahora necesito que seas sincera conmigo. —Me miró fijamente a los ojos—. ¿Sabías que el señor Yates guarda copias de todos sus exámenes en la nube?

El director creía que yo había hecho trampas. Lo tenía delante, mirándome, y jamás me había sentido más invisible.

—Me gustaría ayudarte, Avery. Te las has arreglado extraordinariamente bien, dadas las cartas que te ha repartido la vida. Me sabría muy mal que se echara a perder cualquier plan de futuro que puedas tener.

—¿Cualquier plan que pueda tener? —repetí. Si me apellidara de otra manera, si tuviera un padre que fuera dentista y una madre ama de casa, el director no habría hecho como si el futuro fuera algo en lo que yo, tal vez, hubiera podido pensar—. Estoy en el penúltimo curso —dije apretando los dientes—. Me graduaré el año que viene con al menos lo que serían dos semestres de créditos universitarios. Mis notas tendrían que valerme para ser candidata a una beca de la Universidad de Connecticut, que tiene uno de los mejores programas de ciencia actuarial del país.

El director Altman frunció el ceño.

—¿Ciencia actuarial?

—Evaluación de riesgos estadísticos.

Era lo que más se acercaba a hacer un doble grado en póquer y matemáticas. Además, era una de las carreras con mayor tasa de empleo del planeta.

—¿Se le dan a usted bien los riesgos calculados?

«¿Como hacer trampas, quizá?», pensé. No podía permitirme enfadarme todavía más, así que me imaginé a mí misma jugando al ajedrez. Desplegué mentalmente los movimientos. Las chicas como yo no pueden permitirse explotar.

—No hice trampas —afirmé con calma—. Estudié.

Había sacado tiempo de debajo de las piedras: durante otras clases, entre turnos en el trabajo, yéndome a dormir mucho más tarde de lo que debería... Saber que el señor Yates era archiconocido por hacer exámenes imposibles me llevó a querer redefinir el significado de «posible». Por una vez, en lugar de ver lo mucho que podía apurar, quise comprobar lo lejos que podía llegar.

Y eso era lo que había conseguido por haberme esforzado, porque las chicas como yo no sacan dieces en exámenes imposibles.

—Repetiré el examen —dije, intentando que la voz no delatara que estaba furiosa o, peor, herida—. Y volveré a sacar un diez.

—¿Y qué me diría si le contara que el señor Yates ha preparado otro examen? Todas las preguntas son distintas y tan difíciles como las del primero.

Ni siquiera dudé un instante.

—Lo haré igual.

—Podría hacerlo mañana a tercera hora, pero debo advertirle que todo esto le iría mucho mejor si...

—Ahora.

El director Altman me miró de hito en hito.

—¿Cómo?

Se había acabado lo de parecer dócil. Se había acabado lo de ser invisible.

—Quiero hacer el examen aquí mismo, en su despacho, ahora mismo.

CAPÍTULO 2

—¿Un día duro? —preguntó Libby.

Mi hermana era siete años mayor que yo y demasiado empática para su desgracia... o la mía.

—Estoy bien —respondí. Contarle mi excursión al despacho de Altman no habría hecho más que preocuparla, y hasta que el señor Yates corrigiera mi segundo examen nadie podía hacer nada. Cambié de tema—. Me han dado buenas propinas esta tarde.

—¿Cómo de buenas?

El estilo de Libby residía en un punto intermedio entre lo punk y lo gótico; pero, respecto a su personalidad, mi hermana era la eterna optimista que creía que una propina de cien dólares estaba a la vuelta de la esquina en una cafetería de mala muerte donde la mayoría de los platos costaban 6,99 $.

Le puse un fajo de billetes de un dólar en la mano.

—Lo bastante buenas para ayudarte a pagar el alquiler.

Libby intentó devolverme el dinero, pero me aparté de ella antes de que pudiera hacerlo.

—Te tiraré el dinero encima —me advirtió muy seria.

Me encogí de hombros.

—Lo esquivaré.

—¡Eres imposible! —Libby se guardó el dinero a regañadientes, sacó de la nada un tarro de magdalenas y me fulminó con la mirada—. Aceptarás al menos esta magdalena para compensarme, ¿no?

—Sí, señora. —Hice ademán de tomar la magdalena que me ofrecía y entonces me di cuenta de que, detrás de ella, en la encimera, había mucho más que magdalenas. También había pastelitos. Sentí un retortijón en el estómago—. Oh, no, Lib...

—No es lo que piensas —prometió Libby.

Hacía pastelitos cuando quería disculparse. Hacía pastelitos cuando se sentía culpable. Hacía pastelitos como si quisiera decir «Por favor, no te enfades conmigo».

—¿No es lo que pienso? —repetí en voz baja—. Entonces, ¿no vuelve a mudarse aquí?

—Esta vez será diferente —aseguró Libby—. ¡Y los pastelitos son de chocolate!

Mis favoritos.

—Nunca va a ser distinto —dije.

Aunque de haber sido capaz de hacérselo entender, ya lo habría conseguido hacía tiempo.

Justo entonces entró tranquilamente el novio intermitente de Libby, que tenía especial afición por pegar puñetazos a las paredes en lugar de a Libby y luego vanagloriarse por ello. Cogió un pastelito de la encimera y me repasó con la mirada.

—Hola, preciosa —dijo con una sonrisa lasciva.

—Drake —advirtió Libby.

—Es broma. —Drake sonrió—. Sabes de sobra que es broma, Libbita. Tú y tu hermana tenéis que aprender a aceptar las bromas.

No llevaba ahí ni un minuto y ya nos estaba convirtiendo a nosotras en el problema.

—Esto no es sano —le dije a Libby.

Drake no había querido que Libby me acogiera, y nunca había dejado de castigarla por haberlo hecho.

—Esta no es tu casa —rebatió Drake.

—Avery es mi hermana —insistió Libby.

—Medio hermana —corrigió Drake, y luego volvió a sonreír—. Era broma.

Pero no era broma, aunque tampoco era mentira. Libby y yo compartíamos un padre ausente, pero teníamos madres distintas. De niñas solo nos veíamos un par de veces al año. Nadie esperaba que aceptara mi custodia dos años atrás. Era joven y apenas podía mantenerse. Pero era Libby. Querer a la gente era lo suyo.

—Si Drake vive aquí —le dije en voz baja—, yo me voy.

Libby cogió un pastelito y lo acunó entre las manos.

—Hago todo lo que puedo, Avery.

Mi hermana tenía la necesidad crónica de complacer a todo el mundo. Y Drake disfrutaba poniéndola en un dilema; me usaba para herir a Libby.

No podía quedarme allí a esperar el día que se cansara de pegar puñetazos a las paredes.

—Si me necesitas —le dije a Libby—, estaré viviendo en el coche.

CAPÍTULO 3

Mi viejo Pontiac era una verdadera carraca, pero al menos le funcionaba la calefacción. Normalmente. Aparqué en la parte de atrás de la cafetería, donde no me veía nadie. Libby me escribió, pero no encontré fuerzas para contestarle, de modo que me quedé mirando el móvil sin hacer nada. La pantalla estaba resquebrajada. Mi plan de datos era prácticamente inexistente, de modo que no podía conectarme a internet, pero al menos tenía mensajes ilimitados.

Aparte de Libby, había una única persona en mi vida a quien valiera la pena mandar mensajes de texto. El mensaje que le escribí a Max fue corto y conciso: «Quien-tú-sabes ha vuelto».

No obtuve una respuesta inmediata. Los padres de Max eran incondicionales de pasar el rato «libres de móviles» y se lo confiscaban a menudo. También eran archiconocidos por leerle los mensajes de vez en cuando, por eso no había mencionado el nombre de Drake y no pensaba escribir ni una sola palabra acerca de dónde iba a pasar la noche. Ni la familia Liu ni la trabajadora social que llevaba mi caso tenían necesidad alguna de saber que yo no estaba donde tenía que estar.

Dejé el móvil y miré la mochila que había dejado en el asiento del copiloto; sin embargo, decidí que los deberes que me quedaban por hacer podían esperar al día siguiente. Recliné el asiento y cerré los ojos, pero no pude conciliar el sueño, de modo que abrí la guantera y saqué lo único de valor que me había dejado mi madre: un fajo de postales. Docenas de postales. Docenas de lugares adonde queríamos ir juntas.

Hawái. Nueva Zelanda. Machu Picchu. Observé fijamente cada una de las fotografías y empecé a imaginarme en cualquier lugar menos en el que estaba. Tokio. Bali. Grecia. No estaba segura de cuánto rato llevaba sumida en mis pensamientos cuando me sonó el móvil. Lo cogí y me recibió la respuesta de Max a mi mensaje sobre Drake.

«Ese hijo de fruta. —Y luego, al cabo de un momento—: ¿Estás bien?».

Max se fue de la ciudad el verano antes de que empezáramos el instituto. En general nos comunicábamos por escrito y se negaba a escribir palabrotas por si acaso sus padres le leían los mensajes.

Así que acabó volviéndose muy creativa.

«Estoy bien», le contesté, y eso fue todo cuanto necesitó para desatar su justificada furia a mi favor.

«¡QUE SE VAYA A LA MIÉRCOLES! ¡¡¡COMO PILLE A ESE FRUTO LERDO, LE DOY UNA SOMANTA DE OSTRAS!!!»

Al cabo de un segundo escuché el tono de llamada.

—¿De verdad estás bien? —preguntó Max en cuanto descolgué.

Volví la mirada hacia las postales que tenía en el regazo y noté que se me formaba un nudo en la garganta. Acabaría el instituto. Solicitaría todas las becas que pudiera. Conseguiría un graduado con muchas salidas que me permitiera trabajar a distancia y me proporcionara un buen sueldo.

Y daría la vuelta al mundo.

Solté un largo y ahogado suspiro y luego respondí la pregunta de Max.

—Ya me conoces, Maxine. Siempre caigo de pie.

CAPÍTULO 4

Al día siguiente pagué el precio de haber dormido en el coche. Me dolía todo el cuerpo y tuve que ducharme después de educación física, porque los papeles para secarse las manos que había en el baño de la cafetería daban para lo que daban. No tuve tiempo de secarme el pelo, así que llegué chorreando a la clase siguiente. No estaba para echar cohetes, pero había ido a clase con la misma gente toda la vida. Yo era como el papel pintado.

Nadie me miraba.

—*Romeo y Julieta* está repleta de proverbios, pequeñas perlas de sabiduría que definen cómo funcionan el mundo y la naturaleza humana. —Mi profesora de inglés era joven y vehemente, y no me cabía ninguna duda de que se había tomado más cafés de la cuenta—. Pero alejémonos de Shakespeare un momento. ¿Quién sabría darme un ejemplo de frase hecha actual?

«A buena hambre no hay pan duro —pensé. Tenía una jaqueca horrible y el pelo seguía goteándome por la espalda—. La necesidad agudiza el ingenio. Si los caballos fueran deseos, los mendigos serían jinetes».

La puerta de la clase se abrió de pronto. Una ayudante del director esperó que la profesora la mirara y luego anunció lo bastante fuerte para que la oyera toda la clase:

—Avery Grambs tiene que ir a dirección.

Deduje que aquello significaba que alguien había corregido mi examen.

No era lo bastante ingenua como para esperar una disculpa, pero tampoco esperaba que el director Altman aguardara mi llegada junto al escritorio de su secretaria, radiante como si acabara de recibir la visita del papa de Roma.

—¡Avery!

Aquello disparó mis alarmas. Nadie estaba nunca tan contento de verme.

—Por aquí, vamos.

Abrió la puerta de su despacho y atisbé una coleta azul neón que conocía muy bien.

—¿Libby? —pregunté.

Llevaba el pijama sanitario con estampado de calaveras y no iba maquillada, lo cual me indicó que venía directa del trabajo. En mitad del turno. Las celadoras de las residencias de ancianos no podían irse sin más a medio turno.

A no ser que hubiera sucedido algo malo.

—¿Papá está...? —No tuve fuerzas para acabar la frase.

—Su padre está bien.

La voz que pronunció dicha afirmación no pertenecía a Libby ni tampoco al director Altman. Giré la cabeza como un resorte y miré detrás de mi hermana. La silla que había detrás del escritorio del director estaba ocupada por un chico no mucho mayor que yo. «¿Qué está pasando aquí?», me pregunté.

El chico vestía traje. Y parecía una de esas personas que llevan un séquito consigo.

—Ayer mismo —prosiguió con una voz grave y profunda que sonaba precisa, calculada—, Ricky Grambs estaba vivo, sano, y perdió el conocimiento sin percance alguno en un motel de Míchigan, a una hora a las afueras de Detroit.

Intenté no quedarme mirándolo embobada, y fracasé. Pelo rubio, ojos claros, rasgos lo bastante afilados como para cortar rocas.

—¿Y tú cómo lo sabes? —espeté.

Ni siquiera yo sabía dónde estaba el gandul de mi padre. ¿Cómo podía saberlo él?

El chico del traje no respondió a mi pregunta, sino que enarcó una ceja.

—Director Altman —dijo—. ¿Podría dejarnos a solas un instante?

El director abrió la boca, sin duda para objetar que lo echaran de su propio despacho, pero el chico enarcó todavía más la ceja.

—Creía que teníamos un trato.

Altman se aclaró la garganta.

—Desde luego.

Y, sin más, se volvió y salió por la puerta. La cerró detrás de sí y yo volví a observar fijamente al chico que acababa de echarlo.

—Me ha preguntado cómo sé dónde está su padre. —Sus ojos eran del mismo color que su traje: gris, casi plateados—. Sería mejor si de momento diera usted por hecho que lo sé todo.

Habría sido agradable escuchar su voz de no ser por las palabras que pronunciaba.

—Un chico que cree que lo sabe todo —murmuré—. Menuda sorpresa.

—Una chica de lengua afilada —replicó él, con sus ojos argénteos fijos en los míos y las comisuras de los labios ligeramente curvadas hacia arriba.

—¿Quién eres? —pregunté—. ¿Y qué quieres?

«De mí —añadió algo en mi interior—. ¿Qué quieres de mí?».

—Lo único que quiero —respondió— es entregar un mensaje. —Por razones que no pude precisar, el corazón me empezó a latir más rápido—. Un mensaje que, según parece, es bastante difícil de hacer llegar por los medios tradicionales.

—Lo mismo eso es culpa mía —se ofreció Libby, avergonzada, a mi lado.

—¿El qué quizá es culpa tuya?

Me volví hacia ella, agradecida por la excusa de apartar la mirada de Ojos Grises y luchando contra la necesidad de girarme para observarlo de nuevo.

—Lo primero que tienes que saber —empezó a decir Libby, con toda la seriedad que puede imprimir a sus palabras una persona vestida con un pijama sanitario de calaveras— es que yo no tenía ni idea de que las cartas eran reales.

—¿Qué cartas? —inquirí.

Yo era la única persona de ese despacho que no sabía qué pasaba, y no podía sacudirme de encima la sensación de que no saber nada era un peligro, como estar de pie en las vías del tren sin saber de qué dirección iba a venir.

—Las cartas —contestó el chico del traje, y su voz me envolvió— que los abogados de mi abuelo llevan enviando a su residencia, por correo certificado, desde hace casi tres semanas.

—Creía que eran un timo —me dijo Libby.

—Les aseguro —replicó el chico con voz aterciopelada— que no lo son.

Yo no era lo bastante ingenua como para confiar lo más mínimo en las promesas de los chicos guapos.

—Permítanme empezar de nuevo. —Colocó una mano encima de la otra sobre la mesa que nos separaba, y con el pulgar derecho trazó círculos suavemente sobre el gemelo que llevaba en el puño de la manga izquierda—. Soy Grayson Hawthorne. Estoy aquí en representación de McNamara, Ortega & Jones, un bufete de abogados con sede en Dallas que representa el patrimonio de mi abuelo. —Grayson fijó en mí sus ojos claros—. Mi abuelo falleció a principios de este mes. —Hizo una pausa cargada—. Se llamaba Tobias Hawthorne. —Grayson estudió mi reacción (o, más bien, la ausencia de ella)—. ¿Le dice algo ese nombre?

Volví a tener la sensación de estar plantada en las vías del tren.

—No —respondí—. ¿Debería?

—Mi abuelo era un hombre muy rico, señora Grambs. Y parece que, junto a nuestra familia y ciertas personas que trabajaron para él durante años, usted figura en su testamento.

Oí las palabras, pero no pude procesarlas.

—¿En su qué?

—Su testamento —repitió Grayson, y una leve sonrisa se apoderó de sus labios—. No sé qué le ha legado exactamente, pero se requiere su presencia para la lectura del testamento y las últimas voluntades. Llevamos semanas posponiéndola.

Yo era una persona inteligente, pero por mí como si Grayson Hawthorne hubiera hablado en sueco, porque no entendí ni jota.

—¿Por qué tu abuelo iba a dejarme nada a mí? —pregunté.

Grayson se puso de pie.

—Bueno, esa es la pregunta del millón, ¿no?

Salió de detrás del escritorio y, de pronto, supe exactamente de qué dirección venía el tren.

De la suya.

—Me he tomado la libertad de encargarme en su lugar de los preparativos para el viaje.

Aquello no era una invitación. Aquello era un emplazamiento.

—¿Qué te hace pensar que…? —empecé a decir, pero Libby me interrumpió.

—¡Genial! —exclamó, fulminándome con la mirada.

Grayson esbozó una sonrisa de satisfacción.

—Les daré un instante.

Clavó los ojos en los míos tanto tiempo que me sentí incómoda. Luego, sin pronunciar otra palabra, salió tranquilamente por la puerta.

Libby y yo nos quedamos calladas cinco segundos largos después de que el chico se marchara.

—No te lo tomes a mal —me susurró por fin—, pero creo que ese chico podría ser Dios.

Me reí por lo bajo.

—Él se lo cree, eso seguro.

Era más fácil ignorar el efecto que había tenido el chico en mí ahora que se había ido. ¿Qué tipo de persona tenía una confianza tan absoluta en sí misma? Se veía en todos los detalles de su postura y en las palabras que empleaba, en cada interacción. Para ese tío el poder era un elemento tan real de la vida como la gravedad. El mundo se doblegaba ante la voluntad de Grayson Hawthorne. Lo que el dinero no podía conseguirle, probablemente lo hacían sus ojos.

—Empieza por el principio —le pedí a Libby—. Y no te dejes nada.

Jugueteó con las puntas negras como la tinta de su coleta azul.

—Hace un par de semanas empezamos a recibir esas cartas, iban dirigidas a ti y me ponían a mí en copia. Decían que habías heredado dinero y proporcionaban un número para que llamáramos. Pensé que eran un timo. Como esos correos electrónicos que dicen ser de un príncipe extranjero.

—¿Por qué ese tal Tobias Hawthorne, un hombre al que no conozco y al que jamás había oído mencionar, me ha nombrado en su testamento? —pregunté.

—No lo sé —repuso Libby—, pero eso —hizo un ademán hacia la puerta por la que se había ido Grayson— no es ningún timo. ¿Has visto cómo ha tratado al director Altman? ¿Qué crees que era el trato que ha mencionado? ¿Un soborno... o una amenaza?

«Ambas cosas», pensé. Me tragué esa respuesta, saqué el móvil y me conecté al wifi del instituto. Busqué por internet a Tobias Hawthorne y al cabo de un instante las dos leímos el titular de una noticia: «Renombrado filántropo muere a los 78 años».

—¿Sabes qué significa filántropo? —me preguntó Libby muy seria—. Significa rico.

—Significa que es una persona que dona dinero a obras benéficas —corregí.

—Rico, vamos. —Libby me miró de hito en hito—. ¿Y si la obra benéfica eres tú? No enviarían al nieto de ese tío a buscarte si solo te hubiera dejado unos pocos cientos de dólares. Seguro que hablamos de miles. Podrías viajar, Avery, o pagarte la universidad, o comprarte un coche mejor.

Noté que el corazón empezaba a latirme muy rápido de nuevo.

—¿Por qué me iba a dejar nada un completo desconocido? —insistí, conteniendo el impulso de soñar despierta aunque, fuera durante un segundo, porque si empezaba, no estaba segura de poder parar.

—¿Quizá conocía a tu madre? —preguntó Libby—. No lo sé, pero lo que sí sé es que tienes que ir a la lectura de ese testamento.

—No puedo irme como si nada —repliqué—. Y tú tampoco.

Ambas faltaríamos al trabajo. Yo tendría que saltarme las clases. Y aun así..., al menos un viaje alejaría a Libby de Drake, aunque fuera temporalmente.

«Y si todo esto es real...». Empezaba a hacerse difícil no pensar en las posibilidades.

—Mis turnos están cubiertos durante los próximos dos días —me informó Libby—. He hecho algunas llamadas, y los tuyos están cubiertos también. —Alargó la mano para coger la mía—. Venga, Ave. ¿No sería bonito hacer un viaje, tú y yo solas?

Me apretó la mano y, al cabo de un momento, le devolví el apretón.

—¿Dónde dices que se va a hacer la lectura del testamento?

—¡En Texas! —exclamó Libby con una sonrisa—. Y no solo nos han comprado los billetes, ¡los han reservado en primera clase!

CAPÍTULO 5

Nunca había ido en avión. Si miraba desde las alturas podía imaginarme viajando más allá de Texas. A París. A Bali. A Machu Picchu. Aquellos siempre habían sido sueños de «algún día».

Y, sin embargo, ahora...

A mi lado, Libby estaba en el cielo. Entre sorbitos de un cóctel que le habían servido gratis declaró:

—Toca foto. Acércate y enseña las nueces.

Al otro lado del pasillo, una señora le lanzó a Libby una mirada de reproche. No supe qué la ofendía más, si el pelo de Libby, la cazadora de camuflaje que se había puesto cuando se había quitado el pijama sanitario, la gargantilla con púas de metal que llevaba, el selfi que intentaba hacer o el volumen con que había exclamado «nueces».

Esbocé mi mejor expresión altiva, me incliné hacia mi hermana y levanté las nueces para que se vieran bien.

Libby me puso la cabeza en el hombro y echó la foto. Luego me acercó el móvil para enseñármela.

—Te la paso cuando aterricemos. —La sonrisa le falló un poco, solo un instante—. No la cuelgues, ¿vale?

«Drake no sabe dónde estás, ¿verdad?». Me mordí la lengua y no le dije que nadie podía reprocharle tener su propia vida. No quería discutir.

—Tranquila.

Tampoco suponía sacrificio alguno por mi parte. Tenía perfiles en las redes sociales, pero solo los usaba para poder mandarle mensajes privados a Max.

Y hablando de Max... Saqué el móvil. Había puesto el modo avión, lo que implicaba no poder enviar mensajes, pero en primera clase teníamos acceso gratuito al wifi, de modo que le escribí uno a Max para ponerla al día sobre todo lo que había ocurrido. Luego me pasé lo que quedaba de viaje leyendo como una posesa sobre Tobias Hawthorne.

Se había hecho rico gracias al petróleo y luego había diversificado. Basándome en que Grayson Hawthorne había dicho que su abuelo era un hombre «rico» y en el hecho de que los periódicos usaran la palabra «filántropo», me había figurado que se trataba de un millonario.

Me equivocaba.

Tobias Hawthorne no era solo rico o acomodado. No había términos educados para definir lo que era Tobias Hawthorne, aparte de introduce-aquí-el-improperio-que-más-te-guste y asquerosamente rico. Tenía miles de millones, ¡miles de millones, en plural! Era la novena persona más rica de Estados Unidos y el hombre más rico del estado de Texas.

Cuarenta y seis mil doscientos millones de dólares. Ese era su patrimonio neto. Respecto a los números, ni siquiera parecían reales. Al final, dejé de preguntarme por qué un señor a quien no había visto en mi vida me había dejado dinero, y empecé a preguntarme cuánto me habría dejado.

Max me contestó justo antes de aterrizar: «¿Te estás quedando conmigo, frutilla?».

Me reí. «No. Te juro que estoy en un avión para Texas ahora mismo. A punto de aterrizar».

La respuesta de Max fue simplemente: «La leche».

Una mujer de pelo negro que llevaba un traje blanco inmaculado se nos acercó a Libby y a mí en cuanto pasamos el control de seguridad.

—Señora Grambs. —Me miró y asintió con la cabeza, luego se volvió hacia Libby e hizo lo mismo mientras añadía otro saludo idéntico—: Señora Grambs. —Se volvió y dio por hecho que la seguiríamos. Me mortificó que ambas lo hiciéramos—. Soy Alisa Ortega —se presentó—, de McNamara, Ortega & Jones. —Hizo otra pausa, luego me miró de reojo—. Es usted una joven muy difícil de localizar.

Me encogí de hombros.

—Es que vivo en el coche.

—No vive en el coche —intervino enseguida Libby—. Dile que no es cierto.

—Estamos muy contentos de que haya podido venir. —Alisa Ortega de McNamara, Ortega & Jones no esperó que le respondiera nada. Tuve la sensación de que mi mitad de la conversación era indiferente—. Durante su estancia en Texas se pueden considerar invitadas de la familia Hawthorne. Yo seré su enlace con el bufete. Si necesitan cualquier cosa mientras están aquí, háganmelo saber.

«¿Es que los abogados no cobran por horas?», pensé. ¿Cuánto le iba a costar a la familia Hawthorne esa recogida? Ni siquiera consideré la opción de que esa mujer no fuera abogada. Parecía rozar la treintena. Conversar con ella me generó la misma sensación que hablar con Grayson Hawthorne. Aquella mujer era alguien.

—¿Puedo hacer algo por ustedes? —preguntó Alisa Ortega mientras se dirigía hacia una puerta automática.

Aunque pareció que la puerta no iba a abrirse a tiempo, Ortega no aflojó el paso ni un ápice. Esperé a responder hasta estar segura de que no iba a darse de bruces contra el cristal.

—¿Qué tal algo de información?

—Tendrá que ser más específica.

—¿Sabe qué pone en el testamento? —quise saber.

—No lo sé.

Señaló un sedán negro que estaba estacionado junto al bordillo. Abrió la puerta trasera para que yo pudiera subirme. Entré y Libby me siguió. Alisa se acomodó en el asiento del copiloto. El del conductor ya estaba ocupado. Intenté ver al chófer, pero no pude distinguir bien su rostro.

—Descubrirá usted lo que dice el testamento muy pronto —aseguró Alisa, con palabras tan claras e inmaculadas como el traje blanco, no-se-atreva-el-diablo-a-ensuciarlo, que vestía—. Como todos. La lectura está prevista para poco después de su llegada a la Casa Hawthorne.

No «la casa de los Hawthorne», sino, sencillamente, Casa Hawthorne. Como si de algún tipo de mansión inglesa se tratara, con nombre y todo.

—¿Es allí donde nos hospedaremos? —preguntó Libby—. ¿En la Casa Hawthorne?

Nuestros billetes de vuelta eran para el día siguiente. Llevábamos equipaje para una sola noche.

—Tendrán que escoger sus dormitorios —nos aseguró Alisa—. El señor Hawthorne compró el terreno donde se edificó la casa hace más de cincuenta años y pasó cada uno de esos años ampliando la maravilla arquitectónica que se construyó allí. He perdido la cuenta del número total de dormitorios que hay, pero ascienden a más de treinta. La Casa Hawthorne es... algo fuera de lo común.

Aquella fue toda la información que pudimos sacarle hasta el momento. Tenté a la suerte.

—Supongo que el señor Hawthorne también era algo fuera de lo común.

—Supone usted bien —repuso Alisa. Y se volvió para mirarme—. El señor Hawthorne apreciaba a las personas avispadas.

Una sensación sobrecogedora me embargó al escuchar sus palabras, casi como si fueran una premonición. «¿Por eso me escogió?», pensé.

—¿Lo conocía usted mucho? —preguntó Libby, a mi lado.

—Mi padre ha sido el abogado de Tobias Hawthorne desde antes de que yo naciera. —Ahora el tono de Alisa Ortega no era autoritario. Hablaba con voz dulce—. Pasé mucho tiempo en la Casa Hawthorne, de niña.

«Ese señor no era solo un cliente para ella», comprendí.

—¿Tiene idea de por qué estoy aquí? —quise saber—. ¿De por qué me ha dejado algo?

—¿Es usted de ese tipo de personas con complejo de salvar el mundo? —repuso Alisa, como si fuera una pregunta de lo más normal.

—¿No? —dudé.

—¿Alguien apellidado Hawthorne le ha destrozado la vida? —prosiguió Alisa.

Me la quedé mirando, anonadada, y luego me las arreglé para responder con más confianza que antes.

—No.

Alisa sonrió, pero el gesto no le llegó a los ojos.

—Qué afortunada.

CAPÍTULO 6

La Casa Hawthorne coronaba la colina. Inmensa. Extensísima. Parecía un castillo, más apropiado para la realeza que para un entorno ranchero. Había media docena de coches aparcados enfrente y una motocicleta tan hecha polvo que más bien estaba para que la desguazaran y la vendieran por piezas.

Alisa observó fijamente la moto.

—Parece que Nash ha vuelto a casa.

—¿Nash? —preguntó Libby.

—El mayor de los nietos Hawthorne —aclaró Alisa al tiempo que apartaba la mirada de la moto y la dirigía al castillo—. En total son cuatro.

«Cuatro nietos», pensé. No podía quitarme de la cabeza al Hawthorne que ya había conocido. Grayson. El traje hecho perfectamente a la medida. Los argénteos ojos grises. La arrogancia de su tono al decirme que diera por hecho que él lo sabía todo.

Alisa me miró como si me hubiera leído el pensamiento.

—Se lo digo por experiencia, hágame caso, ni se le ocurra enamorarse de un Hawthorne.

—Tranquila —le dije, tan molesta por su suposición como

por que hubiera podido leer en mi rostro siquiera un atisbo de lo que pensaba—. Guardo mi corazón bajo llave.

El vestíbulo en sí ya era más grande que muchas casas: tendría por lo menos unos cien metros cuadrados, como si a la persona que lo había construido le hubiera entrado el temor de que el recibidor también tuviera que hacer las veces de salón de baile. A cada lado del vestíbulo se alzaba una hilera de arcos de piedra, y el altísimo techo de la estancia era una talla de madera ricamente ornamentada. Al mirarlo sentí que me quedaba sin aire.

—Ya están aquí. —Una voz familiar devolvió mi atención a la tierra—. Justo a tiempo. Confío en que el vuelo haya ido bien.

Ese día, Grayson Hawthorne vestía un traje distinto. Esta vez era negro, igual que la camisa y la corbata.

—¡Tú! —Alisa lo recibió con una mirada gélida.

—¿Debo deducir que no me has perdonado por interferir? —preguntó Grayson.

—Tienes diecinueve años —replicó Alisa—. ¿Es que te vas a morir por actuar como tal?

—Igual sí. —Grayson le dedicó una sonrisa que mostraba los dientes—. De nada, por cierto. —Tardé un momento en entender que al decir «interferir», Grayson se refería a haber ido a buscarme—. Señoras —añadió—, ¿quieren darme los abrigos?

—No, gracias —contesté, sintiéndome contrariada; además, una capa extra entre mi piel y el resto del mundo no le haría daño a nadie.

—¿Y el suyo? —le preguntó Grayson a Libby en tono suave.

Todavía boquiabierta por el vestíbulo, Libby se quitó la chaqueta y se la tendió. Grayson cruzó uno de los arcos de piedra que daba a un pasillo, cuya pared estaba revestida por delicados paneles de madera. Colocó la mano en uno de ellos y empujó, giró la mano noventa grados, empujó el panel contiguo y entonces, en una sucesión demasiado rápida como para que yo pudiera identificarla, golpeó al menos dos más. Oí un leve estallido y apareció una puerta, que se separó del resto de la pared al abrirse de par en par.

—¿Qué me...? —empecé a decir.

Grayson alargó la mano y sacó una percha.

—Un armario para los abrigos.

Eso no era una explicación. Era una expresión, como si aquello fuera un armario para los abrigos normal y corriente que se pudiera encontrar en una casa normal y corriente.

Alisa decidió que era el momento idóneo para dejarnos en las capaces manos de Grayson y yo intenté encontrar una respuesta que no consistiera en quedarme allí plantada con la boca abierta como un pez. Grayson hizo ademán de cerrar el armario, pero un sonido proveniente de sus profundidades lo detuvo.

Oí un crujido y luego un estruendo. Entonces percibimos algo que se revolvía detrás de los abrigos y una figura emergió entre las sombras, se abrió paso entre las prendas colgadas y salió al vestíbulo. Era un chico, más o menos de mi edad o quizá algo más joven. Vestía traje, pero hasta allí llegaban las similitudes respecto a Grayson; el traje de ese chico estaba hecho un higo, como si se hubiera echado una siesta, o unas veinte, con él puesto. Llevaba la americana desabrochada y la corbata le pendía del cuello sin anudar. Era alto, de rostro aniñado y lucía una mata de pelo oscura y rizada. Tenía los ojos de un color castaño claro, del mismo tono que su piel.

—¿Llego tarde? —le preguntó a Grayson.

—Tal vez tendría que sugerirte que le plantearas esa duda a tu reloj.

—¿Ha llegado ya Jameson? —reformuló la pregunta el chico de pelo oscuro.

Grayson se puso tenso.

—No.

—¡Entonces no llego tarde! —rio el otro chico. Miró detrás de Grayson y nos vio a Libby y a mí—. ¡Y ellas deben de ser las invitadas! Qué desagradable, Grayson, que no nos hayas presentado.

Grayson tensó los músculos de la mandíbula.

—Avery Grambs —dijo con formalidad— y su hermana, Libby. Señoras, les presento a mi hermano Alexander. —Por un momento pareció que Grayson fuera a dejarlo ahí, pero entonces enarcó una ceja—. Xander es el bebé de la familia.

—Soy el guapo de la familia —corrigió Xander—. Ya sé qué pensáis. Este pesado que tengo aquí al lado es la percha perfecta para un traje de Armani, pero yo os pregunto: ¿creéis que puede sacudir al universo con su sonrisa y ponerlo del revés, como si fuera una joven Mary Tyler Moore reencarnada en el cuerpo de un James Dean multirracial? —Daba la sensación de que Xander solo sabía hablar de una manera: deprisa—. No —se respondió a sí mismo—. No puede.

Al fin dejó de hablar el rato suficiente como para que otra persona pudiera intervenir.

—Encantada de conocerte —balbució Libby.

—¿Pasas mucho rato escondido en el armario de los abrigos? —pregunté yo.

Xander se sacudió el polvo de las manos en los pantalones.

—Es un pasadizo secreto —aclaró, y luego intentó desempolvarse los pantalones—. En esta casa hay un montón.

CAPÍTULO 7

Me ardían los dedos de las ganas de sacar el móvil y empezar a hacer fotos, pero me contuve. Libby, sin embargo, no tuvo tantos escrúpulos.

—*Mademoiselle...* —Xander se desplazó para interferir en uno de los encuadres de Libby—. ¿Podría preguntarte qué piensas acerca de las montañas rusas?

En ese instante tuve la sensación de que a Libby se le iban a salir los ojos de las órbitas.

—¿Hay una montaña rusa en esta casa?

Xander rio.

—No exactamente.

Para cuando me quise dar cuenta, el «bebé» de la familia Hawthorne —que medía nada menos que metro noventa— se había llevado a mi hermana hacia las profundidades del vestíbulo.

Aquello me dejó anonadada. «¿Cómo que "no exactamente"? ¿Cómo puede haber en una casa algo parecido a una montaña rusa?», me dije. A mi lado, Grayson rio por lo bajo. Lo pillé mirándome y entorné los ojos.

—¿Qué?

—Nada —replicó, aunque la curvatura de sus labios delata todo lo contrario—. Es que... Tiene un rostro muy expresivo.

No. No era verdad. Libby siempre me decía que era muy difícil saber qué pensaba. Mi cara de póquer llevaba meses sirviéndome para pagar los desayunos de Harry. Yo no era expresiva.

Mi rostro no tenía nada destacable.

—Le pido disculpas por Xander —comentó Grayson—. Tiende a omitir nociones tan anticuadas como pensar antes de hablar y quedarse quieto durante más de tres segundos consecutivos. —Bajó la mirada y añadió—: Es el mejor de todos nosotros, incluso en sus peores días.

—La señora Ortega nos ha dicho que sois cuatro. —No pude contenerme. Quería saber más cosas sobre su familia. Sobre él—. Cuatro nietos, quiero decir.

—Tengo tres hermanos —me explicó Grayson—. La misma madre, padres distintos. Nuestra tía Zara no tiene hijos. —Miró por encima de mi cabeza—. Y ya que hablamos de mis parientes, tengo la sensación de que debería pedirle disculpas de nuevo, por adelantado.

—¡Gray, tesoro!

Una mujer llegó hasta nosotros en un remolino de telas y colores. Cuando la holgada falda que vestía dejó de ondear a su alrededor, intenté descifrar su edad. Más de treinta, menos de cincuenta. No pude concretar más.

—Nos esperan en la Gran Sala —le dijo a Grayson—. Estarán listos enseguida. ¿Dónde está tu hermano?

—Especifica, madre.

La mujer puso los ojos en blanco.

—Ay, no me vengas con el «madre», Grayson Hawthorne. —La mujer se volvió para mirarme—. Da la sensación de que nació con el traje puesto —me dijo con la expresión de quien confía un gran secreto—, pero Gray era mi pequeño exhibicionista. Un verdadero espíritu libre. No había manera de convencerlo de que no se quitara la ropa, de verdad, y fue así hasta los cuatro años. Francamente, yo ni siquiera lo intentaba. —Hizo una pausa y me repasó de arriba abajo sin preocuparse por disimular lo más mínimo—. Tú debes de ser Ava.

—Avery —corrigió Grayson. Si se sentía avergonzado por su supuesto pasado de niño nudista, no lo demostró—. Se llama Avery, madre.

La mujer suspiró, pero esbozó una sonrisa, como si le resultara imposible mirar a su hijo y no descubrirse terriblemente encantada de estar junto a él.

—Siempre juré que mis hijos me llamarían por mi nombre —me explicó—, que los criaría como a mis iguales, ¿sabes? Pero, bueno, siempre había pensado que tendría niñas. Cuatro niños más tarde... —Y, entonces, se encogió de hombros con el gesto más elegante del mundo entero.

Objetivamente, la madre de Grayson era excesiva. ¿Subjetivamente? Era infecta.

—¿Te importa si te pregunto cuándo es tu cumpleaños, querida?

La pregunta me pilló totalmente desprevenida. Tenía boca, yo, y funcionaba a la perfección. Sin embargo, no podía seguirle el ritmo y contestar. La mujer me colocó una mano en la mejilla.

—¿Escorpio? ¿O capricornio? Sin duda, piscis no eres.

—Madre —cortó Grayson, y luego se corrigió—: Skye.

Me llevó un momento darme cuenta de que ese debía de ser su nombre de pila, y que el chico lo había usado para ponerla de buen humor y, así, tal vez evitar que siguiera interrogándome acerca de mi signo del zodíaco.

—Grayson es un buen chico —me aseguró Skye—. Demasiado bueno. —Luego me guiñó el ojo—. Ya hablaremos.

—Dudo de que la señora Grambs tenga previsto quedarse lo suficiente para comentar batallitas... o para que le eches las cartas.

Una segunda mujer, de la edad de Skye o un poco mayor, se metió en nuestra conversación. Si Skye era todo confidencias y vestidos vaporosos, aquella mujer era todo perlas y faldas de tubo.

—Soy Zara Hawthorne-Calligaris. —Me dedicó una mirada penetrante, con una expresión en el rostro que era tan sobria como su nombre—. ¿Te importa si te pregunto de qué conocías a mi padre?

El silencio reinó en el inmenso vestíbulo. Tragué saliva.

—No lo conocía.

Percibí que, a mi lado, Grayson me miraba fijamente. Al cabo de una breve eternidad, Zara me ofreció una sonrisa forzada.

—Bueno, agradecemos tu presencia. Estas últimas semanas han sido muy complicadas, estoy segura de que te haces cargo.

«Estas últimas semanas que nadie conseguía dar conmigo», completé mentalmente.

—¿Zara? —Un hombre con el pelo repeinado hacia atrás nos interrumpió y pasó un brazo por la cintura de la mujer—. El señor Ortega quiere hablar contigo un instante.

El hombre, que deduje que sería el marido de Zara, apenas me dirigió la mirada.

Skye lo compensó con creces.

—Mi hermana habla «instantes» con la gente —comentó—. Yo entablo largas conversaciones. Magníficas conversaciones. A decir verdad, así es como acabé teniendo cuatro hijos. Conversaciones íntimas y maravillosas con cuatro hombres fascinantes...

—Te doy dinero para que lo dejes ahí mismo —atajó Grayson, con una expresión de dolor en el rostro.

Skye le dio un par de palmaditas en la mejilla.

—Soborna. Amenaza. Compra a la gente. No podrías ser más Hawthorne, tesoro, ni aunque lo intentaras. —Me dedicó una sonrisa de complicidad—. Por eso lo llamamos el heredero forzoso.

Algo en la voz de Skye, algo en la expresión de Grayson cuando su madre pronunció la expresión «heredero forzoso», me hizo pensar que había subestimado sobremanera lo mucho que la familia Hawthorne deseaba que se leyera el testamento y las últimas voluntades.

«Ellos tampoco saben qué dice en el testamento», pensé. De pronto me sentí como si me hubieran lanzado a la arena, totalmente ajena a las reglas del juego.

—Bueno —exclamó Skye al tiempo que me rodeaba con un brazo y a Grayson con el otro—, ¿por qué no vamos a la Gran Sala?

CAPÍTULO 8

La Gran Sala era al menos igual de grande que el vestíbulo y la presidía una enorme chimenea de piedra, a ambos lados de la cual se erguían gárgolas talladas. En serio, gárgolas.

Grayson nos instaló a Libby y a mí en sendos sillones orejeros y luego se excusó para ir a sentarse delante, donde había tres señores trajeados hablando con Zara y su marido.

«Los abogados», deduje. Al cabo de unos minutos, Alisa se unió a ellos y yo me dediqué a observar a los presentes. Había una pareja blanca de mediana edad, que debían de rondar los sesenta años. Un hombre negro, de unos cuarenta años y actitud militar, apostado de espaldas a una pared y controlando las dos salidas de la estancia. Xander con el que, sin duda, era otro hermano Hawthorne a su lado: era mayor que él —tendría veintitantos años— y necesitaba un buen corte de pelo. Había combinado con el traje unas botas de vaquero que, igual que la moto aparcada fuera, habían visto tiempos mejores.

«Nash», pensé, recordando el nombre que nos había proporcionado Alisa.

Finalmente, una mujer muy anciana se unió al grupo. Nash le ofreció el brazo, pero la señora prefirió tomar el de Xander.

El muchacho la acompañó hasta los sillones donde nos encontrábamos Libby y yo.

—Os presento a Nana —nos dijo—. La mujer. La leyenda.

—No me hagas la pelota —atajó ella, dándole una palmada en el brazo—. Soy la abuela de este granuja. —Nana se acomodó, con cierta dificultad, en el asiento que quedaba libre a mi lado—. Más vieja que la sarna y el doble de mala.

—Es un trozo de pan —me aseguró Xander con alegría—. Y yo soy su favorito.

—No eres mi favorito —rezongó Nana.

—¡Soy el favorito de todo el mundo! —rio Xander.

—Te pareces demasiado al incorregible de tu abuelo —gruñó Nana. Cerró los ojos y vi que le temblaban un poco las manos—. Un hombre horrible —añadió con la voz colmada de ternura.

—¿El señor Hawthorne era su hijo? —preguntó Libby con dulzura.

Trabajaba con personas mayores y se le daba muy bien escuchar.

Nana agradeció la oportunidad de reírse con sorna.

—Mi yerno.

—Él también era su favorito —aclaró Xander.

Lo dijo de un modo que resultó conmovedor. Aquello no era un entierro. Seguro que se habían despedido del señor semanas atrás, pero yo conocía bien el duelo, podía percibirlo, casi podía olerlo.

—¿Estás bien, Ave? —me preguntó Libby.

Entonces me acordé de que Grayson me había dicho que tenía un rostro muy expresivo. Era mejor pensar en Grayson Hawthorne que en entierros y duelos.

—Claro —le contesté. Pero no lo estaba. Aunque hubieran pasado dos años ya, echar de menos a mi madre a veces me golpeaba con la furia de un tsunami—. Voy a salir un momento —le dije, y forcé una sonrisa—. Necesito tomar un poco el aire.

El marido de Zara me interceptó cuando iba a salir.

—¿Adónde vas? Estamos a punto de empezar. —Me agarró con fuerza por el codo.

Me zafé de su mano de un tirón. Me daba absolutamente igual quiénes fueran esas personas, a mí nadie me ponía las manos encima.

—Tengo entendido que hay cuatro nietos Hawthorne —contesté con voz acerada—. Si no me fallan las cuentas, todavía falta uno. Vuelvo en un minuto, ni siquiera se darán cuenta de que me he ido.

Acabé en el patio trasero en lugar del principal, si es que a aquello se le podía llamar patio. Los terrenos estaban inmaculados. Había una fuente, un jardín de estatuas, un invernadero y tierras que se extendían hacia el horizonte, hasta donde me llegaba la vista. Algunas zonas tenían árboles, otras estaban limpias, pero resultaba muy fácil, estando allí de pie y mirando alrededor, imaginar que alguien podía caminar hacia el horizonte y no ser capaz de encontrar el camino de vuelta.

—Si sí es no y una vez es jamás, entonces, ¿cuántos lados tiene un triángulo?

La pregunta provino de arriba. Levanté la mirada y vi a un chico sentado en el borde del balcón que me quedaba encima, en equilibrio precario sobre una barandilla de hierro forjado.

«Está borracho», pensé.

—Te vas a caer —advertí.

Él se rio.

—Una proposición interesante.

—No era una proposición —repliqué.

Me dedicó una sonrisa perezosa.

—No hay nada malo en hacer una proposición a un Hawthorne.

Tenía el pelo más oscuro que Grayson, pero más claro que Xander. Y no llevaba camisa.

«Muy buena decisión en pleno invierno, chico», pensé, mordaz. Sin embargo, no pude evitar que los ojos se me fueran de su rostro. Tenía un torso esbelto y los abdominales bien definidos. Una cicatriz larga y delgada le surcaba el cuerpo desde la clavícula hasta la cadera.

—Tú debes de ser la Chica Misteriosa —comentó.

—Soy Avery —corregí.

Había salido al patio para escapar de los Hawthorne y su aflicción. En el rostro de ese chico no se apreciaba el menor indicio de preocupación, como si la vida fuera alegría pura. Como si no estuviera tan desolado como las personas de la casa.

—Lo que tú digas, C. M. —replicó—. ¿Puedo llamarte C. M., Chica Misteriosa?

Me crucé de brazos.

—No.

El chico puso los pies sobre la barandilla y se incorporó. Se tambaleó un poco y, por un instante, sentí una clarividencia escalofriante. «Este chico está sufriendo. Y está demasiado arriba», pensé. No me había permitido autodestruirme tras la muerte de mi madre, lo cual no significaba que no hubiera sentido la tentación.

Apoyó el peso del cuerpo sobre un pie y alargó el otro.

—¡No!

Antes de que pudiera decirle nada más, se giró y agarró la barandilla con las manos, aguantándose en vertical con los pies en el aire. Pude ver como se le tensaban los músculos de la espalda, que le cruzaban los omoplatos. Entonces se inclinó... y cayó.

Aterrizó justo a mi lado.

—No deberías estar aquí, C. M.

No era yo quien iba medio desnuda y acababa de saltar por un balcón.

—Tú tampoco.

Me pregunté si el chico se daría cuenta de lo rápido que me latía el corazón y si el suyo se habría alterado siquiera.

—Si digo lo que no debo más a menudo que hago lo que debo —sus labios esbozaron un rictus—, entonces, ¿en qué me convierte eso?

«Jameson Hawthorne», pensé. De cerca pude percibir el color de sus ojos: un verde oscuro e insondable.

—¿En qué —repitió con atención— me convierte eso?

Dejé de mirarle los ojos. Y los abdominales. Y el pelo peinado de cualquier manera.

—En un borracho —contesté. Y entonces, intuyendo que se acercaba una réplica impertinente, añadí dos palabras más—: Y dos.

—¿Qué? —preguntó Jameson Hawthorne.

—La respuesta a tu primera adivinanza —le dije—. Si sí es no y una vez es jamás, entonces un triángulo tiene dos lados.

Solté la respuesta marcando mucho las palabras, pero sin molestarme en explicarle cómo había llegado a la conclusión.

—*Touché*, C. M. —Jameson pasó con tranquilidad a mi lado y, al moverse, me rozó ligeramente el brazo con el suyo, desnudo—. *Touché*.

CAPÍTULO 9

Me quedé fuera unos minutos más. Ese día nada parecía real. Al día siguiente volvería a Connecticut, con suerte un poco más rica y con una anécdota que contar, y seguramente no volvería a ver a ninguno de los Hawthorne en mi vida.

No volvería a tener unas vistas como aquellas en mi vida.

Para cuando volví a la Gran Sala, Jameson Hawthorne se las había arreglado milagrosamente para encontrar una camisa y una americana. Me sonrió y me saludó con discreción. A su lado, Grayson se puso rígido y volvió a apretar los músculos de la mandíbula.

—Ahora que están todos presentes —dijo uno de los abogados—, empecemos.

Los tres letrados estaban de pie en formación triangular. El que había hablado tenía el mismo pelo moreno, la misma piel aceitunada y la misma expresión confiada que Alisa. Di por hecho que era el Ortega de McNamara, Ortega & Jones. Los otros dos —Jones y McNamara, supuse— estaban de pie, uno a cada lado.

«¿Desde cuándo se necesitan cuatro abogados para leer un testamento?», pensé.

—Están ustedes aquí —prosiguió el señor Ortega, proyectando la voz para que llegara a todos los rincones de la sala— para la lectura de las últimas voluntades y el testamento de Tobias Tattersall Hawthorne. Siguiendo las instrucciones del señor Hawthorne, ahora mis colegas les entregarán las cartas que dejó para cada uno de ustedes.

Los otros hombres empezaron a desplazarse por la estancia repartiendo sobres, uno por uno.

—Podrán abrir dichas cartas una vez concluida la lectura.

Me entregaron un sobre. Mi nombre completo estaba escrito a mano en la parte anterior. A mi lado, Libby miró al abogado, pero él pasó de largo y continuó entregando sobres al resto de los ocupantes de la sala.

—El señor Hawthorne estipuló que las siguientes personas debían estar físicamente presentes para la lectura de su testamento: Skye Hawthorne, Zara Hawthorne-Calligaris, Nash Hawthorne, Grayson Hawthorne, Jameson Hawthorne, Alexander Hawthorne y la señora Avery Kylie Grambs, de New Castle, Connecticut.

Tuve la sensación de estar llamando tanto la atención como la habría llamado si acabara de darme cuenta de que iba desnuda.

—Puesto que están todos presentes —continuó el señor Ortega—, procederemos.

Libby me cogió de la mano.

«Yo, Tobias Tattersall Hawthorne —leyó el señor Ortega—, estando en plenas facultades físicas y mentales, decreto que mis posesiones terrenales, incluyendo todos los bienes pecuniarios y materiales, deben entregarse de la siguiente manera: a Andrew y Lottie Laughlin, por los años de leal servicio, les lego una suma de cien mil dólares a cada uno, además de garantizarles el inquilinato gratuito y de por vida en el Chalet Wayback, vivienda situada en la frontera oeste de mi hacienda de Texas».

La pareja de mediana edad que había visto hacía un rato se inclinaron el uno hacia la otra. Lo único que podía pensar era: «CIEN MIL DÓLARES». La presencia de los Laughlin no era obligatoria para la lectura del testamento, y aun así acababan de heredar cien mil dólares. ¡Cada uno!

Puse todo mi empeño en recordar cómo respirar.

—«A John Oren, jefe de mi escolta, que me ha salvado la vida más veces de las que puedo contar, le dejo el contenido de mi caja de herramientas, que actualmente se encuentra en los despachos de McNamara, Ortega & Jones, además de una suma de trescientos mil dólares».

«Tobias Hawthorne conocía a esta gente —me dije a mí misma. El corazón me latía desbocado—. Trabajaban para él. Eran importantes para él. Yo no soy nada».

—«A mi suegra, Pearl O'Day, le dejo una renta anual de cien mil dólares, además de un fondo para gastos médicos, tal como se expone en el apéndice. Todas las joyas que pertenecieron a mi difunta esposa, Alice O'Day Hawthorne, pasarán a ser propiedad de su madre tras mi fallecimiento, para que ella las legue como considere conveniente llegado el suyo».

Nana chascó la lengua.

—No os vaya a dar ideas —ordenó a la sala al completo—, porque os pienso enterrar a todos.

El señor Ortega sonrió, pero al momento le falló la sonrisa.

—«A... —Hizo una pausa y volvió a empezar—. A mis hijas, Zara Hawthorne-Calligaris y Skye Hawthorne, les dejo los fondos necesarios para pagar todas las deudas que se hayan podido contraer hasta la fecha de mi fallecimiento. —El señor Ortega hizo otra pausa y apretó los labios con fuerza. Los otros dos abogados tenían la vista al frente y evitaban mirar directamente a los miembros de la familia Hawthorne—. Además, a Skye le dejo mi brújula, para que siempre sepa dónde está el verdadero norte, y a Zara le dejo mi alianza, para que ame de una forma tan firme y absoluta como yo amé a su madre».

Otra pausa, más dolorosa que la anterior.

—Continúe —lo apremió el marido de Zara.

—«A cada una de mis hijas —leyó con calma el señor Ortega—, además de lo ya estipulado, les dejo en herencia un pago único de cincuenta mil dólares».

«¿Cincuenta mil dólares? —Casi no había tenido tiempo de pensarlo cuando el marido de Zara lo repitió en voz alta, furioso—. Tobias Hawthorne ha dejado a sus hijas menos dinero que al jefe de su escolta».

De pronto, que Skye se refiriera a Grayson como al heredero forzoso cobró un sentido completamente nuevo para mí.

—Esto es cosa tuya —dijo Zara, al tiempo que se volvía hacia Skye.

No alzó la voz, pero resultó tan letal como si lo hubiera hecho.

—¿Mía? —respondió Skye indignada.

—Papá nunca volvió a ser el mismo tras la muerte de Toby —continuó Zara.

—La desaparición —corrigió Skye.

—¡Por favor! ¿Hablas en serio? —Zara había perdido el control—. Le comiste la oreja, ¿verdad, Skye? Le pusiste ojitos y lo convenciste para que no nos dejara nada a nosotras y que así lo recibieran todo tus...

—Hijos —dijo Skye con voz gélida—. La palabra que buscas es «hijos».

—La palabra que busca es «bastardos». —Nash Hawthorne tenía un acento texano más cerrado que el de cualquiera de los presentes—. Ni que no nos lo hubieran dicho nunca.

—Si yo hubiera tenido un hijo... —empezó a decir Zara con la voz ahogada.

—Pero no lo tuviste. —Skye dejó que sus palabras hicieran efecto—. ¿O sí, Zara?

—Basta —cortó el marido de Zara—. Ya lo solucionaremos.

—No hay nada que solucionar —se metió de nuevo en la refriega el señor Ortega—. Este documento es invulnerable y contiene numerosos elementos disuasorios para cualquiera que sienta la tentación de recusarlo.

Lo que vendría a traducirse, entendí, por: «Siéntense y cállense».

—Bien, si me permiten continuar... —El señor Ortega volvió a fijar la mirada en el testamento que tenía entre las manos—. «A mis nietos, Nash Westbrook Hawthorne, Grayson Davenport Hawthorne, Jameson Winchester Hawthorne y Alexander Blackwood Hawthorne, les dejo...».

—Todo —murmuró Zara con amargura.

El señor Ortega alzó la voz para imponerse al resto.

—«Doscientos cincuenta mil dólares a cada uno, de los que podrán disponer cuando cumplan veinticinco años. Hasta esa fecha, serán custodiados por Alisa Ortega, fideicomisaria».

—¿Qué? —dijo Alisa, que parecía estupefacta—. Pero ¿qué...?

—Cojones —le dijo Nash amablemente—. La expresión que buscas, cielo, es «¿Qué cojones?».

Tobias Hawthorne no se lo había dejado todo a sus nietos. Dada la cuantía de su fortuna, apenas les había dejado una miseria.

—¿De qué va todo esto? —preguntó Grayson. Cada una de sus palabras sonó precisa y letal.

«Tobias Hawthorne no se lo ha dejado todo a sus nietos. No se lo ha dejado todo a sus hijas», pensé. Y mi cerebro se paró en seco. Me pitaban los oídos.

—Por favor, señores —dijo el señor Ortega, levantando una mano—. Permítanme acabar.

«Cuarenta y seis mil doscientos millones de dólares —pensé. El corazón me retumbaba contra las costillas y tenía la boca tan seca como el papel de lija—. Tobias Hawthorne tenía cuarenta y seis mil doscientos millones de dólares y ha dejado un millón entre los cuatro nietos. Cien mil dólares en total a sus hijas. Otro medio millón a sus empleados, una renta anual para Nana...».

Los números de esa ecuación no salían. Pero ni de lejos.

Uno por uno, todos los allí presentes se volvieron para mirarme.

—«Lego lo que queda de mi patrimonio —leyó el señor Ortega—, incluyendo todas las propiedades, bienes pecuniarios y todas mis posesiones terrenales que no hayan sido especificadas con anterioridad, a Avery Kylie Grambs».

CAPÍTULO 10

«o puede ser.
»No puede ser.
»Estoy soñando.
»Estoy delirando».

—¿Se lo ha dejado todo a ella? —preguntó Skye con una voz lo bastante penetrante como para obligarme a salir de mi estupor—. ¿Por qué?

No quedaba ni rastro de la mujer que se hacía preguntas sobre mi signo del zodíaco y me obsequiaba con anécdotas de sus hijos y sus amantes. Esa Skye parecía capaz de matar a alguien. Literalmente.

—¿Quién narices es ella? —inquirió Zara con una voz afilada como una daga y clara como una campana.

—Tiene que ser un error. —Grayson habló como una persona acostumbrada a resolver errores.

«Soborna. Amenaza. Compra a la gente —recordé. ¿Qué iba a hacerme el heredero forzoso?—. No puede ser. —Lo notaba en cada latido de mi corazón, cada vez que cogía aire y que lo soltaba—. No puede ser».

—Tiene razón.

Las palabras me salieron como un susurro, que se perdió entre los gritos que retumbaban a mi alrededor. Lo volví a intentar, y esta vez hablé más alto.

—Grayson tiene razón.

Todo el mundo volvió la cabeza para mirarme.

—Tiene que haber un error —dije con una voz que me salió áspera.

Me sentía como si acabara de saltar de un avión, como si me hubiera lanzado en paracaídas y estuviera esperando a que se desplegara.

«Esto no es real. No puede ser», me repetía.

—¡Avery!

Libby me atizó un codazo en las costillas, sin duda para decirme que cerrara el pico y parara de señalar errores.

Pero es que no podía ser. Tenía que tratarse de una confusión. Un hombre al que no había visto en mi vida me acababa de dejar una fortuna multimillonaria. Estas cosas no pasan, y punto.

—¿Lo veis? —Skye se aferró a mis palabras—. Incluso Ava coincide en que todo esto es absurdo.

Esta vez no me cupo duda alguna de que había dicho mi nombre mal a propósito. «Lego lo que queda de mi patrimonio, incluyendo todas las propiedades, bienes pecuniarios y todas mis posesiones terrenales que no hayan sido especificadas con anterioridad, a Avery Kylie Grambs». Ahora Skye Hawthorne sabía de sobra mi nombre.

Igual que el resto.

—Le aseguro que no hay ningún error —me dijo el señor Ortega, mirándome a los ojos. Luego fijó la atención en los demás—: Y les aseguro a todos ustedes que las últimas voluntades y el testamento de Tobias Hawthorne son absolutamente inviolables. Puesto que la mayoría de los detalles que quedan por leer conciernen únicamente a Avery, pondremos fin a este circo. Pero antes permítanme que sea muy claro: tal y como establece el testamento, cualquier heredero que recuse la herencia de Avery perderá por ello de forma irrevocable su parte del patrimonio.

«La herencia de Avery», repetí mentalmente. Aquello me mareó, casi tuve náuseas. Fue como si alguien hubiera chasqueado los dedos y reescrito las leyes de la física, como si el coeficiente de la gravedad hubiera cambiado y mi cuerpo estuviera mal diseñado para adaptarse. El mundo estaba a punto de salirse de su eje.

—Ningún testamento es así de invulnerable —sentenció el marido de Zara con voz mordaz—. No cuando hay tanto dinero en juego.

—Acabas de hablar —intervino Nash Hawthorne— como alguien que no conocía para nada al viejo.

—Trampas y más trampas —murmuró Jameson—. Y acertijos tras acertijos.

Pude sentir sus oscuros ojos verdes fijos en los míos.

—Creo que debería irse —me dijo Grayson bruscamente.

No era una petición. Era una orden.

—Técnicamente... —dijo Alisa Ortega, que parecía como si acabara de tragar arsénico—. Es su casa.

Desde luego, esa mujer no tenía ni idea de lo que decía el testamento hasta que se había leído. No le habían dicho nada, como al resto de la familia. «¿Cómo pudo Tobias Hawthorne tenerlos engañados de esta manera? ¿Qué tipo de persona hace algo así a la sangre de su sangre?», quise saber.

—No lo entiendo —dije en voz alta, mareada y aturdida, porque nada de todo aquello tenía ningún sentido.

—Mi hija tiene razón. —El señor Ortega habló en tono neutro—. Es todo suyo, señora Grambs. No solo la fortuna, sino también todas las propiedades del señor Hawthorne, incluyendo la Casa Hawthorne. Según las cláusulas del testamento, que repasaré encantado con usted más adelante, se ha garantizado la tenencia a los actuales inquilinos a no ser que, o hasta que, le den motivos para echarlos. —Dejó que las palabras cuajaran—. En ninguna circunstancia —continuó con voz grave, en un tono que rezumaba advertencia— pueden dichos inquilinos intentar echarla a usted.

De pronto se hizo un silencio sepulcral en la estancia. «Me matarán. Alguno de los aquí presentes va a matarme, literalmente», pensé. El hombre que me había dado la impresión de haber pertenecido al ejército avanzó y se colocó entre la familia de Tobias Hawthorne y yo. Sin decir nada, se cruzó de brazos y se apostó detrás de mí sin perder al resto de vista.

—¡Oren! —dijo Zara, que parecía estupefacta—. Trabajas para la familia.

—Trabajaba para el señor Hawthorne. —John Oren hizo una pausa y levantó un papel. Tardé un momento en darme cuenta de que era su carta—. Su última petición fue que en adelante trabaje para la señora Avery Kylie Grambs. —Me miró y añadió—: Seguridad. La va a necesitar.

—¡Y no solo para protegerte de nosotros! —exclamó Xander, que se había colocado a mi izquierda.

—Distancia, por favor —ordenó Oren.

Xander levantó las manos.

—Paz —dijo—. ¡Hago predicciones funestas en son de paz!

—Xan tiene razón —sonrió Jameson, como si todo aquello fuera un juego—. El mundo entero va a querer algo de ti, Chica Misteriosa. Esto lleva «historia del siglo» escrito en letras de neón.

«Historia del siglo». Mi cerebro volvió a ponerse a trabajar porque todo me indicaba que aquello no era ninguna broma. No estaba delirando. No estaba soñando.

Me acababa de convertir en heredera.

CAPÍTULO 11

Eché a correr, y para cuando me quise dar cuenta había llegado al exterior. La puerta principal de la Casa Hawthorne se cerró de un portazo detrás de mí. El aire fresco me golpeó el rostro. Estaba casi segura de estar respirando, pero todo mi cuerpo se me antojaba distante y adormecido. ¿Era eso estar en estado de shock?

—¡Avery! —Libby salió corriendo de la casa para ir a buscarme—. ¿Estás bien? —Me miró de hito en hito, preocupada—. Y, otra cosa: ¿estás tonta? Cuando alguien te da dinero, ¡vas y te lo quedas!

—Como haces tú, ¿no te digo? —repliqué. El cerebro me rugía de tal modo que no podía ni oír mis pensamientos—. Tú nunca quieres que te dé mis propinas.

—¡Esto no tiene nada que ver con las propinas! —La coleta azul de Libby se estaba deshaciendo por momentos—. ¡Estamos hablando de millones!

«Miles de millones», corregí mentalmente, pero mis labios se negaron en redondo a decirlo en voz alta.

—Ave… —dijo mientras me colocaba una mano en el hombro—. Piensa con la cabeza. No tendrás que volver a preocuparte por el dinero en toda tu vida. Podrás comprarte lo que quieras, podrás hacer lo que quieras. ¿Y las postales que guardas de tu madre? —Se inclinó hacia mí para que nuestras frentes se tocaran—. Puedes ir a donde te plazca. Imagina las posibilidades que tienes.

Lo hice, aunque se me antojara una broma cruel, como si el universo estuviera intentando engañarme para que empezara a desear todo lo que las chicas como yo jamás podremos...

La inmensa puerta de la Casa Hawthorne se abrió de golpe. Retrocedí de un salto y Nash Hawthorne salió. Aun llevando traje, ese chico parecía un vaquero, de los pies a la cabeza, esperando el mediodía para retarse con su rival.

Me preparé para lo peor. «Miles de millones». Se habían desatado guerras por menos.

—No te preocupes, chiquilla. —El acento texano de Nash era lento y aterciopelado, como el whisky—. No quiero el dinero, jamás lo he querido. Por lo que a mí respecta, el universo se está riendo un poco a costa de gente que seguramente se lo merece.

El mayor de los hermanos Hawthorne dejó de mirarme para fijarse en Libby. Era alto, musculoso y de piel bronceada. Mi hermana era pequeñita y delgada, con una piel muy pálida que contrastaba con el pintalabios oscuro y el pelo azul. Eran tan diferentes que parecía que tuvieran que vivir en mundos distintos y, sin embargo, allí estaba él, dedicándole una sonrisa perezosa a mi hermana.

—Cuídate, cielo —le dijo.

Se encaminó hacia su moto, se puso el casco y, al cabo de un momento, no quedó ni rastro de él. Libby se quedó mirando la moto mientras desaparecía.

—Retiro lo que dije sobre Grayson. Quizá este sea Dios.

En ese preciso instante teníamos problemas más serios que decidir cuál de los hermanos Hawthorne era divino.

—No podemos quedarnos aquí, Libby. Dudo mucho de que el resto de la familia se haya tomado lo del testamento tan bien como Nash. Tenemos que irnos.

—Voy con ustedes —afirmó una voz grave.

Me volví y me encontré a John Oren apostado junto a la puerta. No le había oído abrirla.

—No necesito seguridad —le dije—. Solo necesito irme de aquí.

—Necesitará seguridad el resto de su vida. —Habló con tal convicción que no pude ni discutírselo—. Pero mire el lado bueno... —dijo mientras señalaba con la cabeza el coche que nos había recogido en el aeropuerto—. Sé conducir.

Le pedí a Oren que nos dejara en un motel, pero no me hizo ni caso y nos llevó al hotel más elegante que había visto en mi vida. Y creo que tomó la ruta más larga, porque cuando llegamos Alisa Ortega nos estaba esperando en la recepción.

—He tenido la oportunidad de leer el testamento completo. —Al parecer, aquella era su manera de saludar—. He traído una copia para usted. Le sugiero que nos retiremos a sus aposentos y repasemos todos los detalles.

—¿Nuestros aposentos? —repetí. Los botones llevaban esmoquin. Había seis arañas de techo solo en el vestíbulo. Y justo al lado teníamos a una señora que tocaba un arpa de metro y medio—. No podemos permitirnos una habitación aquí.

Alisa me miró con una expresión casi apenada.

—Ay, corazón... —dijo, aunque recuperó la profesionalidad al instante—. El hotel es suyo.

«¿Perdona?». El resto de los huéspedes que había por allí empezaron a mirarnos a Libby y a mí como si pensaran: «¿Se puede saber quién ha dejado entrar a esta chusma?». Era imposible que aquel hotel fuera mío.

—Además —continuó Alisa—, todavía hay que validar el testamento. Puede que lleve algo de tiempo desactivar el depósito en fideicomiso del dinero y las propiedades. Sin embargo, McNamara, Ortega & Jones se encargará de todo lo que necesiten mientras tanto.

Libby frunció el ceño.

—¿A eso se dedican los bufetes de abogados?

—Seguramente ya habrán deducido que el señor Hawthorne era uno de nuestros clientes más importantes —respondió Alisa con delicadeza—. Aunque sería más preciso decir que era nuestro único cliente. Y ahora...

—Y ahora —repetí, consciente de la situación—, ese cliente soy yo.

Tardé casi una hora en leer y releer y volver a leer el testamento. Tobias Hawthorne solo había puesto una condición para que yo pudiera recibir la herencia.

—Debe usted vivir en la Casa Hawthorne durante un año, tendrá que mudarse en los próximos tres días.

Alisa me lo había explicado al menos dos veces ya, pero no había manera de que mi cerebro lo asimilara.

—Lo único que tengo que hacer para heredar miles de millones de dólares es irme a vivir a una mansión.

—Correcto.

—Una mansión donde todavía vive un buen número de personas que creían que iban a heredar dicho dinero. Personas a las que no puedo echar.

—Salvo circunstancias extraordinarias, correcto. Si le sirve de consuelo, es una casa muy grande.

—¿Y si me niego? —pregunté—. ¿O si la familia Hawthorne me mata?

—Nadie la va a matar —repuso Alisa con calma.

—Ya sé que creció usted con esas personas y todo eso —intervino Libby, intentando ser diplomática—, pero no cabe duda alguna, vamos, estoy convencida, de que esa gente se marcará un Lizzie Borden con mi hermana.

—Sabe usted qué hizo esa señora, ¿no? Porque no me hace ninguna ilusión que me maten con un hacha —insistí.

—Evaluación de riesgos: bajo —rezongó Oren—. Al menos por lo que respecta a las hachas.

Me llevó un momento captar que estaba bromeando.

—¡Hablo en serio!

—Créame —replicó él—, lo sé. Y también sé cómo es la familia Hawthorne, los conozco bien. Los chicos jamás harían daño a una mujer, y las mujeres la atacarán a golpe de juicio; nadie usará ningún hacha.

—Además —añadió Alisa—, en el estado de Texas, si un heredero muere durante la validación testamentaria, la herencia no vuelve al patrimonio original, sino que se convierte en parte del patrimonio del heredero.

«¿Tengo patrimonio?», pensé como una tonta.

—¿Y si me niego a mudarme con ellos? —pregunté por enésima vez.

Tenía un nudo enorme en la garganta.

—No va a negarse —intervino Libby, fulminándome de paso con la mirada.

—Si no se muda usted a la Casa Hawthorne antes de tres días —me respondió Alisa—, su parte de la herencia será donada a obras benéficas.

—¿Y no a la familia de Tobias Hawthorne? —quise saber.

—No.

A Alisa se le cayó un instante la máscara de neutralidad. Esa mujer conocía a los Hawthorne de toda la vida. Tal vez ahora trabajara para mí, pero estaba segura de que aquello no podía hacerle ninguna gracia.

¿O sí?

—Su padre redactó el testamento, ¿verdad? —pregunté, intentando hacerme a la idea de la absurda situación en la que me encontraba.

—Con la colaboración de los otros socios del bufete, sí —confirmó Alisa.

—¿Y le ha dicho…? —Intenté encontrar una manera de reformular lo que quería preguntar, pero acabé por dejarlo estar—. ¿Le ha dicho por qué?

¿Por qué Tobias Hawthorne había desheredado a su familia? ¿Por qué me lo había dejado todo a mí?

—No creo que mi padre sepa el porqué —repuso Alisa. Me escrutó con la mirada y la máscara de neutralidad se le cayó otro instante—. ¿Y usted?

CAPÍTULO 12

—¡Jolines, colega! —exclamó Max con voz ahogada—. ¡Es la fruta ostra!

Bajó la voz hasta el susurro y soltó una palabrota de verdad. Era más de medianoche para mí y dos horas menos para ella. Casi esperé que la señora Liu irrumpiera para requisarle el móvil, pero no pasó nada.

—¿Cómo? —exigió Max—. ¿Por qué?

Desvié la mirada hacia la carta que descansaba en mi regazo. Tobias Hawthorne me había dejado una explicación; pero, aun habiendo pasado horas desde la lectura del testamento, no había encontrado valor para abrir el sobre. Estaba sola, sentada a oscuras en el balcón de la suite del ático de un hotel que me pertenecía, ataviada con un albornoz esponjoso que me llegaba hasta los pies y que probablemente valía más dinero que mi coche. Y estaba paralizada.

—Quizá aventuró Max, pensativa— te cambiaron al nacer. —Max se pasaba la vida viendo la tele y tenía lo que seguramente se podría diagnosticar como adicción a los libros—. Quizá tu madre le salvó la vida hace años. O quizá le debe toda su fortuna a tu trastatarabuelo. ¡O quizá te han seleccionado con un algoritmo computacional avanzado que está preparado para desarrollar la inteligencia artificial cualquier día de estos!

—¡Maxine! —bufé. De algún modo todo aquello me bastó para pronunciar las palabras que había intentado no pensar siquiera—. Quizá mi padre no era realmente mi padre.

Aquella era la explicación más razonable, ¿no? Quizá Tobias Hawthorne no había desheredado a su familia en favor de una desconocida. Quizá yo era de la familia.

«Tengo un secreto...», recordé que decía mi madre. ¿Cuántas veces la oí afirmar aquellas mismas palabras?

—Avery, ¿estás bien? —me llegó la voz de Max a través del auricular.

Volví a mirar el sobre con mi nombre escrito a mano. Tragué saliva.

—Tobias Hawthorne me dejó una carta.

—¿Y todavía no la has abierto? —exclamó Max—. Avery, hazme el puro favor...

—¡Maxine!

—Puro, mamá. He dicho puro. Por la pureza y bondad que uno necesita para hacer favores... —Hizo una breve pausa y luego me dijo—: ¿Avery? Tengo que colgar.

Tuve un retortijón en el estómago.

—¿Hablamos pronto?

—Muy pronto —prometió Max—. Y, mientras tanto: ¡Abre-la-carta!

Me colgó. Colgué. Pasé el pulgar por la solapa del sobre, pero alguien llamó a la puerta y me salvó de seguir adelante.

Volví a la suite y me encontré a Oren apostado en la puerta.

—¿Quién es? —le pregunté.

—Grayson Hawthorne —respondió Oren. Clavé los ojos en la puerta y Oren añadió—: Si mis hombres le consideraran una amenaza, ni siquiera habría podido subir hasta nuestra planta. Confío en Grayson. Pero si no quiere recibirlo...

—No —atajé.

«¿Qué estoy haciendo?», pensé. Era tarde y dudaba mucho de que la realeza estadounidense se tomara muy bien que la destronaran. Sin embargo, desde el primer día había habido algo en los ojos de Grayson cuando me miraba que...

—Abre la puerta —le pedí a Oren. Lo hizo y se retiró.

—¿No va a invitarme a entrar?

Grayson ya no era el heredero, pero nadie lo hubiera deducido por su tono.

—No deberías estar aquí —le dije, arrebujándome en el albornoz.

—Llevo una hora diciéndome lo mismo, y sin embargo aquí estoy.

Sus ojos parecían pozos de plata y llevaba el pelo despeinado, como si yo no fuera la única que no podía dormir. Ese chico lo había perdido todo esa mañana.

—Grayson... —empecé.

—No sé cómo lo ha hecho —me cortó con una voz que sonaba peligrosa y suave—. No sé qué influencia tenía usted sobre mi abuelo, ni tampoco a qué cree que está jugando.

—No estoy...

Estoy hablando yo, señora Grambs. —Colocó una mano plana sobre la puerta. Me había equivocado con sus ojos. No eran pozos. Eran hielo—. No tengo ni la más remota idea de cómo lo ha conseguido, pero lo descubriré. La he calado. Sé qué es y de qué es capaz, pero debe saber que lo haría absolutamente todo para proteger a mi familia. No sé a qué está jugando ni cuánto tiempo pretende seguir con esta treta. Pero descubriré la verdad, y prepárese para cuando lo haga.

Oren entró en mi campo de visión, pero no esperé a que actuara. Empujé la puerta con la fuerza necesaria para echar a Grayson y la cerré de un portazo. Con el corazón desbocado, esperé que volviera a llamar, que empezara a gritarle a la puerta. Nada. Poco a poco agaché la cabeza, no podía despegar los ojos del sobre que todavía tenía en la mano, como si se tratara de un imán contra el metal.

Miré a Oren por última vez y volví a mi cuarto. «¡Abre-la-carta!». Esta vez lo hice y saqué una tarjeta del sobre. El cuerpo del mensaje no era más que un par de palabras. Me quedé mirando el papel, leí sin parar el saludo, el mensaje y la firma. Una y otra vez.

Queridísima Avery:
Lo siento.

T. T. H.

CAPÍTULO 13

«¿Que lo siente? ¿Qué siente?», seguía preguntándome al día siguiente. Por una vez en mi vida me levanté tarde. Me encontré a Oren y a Alisa en la cocina de nuestra suite charlando en voz baja.

Demasiado baja para que pudiera oírlos.

—Avery. —Oren me vio primero. Me pregunté si le había contado a Alisa lo de Grayson—. Me gustaría que repasáramos algunos protocolos de seguridad —me dijo, tuteándome por primera vez.

«¿Como no abrir las puertas a Grayson Hawthorne, por ejemplo?», pensé.

—Ahora eres un objetivo —me dijo Alisa secamente, tuteándome también.

Dado que me había insistido tanto en que los Hawthorne no eran ninguna amenaza, tuve que preguntar:

—¿Un objetivo de qué?

—Pues de los *paparazzi*, claro. El bufete tapará la historia, de momento, pero no aguantará mucho. Además, hay más cosas.

—Secuestro. —Oren no puso un énfasis especial en la palabra—. Acoso. Habrá quien lance amenazas; siempre aparece alguien. Eres joven y eres una mujer, lo cual lo empeora todo. Con el permiso de tu hermana, querría proporcionarle escolta también a ella, en cuanto haya vuelto.

«Secuestro. Acoso. Amenazas», repetí mentalmente. Ni siquiera podía procesar las palabras.

—¿Dónde está Libby? —quise saber, pues Oren acababa de insinuar que se había ido.

—En un avión —respondió Alisa—. Concretamente en tu avión.

—¿Tengo un avión?

Jamás me acostumbraría a aquello.

—Unos cuantos —me dijo Alisa—. Y un helicóptero, creo; pero, bueno, eso no viene al caso. Tu hermana está de camino a recoger tus pertenencias, las de ambas. Dado el plazo para que te mudes a la Casa Hawthorne, además de los riesgos, hemos considerado más conveniente que te quedaras aquí. Si todo va bien, te habremos instalado esta misma noche a más tardar.

—En cuanto todo esto se sepa —intervino Oren muy serio—, aparecerás en las portadas de todos los periódicos. Serás la primera noticia de todos los telediarios, *trending topic* en todas las redes sociales. Habrá quien te vea como a Cenicienta. Y habrá quien te considere María Antonieta.

Habrá gente que querrá ser yo. Y habrá gente que me odiará con todo su ser. Por primera vez me fijé en que Oren llevaba una pistola en el costado.

—Será mejor que no te muevas —añadió Oren sin alterarse—. Tu hermana volverá esta noche.

Alisa y yo nos pasamos lo que quedaba de la mañana inmersas en el juego que mentalmente apodé Arrancando a Avery de su vida en un instante. Yo misma dejé el trabajo y Alisa se encargó de sacarme del instituto.

—¿Qué hay de mi coche? —pregunté.

—En principio está previsto que sea Oren quien conduzca, pero podemos pedir que envíen tu coche si quieres —propuso Alisa—. Aunque también podrías escoger un coche nuevo para tu uso personal.

Por el énfasis que puso al decirlo, se podría pensar que hablaba de comprar chicles en el supermercado.

—¿Qué prefieres, un sedán o un todoterreno? —me preguntó, sujetando el móvil de una manera que indicaba que era perfectamente capaz de comprar un coche con un mero clic—. ¿Prefieres algún color en concreto?

—Tendrás que perdonarme un momento —le dije.

Fui a refugiarme a mi habitación. La cama estaba llena de almohadones, hasta el ridículo. Me subí a la cama, me dejé caer sobre la montaña de cojines y saqué el móvil.

Enviar mensajes, llamar y escribirle privados a Max condujo al mismo resultado: ninguno. Estaba claro que le habían requisado el móvil y, seguramente, también el portátil, lo cual significaba que no podía aconsejarme sobre la respuesta más apropiada que dar cuando tu abogada te empieza a hablar de pedir un coche como si fuera una fruta pizza.

«Todo esto es de locos», me dije. No hacía ni veinticuatro horas yo estaba durmiendo en el coche. Y mi mayor derroche había sido comprarme, de vez en cuando, un bocadillo para desayunar.

«Un bocadillo para desayunar —pensé—. Harry». Me incorporé en la cama.

—¿Alisa? —grité—. Si no quisiera un coche nuevo, si quisiera gastarme el dinero en otra cosa... ¿Podría?

Financiarle una vivienda a Harry —y conseguir que la aceptara— no iba a ser tarea fácil, pero Alisa me dijo que lo diera por hecho. Así era el mundo ahora. Solo tenía que pedir algo para darlo por hecho.

Esto no durará. Era imposible. Tarde o temprano alguien se daría cuenta de que había habido algún error. «Así que será mejor que lo aproveche mientras dure», me dije.

Aquella era mi preocupación principal mientras íbamos a buscar a Libby. Mientras mi hermana se bajaba de mi jet privado. Me pregunté si Alisa podría matricularla en la Sorbona o si le podría comprar una pastelería pequeñita o si...

—¡Libby!

Todos esos pensamientos frenaron en seco cuando le vi la cara. Tenía el ojo derecho amoratado e hinchado, casi no podía abrirlo. Libby tragó saliva, pero no apartó la mirada.

—Como me digas «Te lo dije», te juro que haré pastelillos de tofe y te haré sentir tan culpable que te los comerás cada día.

—¿Hay algún problema que yo deba conocer? —le preguntó Alisa con voz forzadamente tranquila mientras le examinaba el ojo.

—Avery detesta el tofe —replicó Libby, como si ese fuera el problema.

—Alisa —dije apretando los dientes—, ¿tu bufete tiene algún sicario a sueldo?

—No. —Alisa mantuvo un tono muy profesional—. Pero tengo muchos recursos. Puedo hacer algunas llamadas.

—Te prometo que no sé si hablas en serio o no —dijo Libby, y luego se volvió hacia mí—. No quiero hablar de ello. Y estoy bien.

—Pero...

—¡Estoy bien!

Me las arreglé para mantener la boca cerrada y, en general, nos las arreglamos para volver al hotel. El plan era acabar de ultimar algunas gestiones y partir de inmediato hacia la Casa Hawthorne.

Las cosas no acabaron de salir como planeábamos.

—Tenemos un problema.

Oren no parecía particularmente preocupado, pero Alisa dejó el móvil al instante. El guardaespaldas hizo un ademán con la cabeza hacia el balcón de la suite y la abogada salió, miró hacia la calle y soltó un improperio.

Aparté a Oren de en medio y salí al balcón para ver qué pasaba. En la calle, ante las puertas del edificio, los cuerpos de seguridad del hotel hacían esfuerzos para lidiar con la multitud. Cuando vi el fogonazo de un flash, comprendí quién era toda esa gente.

Los *paparazzi*.

Y, sin más, todas las cámaras enfocaron hacia el balcón. Hacia mí.

CAPÍTULO 14

—Creía que el bufete lo había mantenido en secreto.

Oren lanzó a Alisa una mirada cargada de significado. Ella lo miró con mala cara, hizo tres llamadas muy seguidas —dos de ellas en otro idioma— y luego volvió a mirar a mi jefe de seguridad.

—La filtración no viene de nosotros. —Desvió la mirada para fulminar a Libby—. Viene de tu novio.

La respuesta de Libby fue apenas un susurro.

—Mi ex.

—Lo siento.

Libby se había disculpado al menos una docena de veces. Se lo había contado todo a Drake, le había hablado del testamento, de las condiciones para que yo pudiera heredar, le había dicho dónde teníamos el hotel. Todo. Y la conocía lo suficiente para saber por qué. Estaba segura de que él se había enfadado porque ella se había ido de repente. Por eso había intentado calmarlo. Y en cuanto Libby le había hablado del dinero, él había querido sacar tajada y había empezado a hacer mil planes para despilfarrar la fortuna de los Hawthorne. Y Libby, que era una buenaza, seguro que le había dicho que ellos no podían gastar ese dinero, que no era suyo. Que no era de él.

Drake le había pegado. Libby lo había dejado. Y él se había ido a hablar con la prensa. Y ahora los teníamos allí. Una horda se abalanzó sobre nosotros en cuanto Oren me hizo salir por una puerta secundaria.

—¡Ahí está! —chilló una voz.

—¡Avery!

—¡Avery, aquí!

—¡Avery! ¿Qué se siente al ser la adolescente más rica de Estados Unidos?

—¿Qué se siente al ser la multimillonaria más joven del mundo?

—¿De qué conocías a Tobias Hawthorne?

—¿Es cierto que eres la hija ilegítima de Tobias Hawthorne?

Me metieron en el coche, cerraron la puerta y aquello ahogó la tormenta de preguntas de los periodistas. Justo a medio camino recibí un mensaje. No era de Max, venía de un número desconocido.

Lo abrí y vi un pantallazo de un titular. «¿Quién es Avery Grambs, heredera de Hawthorne?».

Un breve mensaje acompañaba la captura de pantalla:

«Eh, Chica Misteriosa. Eres oficialmente famosa».

Había mas *paparazzi* ante la verja de la Casa Hawthorne, pero en cuanto la cruzamos fue como si el resto del mundo desapareciera. No nos recibió ninguna fiesta de bienvenida. Ni Jameson. Ni Grayson. Ni ninguno de los Hawthorne. Alargué la mano hacia la inmensa puerta principal... Cerrada. Alisa desapareció hacia la parte trasera de la casa. Cuando volvió por fin, lucía una expresión malhumorada en el rostro. Me entregó un sobre muy grueso.

—Legalmente —empezó a decir— la familia Hawthorne está obligada a proporcionarte las llaves. Pero en la práctica... —Entornó los ojos y acabó la frase—. La familia Hawthorne es un grano en el culo.

—¿Ese es el término legal? —comentó Oren con ironía.

Abrí el sobre de cualquier manera y descubrí que la familia Hawthorne, de hecho, sí me había proporcionado las llaves. Solo que me habían dado unas cien.

—¿Alguna idea de cuál de ellas abre la puerta principal? —pregunté.

No eran llaves normales. Eran enormes y muy ornamentadas. Parecían casi antiguallas, cada llave era distinta: diseños distintos, metales distintos, tamaños distintos...

—Seguro que lo descubres —afirmó una voz.

Levanté la mirada como un resorte y me descubrí escrutando un interfono.

—Corta el rollo, Jameson —ordenó Alisa—. Tu jueguecito no tiene ninguna gracia.

No recibió respuesta.

—¿Jameson? —repitió Alisa.

Silencio y, entonces:

—Tengo fe en ti, C. M.

La comunicación se cortó y Alisa lanzó un largo suspiro de frustración.

—Un día de estos los Hawthorne me van a matar.

—¿C. M.? —preguntó Libby atónita.

—Chica Misteriosa —aclaré—. Parece ser la idea que Jameson Hawthorne tiene de los motes.

Me concentré en el manojo de llaves que tenía en la mano. La solución obvia era probarlas todas. Dando por hecho, claro, que alguna de esas llaves abría la puerta principal, tarde o temprano tendría suerte. Pero no me parecía que la suerte fuera suficiente. ¿Acaso no era ya la chica con más suerte del mundo entero?

Una parte de mí quería merecérselo.

Repasé las llaves y examiné los distintos dibujos que tenían las cabezas. Había una manzana, una serpiente, unos remolinos que parecían agua... Había una llave para cada letra del abecedario, escritas en una fuente elegante y arcaica. Había llaves con números y llaves de distintas formas, una tenía una sirena y había cuatro diferentes con dibujos de ojos.

—¿Y bien? —dijo de pronto Alisa—. ¿Quieres que haga una llamada?

—No.

Me olvidé un momento de las llaves y me fijé en la puerta. El diseño era simple, geométrico, no se parecía a ninguna de las llaves que había examinado hasta entonces. «Sería demasiado fácil —pensé—. Demasiado sencillo». Al cabo de un segundo se me ocurrió otra cosa: «No lo bastante sencillo».

Eso lo había aprendido jugando al ajedrez: cuanto más complicada parecía la estrategia de un jugador, menos probable era que su oponente buscara respuestas sencillas. Si uno podía conseguir que la otra persona no perdiera de vista el caballo, era posible sorprenderla con un peón. «Mira más allá de los detalles. Más allá de las complicaciones», me dije a mí misma. Y así desvié la atención de las cabezas de las llaves hacia la parte que se introducía en la cerradura. Aunque en general las llaves tenían tamaños distintos, el cifrado era más o menos del mismo tamaño en todas ellas.

«No, no solo tienen más o menos el mismo tamaño. —Me di cuenta cuando puse una llave junto a la otra y las comparé. El cifrado, es decir, el mecanismo que accionaba la cerradura—, era idéntico en ambas llaves. Cogí una tercera llave—. Es el mismo. —Empecé a comprobar el resto del manojo, llave por llave, comparándolas una detrás de otra—. El mismo. El mismo. El mismo».

No había un centenar de llaves en ese manojo. Cuanto más rápido las repasaba, más segura estaba de ello. Había dos: docenas de copias de la llave equivocada, disfrazadas para parecer todas distintas, y luego...

—Esta.

Finalmente encontré una llave con un cifrado distinto del resto. El interfono emitió un ruido, quizá Jameson seguía al otro lado, pero no dijo nada. Avancé para introducir la llave en la cerradura y sentí una oleada de adrenalina al ver que giraba.

Eureka.

—¿Cómo has sabido cuál era la llave buena? —me preguntó Libby.

La respuesta vino del interfono:

—A veces —dijo Jameson Hawthorne con una voz extrañamente contemplativa—, las cosas que en apariencia son muy distintas, en realidad son en esencia exactamente las mismas.

CAPÍTULO 15

—Bienvenida a casa, Avery.

Alisa entró en el vestíbulo y se volvió para mirarme. Dejé de respirar, solo un momento, mientras cruzaba el umbral de la puerta. Aquello era como entrar en Buckingham Palace o en Hogwarts y que te dijeran que era propiedad tuya.

—Ese pasillo —indicó Alisa— conduce al auditorio, a la sala de música, al invernadero, al solárium... —Ni siquiera sabía qué eran la mitad de aquellas habitaciones—. La Gran Sala, claro, esa ya la has visto —prosiguió Alisa—. El comedor formal está un poco más abajo, luego está la cocina, la cocina del chef...

—¿Hay un chef? —balbucí.

—En plantilla hay chefs de *sushi*, de comida italiana, taiwanesa y vegetariana, además del repostero —explicó una voz masculina. Me volví y descubrí, de pie junto a la puerta de la Gran Sala, a la pareja de mediana edad que estaba presente en la lectura del testamento. «Los Laughlin», recordé. Entonces el señor Laughlin añadió, con cierta brusquedad—. Sin embargo, es mi mujer quien se encarga de cocinar durante el día a día.

—El señor Hawthorne era un hombre muy reservado. —La señora Laughlin me miró de hito en hito—. Dispuso que en general fuera yo quien cocinara porque no quería más extraños de lo estrictamente necesario merodeando por la Casa.

No tuve ninguna duda de que esa señora decía «Casa» en mayúsculas, y dudé todavía menos de que me consideraba una extraña.

—Hay docenas de empleados en plantilla —me explicó Alisa—. Todos reciben un sueldo de jornada completa, pero trabajan cuando se les llama.

—Cuando hay que hacer algo, viene alguien a hacerlo —dijo el señor Laughlin con sencillez— y yo me aseguro de que lo haga con la mayor pulcritud y discreción posibles. En general ni siquiera reparará en que están aquí.

—Pero yo sí —afirmó Oren—. Se controlan estrictamente todas las entradas y salidas de la finca y nadie cruza la verja de entrada sin haber pasado primero por un riguroso control de seguridad. Y eso se aplica a los contratistas, limpiadores y jardineros, además de a los masajistas, los cocineros, los estilistas, los sumilleres... Mi equipo los registra a todos y cada uno de ellos antes de permitirles la entrada.

«Sumilleres. Estilistas. Cocineros. Masajistas». Repasé mentalmente y a la inversa la lista que me acababa de dar. Era para perder la cabeza.

—Los equipamientos deportivos están al final de este pasillo —prosiguió Alisa, recuperando su misión de guía turística—. Hay canchas de baloncesto y de raquetbol, un rocódromo, una bolera...

—¿Una bolera? —repetí.

—Sí, pero solo tiene cuatro pistas —me aseguró Alisa, como si fuera normal tener una bolera pequeña en casa.

Todavía intentaba formular una respuesta apropiada cuando la puerta principal se abrió detrás de mí. El día antes, Nash Hawthorne me había dado la impresión de que se largaba de allí, y sin embargo ahí estaba.

—Vaquero motero —me susurró Libby al oído.

A mi lado, Alisa se puso tensa.

—Si por aquí está todo en orden, yo debería volver al bufete. —Se metió una mano en el bolsillo de la americana y me entregó un móvil nuevo—. He guardado mi número, el del señor Laughlin y el de Oren. Cualquier cosa, nos llamas.

Se marchó sin dirigirle la palabra a Nash, y él la observó mientras se iba.

—Más le vale vigilar con esa —aconsejó la señora Laughlin al mayor de los hermanos Hawthorne, en cuanto se hubo cerrado la puerta—. No hay mayor peligro que el de una mujer despechada.

Aquello me ilustró. «Alisa y Nash», pensé. Mi abogada me había advertido que no debía enamorarme de un Hawthorne, y cuando me había preguntado si alguno de ellos me había arruinado la vida y yo le había contestado que no, su respuesta había sido: «Qué afortunada».

—No vaya usted a pensar que Lee-Lee se ha asociado con el enemigo —le dijo Nash a la señora Laughlin—. Avery no es la enemiga de nadie. Aquí no hay enemigos. Esto es lo que él quiso.

Él. Tobias Hawthorne. Incluso muerto tenía más poder que los vivos.

—Avery no tiene la culpa de nada —intervino Libby—. No es más que una niña.

Nash se fijó en mi hermana y casi pude notar como ella intentaba hacerse invisible. Observó el ojo morado que se escondía detrás del flequillo de Libby.

—¿Qué ha pasado aquí? —preguntó en un susurro.

—Estoy bien —repuso Libby, alzando el mentón.

—No me cabe duda —replicó Nash con suavidad—. Pero si quieres darme algún nombre, estaré encantado.

No me pasó desapercibido el efecto que esas palabras tuvieron en Libby. No estaba acostumbrada a que nadie, aparte de mí, estuviera de su lado.

—Libby —la llamó Oren—. Si tienes un momento, me gustaría presentarte a Hector, será él quien se encargue de tu seguridad. Avery, puedo garantizarte que Nash no te matará con un hacha ni tampoco permitirá que nadie te mate con un hacha mientras yo no estoy.

Aquello arrancó una risita a Nash y yo fulminé a Oren con la mirada. ¡No hacía falta que gritara a los cuatro vientos que no confiaba en ellos! Mientras Libby se adentraba con Oren en las profundidades de la casa, fui muy consciente de que el mayor de los hermanos Hawthorne no perdía de vista a mi hermana mientras se marchaba.

—Déjala en paz —le advertí a Nash.

—Eres protectora —comentó Nash— y pareces el tipo de persona que no teme jugar sucio. Si algo respeto, es la combinación de ambas características.

Se oyó un estallido y un golpe a lo lejos.

—Y esa —dijo Nash reflexivo— sería la razón por la que he vuelto y no me dedico a llevar una tranquila vida nómada.

Otro golpe.

Nash puso los ojos en blanco.

—Esto será divertido. —Echó a andar hacia un pasillo cercano. Giró la cabeza para mirarme—. Será mejor que me sigas, chiquilla. Ya sabes lo que se dice de los bautizos y el fuego.

CAPÍTULO 16

Nash tenía las piernas largas, de modo que una zancada desgarbada de las suyas me obligaba a ir casi al trote para seguirle el ritmo. Eché un vistazo a todas las habitaciones que cruzábamos, pero resultaron ser borrones de arte y arquitectura y luz natural. Al final del largo pasillo, Nash abrió una puerta de par en par. Me preparé para encontrar cualquier indicio de una pelea, pero en lugar de eso vi a Grayson y a Jameson de pie en rincones opuestos de una biblioteca que me dejó sin respiración.

La sala era circular y de techo altísimo. Las estanterías, hechas de rica madera noble, se alzaban cinco o seis metros y todas ellas estaban repletas de ediciones en cartoné. A lo largo de la estancia había cuatro escaleras de hierro forjado que ascendían en espiral hasta los estantes más altos, como si fueran las puntas de una brújula. En el centro de la biblioteca se alzaba un gigantesco tocón de árbol que mediría por lo menos tres metros de diámetro. Incluso desde lejos pude ver los anillos que delataban la edad del árbol.

Me llevó un momento entender que estaba ahí para hacer las veces de escritorio.

«Podría quedarme aquí para siempre —pensé—. Podría quedarme en esta habitación para siempre y no salir jamás».

—¿Y bien? —dijo Nash, que, de pie a mi lado, observaba tranquilamente a sus hermanos—. ¿A quién tengo que darle una paliza antes?

Grayson levantó la mirada del libro que tenía en la mano.

—¿Es que siempre tenemos que arreglarlo todo a puñetazo limpio?

—Parece que ya tengo al primer voluntario para una paliza —comentó Nash. Luego le lanzó una mirada calculadora a Jameson, que estaba apoyado en una de las escaleras de hierro forjado—. ¿Tú eres el segundo?

Jameson soltó una risita.

—¿No podías quedarte al margen, eh, hermano mayor?

—¿Y dejar a Avery aquí con dos zopencos como vosotros?

Tuve la sensación de que ni Grayson ni Jameson se habían percatado de que yo también estaba allí, detrás de Nash, hasta que este pronunció mi nombre. Sin embargo, en un instante, noté que perdía toda invisibilidad.

—Yo no me preocuparía excesivamente por la señora Grambs —repuso Grayson, con los ojos argénteos entornados—. Está visto que puede cuidar de sí misma.

«Traducción: soy una farsante desalmada y sacacuartos, y me tiene bien calada», pensé.

—No le hagas caso a Gray —me dijo Jameson tranquilamente—. Nadie lo hace.

—Jamie —intervino Nash—. Cierra el pico.

Jameson lo ignoró.

—Grayson se está entrenando para los Juegos Olímpicos de Insufribles, y estamos todos convencidos de que va a ganar la medalla de oro si consigue meterse ese palo un poquito más arriba del...

«Culombio», añadí mentalmente, imitando a Max.

—Basta —gruñó Nash.

—¿Qué me he perdido?

Xander cruzó el umbral de un salto. Vestía un uniforme de colegio privado, completado con una americana que se quitó con un simple ademán.

—No te has perdido nada —replicó Grayson—. Y la señora Grambs ya se iba. —Entonces me miró a mí—. Estoy seguro de que querrá ir a instalarse.

Aunque la multimillonaria era yo, todavía era él quien daba órdenes.

—Un momento. —Xander frunció el ceño de pronto, captando por fin las vibraciones del cuarto—. Tíos, ¿os estabais peleando sin mí? —Yo todavía no había visto rastro alguno de pelea o destrucción, pero era evidente que Xander se había percatado de algo que a mí me había pasado desapercibido—. De eso me sirve ser el único que no se salta las clases... —dijo apesadumbrado.

Al oírlo mencionar las clases, Nash dejó de mirar a Xander para fijarse en Jameson.

—¿Y el uniforme? —preguntó—. ¿Ahora hacemos campana, Jamie? Eso son dos palizas.

Xander escuchó que se hablaba de repartir, sonrió, empezó a saltar en el sitio y, sin previo aviso, se echó encima de Nash y lo derribó. «Pues nada, lucha libre improvisada entre hermanos», pensé.

—¡Te tengo! —declaró Xander triunfante.

Nash cogió la pierna de Xander con el tobillo, le dio la vuelta a su hermano y lo inmovilizó contra el suelo.

—Hoy no, hermanito —dijo Nash sonriendo. Luego fulminó con la mirada a los otros dos hermanos—. Hoy no.

Ahí estaban, los cuatro hermanos, como uno solo. Ellos eran Hawthorne. Yo no. Y en aquel momento lo noté hasta en la piel. A ellos los unía un vínculo impenetrable para el resto del mundo.

—Debería irme —dije.

No estaba haciendo nada allí, si me quedaba no haría más que mirar como una boba.

—No debería estar aquí, en esta casa —replicó Grayson con sequedad.

—Cierra la boca, Gray —se metió Nash—. Lo hecho, hecho está. Y sabes tan bien como yo que, si lo hizo el viejo, no hay manera de deshacerlo. —Nash se volvió hacia Jameson—. Y tú escúchame bien: tus tendencias autodestructivas no tienen tanto encanto como crees.

—Avery resolvió el acertijo de las llaves —dijo Jameson como si nada—. Más rápido que cualquiera de nosotros.

Por primera vez desde que había puesto los pies en esa habitación, los cuatro hermanos guardaron silencio. «¿Qué pasa aquí?», me pregunté. Ese instante se me antojó tenso, eléctrico, casi insoportable, y entonces...

—¿Le has dado las llaves? —preguntó Grayson, rompiendo el silencio.

Yo todavía tenía el manojo de llaves en la mano. De pronto se me antojó muy pesado. «Jameson no tenía que darme las llaves», comprendí.

—Legalmente estamos obligados a entregar...

—Una llave. —Grayson interrumpió a Jameson y empezó a caminar tranquilamente hacia él tras cerrar de un golpe el libro que tenía en la mano—. Legalmente estamos obligados a darle una llave, Jameson, no las llaves.

Yo había dado por hecho que antes me estaban tomando el pelo. Al principio había pensado que se trataba de una prueba. Pero por cómo estaban hablando ahora, me pareció que era más bien una tradición. Una invitación.

Un rito de paso.

—Tenía curiosidad por ver qué tal lo hacía. —Jameson arqueó una ceja—. ¿Queréis saber su tiempo?

—¡No! —bramó Nash.

No me quedó claro si lo decía para responder a Jameson o para advertir a Grayson que no se acercara más a su hermano.

—¿Puedo levantarme ya? —quiso saber Xander, que todavía estaba en el suelo, soportando el peso de Nash, y, al parecer, de mejor humor que sus tres hermanos juntos.

—No —contestó Nash.

—Te dije que la chica era especial —murmuró Jameson mientras Grayson seguía acercándose a él.

—Y yo te dije que no te acercaras a ella. —Grayson se detuvo justo fuera del alcance de su hermano.

—¡Eh, veo que volvéis a hablaros! —comentó Xander con alegría—. ¡Genial!

«Genial no», pensé, incapaz de apartar los ojos de la tormenta que se gestaba a meros pasos de mí. Jameson era más alto y Grayson era más corpulento. La sonrisita de suficiencia del primero también chocaba con la expresión férrea del segundo.

—Bienvenida a la Casa Hawthorne, Chica Misteriosa.

El recibimiento de Jameson parecía más dedicado a Grayson que a mí. No sabía de qué iba aquella pelea, pero desde luego no se trataba de una mera diferencia de opiniones sobre acontecimientos recientes.

No se trataba solo de mí.

—Para de llamarme Chica Misteriosa. —Casi no había dicho nada desde que había cruzado la puerta de la biblioteca, pero me estaba cansando de ser una simple espectadora—. Me llamo Avery.

—También me gustaría llamarte Heredera —ofreció Jameson. Avanzó un paso, para quedarse bajo un rayo de luz que se colaba por una claraboya. Estaba frente a frente con Grayson—. ¿Qué te parece, Gray? ¿Alguna preferencia sobre los motes para nuestra nueva casera?

«Casera», me llamó. Jameson estaba poniendo el dedo en la llaga, como si él pudiera aceptar que lo hubieran desheredado si eso significaba que el heredero forzoso también lo había perdido todo.

—Intento protegeros —repuso Grayson en voz baja.

—Creo que ambos sabemos —contestó Jameson— que la única persona a quien has protegido jamás es a ti mismo.

Grayson se quedó completamente quieto, daba miedo.

—Xander. —Nash se puso de pie y ayudó al hermano más pequeño a levantarse—. ¿Por qué no acompañas a Avery a su ala y se la muestras?

No sé si aquello fue el intento de Nash de evitar que se cruzara una línea o su forma de decir que ya se había cruzado.

—Vamos. —Xander me dio un golpecito en el hombro con el suyo—. Iremos a por galletas de camino.

Si aquella afirmación pretendía aliviar la tensión de la biblioteca, no funcionó, pero sí consiguió que Grayson dejara de mirar a Jameson, al menos un momento.

—Nada de galletas.

Grayson habló con voz estrangulada, como si las palabras se le atascaran en la garganta, como si el último disparo de Jameson lo hubiera dejado sin aire en los pulmones.

—Bueno —respondió Xander alegremente—. Sabes regatear, Grayson Hawthorne. Nada de galletas. —Xander me guiñó el ojo y añadió—: Pararemos a por bollos.

CAPÍTULO 17

—El primer bollo es lo que a mí me gusta llamar bollo de entrenamiento —me explicó Xander. Luego se metió un bollo entero en la boca, me ofreció otro a mí y siguió instruyéndome—. Con el tercer bollo no, con el cuarto, empiezas a desarrollar cierta sabiduría en el arte de comer bollos.

—Sabiduría en el arte de comer bollos —repetí anonadada.

—Eres de naturaleza escéptica —observó Xander—. Te irá muy bien en esta casa; pero, si hay una verdad universal en la experiencia humana, es que un paladar bien afinado para la degustación de los bollos no se consigue de la noche a la mañana.

Por el rabillo del ojo vi a Oren y me pregunté cuánto rato llevaba siguiéndonos.

—¿Por qué estamos aquí parados hablando de bollos? —le pregunté a Xander. Oren me había asegurado que los hermanos Hawthorne no suponían amenaza física alguna, ¡pero, igualmente...! Al menos (como poco), Xander tendría que intentar hacerme la vida imposible—. ¿No se supone que deberías odiarme? —quise saber.

—Claro que te odio —respondió Xander, devorando con alegría su tercer bollo—. Si te fijas, me he reservado las delicias de arándano para mí mientras que a ti te he dado —dijo, con un escalofrío— los bollos de limón. Para que veas la profundidad del odio que me inspira tu persona y de los principios que tengo.

—Oye, que todo esto va en serio.

Me sentía como si hubiera caído en el País de las Maravillas, y luego hubiera vuelto a caer, madriguera tras madriguera, en un círculo vicioso.

«Trampas y más trampas —oí a Jameson diciendo—. Y acertijos tras acertijos».

—¿Por qué debería odiarte, Avery? —preguntó Xander al fin. En su tono descubrí capas de emociones que no había percibido antes—. No eres tú quien ha hecho todo esto.

Lo había hecho Tobias Hawthorne.

—Quizá tú no tienes la culpa de nada. —Xander se encogió de hombros—. Tal vez eres el genio malvado que al parecer Grayson piensa que eres; pero, al fin y al cabo, aunque creyeras que habías manipulado a nuestro abuelo para conseguir todo esto, te aseguro que más bien te habría manipulado él a ti.

Pensé en la carta que me había dejado Tobias Hawthorne: dos palabras y ninguna explicación.

—Tu abuelo era una buena pieza —le dije a Xander.

Él escogió un cuarto bollo.

—Estoy de acuerdo. Me comeré este bollo en su honor. —Y así lo hizo—. ¿Quieres que te lleve a tus aposentos?

«Aquí tiene que haber gato encerrado», pensé. Xander Hawthorne tenía que ser más de lo que aparentaba.

—Dime cómo se va y listo —le contesté.

—Verás... —El más joven de los hermanos Hawthorne hizo una mueca—. Cabe la posibilidad de que sea un poquitín difícil orientarse en la Casa Hawthorne. Imagina, si te ayuda, que un laberinto hubiera tenido un bebé con *¿Dónde está Wally?*, solo que Wally serían tus aposentos.

Intenté traducir aquella frase tan absurda.

—La Casa Hawthorne tiene una planta poco convencional.

Xander engulló el quinto y último bollo.

—¿Te han dicho alguna vez que tienes un don para las palabras?

—La Casa Hawthorne es la vivienda residencial de propiedad privada más grande del estado de Texas. —Xander me guio hacia una escalinata—. Podría decirte un número de metros cuadrados, pero solo sería una estimación. Lo que verdaderamente diferencia a la Casa Hawthorne del resto de las construcciones palaciegas obscenamente grandes no es tanto su tamaño como su carácter. Mi abuelo añadió al menos una habitación o un ala nueva cada año. Imagínate, si te ayuda, que un dibujo de M. C. Escher concibiera un hijo con uno de los mejores diseños de Leonardo da Vinci…

—Basta —ordené—. Vamos a poner una norma: se te prohíbe usar ningún tipo de término relacionado con la concepción de bebés cuando describas esta casa o a sus inquilinos, incluyéndote a ti mismo.

Xander se llevó una mano al pecho en un gesto muy melodramático.

—Qué dura eres.

Me encogí de hombros.

—Mi casa, mis normas.

Me miró boquiabierto. Yo tampoco podía creerme lo que le acababa de decir, pero Xander Hawthorne tenía algo que me hacía sentir como si no tuviera que estar todo el rato pidiendo disculpas por existir.

—¿Demasiado pronto? —pregunté.

—Soy un Hawthorne. —Xander me miró la mar de digno—. Jamás es demasiado pronto para empezar a decir pestes. —Y entonces continuó enseñándome la casa—. Como iba diciendo, el ala este es, en realidad, el ala nordeste, situada en la segunda planta. Si te pierdes, tú busca al viejo. —Xander hizo un ademán con la cabeza hacia un retrato colgado en la pared—. Estos últimos meses esta era su ala.

Había visto fotos de Tobias Hawthorne por internet, pero en cuanto miré el retrato no pude apartar los ojos de él. Tenía el pelo plateado, y el paso de los años se notaba en su rostro más de lo que me había imaginado. Tenía casi los mismos ojos que Grayson, la misma complexión que Jameson y el mentón de Nash. Si no hubiera visto a Xander en movimiento, quizá no habría encontrado absolutamente ningún parecido entre ellos, pero había algo en los rasgos de Tobias Hawthorne, en cómo encajaban entre sí; no era solo cuestión de los ojos, o la nariz, o la boca, sino de lo que los unía.

—Ni siquiera lo conocí. —Aparté los ojos del retrato y los fijé en Xander—. Me acordaría.

—¿Estás segura? —me preguntó Xander.

Entonces me descubrí mirando de nuevo el retrato. ¿Había visto alguna vez al multimillonario? ¿Se habían cruzado nuestros caminos, aunque hubiera sido un instante? No podía pensar en nada más que en una frase que se repetía en bucle, una y otra vez. «Lo siento».

CAPÍTULO 18

Xander me dejó para que explorara mi ala.

«Mi ala. —Me sentía ridícula solo de pensarlo—. De mi mansión». Las cuatro primeras puertas llevaban a dormitorios con baño privado, todos tan terriblemente inmensos que en ellos una cama doble extragrande parecía diminuta. Los vestidores podrían haber servido de dormitorios. ¡Y los baños! Dentro de las duchas había bancos integrados y, además, todas ellas disponían de al menos tres alcachofas distintas. Las bañeras eran gigantescas y tenían tableros de control. En todos los espejos había televisores.

Anonadada, llegué hasta la quinta y última puerta que había en el pasillo. «No es un dormitorio —comprendí nada más entrar—. Es un despacho». Nada menos que seis enormes butacas de cuero estaban colocadas en forma de herradura y encaradas al balcón. Las paredes estaban recubiertas de vitrinas de cristal en cuyos estantes había, dispuestos en perfecta simetría, objetos que podrían haber pertenecido a un museo: geodas, armas antiguas, figuras de ónice y piedra. Enfrente del balcón, pero al fondo de la estancia, había un escritorio. Al acercarme vi una brújula de bronce muy grande insertada en la superficie y la acaricié con los dedos. Las agujas giraron —hacia el noroeste— y un compartimento del escritorio se abrió de golpe.

«Esta ala fue donde Tobias Hawthorne pasó sus últimos meses», pensé. De repente me entraron ganas no solo de mirar en el compartimento que acababa de abrirse, sino de rebuscar en todos los cajones del escritorio de Tobias Hawthorne. Tenía que haber algo, en algún sitio, que pudiera decirme qué le pasó por la cabeza, por qué estaba yo allí, por qué había dejado de lado a su familia por mí. ¿Había hecho algo para impresionarlo? ¿Había visto algo en mí?

«¿O en mamá?», pensé.

Miré de cerca el compartimento que se había abierto. En su interior vi tres profundos surcos tallados en forma de T. Pasé los dedos por los grabados. No pasó nada. Intenté abrir el resto de los cajones, pero estaban cerrados con llave.

Detrás del escritorio había tres estanterías llenas de placas y trofeos. Me dirigí hacia ellas. La primera placa tenía las palabras ESTADOS UNIDOS DE AMÉRICA grabadas sobre un fondo dorado; debajo había un sello. Tuve que leer la letra pequeña para descubrir que se trataba de una patente, pero no era de Tobias Hawthorne.

El titular de la patente era Xander.

Había al menos doce patentes más en la pared, unos cuantos récords mundiales y trofeos de todas las formas posibles: un jinete de rodeo, una tabla de surf, una espada… También había medallas. Una serie de cinturones negros. Copas de competiciones —algunas de ellas campeonatos nacionales— de todo tipo, desde motocross hasta natación pasando por el juego del millón. Vi también una saga de cuatro cómics enmarcados —de superhéroes, me fijé, como los que salen en las películas— cuyos autores eran los nietos Hawthorne. Una edición maravillosa de un libro de fotografías en cuyo lomo aparecía el nombre de Grayson.

Aquello no era una simple exposición. Aquello era casi un santuario: la oda de Tobias Hawthorne a sus cuatro extraordinarios nietos. No tenía ningún sentido. No tenía ningún sentido que cuatro personas —tres de ellas adolescentes— hubieran conseguido tantas cosas, y todavía tenía menos sentido que el hombre que había guardado todo aquello y lo había expuesto en su despacho, hubiera decidido que ninguno de ellos merecía heredar su fortuna.

«Aunque creyeras que habías manipulado a nuestro abuelo para conseguir todo esto —recordé a Xander diciéndome—, te aseguro que más bien te habría manipulado él a ti».

—¿Avery?

En cuanto oí mi nombre me aparté de un salto de los trofeos y cerré a regañadientes el compartimento del escritorio que se había abierto con la brújula.

—¡Estoy aquí! —respondí.

Libby apareció ante la puerta.

—Esto es ficción —me dijo—. Este sitio parece sacado de la ficción.

—Es una manera de decirlo.

Intenté concentrarme en la maravilla que era la Casa Hawthorne y no en el ojo a la funerala de mi hermana, pero no lo conseguí. Lo tenía todavía peor, si cabía.

Libby se rodeó con los brazos.

—Estoy bien —me aseguró al fijarse en mi mirada—. Ni siquiera duele tanto como parece.

—Por favor, dime que no vas a volver con él.

No pude evitar que las palabras se me escaparan de los labios. Libby necesitaba que la apoyara, no que la juzgara. Sin embargo, no dejaba de pensar que Drake había sido su ex muchas veces.

—Estoy aquí, ¿no? —repuso ella—. Te he escogido a ti.

Pero yo quería que se escogiera a sí misma, y así se lo dije. Libby dejó que el pelo le ocultara el rostro y se encaminó hacia el balcón. Guardó silencio durante un minuto entero antes de volver a hablar.

—Mi madre me pegaba cuando yo era pequeña. Solo cuando se ponía muy nerviosa, ¿sabes? Era madre soltera, y era muy duro. De hecho, la entendía. Y por eso intentaba hacer las cosas fáciles.

Me imaginé a Libby de niña, intentando consolar a la persona que acababa de pegarle.

—Libby...

—Drake me quería, Avery. Sé que me quería y por eso me esforcé tanto para comprenderlo... —Al decir esas palabras se abrazó con más fuerza. El pintaúñas negro que llevaba parecía recién aplicado. Perfecto—. Pero tenías razón.

Aquello me rompió el corazón.

—No quería tenerla.

Libby se quedó allí de pie unos segundos más, luego llegó hasta el balcón y accionó el picaporte. La seguí y ambas salimos al encuentro de la brisa nocturna. Justo debajo teníamos una piscina. Supuse que estaba climatizada, porque alguien estaba nadando.

Grayson. Mi cuerpo lo reconoció antes de que lo hiciera mi mente. Los brazos del chico cortaban el agua con una eficiencia brutal de brazada estilo mariposa. Y los músculos de su espalda...

—Tengo que contarte algo —me dijo Libby, todavía de pie a mi lado.

Aquello me ayudó a apartar los ojos de la piscina... y del nadador.

—¿Sobre Drake? —pregunté.

—No. Antes he escuchado una cosa. —Libby tragó saliva—. Cuando Oren me ha presentado a mi guardaespaldas, he oído al marido de Zara. Están haciendo una prueba... Una prueba de ADN. De tu ADN.

No tenía ni idea de dónde habían podido sacar Zara y su marido una muestra de mi ADN, pero aun así tampoco me sorprendí mucho. La explicación más simple para que alguien incluyera en tu testamento a una completa desconocida, pensé para mis adentros, era que no se tratara de una completa desconocida. La explicación más sencilla era que yo también fuera una Hawthorne.

No tenía que mirar a Grayson ni de lejos.

—Si Tobias Hawthorne era tu padre —empezó a decir Libby con dificultad—, entonces nuestro padre, mi padre, vaya, no es el tuyo. Y si no tenemos el mismo padre, y encima casi no nos veíamos cuando éramos niñas...

—Ni te atrevas a decir que no somos hermanas —la corté.

—¿Querrías que estuviera aquí igualmente? —me preguntó Libby, acariciándose la gargantilla—. Si no fuéramos...

—Te quiero aquí conmigo —le prometí—. Pase lo que pase.

CAPÍTULO 19

Esa noche me di la ducha más larga de mi vida. En esa casa el agua caliente no se acababa nunca. La mampara de cristal de la ducha, además, contenía el calor. Era como tener una sauna particular. Después de secarme con un juego de toallas inmensas y suavísimas, me puse mi zarrapastroso pijama y me arrebujé bajo unas sábanas de algodón —estaba casi convencida de ello— egipcio.

No sabía cuánto rato llevaba ahí tumbada cuando la oí. Una voz.

—Tira del candelabro.

Me levanté al instante y me di la vuelta para ponerme de espaldas contra la pared. Por instinto agarré las llaves que había dejado en la mesilla de noche, por si acaso me hacía falta un arma. Escruté la habitación en busca de la persona que había hablado, pero descubrí que no había nadie.

—Tira del candelabro que hay junto a la chimenea, Heredera. A no ser que quieras que me quede aquí atrapado, claro está.

El enfado sustituyó mi reacción de lucha o huida inicial. Miré con los ojos entornados la chimenea de piedra que había al fondo del cuarto. Pues claro que había un candelabro en la repisa.

—Me da que esto puede calificarse de acoso —comenté, dirigiéndome a la chimenea o, para ser precisos, al chico que había tras ella.

Aun así, no pude evitar tirar del candelabro. ¿Quién se hubiera resistido a algo así? Rodeé la base del candelabro con la mano y percibí cierta resistencia. Entonces me llegó otra indicación desde el otro lado de la chimenea.

—No tires hacia ti, inclínala hacia abajo.

Seguí las instrucciones. El candelabro rotó, entonces oí un leve chasquido y el fondo de la chimenea se separó de la base apenas unos centímetros. Al cabo de un momento vi las puntas de unos dedos en la rendija y observé como levantaba el fondo de la chimenea y lo hacía desaparecer tras la repisa. Ahora había una abertura en el fondo de la chimenea, por la cual salió Jameson Hawthorne. Se irguió, se volvió hacia el candelabro para ponerlo en la posición original y la entrada que acababa de usar quedó oculta de nuevo.

—Un pasadizo secreto —explicó, aunque no hacía ninguna falta—. Hay un montón en la casa.

—¿Y se supone que eso tendría que reconfortarme? —le pregunté—. ¿O asustarme?

—Dímelo tú, Chica Misteriosa. ¿Te reconforta o te asusta? —Dejó que me lo planteara un momento—. ¿O es posible que te intrigue?

La primera vez que vi a Jameson Hawthorne estaba borracho. Esta vez no olí alcohol en su aliento, pero sí me pregunté cuándo habría sido la última vez que había dormido. Su pelo se estaba comportando, pero había algo salvaje en el brillo de sus ojos.

—No me preguntas por las llaves. —Jameson me dedicó una sonrisilla traviesa—. Esperaba que me preguntaras por las llaves.

Las sostuve en alto.

—Esto ha sido cosa tuya.

No era ninguna pregunta; él tampoco se lo tomó como tal.

—Vendría a ser una tradición familiar.

—Yo no soy familia.

El chico ladeó la cabeza.

—¿Eso crees?

Pensé en Tobias Hawthorne, en la prueba de ADN que el marido de Zara ya había encargado.

—No lo sé.

—Sería una pena —comentó Jameson— que fuéramos parientes. —Me dedicó otra sonrisa, perezosa y afilada—. ¿No te lo parece?

¿Se podía saber qué me estaba pasando con los chicos Hawthorne? «Para de pensar en su sonrisa. Para de mirarle los labios. En serio, para», me ordené.

—Me parece que ya tienes bastante con la familia que tienes. —Me crucé de brazos—. Y también me parece que eres mucho menos astuto de lo que te piensas. Quieres algo.

Siempre se me habían dado bien las matemáticas. Siempre había sido una persona lógica. Ese chico estaba ahí, en mi cuarto, tirándome los tejos por alguna razón.

—Pronto todo el mundo va a querer algo de ti, Heredera —sonrió Jameson—. La pregunta es: ¿cuántos de nosotros queremos algo que tú estés dispuesta a dar?

Solo con oír su voz y su forma de pronunciar las frases... ya podía sentir una necesidad física de acercarme a él. «Esto es patético», me dije.

—Para de llamarme Heredera —le espeté—. Y si conviertes la respuesta a mi pregunta en algún tipo de acertijo, llamaré a seguridad.

—Aquí está la cosa, Chica Misteriosa. No creo que vaya a convertir nada en un acertijo. No creo que haga falta. Tú eres un acertijo, un rompecabezas, un juego…, el último de mi abuelo.

Me miraba con tal intensidad que no me atreví a apartar la mirada.

—¿Por qué crees que en esta casa hay tantos pasadizos secretos? ¿Por qué hay tantas llaves que no abren ninguna puerta? Todos los escritorios que compró mi abuelo tenían compartimentos secretos. Hay un órgano en el auditorio que abre un cajón secreto al tocar una secuencia de notas concreta. Cada sábado por la mañana, desde que era un crío y hasta la noche en que murió, mi abuelo nos sentaba a mis hermanos y a mí y nos planteaba un acertijo, un rompecabezas, un desafío imposible, en fin, algo que resolver. Y entonces murió. Y entonces… —dijo Jameson, mientras avanzaba un paso hacia mí—. Entonces apareciste tú.

«Yo».

—Grayson cree que eres un genio de la manipulación. Mi tía está convencida de que por tus venas corre sangre Hawthorne. Pero yo creo que eres el acertijo final del viejo, un último rompecabezas que resolver. —Se acercó otro paso y ya solo nos separaba uno más—. Te escogió por algún motivo, Avery. Eres especial, y creo que quería que descubriéramos, o que yo descubriera, por qué.

—Yo no soy ningún rompecabezas.

Podía sentir el corazón latiéndome en el cuello. Jameson estaba lo bastante cerca para verme el pulso.

—Desde luego que sí —respondió—. Todos lo somos. No me digas que una parte de ti no ha intentado descifrarnos. A Grayson. A mí. Quizá incluso a Xander.

—¿Para ti todo esto solo es un juego? —Levanté la mano para impedirle que siguiera avanzando. Sin embargo, él dio un último paso de todos modos y mi mano se apoyó en su pecho.

—Todo es un juego, Avery Grambs. Lo único que podemos decidir en esta vida es si jugamos para ganar.

Levantó la mano para apartarme el pelo del rostro y yo retrocedí de golpe.

—Vete de aquí —dije en voz baja—. Y vete por la puerta normal.

En toda mi vida nadie me había tocado con tanta dulzura como él en ese preciso instante.

—Estás enfadada —observó Jameson.

—Ya te lo he dicho: si quieres algo, lo pides. Pero no vengas aquí a hablarme de lo especial que soy. Y no me toques la cara.

—Eres especial. —Jameson no movió las manos, pero la expresión embriagante de sus ojos no cambió un ápice—. Y lo que quiero es descubrir por qué. ¿Por qué tú, Avery? —Retrocedió un paso para darme espacio—. No me digas que no quieres saberlo tú también.

Sí que quería. Desde luego que quería.

—Voy a dejar esto aquí —dijo mientras me mostraba un sobre y lo depositaba con delicadeza encima de la repisa—. Léela y ya me dirás si este no es un juego que hay que ganar. Si esto no es un acertijo. —Jameson asió el candelabro y, mientras se abría de nuevo el pasadizo de la chimenea, me disparó una certera despedida—: A ti te ha dejado la fortuna, Avery, y lo único que nos ha dejado a nosotros eres tú.

CAPÍTULO 20

Hacía mucho rato que Jameson había desaparecido en la oscuridad y que el pasadizo de la chimenea se había cerrado, pero yo me quedé ahí de pie con la mirada perdida. ¿Ese era el único pasadizo secreto que daba a mi cuarto? En una casa como esa, ¿cómo iba a poder estar realmente segura de que me encontraba a solas?

Al final acabé por dirigirme a la repisa de la chimenea para coger el sobre que había dejado Jameson; a pesar de que todo mi ser se rebelaba contra sus palabras. Yo no era ningún acertijo. Yo solo era una chica.

Le di la vuelta al sobre y vi el nombre de Jameson escrito en él. «Es su carta —comprendí—. La carta que le entregaron cuando se leyó el testamento». Yo todavía no tenía ni idea de qué pensar de la mía, ni idea de por qué me pedía disculpas Tobias Hawthorne. Tal vez la carta de Jameson aclarara algo.

La abrí y la leí. El mensaje era más largo que el mío, pero tenía todavía menos sentido.

Jameson:

Más vale malo conocido que bueno por conocer, ¿o no? El

poder tiende a corromper y el poder absoluto corrompe absolutamente. No es oro todo lo que reluce. En esta vida solo la muerte es segura. Le podría haber ocurrido a cualquiera. No juzgues.

Tobias Tattersall Hawthorne

Para cuando se hizo de día, ya me había aprendido de memoria la carta de Jameson. Parecía que la hubiera escrito alguien que llevara días sin dormir…; alguien que no estuviera cuerdo del todo, que se limitara a enlazar un tópico tras otro. Pero cuanto más dejaba reposar esas líneas en mi mente, más empezaba a considerar la posibilidad de que Jameson tuviera razón.

«Aquí hay algo, en estas cartas. En la de Jameson. En la mía. Una respuesta o, al menos, una pista», pensé.

Rodé para bajarme de mi gigantesca cama, fui a desenchufar mis móviles —en plural— de los cargadores y descubrí que mi móvil viejo se había muerto. Pulsando el botón de encendido con fuerza unas cuantas veces, y con un poco de suerte, conseguí que se encendiera. No sabía siquiera cómo empezar a explicarle a Max las últimas veinticuatro horas, pero necesitaba hablar con alguien.

Necesitaba un poco de contacto con la realidad.

Y lo que obtuve fueron más de cien mensajes y llamadas perdidas. De pronto comprendí por qué Alisa me había proporcionado un móvil nuevo. Habían empezado a escribirme personas con las que llevaba años sin hablar. Los que se habían pasado la vida ignorándome ahora clamaban mi atención. Compañeros del trabajo y de clase. ¡Incluso profesores!

No tenía ni idea de cómo habían conseguido mi número la mitad de ellos. Cogí mi móvil nuevo, me conecté a internet y descubrí que mi correo electrónico y mis redes sociales estaban incluso peor.

Tenía miles de mensajes, la mayoría de desconocidos. «Habrá quien te vea como a Cenicienta. Y habrá quien te considere María Antonieta», recordé. Sentí un retortijón en el estómago. Dejé ambos móviles y me levanté tapándome la boca con la mano. Tendría que haberlo imaginado. No tendría que haber sido un golpe para mí, pero no estaba preparada.

¿Cómo iba a estar alguien preparado para algo así?

—¿Avery? —llamó una voz de mujer, que no era la de Libby.

—¿Alisa? —me aseguré antes de abrir la puerta del cuarto.

—Llegas tarde a desayunar —fue la respuesta. Escueta y formal, sin duda era Alisa.

Abrí la puerta.

—La señora Laughlin no estaba segura de qué querrías, así que ha preparado un poco de todo —me explicó Alisa.

Una mujer que no reconocí, veintipocos años quizá, entró tras ella con una bandeja en las manos. La colocó en la mesilla de noche, me miró con los ojos entornados y se fue sin decir nada.

—Creía que solo había empleados si se les llamaba —dije, volviéndome hacia Alisa cuando se hubo cerrado la puerta.

Alisa lanzó un largo suspiro.

—Los empleados —empezó a decir— son muy leales y, ahora mismo, están terriblemente preocupados. Esa —dijo, al tiempo que hacía un ademán hacia la puerta— es una de las incorporaciones más recientes. Es una de las de Nash.

Entorné los ojos.

—¿Cómo? ¿Qué significa que es una de las de Nash?

Alisa jamás perdía la compostura.

—Nash es una especie de nómada. Se va. Recorre el mundo. Encuentra cualquier tugurio donde hacer de camarero durante un tiempo y luego, como las polillas a la luz, vuelve a casa. Y normalmente se trae consigo a un par de casos perdidos. Estoy segura de que ya te imaginas que hay mucho trabajo que hacer en la Casa Hawthorne, y el señor Hawthorne desarrolló el hábito de dar un empleo a los casos perdidos que rescataba Nash.

—¿Y la chica que acaba de entrar? —pregunté.

—Llevará un año aquí. —El tono de Alisa era impenetrable—. Daría la vida por Nash. Como la mayoría.

—Entonces, ella y Nash… —pregunté, aunque no tenía ni idea de cómo formularlo— ¿tienen algo?

—¡No! —replicó Alisa bruscamente. Tomó una profunda bocanada de aire y continuó—: Nash jamás dejaría que surgiera nada con alguien sobre quien él tuviera algún tipo de poder. Tendrá sus defectos, entre ellos un complejo de salvador, pero jamás haría algo así.

No podía seguir disimulando, así que lo dije abiertamente:

—Es tu ex.

Alisa levantó el mentón.

—Estuvimos prometidos durante un tiempo —concedió—. Éramos jóvenes. Hubo problemas. Pero te aseguro que no tengo conflicto de intereses alguno por lo que respecta a tu representación.

«¡¿Prometidos?!». Tuve que hacer acopio de toda mi voluntad para no quedarme boquiabierta. ¿Mi abogada había estado a punto de casarse con un Hawthorne y ni siquiera había pensado que estaría bien mencionarlo?

—Si lo prefieres —me dijo algo tensa—, puedo mover algunos hilos para que tu contacto con el bufete sea cualquier otra persona.

Me esforcé por dejar de mirarla embobada e intenté procesar la situación. Alisa había sido siempre muy profesional y casi daba miedo lo buena que parecía ser en su trabajo. Además, teniendo en cuenta toda la historia del compromiso roto, Alisa tenía una buena razón para no ser leal a los Hawthorne.

—Qué va —repuse—. No necesito otro contacto.

Aquello le arrancó una pequeñísima sonrisa.

—Me he tomado la libertad de matricularte en el Heights Country Day. —Alisa volvió a centrarse en su lista de tareas con una eficiencia implacable—. Es el instituto donde van Xander y Jameson. Grayson se graduó el año pasado. Tenía la esperanza de poder matricularte y que, al menos, te hubieras aclimatado un poco antes de que la noticia de tu herencia llegara a la prensa, pero jugaremos con las cartas que nos han tocado. —Me miró fijamente—. Eres la heredera de los Hawthorne y no eres una Hawthorne. Y eso va a llamar la atención, incluso en un lugar como Country Day, donde no serás ni mucho menos la única persona de posibles.

«De posibles», repetí mentalmente. ¿Cuántos sinónimos llega a tener la gente rica para no usar la palabra «rico»?

—Creo que sabré arreglármelas con una panda de niñatos de colegio de pago —aseguré, aunque en realidad no las tenía todas conmigo. Ni de lejos.

Alisa se percató de mis teléfonos. Se agachó y recogió mi móvil viejo del suelo.

—Me desharé de esto.

Ni siquiera tuvo que mirar la pantalla para ver qué había

pasado. Mejor dicho, qué estaba pasando todavía, a juzgar por el apagado zumbido del móvil.

—Espera —le pedí.

Cogí el teléfono, ignoré los mensajes y busqué el número de Max. Lo copié a mi móvil nuevo.

—Te sugiero que seas muy estricta a la hora de permitir que alguien tenga acceso a tu número nuevo —me advirtió Alisa—. Todo esto tardará mucho en calmarse.

—Todo esto —repetí.

La atención de los medios. Los mensajes de desconocidos. Las personas que jamás se habían preocupado por mí y que, de pronto, decidían que éramos uña y carne.

—Los alumnos del Country Day serán algo más discretos —me dijo Alisa—, pero tienes que estar preparada. Por horrible que suene, el dinero realmente es poder, y el poder atrae. Ya no eres la persona que eras hace dos días.

Quise discutírselo, pero en lugar de hacerlo rememoré la carta que Tobias Hawthorne le había mandado a Jameson. Sus palabras resonaron en mi mente: «El poder tiende a corromper y el poder absoluto corrompe absolutamente».

CAPÍTULO 21

—Has leído mi carta.

Jameson Hawthorne se acomodó a mi lado en el asiento trasero del coche. Oren ya me había puesto al tanto de los elementos de seguridad del vehículo: las ventanillas eran a prueba de balas y tintadas hasta la opacidad. Además, Tobias Hawthorne tenía una serie de coches idénticos para cuando era necesario usar señuelos.

Al parecer, ir al Heights Country Day no era una de esas ocasiones.

—¿Xander quiere que lo llevemos? —preguntó Oren desde el asiento del conductor, mirando a Jameson a través del retrovisor plano.

—Los viernes Xan va temprano al instituto —repuso Jameson—. Actividades extracurriculares.

Entonces Oren, todavía a través del retrovisor, me miró a mí y me dijo:

—¿Te parece bien tener compañía?

¿Si me parecía bien tener al lado a Jameson Hawthorne, quien la noche anterior se había colado en mi cuarto por la chimenea? «Me tocó la cara...», recordé.

—No pasa nada —le respondí a Oren, apartando el recuerdo de un manotazo.

Oren giró la llave en el contacto y luego miró por encima del hombro.

—Ella es el paquete —advirtió a Jameson—. De haber cualquier incidente...

—Ella va primero —acabó la frase por él. Puso un pie en la consola central y se arrellanó contra la puerta—. Abuelo siempre decía que los hombres Hawthorne tienen nueve vidas. Es imposible que yo haya gastado ya más de cinco.

Oren volvió la vista al frente, arrancó el coche y nos fuimos. Incluso a través de las ventanillas a prueba de balas pude oír el revuelo apagado que se levantó cuando cruzamos la verja. *Paparazzi.* Antes habían sido una docena; ahora habría el doble o más.

Evité obsesionarme mucho con ello. Aparté la mirada de los periodistas y la fijé en Jameson.

—Toma —metí la mano en la mochila y le di mi carta.

—Yo te enseñé la mía —dijo, sacándole todo el jugo al doble sentido—. Ahora tú me enseñas la tuya.

—Lee y calla.

Eso hizo.

—¿Ya está? —preguntó cuando hubo acabado.

Asentí.

—¿Tienes idea de por qué se disculpa? —quiso saber Jameson—. ¿Algún terrible agravio anónimo en el pasado?

—Uno. —Tragué saliva e interrumpí el contacto visual—. Pero, a no ser que pienses que tu abuelo es responsable de que mi madre tuviera un grupo sanguíneo extremadamente raro y de que acabara demasiado abajo en la lista de espera para el trasplante, me da que tu abuelo queda fuera de sospecha.

Quise sonar sarcástica, no cruda.

—Luego volvemos a tu carta. —Jameson tuvo la cortesía de ignorar la emoción que había teñido mis palabras—. Primero nos centraremos en la mía. Tengo curiosidad, Chica Misteriosa: ¿qué te ha parecido?

Tuve la sensación de que aquello era otra prueba. Una oportunidad de demostrar mi valía. «Acepto el reto», pensé.

—Tu carta está escrita a base de frases hechas —respondí, empezando por lo evidente—. «No es oro todo lo que reluce». «El poder absoluto corrompe absolutamente». Nos viene a decir que el dinero y el poder son peligrosos. Y la primera línea: «Más vale malo conocido que bueno por conocer, ¿o no?», bueno, es evidente, ¿no?

Su familia era lo malo que Tobias Hawthorne conocía, mientras que yo era lo malo por conocer. «Pero si eso es cierto, ¿por qué yo?», me planteé por enésima vez. Si yo era una desconocida, ¿cómo me había escogido? ¿Como quien arroja una flecha hacia un mapa? ¿Con el algoritmo computacional de Max?

Y si yo era una desconocida..., ¿por qué se disculpaba?

—Continúa —me animó Jameson.

Me concentré.

—«En esta vida solo la muerte es segura». Me parece a mí que tu abuelo ya sabía que iba a morir.

—Nosotros ni siquiera sabíamos que estaba enfermo —murmuró Jameson.

Aquello me emocionó. Al parecer, Tobias Hawthorne había sido un maestro a la hora de guardar secretos, igual que mi madre. «Yo podría ser lo malo por conocer, aunque la conociera a ella. Yo sería una desconocida igualmente, aunque ella no lo fuera», comprendí.

Notaba la presencia de Jameson a mi lado; me miraba de tal manera que me planteé si era capaz de leerme la mente.

—«Le podría haber ocurrido a cualquiera» —añadí, volviendo al contenido de la carta, decidida a llegar hasta el final—. En otras circunstancias, cualquiera de nosotros hubiera podido acabar en la situación del otro —traduje.

—El niño rico puede convertirse en un indigente. —Jameson bajó los pies de la consola central y se volvió para mirarme de hito en hito. Clavó sus ojos verdes en los míos de tal manera que mi cuerpo entero se puso en alerta roja—. Y la niña desamparada puede convertirse en...

«Una princesa. Un acertijo. Una heredera. Un juego», completé para mis adentros.

Jameson sonrió. Si aquello había sido una prueba, la había superado.

—A simple vista —empezó a decirme—, parece que la carta subraya lo que ya sabemos: mi abuelo murió y se lo dejó todo al malo que no conocía, cambiando así por completo la fortuna de muchos. ¿Por qué? Porque «el poder tiende a corromper. El poder absoluto corrompe absolutamente».

No podría haber apartado los ojos de ese chico ni que lo hubiera intentado.

—¿Y qué hay de ti, Heredera? —continuó Jameson—. ¿Eres incorruptible? ¿Por eso dejó la fortuna en tus manos? —La expresión que asomaba en las comisuras de sus labios no era una sonrisa. No estaba segura de lo que era, exactamente, aparte de algo magnético—. Conozco bien a mi abuelo. —Jameson me miró con detenimiento—. Aquí hay algo más. Un juego de palabras. Un código. Un mensaje secreto. Algo.

Me devolvió mi carta. La cogí y bajé la mirada.

—Tu abuelo firmó mi carta con sus iniciales —ofrecí una última observación—. Y la tuya con su nombre completo.

—¿Y qué —preguntó Jameson con suavidad— nos indica eso?

«¿Nos dice? ¿En plural?», advertí. ¿Cómo había surgido un plural entre un Hawthorne y yo? Tendría que haber sido más precavida. Incluso sin las advertencias de Oren —y de Alisa— tendría que haber mantenido las distancias. Sin embargo, había algo en esa familia... En esos chicos...

—Ya casi hemos llegado. —La voz de Oren se impuso desde el asiento delantero. Si había escuchado nuestra conversación, no dio muestra alguna de ello—. La dirección del Country Day ha sido informada de la situación. Hace años que cedí las labores de protección al colegio, cuando matricularon a los chicos. Aquí no tendría que pasarte nada, Avery, pero no salgas, por ninguna circunstancia, del campus. —Cruzamos una verja custodiada por guardas—. Estaré por aquí.

Dejé de pensar en las cartas —la de Jameson y la mía— para concentrarme en lo que me aguardaba fuera del coche. «¿Esto es un instituto?», me pregunté, asimilando las vistas que enmarcaba la ventanilla. Parecía más bien una universidad o un museo, algo sacado de un catálogo donde todos los alumnos eran guapos y sonreían. De pronto tuve la sensación de que el uniforme que me habían dado no encajaba con mi cuerpo, de que era una niña jugando a disfrazarse. Jugando a creer que ponerse una tetera en la cabeza podía convertirla en un astronauta o que pintarrajearse los labios con carmín podía transformarla en una estrella.

De repente, para el resto del mundo era famosa. Fascinante..., además de un blanco. Pero ¿para los de ese lugar? La gente que había crecido nadando en dinero me vería como poco más que un fraude, ¿cómo iban a verme de otro modo?

—Siento dejarte a medias, Chica Misteriosa... —En cuanto nos detuvimos, la mano de Jameson ya estaba preparada para abrir la portezuela del coche—. Pero lo último que necesitas el primer día de instituto es que alguien te vea a solas conmigo.

CAPÍTULO 22

Jameson desapareció en un abrir y cerrar de ojos. Se disolvió en un mar de americanas de color burdeos y de melenas brillantes, y me dejó allí sentada, todavía con el cinturón abrochado, e incapaz de moverme.

—Solo es un instituto —me dijo Oren—. Solo son niños.

Niños ricos. Niños que consideran lo más normal del mundo ser «sencillamente» hijos de neurocirujanos y abogados de primera categoría. Cuando ellos pensaban en la universidad, seguramente pensaban en Harvard o en Yale. Y ahí estaba yo, con una falda plisada de cuadros y una americana de color burdeos con un escudo azul marino bordado y coronado con un lema en latín que ni siquiera entendía.

Cogí el móvil nuevo y le mandé un mensaje a Max: «Soy Avery. Número nuevo. Llámame».

Devolví la mirada al asiento delantero y me obligué a acercar la mano a la manija de la portezuela. El trabajo de Oren no era mimarme, sino protegerme, pero no precisamente de las miradas descaradas que esperaba recibir en cuanto me bajara del coche.

—¿Te espero aquí cuando acaben las clases? —le pregunté.

—Aquí estaré.

Me entretuve un instante, por si acaso Oren quería darme alguna otra instrucción, y luego abrí la puerta.

—Gracias por traerme.

Nadie me miraba descaradamente. Nadie susurraba. De hecho, mientras me encaminaba hacia el doble arco que enmarcaba la entrada del edificio principal, tuve la nítida sensación de que la falta de reacción era deliberada. Sin descaro. Sin comentarios. Solo el más discreto vistazo de refilón cada pocos pasos. Y cada vez que yo miraba a alguien, esa persona desviaba la mirada.

Me dije a mí misma que seguramente aquella gente intentaba no prestar más atención de la cuenta a mi llegada, que en eso consistía la discreción. A pesar de ello me sentí como si acabara de plantarme en una sala de baile donde todo el mundo bailaba un vals de lo más complicado, girando y dando pasos a mi alrededor, como si yo ni siquiera estuviera allí.

En cuanto hube llegado al doble arco, una chica de larga melena negra interrumpió la dinámica de ignorarme, como si ella fuera un pura sangre revolviéndose ante un jinete de segunda. Me miró atentamente y, una por una, las chicas que iban con ella la imitaron.

Cuando llegué a su altura, la chica de pelo negro se apartó del grupo para acercarse a mí.

—Soy Thea —me dijo con una sonrisa—. Tú debes de ser Avery. Su voz resultaba agradable hasta la perfección, era casi musical, como la de una sirena consciente de que podía arrastrar a los marineros hasta el mar sin apenas esfuerzo—. ¿Qué tal si te acompaño a dirección?

—La directora es la doctora McGowan, se doctoró en Princeton. Te tendrá en su despacho durante al menos media hora para hablarte de las «oportunidades» y las «tradiciones». Si te ofrece café, acéptalo, le traen un tostado hecho especialmente para ella que está para morirse. —Thea parecía muy consciente de que la gente nos miraba descaradamente a las dos. También parecía estar en su salsa—. Cuando la doctora Mac te dé tu horario, asegúrate de que tienes tiempo para comer cada día. Country Day tiene lo que se llama una planificación modular, lo cual significa que funcionamos por ciclos de seis días, aunque solo asistamos al instituto cinco a la semana. Las asignaturas tienen entre tres y cinco sesiones por ciclo, de modo que, si no te andas con cuidado, puedes acabar teniendo clase hasta durante la hora de comer los lunes y los martes, y luego no tener prácticamente nada los miércoles o los viernes.

—Vale. —La cabeza me daba vueltas, pero me esforcé para añadir otra palabra—: Gracias.

—En este instituto la gente es como las hadas de la mitología celta —repuso Thea con sencillez—. No deberías darnos las gracias a no ser que quieras debernos un gran favor.

No supe cómo responder, así que no dije nada. Thea no pareció ofenderse. Mientras cruzábamos un largo pasillo, cuyas paredes estaban llenas de orlas de generaciones anteriores, llenó el silencio:

—No somos tan mala gente, en serio. La mayoría no, vamos. Mientras estés conmigo todo te irá bien.

Aquello me molestó.

—Todo me irá bien esté o no contigo —afirmé.

—Desde luego —replicó Thea con un tono algo exagerado.

Aquello era una referencia al dinero. Tenía que serlo. ¿O no?

Thea fijó sus ojos oscuros en los míos—. Tiene que ser difícil —me comentó, estudiando mi respuesta con tal intensidad que ni siquiera su sonrisa consiguió disimularla— vivir en esa casa con esos chicos.

—No está mal —respondí.

—Ay, corazón —dijo Thea, sacudiendo la cabeza—. Sobre la familia Hawthorne se puede decir cualquier cosa menos que no está mal. Eran un pozo negro de desgracias cuando llegaste, y serán un pozo negro de desgracias cuando te vayas.

«¿Cuando me vaya?», pensé. ¿Adónde se creía Thea que me iba a ir exactamente?

Habíamos llegado al final del pasillo y, a su vez, al despacho de la directora. Se abrió la puerta y salieron cuatro chicos en fila india. Los cuatro estaban sangrando. Y los cuatro sonreían. Xander cerraba la comitiva. Me vio..., y luego se percató de quién me acompañaba.

—Thea —dijo.

Ella le dedicó una sonrisa empalagosa y luego acercó la mano al rostro del chico. O, más bien, a su labio ensangrentado.

—Xander... Parece que has perdido.

—No hay perdedores en el Club de la Lucha de Combates a Muerte de Batallas de Robots —repuso Xander estoicamente—. Solamente hay ganadores y personas cuyos robots... digamos que explotan.

Pensé en el despacho de Tobias Hawthorne, en las patentes que había visto colgadas en las paredes. ¿Qué tipo de genio era Xander Hawthorne? Y... ¿por qué de pronto le faltaba una ceja?

Thea siguió hablando como si aquello no mereciera comentario alguno.

—He acompañado a Avery al despacho de la directora y, de paso, le he dado algunos truquillos para sobrevivir en el Country Day.

—¡Qué detalle! —exclamó Xander—. Avery, ¿por casualidad ha mencionado ya la encantadora Thea Calligaris que su tío está casado con mi tía?

Zara se apellidaba Hawthorne-Calligaris.

—He oído que Zara y tu tío están buscando la manera de recusar el testamento.

En apariencia, no cabía duda de que Xander se dirigía a Thea, pero yo tuve la nítida sensación de que, en realidad, me estaba lanzando una advertencia a mí.

«No confíes en Thea».

Thea se encogió de hombros con mucha elegancia, impertérrita.

—Qué sabré yo.

CAPÍTULO 23

—Te he hecho un hueco en estudios de Norteamérica y en filosofía de la conciencia plena. En ciencias y matemáticas tendrías que poder seguir con el programa que empezaste en el otro instituto, a no ser que nuestra carga de trabajo resulte ser demasiado para ti.

La doctora McGowan dio un sorbo de su café y yo hice lo mismo. Estaba tan rico como Thea me había asegurado, y aquello hizo que me planteara qué habría de verdad en el resto de sus afirmaciones.

«Tiene que ser difícil vivir en esa casa con esos chicos».

«Eran un pozo negro de desgracias cuando llegaste, y serán un pozo negro de desgracias cuando te vayas».

—Bien —continuó la doctora Mac, que me había insistido en que la llamara así—, por lo que respecta a las optativas, te recomiendo tener impacto, que se concentra en el estudio del impacto que se puede crear a través del arte y, además, incluye un fuerte componente de compromiso cívico con los museos, los artistas, las producciones teatrales, el ballet y la ópera locales, entre muchas otras disciplinas. Dado el apoyo que la Fundación Hawthorne ha brindado tradicionalmente a dicho empeño, me ha parecido que esta optativa te resultaría... útil.

¿La Fundación Hawthorne? Me las arreglé —a duras penas— para no repetir esas palabras.

—Luego, para acabar de completar tu horario, necesito que me cuentes un poco tus planes de futuro. ¿Qué te apasiona, Avery?

Estuve a punto de decirle lo mismo que le había explicado al director Altman. Era cierto que tenía un plan, pero este siempre se había regido por aspectos prácticos. Había escogido una carrera universitaria que pudiera asegurarme un buen trabajo. Ahora lo práctico era seguir ese camino. El nuevo instituto, a la fuerza debe de tener más recursos que el otro. Seguro que aquí podrían ayudarme a sacar el máximo partido de los exámenes y de los créditos universitarios que había conseguido en el instituto, que podrían ayudarme a avanzar lo suficiente para acabar la universidad en tres años en lugar de en cuatro. Si jugaba bien mis cartas, y aunque Zara y su marido se las arreglaran para deshacer de algún modo lo que Tobias Hawthorne había hecho, yo podría salir bien parada.

Sin embargo, la doctora Mac no me había preguntado solo por mis planes. Me había preguntado qué me apasionaba, y aunque la familia Hawthorne llegara a cambiar a su favor el testamento, yo seguramente recibiría dinero de todos modos. ¿Cuántos millones de dólares estarían dispuestos a pagarme para que me largara? A muy malas, seguramente podría vender mi historia a la prensa por mucho más de lo necesario para pagarme la universidad.

—Viajar —balbucí—. Siempre he querido viajar.

—¿Por qué? —preguntó la doctora Mac, mirándome de

hito en hito—. ¿Qué te atrae de otros lugares? ¿El arte? ¿La historia? ¿Las gentes y sus culturas? ¿O te interesan más las maravillas de la naturaleza? ¿Quieres ver las montañas y los acantilados, los océanos y las gigantescas secuoyas, la selva...?

—Sí —contesté con vehemencia. Pude sentir que los ojos se me llenaban de lágrimas y ni siquiera supe muy bien por qué—. A todo. ¡Sí!

La doctora Mac alargó la mano para coger la mía.

—Te daré una lista de optativas para que les eches un vistazo —me dijo con dulzura—. Entiendo que estudiar en el extranjero no es una opción para el curso que viene, dadas tus circunstancias, digamos, únicas, pero tenemos algunos programas maravillosos que quizá puedas plantearte cuando termine este año. Quizá hasta puedas plantearte retrasar un poco la graduación.

Si alguien me hubiera dicho, una semana atrás, que existía algo que pudiera tentarme para que me quedara en el instituto ni que fuera un minuto más de lo necesario, habría pensado que deliraba. Pero aquel no era un instituto normal.

A esas alturas, ya no quedaba nada normal en mi vida.

CAPÍTULO 24

Max me llamó hacia las doce. En el Heights Country Day, el horario modular suponía disponer de ratos libres entre clases durante los cuales no tenía que estar en ningún lugar en particular. Podía pasearme por los pasillos, podía pasar un rato en una clase de danza, en un cuarto oscuro de fotografía o en uno de los gimnasios. A qué hora comiera exactamente me concerniría solo a mí. De modo que cuando Max me llamó y yo me escondí en un aula vacía, nadie me lo impidió ni a nadie le importó lo más mínimo.

—Estoy en el cielo —le dije—. Te lo juro. En el cielo.

—¿Estás en la mansión? —preguntó Max.

—En el instituto —respondí con voz ahogada—. Tendrías que ver mi horario. ¡Y las clases!

—Avery —me dijo Max muy seria—. ¿Me estás diciendo que acabas de heredar más millones de los que puedes contar y que quieres hablarme del instituto nuevo?

Quería hablarle de mil cosas. Tuve que esforzarme para recordar lo que Max sabía y lo que todavía no.

—Jameson Hawthorne me ha enseñado la carta que le dejó su abuelo, y es como un misterio de locos lleno de acertijos.

Jameson está convencido de que soy... un rompecabezas que resolver.

—Ahora mismo estoy mirando una foto de Jameson Hawthorne —anunció Max. Escuché de fondo el sonido de la cisterna y comprendí que estaba en el baño: era obvio que su instituto no era tan laxo como el mío en cuanto al tiempo libre de los alumnos—. Tengo que decirlo. Es frutable.

Me llevó un momento entender por dónde iba.

—¡Max!

—Solo te digo que este chico parece ser de los que saben mucho de frutas. Seguro que se le da muy bien pelarlas. Apostaría que hasta sabe hacer malabares con ellas.

—Me he perdido, ya no sé ni de qué hablas, en serio —le dije.

Casi podía oír su sonrisa.

—¡Ni yo! Y ya me callo, porque no tengo mucho tiempo. Mis padres se están volviendo locos con todo esto, lo último que me conviene ahora mismo es hacer campana.

—¿Tus padres se están volviendo locos? —fruncí el ceño—. ¿Por qué?

—Avery, ¿tienes idea de cuánta gente ha llegado a llamarme? Un periodista se presentó en mi casa. Mi madre amenaza con cerrarme mis redes sociales, el correo electrónico..., todo.

Jamás había pensado que mi amistad con Max fuera particularmente pública; pero, sin duda, tampoco era secreta.

—Los periodistas quieren entrevistarte —dije, intentando asimilar sus palabras—. Sobre mí.

—¿No has visto las noticias? —me preguntó Max.

Tragué saliva.

—No.

Se hizo un silencio.

—Pues casi que… no lo hagas. —Aquel consejo me lo dijo todo—. Es que es muy fuerte, Ave. ¿Estás bien?

Soplé para apartarme de la cara un mechón de pelo.

—Sí. Mi abogada y el jefe de mi escolta me han asegurado que un intento de asesinato es altamente improbable.

—Tienes guardaespaldas —dijo Max anonadada—. Jobar, ahora tu vida mola un montón.

—Tengo gente que trabaja para mí, criados que me odian, por cierto. La casa es una auténtica pasada. ¡Y la familia! Esos chicos, Max. Tienen patentes y récords mundiales y…

—Y estoy viendo fotos de todos ellos —me cortó Max—. Venid con mamá, petardos deliciosos.

—¿Petardos? —repetí.

—¿Bastiones? —ofreció.

Aquello me arrancó una risotada. No me había dado cuenta de lo muchísimo que lo necesitaba hasta que tuve a Max conmigo.

—Lo siento, Ave, tengo que colgar. Escríbeme, pero…

—Ojo con lo que digo —acabé por ella.

—Y mientras tanto, cómprate algo bonito.

—¿Como qué? —le pregunté.

—Te haré una lista —me prometió—. Te quiero, frutilla.

—Yo también te quiero, Max.

Seguí apretando el móvil contra la oreja algunos segundos después de que me colgara. «Ojalá estuvieras aquí», añadí para mis adentros.

Al rato acabé por encontrar la cantina. Habría una docena de personas comiendo. Y una de ellas era Thea, que apartó con el pie una silla de su mesa.

«Es la sobrina de Zara —me recordé—. Y Zara quiere deshacerse de mí». Aun así, me senté con ella.

—Perdona si esta mañana he sido un poco intensa. —Thea paseó la mirada por las demás chicas que había en la mesa. Todas ellas eran tan preciosas e iban tan imposiblemente arregladas como Thea—. Es solo que, en tu lugar, yo querría saberlo.

Lo vi a la legua, pero no pude evitar morder el anzuelo y preguntar:

—¿Saber qué?

—Pues cosas de los hermanos Hawthorne. Durante muchísimo tiempo todos los chicos quisieron ser como ellos, cualquiera que se sintiera atraído por los tíos quería salir con ellos. Su apariencia, su modo de actuar... —Thea hizo una pausa—. Incluso el mero hecho de estar relacionada con los Hawthorne cambia el modo en que la gente te mira.

—Hace tiempo estudiaba con Xander de vez en cuando —comentó una de las chicas—. Antes de que... —Y no dijo nada más.

«¿Antes de qué?», me pregunté. Me estaba perdiendo algo..., y era algo gordo.

—Eran pura magia. —Thea tenía una expresión rarísima en el rostro—. Y cuando estabas en su órbita, te sentías como si tú también fueras magia.

—Invencible —añadió alguien.

Pensé en Jameson, saltando desde un balcón el día que nos conocimos; en Grayson, sentado en el escritorio del director Altman y deshaciéndose de él con solo enarcar una ceja. Y luego estaba Xander: metro noventa, sonriendo, sangrando y hablando de robots que explotaban.

—No son lo que crees —me dijo Thea—. Yo no querría vivir en una casa con los Hawthorne.

¿Estaba intentando meterme miedo? Si me iba de la Casa Hawthorne, si no me quedaba a vivir allí, perdería mi herencia. ¿Lo sabía ella? ¿Su tío la había mandado a interferir?

Del primer día en el instituto me esperaba que me trataran como a un perro. No me habría sorprendido que las chicas de ese instituto se hubieran mostrado posesivas con los Hawthorne, ni tampoco que todos (chicas y chicos) me hubieran cogido manía por lealtad hacia ellos. Pero eso...

Eso iba mucho más allá.

—Tengo que irme.

Me puse de pie y Thea me imitó.

—Piensa lo que quieras de mí —me dijo—. Pero la última chica de este instituto que se enredó con los Hawthorne... La última chica que se pasó la vida en esa casa... Murió.

CAPÍTULO 25

Me fui de la cantina en cuanto hube engullido la comida, sin tener claro dónde iba a esconderme hasta mi próxima clase, sin tenerlas todas conmigo sobre si Thea había mentido. «La última chica que se pasó la vida en esa casa… —Mi cerebro no paraba de repetir sus palabras—. Murió».

Crucé un pasillo y estaba a punto de desviarme hacia otro cuando Xander Hawthorne asomó por un laboratorio que había allí al lado, sosteniendo lo que me pareció un dragón robot.

Yo no podía quitarme de la cabeza lo que había dicho Thea.

—Me da que te iría bien un dragón robot —me dijo Xander—. Toma.

Y me lo plantó en las manos.

—¿Qué se supone que tengo que hacer con esto? —le pregunté.

—Bueno, depende del cariño que le tengas a tus cejas —repuso él, enarcando mucho la ceja que le quedaba.

Intenté contestar, pero no pude decir nada. «La última chica que se pasó la vida en esa casa… Murió».

—¿Tienes hambre? —me preguntó Xander—. El refectorio está por allí.

Por mucho que me fastidiara dejar ganar a Thea, en ese momento recelaba... de él, de todo lo que tuviera que ver con los Hawthorne.

—¿El refectorio? —repetí, intentando mantener un tono normal.

Xander rio.

—Es el término de colegio privado para «cantina».

—Los colegios privados no tienen su propio idioma —observé.

—Y ahora me vas a decir que los franceses tampoco lo tienen, ¿no?

Xander acarició la cabeza del dragón robot. El invento eructó y una nubecita de humo se le escapó de las fauces.

«No son lo que crees», resonó la advertencia de Thea en mi cabeza.

—¿Estás bien? —quiso saber Xander. Luego chasqueó los dedos—. Thea te ha comido la oreja, ¿verdad?

Le devolví el dragón antes de que explotara.

—No quiero hablar de Thea.

—Resulta —empezó a decir Xander— que yo detesto hablar de Thea. ¿Deberíamos comentar, pues, tu pequeño *tête-à-tête* de ayer por la noche con Jameson?

Sabía que su hermano había estado en mi habitación.

—No fue ningún *tête-à-tête*.

—Tú y tu manía hacia todo lo francés... —dijo Xander, mirándome de hito en hito—. Jameson te enseñó su carta, ¿verdad?

No tenía ni idea de si aquello tenía que ser un secreto o no.

—Jameson cree que es una pista —repuse.

Xander guardó silencio un instante y luego hizo un ademán con la cabeza en dirección contraria al refectorio.

—Vamos.

Lo seguí porque era hacerlo o volver a buscarme al azar otra clase vacía.

—Siempre perdía —comentó Xander de repente mientras girábamos un recodo—. Los sábados por la mañana, cuando el abuelo nos planteaba un reto, yo siempre perdía. —No tenía ni idea de por qué me lo contaba—. Era el más pequeño, el menos competitivo. El más susceptible de distraerse con unos bollos o con una máquina compleja.

—Pero... —interrumpí, porque su tono me decía que había un «pero».

—Pero —continuó Xander—, mientras mis hermanos intentaban dejarse fuera de combate entre ellos, yo compartía generosamente mis bollos con el viejo. Era un hombre increíblemente parlanchín, conocía mil anécdotas, historias y contradicciones. ¿Te gustaría escuchar alguna?

—¿Una contradicción? —ofrecí.

—Una anécdota —replicó moviendo las cejas o, mejor dicho, la ceja—. No tenía segundo nombre de pila.

—¿Qué?

—Mi abuelo nació Tobias Hawthorne —me explicó Xander—. No tenía segundo nombre.

Me pregunté si el viejo había firmado la carta de Xander del mismo modo que había firmado la de Jameson. «Tobias Tattersall Hawthorne». Había firmado la mía con unas iniciales: tres.

—Si te pidiera que me enseñaras tu carta, ¿lo harías? —le pregunté a Xander.

Había dicho que siempre perdía cuando competían para resolver los juegos que les planteaba su abuelo. Pero aquello no quería decir que ahora no quisiera jugar.

—Y entonces, ¿qué gracia tendría? —Xander me dejó ante una gruesa puerta de madera—. Aquí estarás a salvo de Thea. Hay lugares que ni siquiera ella se atreve a pisar.

Miré a través del cristal transparente de la puerta.

—¿La biblioteca?

—El archivo —corrigió Xander con aire de superioridad—. Es el término de colegio privado para «biblioteca». No es un mal sitio para pasar los ratos libres si tienes ganas de estar sola.

Abrí la puerta sin estar muy convencida.

—¿Vienes? —le pregunté.

Cerró los ojos.

—No puedo.

No me dio ninguna explicación. Mientras se iba, no pude evitar tener la sensación de que me estaba perdiendo algún detalle.

Quizá unos cuantos.

«La última chica que se pasó la vida en esa casa... Murió».

CAPÍTULO 26

El archivo se parecía más a una biblioteca de universidad que a una de instituto. La estancia estaba repleta de grandes arcos y de vidrieras de colores. Había una infinidad de estanterías a rebosar de libros de todo tipo y el centro de la sala lo ocupaban una docena de mesas rectangulares de última generación, con luces integradas y lupas inmensas incorporadas en los laterales.

Todas las mesas estaban vacías menos una. Había una chica, sentada de espaldas a mí. Tenía el pelo cobrizo, del rojo más intenso que yo hubiera visto jamás en una persona. Me senté a unas cuantas mesas de ella, de cara a la puerta. El silencio reinaba en la biblioteca, lo único que se oía era el rumor de las páginas del libro cuando la chica las pasaba.

Saqué la carta de Jameson y la mía de la mochila. «Tattersall». Pasé el dedo por encima del segundo nombre con el cual Tobias Hawthorne había firmado la misiva de Jameson, y luego observé las iniciales garabateadas en la mía. La caligrafía coincidía. Me rondaba una duda y me llevó algunos instantes darme cuenta de qué se trataba. «El hombre también usó su segundo nombre en el testamento», recordé. ¿Y si ahí estaba la trampa? ¿Y si aquello bastaba para invalidar las condiciones?

Escribí a Alisa. Su respuesta me llegó casi de inmediato: «Cambio de nombre legal, hace tiempo. Todo bien».

Xander me había dicho que su abuelo había nacido Tobias Hawthorne, sin segundo nombre. ¿Por qué me lo había dicho? Convencida de que jamás llegaría a entender a nadie apellidado Hawthorne, alargué la mano hacia la lupa incorporada de la mesa. Era tan grande como mi mano. Coloqué las dos cartas de lado, bajo la lupa, y encendí las luces integradas en la mesa.

«Punto para los colegios privados», pensé con ironía.

El papel era lo bastante grueso para que la luz no lo traspasara, pero la lupa aumentó al instante el tamaño de la caligrafía, que se veía unas diez veces más grande. Ajusté la lupa para enfocar la firma de la carta de Jameson. Entonces pude observar rasgos del trazo de Tobias Hawthorne que antes me habían pasado desapercibidos. Unas erres ligeramente ganchudas, unas tes mayúsculas algo asimétricas... Y ahí, en su segundo nombre, vi un espacio claro, el doble de ancho que entre cualquier otro par de letras. Bajo la lupa, aquel espacio convertía el segundo nombre en dos palabras yuxtapuestas.

«Tatters all. Tatters, all». ¿Desharrapados?

—¿Qué significa eso? ¿Quería dejar a su familia en harapos, en la miseria? —me planteé en voz alta.

Era un avance, aunque no me lo tomé como tal porque Jameson ya me había dicho que estaba convencido de que esa carta contenía más información de lo que parecía a simple vista. Y porque, además, Xander se las había arreglado para explicarme que su abuelo no tenía segundo nombre. Si Tobias Hawthorne había cambiado legalmente su nombre para añadir Tattersall, aquello apuntaba claramente a que había escogido el nombre él mismo. «¿Con qué fin?», me pregunté.

Levanté la cabeza de repente al recordar que no estaba sola en la biblioteca, pero la chica con el pelo cobrizo intenso se había ido. Envié otro mensaje a Alisa: «¿Cuándo se cambió el nombre TH?».

¿El cambio de nombre correspondía con el momento en que el Tobias Hawthorne había decidido dejar a su familia en la versión multimillonaria de la miseria y legármelo todo a mí?

Al cabo de un momento me llegó un mensaje, pero no era de Alisa. Era de Jameson. No tenía ni idea de cómo había conseguido mi número, ni del móvil viejo ni del nuevo, de hecho.

«Ya lo he pillado, Chica Misteriosa. ¿Y tú?».

Miré a mi alrededor, me sentía como si Jameson me estuviera observando medio escondido. Sin embargo, todo apuntaba a que estaba sola.

«¿El segundo nombre?», escribí como respuesta.

«No».

Esperé. Un nuevo mensaje llegó al cabo de un minuto.

«El cierre».

Dirigí rápidamente la mirada hacia el final de la carta de Jameson. Justo antes de la firma había dos palabras: «No juzgues».

¿No juzgues al patriarca Hawthorne por morirse sin informar a su familia de que estaba enfermo? ¿No juzgues los jueguccitos que se traía desde la tumba? ¿No juzgues que hubiera dejado en la estacada a sus hijas y nietos?

Volví a fijar la mirada en el mensaje de Jameson. Luego me concentré en la carta y la leí de cabo a rabo. «Más vale malo conocido que bueno por conocer, ¿o no? El poder tiende a corromper y el poder absoluto corrompe absolutamente. No es oro todo lo que reluce. En esta vida solo la muerte es segura. Le podría haber ocurrido a cualquiera».

Me imaginé siendo Jameson y recibiendo esa carta, esperando respuestas y recibiendo una sarta de tópicos. «Frases hechas», me susurró mi cerebro, dándome un sinónimo. Desvié de nuevo la mirada hacia el cierre. Jameson pensaba que buscábamos un juego de palabras o un código. Todas las líneas de esa carta, exceptuando los nombres propios, eran una frase hecha o una ligera variante de alguna.

Todas las líneas menos una.

«No juzgues». En el otro instituto me había perdido casi toda la lección sobre refranes de mi profesora de inglés, pero solo se me ocurría una que empezara con esas dos palabras.

«¿Te dice algo la frase "No juzgues un libro por la cubierta"?», le pregunté a Jameson.

Su respuesta fue inmediata: «Muy bien, Heredera. —Y luego, al cabo de un instante—: Vaya si me dice algo».

CAPÍTULO 27

—Podríamos estar sacando algo de donde no lo hay —dije horas más tarde.

Jameson y yo estábamos en la biblioteca de la Casa Hawthorne, inspeccionando las estanterías que recubrían la sala, y que estaban repletas de libros desde el suelo hasta el techo de casi seis metros.

—Para un Hawthorne, nacido o enseñado, siempre hay un juego preparado. —Jameson lo dijo con cierto deje cantarín, como si fuera un niño saltando a la comba. Sin embargo, cuando me miró desde lo alto de las estanterías, no había nada infantil en su semblante—. En la Casa Hawthorne todo esconde algo.

«Todo —pensé—, y todos».

—¿Sabes cuantísimas veces he acabado en este cuarto intentando resolver un acertijo de mi abuelo? —Jameson dio una vuelta sobre sí mismo muy lentamente—. He tardado tanto en darme cuenta que estoy seguro de que se estará revolviendo en la tumba.

—¿Qué crees que estamos buscando? —le pregunté.

—¿Y tú? ¿Qué crees que estamos buscando, Heredera?

Jameson tenía una manera de hablar que conseguía que todo pareciera un desafío o una invitación.

O ambas cosas.

«Concéntrate», me dije. Estaba ahí porque quería respuestas casi tanto como las quería el chico que tenía a mi lado.

—Si la pista es «un libro por la cubierta» —dije, repitiendo mentalmente el acertijo—, entonces supongo que buscamos o bien un libro o bien una cubierta. ¿O tal vez ambas cosas mal combinadas?

—¿Un libro que no coincide con la cubierta? —dijo Jameson, con una expresión que no daba pista alguna de lo que pensaba acerca de mi sugerencia.

—Podría equivocarme.

Jameson esbozó un gesto con los labios, a medio camino entre una sonrisa y una risita.

—Todo el mundo se equivoca un poco a veces, Heredera.

«Una invitación… y un desafío», me repetí. No tenía intención alguna de equivocarme un poco, no con él. Cuanto antes lo recordara mi cuerpo, mejor. Me aparté de Jameson, físicamente, para girar completamente sobre mí misma y asimilar poco a poco las dimensiones de la estancia. El mero hecho de levantar la mirada hacia las estanterías más altas me hizo sentir como si estuviera en el Gran Cañón del Colorado. Nos encontrábamos completamente rodeados de libros, metros y metros cuadrados abarrotados de libros.

—Tiene que haber miles de libros aquí.

Dada la enormidad de la biblioteca, y lo alto que llegaban las estanterías, si de verdad buscábamos un libro que no coincidiera con la sobrecubierta…

—Podría llevarnos horas —dije.

Jameson sonrió, pero esta vez fue una sonrisa de oreja a oreja.

—No digas tonterías, Heredera. Podría llevarnos días.

Trabajamos en silencio. Ninguno de los dos paró para cenar. Sentía una descarga de adrenalina cada vez que me daba cuenta de que tenía una primera edición en las manos. De vez en cuando abría un libro y veía que estaba firmado. Stephen King. J. K. Rowling. Toni Morrison. Al rato acabé por parar de sorprenderme con cada ejemplar. Perdí la noción del tiempo. Perdí la noción de todo excepto del ritmo de sacar libros de las estanterías, quitar la sobrecubierta del libro, volver a colocarla y volver a guardar el libro. Oía a Jameson trabajando. Notaba su presencia en la estancia mientras íbamos avanzando por las respectivas estanterías, acercándonos cada vez más el uno al otro. Él había escogido el nivel superior, mientras que yo me había quedado a ras de tierra. Al final levanté la vista y me lo encontré justo encima.

—¿Y si estamos perdiendo el tiempo? —pregunté. Mis palabras resonaron por la habitación.

—El tiempo es oro, Heredera. Y tú tienes de sobras.

—Para de llamarme así.

—De algún modo tengo que llamarte, y no parecías muy contenta con Chica Misteriosa, ni con su abreviación.

Estuve a un tris de decirle que yo no le llamaba de ningún modo. No había pronunciado su nombre ni una sola vez desde que habíamos entrado en la biblioteca. Sin embargo, en lugar de ofrecerle esa réplica lo miré y se me escapó de los labios una pregunta distinta:

—¿Qué has querido decir esta mañana en el coche cuando me has dicho que lo último que necesitaba era que alguien nos viera juntos?

Lo escuché sacando ejemplares de las estanterías, quitando sobrecubiertas de los libros y luego volviendo a colocar ambas cosas, una y otra vez, antes de recibir una respuesta.

—Has pasado un día entero en la gran institución que es Heights Country Day —replicó—. ¿Qué crees que he querido decir?

Jameson siempre tenía que ser el que hacía las preguntas, siempre tenía que darle la vuelta a todo.

—No me irás a decir —susurró desde lo alto— que no te ha llegado ningún cuchicheo.

Me quedé helada al recordar lo que había escuchado.

—He conocido a una chica. —Me obligué a seguir avanzando por la estantería: libro fuera, sobrecubierta fuera, sobrecubierta en su sitio, libro en la estantería—. Thea.

Jameson se rio por lo bajo.

—Thea no es una chica. Es un torbellino envuelto en un huracán envuelto en acero, y todas las chicas del instituto hacen lo que ella dice, lo cual significa que soy persona *non grata* desde hace un año. —Hizo una pausa—. ¿Qué te ha dicho Thea?

El intento de Jameson de sonar despreocupado quizá me habría engañado si le hubiera visto la cara, pero sin su expresión para ocultarlo, detecté una nota delatadora en su tono. «Le importa», comprendí.

De pronto deseé no haber mencionado a Thea. Probablemente su objetivo era sembrar la discordia.

—¿Avery?

Que Jameson usara mi nombre de verdad me confirmó que no solo quería una respuesta. La necesitaba.

—Thea no paraba de hablar de esta casa —respondí con cautela—. De cómo me tengo que sentir yo viviendo aquí —añadí, lo cual era verdad, aunque hubiera más cosas—. Y de todos vosotros.

—¿Puede considerarse una mentira —planteó Jameson con altivez— si escondes lo importante, pero lo que dices es técnicamente verdad?

El chico quería la verdad.

—Thea me ha dicho que había una chica y que murió.

Lo dije de un tirón, como si arrancara una tirita, para que no me diera tiempo a replantearme lo que decía.

Jameson, en lo alto, aflojó el ritmo de trabajo. Conté cinco segundos de absoluto silencio antes de que pronunciara palabra alguna.

—Se llamaba Emily.

No me cupo duda, aunque no supe decir por qué, que Jameson no me lo habría contado si yo le hubiera podido ver la cara.

—Se llamaba Emily —repitió—. Y no era una chica cualquiera.

Se me hizo un nudo en la garganta. Tragué saliva y continué revisando los libros porque no quería que Jameson supiera lo mucho que me había revelado su tono de voz. «Emily era importante para él. Y todavía lo es».

—Lo siento —dije. Sentía haber hablado de ello y sentía que la chica hubiera fallecido—. Quizá tendríamos que dejarlo por hoy.

Era tarde y no estaba segura de ser capaz de contenerme para no decir algo que pudiera lamentar.

El ruido que hacía Jameson mientras trabajaba en la estantería superior se apagó por completo y lo reemplazó el sonido de sus pasos al bajar la escalera de hierro forjado. Se colocó entre la puerta y yo.

—¿Mañana a la misma hora?

De repente se me antojó imperativo no mirar sus profundos ojos verdes.

—Vamos por buen camino —afirmé al tiempo que me obligaba a avanzar hacia la puerta—. Aunque no encontremos la manera de acelerar el proceso, creo que para cuando acabe la semana habremos revisado todas las estanterías.

Jameson se inclinó hacia mí cuando pasé a su lado.

—No me odies —dijo en voz baja.

«¿Por qué tendría que odiarte?», quise responder. Sentí que se me aceleraba el pulso. ¿Por lo que había dicho o por lo cerca que estaba de mí?

—Cabe la ligera posibilidad de que no terminemos para cuando acabe la semana.

—¿Por qué no? —pregunté, olvidándome de que quería evitar mirarlo.

Acercó los labios a mi oreja y susurró:

—Esta no es la única biblioteca de la Casa Hawthorne.

CAPÍTULO 28

¿Cuántas bibliotecas había en la casa? En eso me concentré cuando dejé a Jameson y me fui. No pensé en la sensación de tener su cuerpo demasiado cerca del mío, ni en el hecho de que Thea no hubiera mentido cuando me había dicho primero que había una chica y luego que había muerto.

«Emily. —Intenté, sin éxito, eliminar el susurro de mi mente—. Se llamaba Emily». Llegué a la escalinata principal y dudé. Si volvía a mi ala, si intentaba dormir, lo único que conseguiría sería rememorar sin parar mi conversación con Jameson, una y otra vez. Volví la vista atrás para ver si me había seguido... y me encontré a Oren.

El jefe de mi escolta me había dicho que allí no había peligro. Y parecía convencido de ello. Aun así, me había seguido; invisible hasta que había querido dejar de serlo.

—¿Te vas a dormir ya? —me preguntó.

— No.

Me hubiera resultado imposible dormir, cerrar los ojos siquiera, de modo que me puse a explorar. Crucé un largo pasillo y encontré el auditorio. No era un teatro normal, se acercaba más a una ópera. Las paredes eran doradas. Un telón de terciopelo carmesí ocultaba lo que tenía que ser el escenario. Los asientos trazaban cierta pendiente. El techo era abovedado, y cuando pulsé el interruptor centenares de lucecitas lo iluminaron.

Recordé que la doctora Mac me había hablado del apoyo que la Fundación Hawthorne brindaba a las artes.

La habitación contigua estaba llena de instrumentos musicales, había docenas de ellos. Me incliné hacia un violín que tenía dos aberturas idénticas en forma de S, a lado y lado del puente.

—Es un Stradivarius.

Aquellas palabras sonaron a amenaza.

Me volví y me encontré a Grayson de pie en el umbral de la puerta. Me pregunté si nos había seguido. Y cuánto llevaba siguiéndonos. Me miró fijamente; sus pupilas negras parecían insondables y, a su alrededor, los iris eran grises como el hielo.

—Debería tener cuidado, señora Grambs.

—No voy a romper nada —dije, apartándome del violín.

—Debería tener cuidado —reiteró con una voz dulce pero mortífera— con Jameson. Lo último que necesita mi hermano es esto, sea lo que sea, y a usted.

Miré a Oren, pero su expresión era impertérrita. Como si no pudiera escuchar ni media palabra de lo que decíamos. «Su trabajo no consiste en escuchar a hurtadillas, sino en protegerme. Y no considera que Grayson sea una amenaza», comprendí.

—¿Esto? ¿Te refieres a mí? —espeté—. ¿O a las condiciones del testamento de tu abuelo?

Yo no era quien había trastornado sus vidas. Pero estaba ahí, y Tobias Hawthorne no. Recurriendo a la lógica, sabía que lo mejor que podía hacer era evitar el conflicto, evitarlo a él en general. Era una casa muy grande.

Y, aun así, estando tan cerca de Grayson no me parecía grande en absoluto.

—Mi madre lleva días sin salir de su habitación. —Grayson todavía me miraba y tuve la sensación de que podía ver mi interior—. Xander por poco no salta por los aires esta mañana. Jameson está a una mala decisión de echar a perder su vida. Y ninguno de nosotros puede salir de aquí sin que nos aceche una horda de periodistas. Los daños materiales que han causado...

«Déjalo. Vete de aquí. No te piques», me dije.

—¿Crees que esto es fácil para mí? —no pude evitar preguntarle—. ¿Crees que me gusta que me acosen los *paparazzi*?

—Quiere el dinero. —Grayson Hawthorne era tan alto que tenía que bajar la mirada para fijarla en mí—. ¿Cómo no iba a quererlo, viniendo de donde viene?

Aquellas palabras rezumaban condescendencia.

—Claro, porque tú no quieres el dinero, ¿no te digo? —espeté—. Viniendo de donde vienes. Quizá no me lo han dado todo en esta vida, pero...

—No tiene usted ni idea —me cortó Grayson con voz grave— de lo mal preparada que está. Una chica como usted...

—No me conoces. —Un arranque de furia hizo que me hirviera la sangre.

—La conoceré —prometió Grayson—. Lo descubriré todo sobre usted, más temprano que tarde. —Mis entrañas me alertaron de que ese chico era de los que mantenían sus promesas—. Tal vez mi acceso a los fondos sea, en fin, limitado por el momento, pero el apellido Hawthorne todavía significa algo.

Siempre habrá gente peleándose para hacernos un favor, a cualquiera de nosotros. —No se movió, no parpadeó, no se mostró físicamente agresivo de ningún modo, pero Grayson exudaba poder, y lo sabía—. No sé qué esconde, pero lo descubriré. Todos sus secretos. En cuestión de días recibiré una ficha detallada sobre todas las personas relacionadas con usted. Su hermana. Su padre. Su madre...

—A mi madre ni la mientes.

Sentía tal opresión en el pecho que no podía respirar con normalidad.

—Deje en paz a mi familia, señora Grambs.

Grayson pasó a mi lado para irse. Acababa de dar la conversación por concluida.

—¿O qué? —le contesté. Y luego, poseída por algo que ni siquiera supe nombrar, añadí—: ¿O me pasará lo mismo que a Emily?

Grayson se detuvo de golpe y tensó de repente todos los músculos del cuerpo.

—No diga su nombre.

Su postura revelaba enojo, pero su voz parecía a punto de romperse. Como si lo acabara de destripar.

«No solo Jameson. —Me quedé con la boca seca—. Emily no era importante solo para Jameson».

Noté una mano en el hombro. Oren. Lucía una expresión amable, pero sin duda no quería que siguiera por ahí.

—No durará ni un mes en esta casa. —Grayson había conseguido recuperar la compostura lo suficiente para proclamar esa predicción como si fuera alguien de la realeza promulgando un decreto—. De hecho, apostaría a que se habrá ido antes de que acabe la semana.

CAPÍTULO 29

Libby me encontró poco después de haber vuelto a mi cuarto. Llevaba un montón de dispositivos electrónicos en las manos.

—Alisa me ha pedido que te compre algunas cosas. Me ha dicho que tú no has comprado nada.

—No he tenido tiempo.

Estaba exhausta, abrumada y, llegado ese punto, era incapaz de asimilar nada de lo que había ocurrido desde que me había mudado a la Casa Hawthorne.

«Incluyendo a Emily», pensé.

—Pues qué suerte —replicó Libby—, yo tengo tiempo de sobra. —No se la veía muy contenta al respecto, pero antes de que pudiera preguntarle nada, empezó a dejar cosas en mi escritorio—. Un portátil nuevo. Una tableta. Un lector de libros electrónicos cargado de novelas de amor, por si acaso necesitas algo de evasión.

—Mira esta casa —le dije—. Mi vida es pura evasión ahora mismo.

Aquello le arrancó una risita a Libby.

—¿Has visto el gimnasio? —me preguntó. Por la fascinación

que tenía su voz me quedó claro que ella sí—. ¿Y la cocina del chef?

—Todavía no.

De pronto mi mirada se topó con la chimenea y me descubrí aguzando el oído, preguntándome si habría alguien allí detrás. «No durará ni un mes en esta casa», recordé. No me había parecido una amenaza literal por parte de Grayson y, por otro lado, Oren no había reaccionado como si lo fuera y mi vida estuviera en peligro. Aun así, tuve un escalofrío.

—¿Ave? Tengo que enseñarte una cosa —dijo Libby mientras abría la funda de mi nueva tableta—. Para que conste, no pasa nada si te da por gritar.

—¿Por qué iba a...? —dije, pero me quedé sin voz al ver lo que me mostraba.

Era un vídeo de Drake. Estaba al lado de un periodista. El hecho de que fuera bien peinado me hizo pensar que la entrevista no había sido sorpresa. En la pantalla había un rótulo que rezaba: «Un amigo de la familia Grambs».

—Avery siempre fue muy solitaria —decía Drake en el vídeo—. No tenía amigos.

Tenía a Max. No necesitaba nada más.

—No digo que fuera una mala persona. Creo que, sencillamente, estaba desesperada por recibir algo de atención. Quería ser importante. Una chica como ella, un señor mayor y rico... —Su voz se fue apagando—. Digamos que tenía cierto complejo de Electra, de eso no hay duda.

Libby paró el vídeo después de eso.

—¿Me la dejas? —le pregunté, haciendo un gesto hacia la tableta. Mi corazón rezumaba rabia y, seguramente, mis ojos echaban chispas.

—Has visto lo peor —me aseguró Libby—. ¿Te apetece gritar ya?

«A ti no», pensé con amargura. Cogí la tableta y empecé a curiosear los vídeos relacionados; todos ellos eran entrevistas o artículos de opinión, todos sobre mí. Antiguos compañeros de clase y del trabajo, la madre de Libby... Ignoré las entrevistas hasta que encontré una que no pude pasar por alto. Se titulaba, sencillamente: «Skye Hawthorne y Zara Hawthorne-Calligaris».

Aparecían ambas de pie sobre una tarima dando lo que parecía una rueda de prensa. «Pues suerte que tu madre lleva días sin salir de su cuarto, Grayson», pensé.

—Nuestro padre era un gran hombre. —Una ligera brisa hizo ondular el pelo de Zara. La expresión de su rostro era estoica—. Fue un emprendedor revolucionario, un filántropo sin igual, y un hombre que apreciaba a su familia por encima de todo lo demás. —Le cogió la mano a Skye—. Aun llorando su pérdida, no les quepa duda de que no permitiremos que el trabajo de toda una vida muera con él. La Fundación Hawthorne continuará activa. Las numerosas inversiones de mi padre no sufrirán cambio inmediato alguno. Si bien no podemos hacer comentarios acerca de los complejos aspectos legales de la situación actual, les puedo asegurar que estamos trabajando junto a las autoridades y varios especialistas de maltrato a mayores, además de un equipo de profesionales del ámbito médico y legal para llegar al fondo de la cuestión.

Se volvió hacia Skye, cuyos ojos brillaban, anegados de lágrimas por derramar. Dramático, vehemente, perfecto.

—Nuestro padre era nuestro héroe —declaró Zara—. No permitiremos que sea una víctima, aunque haya fallecido. Y, con esa intención, queremos proporcionar a la prensa los resultados de un examen genético que confirma de forma concluyente que, al contrario de las especulaciones y afirmaciones difamatorias que circulan en la prensa amarilla, Avery Grambs no es fruto de una infidelidad por parte de nuestro padre, quien fue fiel a su amada esposa, nuestra madre, durante todo su matrimonio. Nuestra familia está tan sorprendida como todos ustedes ante los eventos recientes, pero la genética no miente. Sea lo que sea esa chica, no es una Hawthorne.

El vídeo acababa ahí. Muda de asombro, pensé en lo último que me había dicho Grayson: «Apostaría a que se habrá ido antes de que acabe la semana».

—¿Especialistas de maltrato a mayores? —dijo Libby, que estaba atónita y escandalizada.

—Y las autoridades —añadí—. Además de un equipo de especialistas médicos. Quizá esa mujer no haya salido a decir que me están investigando por estafar a un pobre anciano con demencia, pero, joder, como si lo hubiera hecho.

—No tiene derecho a hacerlo. —Libby estaba furiosa, se había convertido en una tormenta de furia gótica coronada por una coleta azul neón—. No puede decir lo que le parezca. Llama a Alisa. ¡Tienes abogados!

Lo que tenía era dolor de cabeza. Era de esperar. Dada la magnitud de la fortuna que había en juego, era inevitable. Oren me había advertido de que las mujeres me atacarían a golpe de juicio.

—Mañana llamaré a Alisa —le dije a Libby—. Pero ahora me voy a dormir.

CAPÍTULO 30

Legalmente no tienen dónde agarrarse.

No tuve que llamar a Alisa por la mañana. Ella misma vino a verme.

—No os quepa duda de que pondremos fin a todo esto. Mi padre tiene una reunión con Zara y Constantine hoy mismo.

—¿Constantine? —repetí.

—El marido de Zara.

«El tío de Thea», pensé.

—Saben de sobra que se arriesgan a perder muchísimo si recusan el testamento. Las deudas de Zara son sustanciales y no quedarán saldadas si te pone un pleito. Lo que Zara y Constantine no saben, y lo que mi padre les va a dejar muy claro, es que, aunque un juez declarara nula la última versión del testamento del señor Hawthorne, la distribución de su patrimonio quedaría determinada por su testamento anterior. Y esa versión del testamento deja a la familia Hawthorne todavía peor parada que esta.

«Trampas y más trampas», recordé lo que Jameson había dicho después de la lectura del testamento. Y luego recordé la conversación que había mantenido con Xander el día que habíamos comido bollos: «Aunque creyeras que habías manipulado a nuestro abuelo para conseguir todo esto, te aseguro que más bien te habría manipulado él a ti».

—¿Cuánto hace que Tobias escribió su testamento anterior? —quise saber, preguntándome si el único objetivo de un documento había sido reforzar el otro.

—Hace veinte años, en agosto —dijo Alisa, con lo que esa posibilidad quedó descartada—. Dispuso que todo su patrimonio se donara a obras benéficas.

—¿Veinte años? —repetí. Por aquel entonces no había nacido ninguno de los nietos Hawthorne, exceptuando a Nash—. ¿Desheredó a sus hijas hace veinte años y nunca lo mencionó?

—Eso parece. Y para responder la pregunta que me planteaste ayer —dijo Alisa, que era la eficiencia en persona—, los archivos del bufete detallan que el señor Hawthorne cambió legalmente su nombre hace veinte años, en agosto. Antes de eso, no tenía segundo nombre.

Tobias Hawthorne se había dado a sí mismo un segundo nombre al tiempo que había desheredado a su familia. «Tatersall. Tatters, all. Desharrapados», pensé. Teniendo en cuenta todo lo que Jameson y Xander me habían contado de su abuelo, aquello me pareció un mensaje. Dejarme a mí el dinero —y a obras benéficas antes de que apareciera yo— no era lo importante.

El objetivo era desheredar a su familia.

—¿Qué narices pasó en agosto de hace veinte años? —pregunté.

Alisa pareció plantearse si responder o no. Entorné los ojos y me pregunté si una parte de ella todavía era leal a Nash. A la familia del chico.

—El señor Hawthorne y su mujer perdieron a su hijo aquel verano. Toby. Era el hijo pequeño y por entonces tenía diecinueve años. —Alisa hizo una breve pausa, y luego prosiguió—: Toby había ido con unos amigos a una de las casas de veraneo de sus padres. Hubo un incendio. Toby y otros tres jóvenes perecieron.

Intenté asimilar lo que me decía: Tobias Hawthorne había quitado a sus hijas del testamento tras la muerte de su hijo. «Nunca volvió a ser el mismo tras la muerte de Toby», recordé; lo había dicho Zara cuando pensaba que se había quedado sin nada por culpa de los hijos de su hermana. Busqué mentalmente la respuesta de Skye: «La desaparición», había corregido Skye, lo cual había llevado a Zara a perder los estribos.

—¿Por qué Skye dijo que Toby había desaparecido?

Mi respuesta pilló desprevenida a Alisa. Sin duda no se acordaba de esa discusión durante la lectura del testamento.

—Entre el incendio y la tormenta que hubo aquella noche —replicó Alisa cuando se hubo recobrado de la sorpresa—, los restos de Toby no se encontraron.

Mi cerebro tardó un rato en asimilar la información.

—¿Y no podrían Zara y Skye obligar a sus abogados a poner en duda la validez del testamento anterior también? —quise saber—. Alegar que lo había escrito bajo presión o que la pena lo había vuelto loco o algo así.

—El señor Hawthorne firmaba cada año un documento para validar su testamento —me explicó Alisa—. No lo cambió jamás. Hasta que llegaste tú.

«Hasta que llegué yo», repetí para mis adentros. Sentí un cosquilleo por todo el cuerpo con solo pensarlo.

—¿Y cuánto hace de eso? —pregunté.

—Lo hizo el año pasado.

¿Qué pudo pasar para que Tobias Hawthorne decidiera que en lugar de donar todo su patrimonio a obras benéficas iba a dejármelo a mí?

«Quizá conocía a mi madre. Quizá se enteró de que había muerto. Quizá lo sentía», pensé.

—Bien, si ya has saciado tu curiosidad —continuó Alisa—, me gustaría que nos ocupáramos de temas más urgentes. Considero que mi padre sabrá controlar a Zara y a Constantine. El otro gran problema que tenemos pendiente respecto a las relaciones públicas es... —dijo Alisa, armándose de valor para acabar la frase— tu hermana.

—¿Libby? —Aquello no era lo que me esperaba.

—Por el bien común, lo mejor es que intente pasar desapercibida.

—Pero ¿cómo va a pasar desapercibida? —pregunté. ¡Aquella historia era la bomba del siglo!

—Durante el futuro inmediato, le he recomendado que se quede en la finca —me dijo Alisa, y aquello me hizo pensar en el comentario de Libby, que tenía tiempo de sobra—. Más adelante, tal vez le interese involucrarse en obras benéficas, pero de momento tenemos que controlar el discurso. Y tu hermana parece dada a... llamar la atención.

No acabé de entender si hacía referencia al estilo de vestir de Libby o a su ojo morado, pero aquel comentario hizo que me hirviera la sangre.

—Mi hermana puede vestirse como le dé la gana —espeté sin alzar la voz—. Puede hacer lo que le dé la gana. Y si a la alta sociedad texana y a la prensa amarilla no les gusta, que les den.

—Es una situación delicada —me contestó Alisa con calma—. Especialmente por lo que respecta a la prensa. Y Libby...

—Ella no ha hablado con la prensa —repliqué. Estaba tan segura de ello como de mi propio nombre.

—Pero su exnovio sí. Y su madre también. Ambos buscan la manera de sacar dinero de todo esto. —Alisa me miró muy seria—. No hace falta que te diga que la mayoría de las personas que ganan la lotería ven su vida convertida en un desastre por culpa de las peticiones y exigencias de familia y amigos. Por suerte, tú no vas sobrada de una cosa ni de la otra. Libby, sin embargo, es otra historia.

Si en lugar de recibir yo la herencia la hubiera recibido Libby, habría sido incapaz de decir que no. Mi hermana habría ido dando sin parar a todo aquel que se las hubiera arreglado para pedirle algo.

—Podríamos plantearnos entregar un único pago a la madre —comentó Alisa, sin perder el tiempo—, y, además, obligarla a firmar un acuerdo de confidencialidad para que no pudiera volver a hablar con la prensa sobre ti ni sobre Libby.

Mis entrañas se rebelaron ante la idea de dar dinero a la madre de Libby. Aquella mujer no se merecía ni un céntimo. Sin embargo, Libby tampoco se merecía tener que ver a su madre intentando vender cada dos por tres historias sobre ella a la prensa.

—Vale —accedí con los dientes apretados—, pero no pienso darle absolutamente nada a Drake.

Alisa sonrió con un gesto fugaz y casi felino.

—A ese le cerraré la boca por placer. —Luego me acercó una carpeta muy gruesa—. Mientras tanto, he recopilado cierta información indispensable para ti. Y esta tarde vendrán a encargarse de tu imagen y de tu armario.

—¿Mi qué?

—Como bien has dicho, Libby puede vestirse como le dé la gana, pero tú no puedes permitirte ese lujo. —Alisa se encogió de hombros—. Tú eres la historia real. Que lo parezca es siempre el primer paso.

No tenía ni idea de cómo había empezado una conversación sobre temas legales y de relaciones públicas, había saltado a la tragedia familiar de los Hawthorne y luego había acabado escuchando a mi abogada diciéndome que necesitaba un cambio de imagen.

Cogí la carpeta que me ofrecía Alisa y la dejé caer encima del escritorio antes de dirigirme hacia la puerta.

—¿Y ahora adónde vas? —me preguntó Alisa.

Estuve a punto de responder que a la biblioteca, pero todavía no se me había olvidado la advertencia de Grayson del día anterior.

—¿No dijiste que había una bolera en esta casa?

CAPÍTULO 31

Sí que había una bolera. En mi casa. Había una bolera en mi casa. Tal como me habían prometido, «solo» era de cuatro pistas, pero, aparte de eso, tenía todo lo que se podía esperar en una bolera normal. Había una máquina de retorno, cada pista contaba con su máquina de plantar, había una pantalla táctil para empezar las partidas y, además, monitores de cincuenta y cinco pulgadas repartidos por las pistas para llevar el recuento de la puntuación. Y en todas partes —en las bolas, las pistas, la pantalla táctil, los monitores— había grabada una letra H muy elaborada.

Intenté no tomármelo como un recordatorio de que nada de todo aquello tendría que ser mío.

Y por eso me concentré en escoger la bola adecuada. Los zapatos adecuados, porque había al menos cuarenta pares de zapatos de bolera dispuestos en una estantería situada en un lateral de la bolera. «¿Quién necesita cuarenta pares de zapatos de bolera?», me pregunté.

Me dirigí a la pantalla táctil e introduje mis iniciales con el dedo. «A. K. G.». Al cabo de un instante, el monitor se iluminó con un mensaje de recibimiento:

¡Bienvenida a la Casa Hawthorne, Avery Kylie Grambs!

Se me puso la carne de gallina. Dudaba mucho de que programar ese dispositivo para que reconociera mi nombre hubiera sido la prioridad de nadie esos días. «Lo que significa…», pensé.

—¿Fue usted? —pregunté en voz alta, dirigiendo mis palabras a Tobias Hawthorne.

¿Una de sus últimas acciones en la Tierra había sido programar esa bienvenida?

Reprimí el impulso de estremecerme. Al final de la segunda pista me esperaban los bolos. Escogí mi bola —cuatro kilos y medio—, con una H plateada sobre un fondo verde oscuro. En casa, la bolera ofrecía partidas a noventa y nueve centavos una vez al mes. Mi madre y yo no nos perdimos ni una.

Deseé que estuviera allí conmigo, y luego me pregunté: «Si ella estuviera viva, ¿yo habría acabado en esa casa?». Yo no era una Hawthorne. A no ser que el viejo me hubiera escogido al azar, a no ser que de algún modo yo hubiera hecho algo para llamar su atención, su decisión de dejármelo todo a mí sin duda había tenido algo que ver con ella.

«Si mamá no hubiera muerto, ¿le habría dejado el dinero a ella? —Al menos esa vez no me dirigí a Tobias Hawthorne en voz alta—. ¿Por qué dice que lo siente? ¿Le hizo usted algo? ¿Tenía que hacer algo, quizá no a ella sino por ella, y no lo hizo?».

«Tengo un secreto», solía decir mi madre. Lancé la bola con más fuerza de la debida y solo derribé dos bolos. Si mi madre hubiera estado ahí, se habría reído de mí. Me concentré y lo volví a intentar. Al cabo de cinco partidas, estaba empapada de sudor y me dolían los brazos. Me sentía bien, lo bastante bien para aventurarme de vuelta a la casa en busca del gimnasio.

«Complejo deportivo» habría sido un término más preciso. Entré y me encontré en la cancha de baloncesto. La sala trazaba una forma de ele y, en la parte más corta, había dos bancos de pesas y media docena de máquinas. En la pared del fondo se abría una puerta.

«Mientras sea Dorothy en Oz...», pensé.

Crucé la puerta y me descubrí mirando hacia arriba. Un rocódromo ascendía hasta alcanzar una altura de dos plantas. Una figura se peleaba contra una sección casi vertical, aferrada a ella a unos seis metros del suelo y sin arnés. Jameson.

Debió de notar mi presencia de algún modo.

—¿Has escalado alguna vez? —me preguntó desde allí.

De nuevo, recordé la advertencia de Grayson. Sin embargo, en esa ocasión me dije a mí misma que me traía sin cuidado lo que Grayson Hawthorne tuviera que decirme. Me acerqué al rocódromo, me planté ante la base y eché un rápido vistazo a las distintas piezas para sujetarse con pies y manos.

—Es la primera vez —le contesté al tiempo que agarraba una de las piezas—. Pero aprendo rápido.

Subí hasta tener los pies a casi dos metros de altura, justo cuando la pared trazaba un ángulo diseñado para complicar las cosas. Afiancé una pierna en una pieza y la otra contra la pared, y alargué el brazo derecho para agarrar una pieza que estaba un poquito más lejos de la cuenta.

Fallé.

Desde el saliente que me quedaba encima apareció una mano al instante y agarró la mía. Jameson esbozó una risita mientras yo me quedaba allí colgando.

—Puedes dejarte caer —me indicó—, o puedo intentar subirte.

«Hazlo», pensé, pero me tragué las palabras. Oren no estaba por allí y lo último que debía hacer, a solas y con un Hawthorne, era seguir subiendo. Así que me solté de su mano y me preparé para el impacto.

Después de aterrizar, me puse en pie y observé a Jameson abriéndose paso rocódromo arriba; los músculos se le tensaban bajo la fina camiseta blanca que vestía. «Es una mala idea —me dije con el corazón desbocado—. Jameson Winchester Hawthorne es una malísima idea. —Ni siquiera era consciente de recordar su segundo nombre hasta que me había venido a la cabeza; era un apellido, igual que su primer nombre—. Para de mirarlo. Para de pensar en él. Este año ya será lo bastante difícil sin... complicaciones», me reprendí.

De pronto me sentí observada, me volví hacia la puerta... y encontré a Grayson mirándome de hito en hito. Tenía los claros ojos entornados y clavados en mí.

«No me das miedo, Grayson Hawthorne», pensé. Me obligué a darle la espalda y tragué saliva.

—Te veo en la biblioteca —le dije a Jameson.

CAPÍTULO 32

La biblioteca estaba vacía cuando crucé el umbral a las nueve y cuarto, pero no permaneció despejada mucho rato. Jameson llegó a las nueve y media, y Grayson apareció a las nueve y treinta y un minutos.

—¿Qué vamos a hacer? —le preguntó Grayson a su hermano.

—¿Vamos? —replicó Jameson.

Grayson se arremangó meticulosamente. Se había cambiado después de entrenar y se había puesto una camisa de cuello rígido, como si fuera una armadura.

—¿No puede un hermano mayor pasar un rato con su hermano pequeño y una intrusa de dudosas intenciones sin que le caiga un tercer grado?

—No quiere que estés a solas conmigo —traduje.

—Porque soy una flor tan delicada —dijo Jameson en tono despreocupado, aunque sus ojos contaban otra historia— que necesita protección y supervisión constante.

Grayson no se achicó ante el sarcasmo.

—Eso parece. —Compuso una sonrisa afilada como una daga—. ¿Qué vamos a hacer? —repitió.

Su voz tenía un no sé qué que hacía imposible ignorarlo.

—La Heredera y yo —replicó Jameson con toda la intención— estamos siguiendo una corazonada, lo cual nos está llevando a derrochar ingentes cantidades de tiempo en algo que, no me cabe duda, te parecerá una soberana sandez.

Grayson frunció el cejo.

—Yo no hablo así.

Jameson dejó que la expresión de sus cejas respondiera por él. Grayson entornó los ojos.

—¿Y qué corazonada estáis siguiendo?

Cuando resultó evidente que Jameson no iba a responder, lo hice yo. Y no porque le debiera absolutamente nada a Grayson Hawthorne, sino porque una parte de cualquier estrategia que a largo plazo tenga las de ganar consiste en saber cuándo cumplir las expectativas del oponente y cuándo no. Grayson Hawthorne no esperaba nada de mí. «Nada bueno», maticé mentalmente.

—Creemos que la carta que vuestro abuelo dejó para Jameson contenía una pista sobre lo que le pasaba por la cabeza.

—Lo que le pasaba por la cabeza —repitió Grayson, que dirigió hacia mí su mirada penetrante y examinó mi rostro con expresión despreocupada—, y por qué se lo dejó todo a usted.

Jameson se apoyó contra el marco de la puerta.

—Le pega, ¿no? —le preguntó a Grayson—. Un último juego.

Percibí, en la voz de Jameson, su deseo de que Grayson respondiera que sí. Deseaba la confirmación de su hermano o, tal vez, su aprobación. Quizá deseara, en parte, que él y su hermano trabajaran juntos. Durante una milésima de segundo, vi una especie de chispa también en los ojos de Grayson, pero se apagó tan rápido que me quedé pensando si había sido la luz o, quizá, imaginaciones mías.

—Francamente, Jamie —comentó Grayson—, me sorprende que todavía pienses que conocías al viejo, ni que fuera un poco.

—Soy una caja de sorpresas. —Jameson debió de percatarse de que él también esperaba algo de su hermano, porque se le apagó la luz de los ojos—. Puedes irte cuando quieras, Gray.

—Creo que no —replicó Grayson—. Más vale malo conocido que bueno por conocer. —Dejó que las palabras flotaran en el aire—. ¿O no? El poder tiende a corromper y el poder absoluto corrompe absolutamente.

Clavé la mirada en Jameson, que se había quedado allí de pie, completamente quieto.

—Te dejé el mismo mensaje —dijo Jameson por fin, apartándose de la puerta y paseando por la sala—. La misma pista.

—No es una pista —contradijo Grayson—, es una muestra de que no estaba en sus cabales.

Jameson se volvió de repente para mirarlo.

—Tú eso no te lo crees —dijo mientras escrutaba la expresión de Grayson y su postura—. Pero un juez podría. —Entonces me miró a mí—. Usará esa carta contra ti si puede.

«Quizá ya le ha dado la carta a Zara y a Constantine», pensé. Sin embargo, por lo que había dicho Alisa, daría igual.

—Había un testamento anterior a este —afirmé, mirando a los dos hermanos alternativamente—. Y en ese vuestro abuelo dejaba a vuestra familia todavía menos que en el actual. No os desheredó por mí. —Miré a Grayson al pronunciar aquellas palabras—. Desheredó a la familia Hawthorne al completo antes incluso de que vosotros hubierais nacido; justo después de la muerte de vuestro tío.

Jameson dejó de caminar. Se había puesto tenso.

—Mientes.

Grayson me aguantó la mirada.

—No.

Si hubiera apostado sobre lo que iba a pasar, habría dicho que Jameson me creería y que Grayson se mostraría escéptico. Fuera como fuere, en ese momento ambos me miraban fijamente.

Grayson fue el primero en interrumpir el contacto visual.

—Ya puedes decirme qué crees que significa esa maldita carta, Jamie.

—¿Y por qué iba a echar a perder el juego de esa manera? —replicó él con los dientes apretados.

Estaban acostumbrados a competir entre ellos, a luchar hasta el final. No pude sacudirme de encima la sensación de que yo no pintaba nada allí, entre ellos. Nada en absoluto.

—¿Eres consciente, Jamie, de que soy perfectamente capaz de quedarme aquí con vosotros dos en esta biblioteca indefinidamente? —preguntó Grayson—. En cuanto vea qué os traéis entre manos, sabes que lo resolveré. Me educaron para competir, igual que a ti.

Jameson miró a su hermano de hito en hito y luego sonrió.

—Depende de la intrusa de dudosas intenciones.

Su sonrisa se convirtió en una risita de suficiencia.

«Jameson espera que mande a Grayson a paseo», pensé. Y probablemente debería haberlo hecho, pero era muy posible que estuviéramos perdiendo el tiempo allí, y no tenía objeción alguna en hacérselo perder también a Grayson Hawthorne.

—Puede quedarse.

La tensión que reinaba en la biblioteca se podría haber cortado con un cuchillo.

—Muy bien, Heredera. —Jameson me dedicó otra sonrisa felina—. Como desees.

CAPÍTULO 33

Sabía que las cosas irían más rápido con otro par de manos, pero no había previsto cómo me sentaría estar encerrada en una habitación con dos Hawthorne, nada menos que esos dos. A medida que íbamos trabajando, Grayson detrás de mí y Jameson encima, me pregunté si siempre habían sido como el agua y el aceite, si Grayson siempre se lo había tomado todo tan en serio y Jameson siempre había convertido en un juego no tomarse nada en serio. Me pregunté si esos dos habían crecido encasillados en los papeles de heredero y de segundón, una vez que Nash había dejado claro que él abdicaba el trono Hawthorne.

Me pregunté si se habían llevado bien antes de que apareciera Emily.

—Aquí no hay nada.

Grayson puntuó la afirmación devolviendo un libro a su estantería con más fuerza de la cuenta.

—Qué casualidad —comentó Jameson desde las alturas—, tú tampoco tienes por qué estar aquí.

—Si ella está, yo también.

—Avery no muerde. —Por una vez, Jameson se refirió a mí

usando mi nombre de verdad—. Aunque, francamente, ahora que ha quedado confirmado que no estamos emparentados, no me importaría que lo hiciera.

Me atraganté con mi propia saliva y me planteé seriamente estrangularlo. Jameson quería provocar a Grayson y lo hizo poniéndome a mí de por medio.

—Oye, Jamie —dijo Grayson con excesiva calma—. Sigue trabajando y calla.

Y eso mismo hice yo. Libro fuera, sobrecubierta fuera, sobrecubierta en su sitio, libro en la estantería. Las horas iban pasando. Grayson y yo nos íbamos acercando mientras trabajábamos. Cuando estuvo lo bastante cerca para que pudiera verlo por el rabillo del ojo, empezó a hablar casi en un susurro; si yo apenas podía oírlo… ya no digamos Jameson.

—Mi hermano está afectado por la muerte de nuestro abuelo. Estoy seguro de que podrá comprenderlo.

Podía, y lo hacía. No respondí.

—Es amante de las sensaciones. Dolor. Miedo. Júbilo. Da igual. —Grayson gozaba de toda mi atención, y lo sabía—. Está sufriendo y necesita la adrenalina del juego. Necesita que esto signifique algo.

¿Esto? ¿Hablaba de la carta de su abuelo? ¿Del testamento? ¿De mí?

—Y a ti no te lo parece —repliqué también en voz muy baja.

Grayson no pensaba que yo fuera especial, no le parecía que mereciera la pena resolver un acertijo como ese.

—No me parece que tenga que ser la mala de esta película para suponer una amenaza para esta familia.

Si no hubiera conocido ya a Nash, habría pensado que Grayson era el primogénito.

—No paras de hablar del resto de la familia —dije—. Pero esto no va solo de ellos. Soy un peligro para ti.

Era yo quien había heredado su fortuna. Era yo quien vivía en su casa. Su abuelo me había escogido a mí.

Grayson ya había llegado justo a mi lado.

—Yo no estoy en peligro.

Físicamente no se estaba imponiendo. Jamás lo había visto perder el control. Sin embargo, cuanto más cerca lo tenía, más se ponía mi cuerpo en alerta roja.

—¿Heredera?

La voz de Jameson me sobresaltó. Sin pensar, me aparté de su hermano.

—¿Sí?

—Creo que he encontrado algo.

Aparté a Grayson de en medio y subí la escalera. Jameson había encontrado algo. «Un libro que no coincide con la cubierta», pensé. Era una suposición mía, pero en cuanto llegué al segundo piso y vi la sonrisa juguetona en los labios de Jameson Hawthorne, supe que había dado en el clavo.

Me enseñó un libro de tapa dura.

Leí el título. *Sail away*.

—Y en el interior...

Jameson era un protagonista nato. Apartó la sobrecubierta con una floritura y me pasó el libro. *La trágica historia del doctor Fausto*.

—*Fausto* —dije.

—El malo conocido — contestó Jameson—. O el malo por conocer.

Podría haber sido una coincidencia. Podríamos estar viendo cosas donde no las había, igual que quien intenta predecir el futuro según la forma de las nubes. Y, a pesar de todo, se me puso la piel de gallina. Se me aceleró el corazón.

«En la Casa Hawthorne todo esconde algo», recordé.

El recuerdo me aceleró el pulso al tiempo que abría el ejemplar de *Fausto*. Y ahí, pegado en el interior de la contracubierta, había un cuadrado rojo traslúcido.

—Jameson. —Levanté los ojos del libro—. Aquí hay algo.

Seguro que Grayson nos estaba escuchando desde abajo, pero no dijo nada. Jameson se plantó a mi lado al instante. Acercó los dedos al cuadrado rojo. Era delgado, hecho de algún tipo de película de plástico, y mediría unos diez centímetros por costado.

—¿Qué es eso? —pregunté.

Jameson me cogió el libro de entre las manos con cautela. Con mucho cuidado arrancó el cuadrado del libro y lo encaró hacia la luz.

—Un filtro. —La respuesta llegó desde abajo. Grayson estaba de pie en el centro de la sala, mirándonos—. Acetato rojo. Muy apreciado por nuestro abuelo y particularmente útil para revelar mensajes secretos. ¿El texto de ese libro no estará escrito en rojo?

Pasé las páginas hasta llegar al inicio del texto.

—Tinta negra —repuse. Seguí pasando páginas. El color de la tinta no cambió, pero al cabo de unas cuantas páginas encontré una palabra rodeada con lápiz. Noté en las venas un subidón de adrenalina—. ¿Vuestro abuelo tenía costumbre de escribir en los libros? —quise saber.

—¿En una primera edición de *Fausto*? —se mofó Jameson.

No tenía ni idea del dinero que podía a llegar a valer ese libro, ni del valor que había llegado a perder con ese circulito en una de sus páginas, pero mi instinto me decía que estábamos a punto de encontrar algo.

—«Donde» —Leí la palabra en voz alta.

Ninguno de los dos hermanos hizo comentarios, de modo que seguí pasando una página tras otra. Al cabo de unas cincuenta, o más, encontré otra palabra rodeada.

—«Hay».

Seguí pasando páginas. Las palabras iban apareciendo más deprisa, a veces incluso de dos en dos.

—«Hay un...».

Jameson cogió un boli que había en una estantería. No tenía ningún papel, de modo que empezó a escribir las palabras en el dorso de su mano izquierda.

—Sigue.

Y eso hice.

—«Querer... Camino... —dije—. Es... —Ya casi había llegado al final del libro—. Poder...» —concluí. Empecé a pasar las páginas más despacio. «Nada. Nada. Nada», pensé. Al final levanté la vista—. Eso es todo.

Cerré el libro. Jameson levantó la mano y yo me acerqué para verla mejor. Acerqué mi mano a la suya y leí las palabras que había escrito: «Donde. Hay. Hay un. Querer. Camino. Es. Poder».

¿Qué teníamos que hacer con eso?

—¿Cambiamos el orden de las palabras? —propuse.

Era un método bastante común para resolver acertijos. A Jameson se le iluminaron los ojos.

—«Querer es poder. Donde hay...».

Acabé la frase que él había empezado:

—«Hay un camino».

Los labios de Jameson esbozaron una sonrisa.

—Falta una palabra —murmuró—. «Voluntad». Un aforismo y otra frase hecha. «Querer es poder. Donde hay voluntad hay un camino». —Agitaba el acetato rojo con la mano, de aquí para allá, mientras pensaba en voz alta—. Cuando usas un filtro de color, lo que está escrito en ese color desaparece. Es una manera de dejar mensajes secretos. Escribes el texto con capas de colores distintos. El libro está escrito en tinta negra, de modo que no tenemos que usar el acetato con este libro.

—Jameson hablaba cada vez más deprisa, y la energía de su voz era contagiosa.

Grayson habló desde el epicentro de la sala.

—Por lo tanto, el mensaje del libro nos indica adónde ir para usar el filtro.

Esos chicos estaban acostumbrados a los juegos de su abuelo. Los habían entrenado desde pequeños. A mí no, pero su tira y afloja me había dado lo que necesitaba para conectar los puntos. El acetato estaba pensado para revelar un mensaje oculto, pero no en ese libro, sino que ese libro, igual que la carta antes que él, contenía una pista; en este caso, una frase a la cual le faltaba una única palabra.

«Donde hay voluntad hay un camino», repetí mentalmente.

—¿Creéis que hay alguna posibilidad —empecé a decir despacio, girando las piezas del rompecabezas en mi cabeza— de que en algún lugar exista una copia del testamento y las últimas voluntades de vuestro abuelo escritos en tinta roja?

CAPÍTULO 34

Le pregunté a Alisa por el testamento y las últimas voluntades. Medio esperaba que me mirara como si hubiera perdido la chaveta, pero en cuanto pronuncié la palabra «rojos», le cambió la expresión. Me informó de que podía organizarse una visita al Testamento Rojo, pero que primero tenía que hacer algo por ella. Ese algo acabó incluyendo a una pareja de hermanos estilistas irrumpiendo en mi habitación con lo que parecía el almacén entero de Saks Fifth Avenue. La mujer era muy menuda y casi no abría la boca. El hombre, en cambio, medía casi dos metros y no se callaba ni debajo del agua.

—No puedes ir de amarillo, y te aconsejo encarecidamente que elimines las palabras «naranja» y «crema» de tu vocabulario, pero aparte de eso casi todos los colores son una opción. —Estábamos los tres en mi cuarto, junto con Libby, trece burros abarrotados de ropa, docenas de bandejas de joyas y luego, instalado en el baño, lo que parecía un salón de belleza entero—. Los tonos tierra, pasteles y chillones con moderación. ¿Te atraen los colores sólidos?

Miré la ropa que llevaba puesta en ese momento: una camiseta gris y mi segundo par de vaqueros más cómodos.

—Me gusta lo simple.

—Lo simple es mentira —murmuró la mujer—. Aunque a veces puede ser una mentira muy bonita.

A mi lado, Libby bufó y se tragó una risita. La fulminé con la mirada.

—Lo estás disfrutando, ¿eh? —le pregunté con amargura.

Y entonces me fijé en la ropa que llevaba. El vestido era negro, lo cual era bastante Libby, pero el estilo hubiera encajado sin problema en un club de campo. Le había dicho a Alisa que no la presionara.

—No tienes que cambiar de... —empecé a decir, pero Libby me cortó.

—Me han sobornado. Con botas.

Hizo un ademán hacia la pared del fondo, que estaba hasta arriba de botas, todas ellas de cuero, en tonos morados, negros y azules. Tobilleras, altas, e incluso un par que llegaban hasta los muslos.

—Además —añadió Libby muy serena— de medallones espeluznantes.

Si una joya parecía encantada, Libby ya estaba convencida.

—¿Has renunciado a tu estilo a cambio de quince pares de botas y de unos cuantos guardapelos que dan mal rollo? —le pregunté, sintiéndome ligeramente traicionada.

—Uy, y unos cuantos pares de pantalones de cuero —añadió Libby—. Ha valido la pena. Sigo siendo yo, solo que... sofisticada.

Seguía llevando el pelo azul y las uñas pintadas de negro. Además, el equipo de estilistas no estaba concentrado en ella en ese preciso instante.

—Deberíamos empezar por el pelo —declaró el estilista

que tenía al lado, mirando mis greñas con mala cara—. ¿No crees? —le preguntó a su hermana.

No hubo respuesta, pues la mujer desapareció tras uno de los percheros de ropa. La podía oír revolviendo de aquí para allá, alterando el orden de la ropa.

—Tienes mucho pelo. Ni liso ni ondulado. Podrías llevarlo de cualquiera de las dos maneras. —Ese hombre gigantesco parecía tener el cuerpo y la voz perfectos para jugar de ala cerrada en un equipo de fútbol americano, no para darme consejos sobre peinados—. Ni más corto de dos dedos por debajo de la barbilla, ni más largo de media espalda. Escalarlo un poco no haría daño. —Luego miró a Libby y añadió—: Y te sugiero que la desheredes si decide dejarse flequillo.

—Lo tendré en cuenta —replicó Libby muy solemne—. Lo pasarías fatal si no te llegara para una coleta —me dijo.

—¡Una coleta! —Aquello hizo que el defensa me lanzara una mirada de desaprobación—. ¿Odias tu pelo y quieres que sufra?

—No lo odio —repuse, encogiéndome de hombros—, pero me da igual.

—Eso también es mentira.

La mujer emergió de entre los percheros con media docena de prendas en brazos. La observé colocarlas en el burro que nos quedaba más cerca, agrupando las piezas para formar tres conjuntos distintos.

—Clásico. —Hizo un gesto hacia una falda azul hielo conjuntada con una camiseta de manga larga—. Natural. —La estilista avanzó hacia la segunda opción: un vestido floral holgado y vaporoso que contenía al menos una docena de tonos de rojo y rosa distintos—. Pija atrevida. —La última opción incluía una falda de cuero marrón, más corta que las otras y, seguramente, más apretada. La había combinado con una camisa blanca y una rebeca gris vigoré.

—¿Cuál te llama? —me preguntó el estilista.

Aquello arrancó otra risita ahogada a Libby. No cabía duda de que estaba disfrutando como una cría con todo aquello.

—Están todos bien. —Me fijé en el vestido floral y dije—: Aunque me da que ese tiene que picar.

Parecía que los estilistas empezaban a tener jaqueca.

—¿Opciones informales? —le preguntó a su hermana con hastío.

La mujer desapareció y volvió con tres conjuntos más, que añadió a los tres primeros. Unas mallas negras, una blusa roja y un jersey abierto de color blanco, largo hasta las rodillas, fueron a parar al estilo clásico. Una camisa aguamarina con encaje y unos pantalones de un verde más oscuro se unieron a la monstruosidad floral, y un jersey de cachemira holgado y unos tejanos rasgados quedaron colocados junto a la falda de cuero.

—Clásico. Natural. Pija atrevida. —La mujer repitió las opciones.

—Tengo objeciones filosóficas respecto a los pantalones de colores —afirmé—. De modo que este fuera.

—No te limites a mirar las prendas —me indicó el hombre—. Absorbe el conjunto.

Poner los ojos en blanco ante las palabras de una persona que hacía dos como yo, probablemente no acababa de ser la mejor manera de proceder.

La estilista se me acercó. Caminaba con mucha ligereza, como si fuera capaz de pasar de puntillas sobre un lecho de flores sin echar a perder ni una.

—Tu forma de vestir, el peinado que te hagas... no son bobadas. No es algo superficial. Esto... —dijo, al tiempo que hacía un ademán hacia el perchero que tenía detrás— no son solo prendas de ropa. Son un mensaje. No estás decidiendo qué ponerte, estás decidiendo qué historia quieres que cuente tu imagen. ¿Eres una chica ingenua, joven y dulce? ¿Quieres vestirte para este mundo de riqueza y maravillas como si hubieras nacido siendo parte de él? ¿O prefieres marcar la diferencia, ser la misma pero distinta, joven pero resuelta?

—¿Y por qué tengo que contar una historia? —quise saber.

—Porque si no lo haces tú, otra persona lo hará por ti.

Me di la vuelta y me encontré a Xander Hawthorne en el umbral de la puerta con una bandeja de bollos en las manos.

—Los cambios de imagen —me dijo—, igual que las recreaciones de las máquinas de Rube Goldberg, dan mucha hambre.

Quise fulminarlo con la mirada, pero Xander y sus bollos eran a prueba de balas.

—¿Qué sabrás tú de los cambios de imagen? —rezongué—. Si yo fuera un chico, aquí como mucho habría un par de percheros.

—Y si yo fuera blanco —replicó Xander con altivez—, la gente no me miraría como si fuera medio Hawthorne. ¿Un bollo?

Aquello me bajó los humos de golpe. Había metido la pata pensando que Xander no sabía qué era que te juzgaran... o verse obligado a jugar según reglas distintas. Me pregunté de pronto cómo se había sentido él al crecer en esa casa. Al crecer siendo un Hawthorne.

—¿Puedo coger uno de arándanos? —pregunté, lo cual era mi versión de una prenda de paz.

Xander me tendió uno de limón.

—No nos vengamos arriba.

Rechinando los dientes con cierta moderación, acabé por escoger la tercera opción. Odiaba la palabra «pija» casi tanto como me disgustaba reivindicar que me consideraba atrevida, pero al fin y al cabo no podía fingir ser dulce e inocente, y además tenía la terrible sospecha de que cualquier intento por fingir que era parte de ese mundo me provocaría urticaria, no físicamente pero sí en mi interior.

El equipo me dejó el pelo largo, pero lo escaló un poco y lo onduló ligeramente. Esperaba que me sugirieran reflejos, pero fueron hacia la dirección opuesta: aplicaron sutiles mechas de un tono más rico y oscuro que mi castaño ceniza natural. Me retocaron las cejas, pero las dejaron espesas. Me instruyeron sobre los elementos más importantes de una elaborada rutina de cuidado facial y me descubrí recibiendo un espray bronceador aplicado con aerógrafo. A pesar de todo, me pusieron un maquillaje muy natural: me pintaron los ojos y los labios, nada más. Mirándome al espejo casi pude creerme que la chica que me devolvía la mirada pertenecía a esa casa.

—¿Qué te parece? —pregunté, volviéndome hacia Libby.

Mi hermana estaba de pie junto a la ventana, a contraluz. Sostenía el móvil con fuerza y no podía despegar los ojos de la pantalla.

—¿Lib?

Me miró y me dedicó una expresión de cervatillo asustado que reconocí demasiado bien.

Drake. Le estaba mandando mensajes. ¿Y ella le respondía?

—¡Estás estupenda!

Libby sonaba sincera, porque lo era. Siempre. Sincera y franca. Y optimista hasta el absurdo.

«Drake le pegó —me dije a mí misma—. Nos vendió. No va a volver con él».

—Estás fantástica —declaró Xander con un tono pomposo—. Además, no pareces para nada alguien que hubiera podido seducir a un viejo para sacarle los millones, lo cual es bueno, ¿verdad?

—¿En serio, Alexander? —dijo Zara, anunciando su presencia sin fanfarria alguna—. Nadie piensa que Avery sedujera a tu abuelo.

Su historia —su imagen— estaba a medio camino entre «reboso clase» y «no estoy para tonterías». Pero yo había visto su rueda de prensa. Sabía que, aunque diera la impresión de que la reputación de su padre le importaba, no sentía la menor consideración hacia la mía. Cuanto peor fuera mi aspecto, mejor para ella. «A no ser que las cosas hayan cambiado», pensé.

—Avery —dijo Zara, dedicándome una sonrisa tan fría como los tonos invernales que vestía—. ¿Podemos hablar un instante?

CAPÍTULO 35

Zara no habló de inmediato en cuanto nos quedamos a solas. Decidí que si ella no iba a romper el hielo, lo haría yo.

—Has hablado con los abogados.

Era la explicación obvia que justificaba su presencia.

—Sí. —Zara no se disculpó—. Y ahora hablaré contigo. Estoy segura de que me perdonarás por no haberlo hecho antes. Te imaginarás que todo esto ha resultado un poco desconcertante.

«¿Un poco?», repetí para mis adentros. Me reí y puse fin a las formalidades.

—Hicisteis una rueda de prensa en la cual disteis a entender descaradamente que vuestro padre estaba senil y que las autoridades me estaban investigando por maltrato a mayores.

Zara se apoyó contra un escritorio de época, una de las pocas superficies del cuarto que no estaban abarrotadas de accesorios y ropa.

—Sí. Y puedes agradecer a tus abogados que no dejaran claras ciertas realidades hasta ahora.

—Si yo me quedo sin nada, vosotros os quedáis sin nada.

No tenía ninguna intención de dejar que esa mujer se presentara ante mí y mareara la verdad.

—Estás... bien. —Zara cambió de tema y se fijó en mi nuevo aspecto—. No es lo que yo hubiera escogido para ti, pero estás presentable.

«Presentable, atrevida», ironicé.

—Gracias —gruñí.

—Ya me las darás cuando haya hecho lo que esté en mi mano para facilitarte la transición.

Yo no era lo bastante ingenua para pensar que, de pronto, esa mujer había cambiado de opinión. Si antes me aborrecía, ahora también. La diferencia estaba en que ahora necesitaba algo. Imaginé que si esperaba lo suficiente, ella misma me diría de qué se trataba exactamente.

—No sé qué ha llegado a contarte Alisa, pero además del patrimonio personal de mi padre también has heredado el control de la fundación familiar. —Zara escrutó mi expresión antes de continuar—: Es una de las mayores fundaciones benéficas privadas del país. Donamos alrededor de cien millones de dólares al año.

«Cien millones de dólares», repetí mentalmente. No iba a acostumbrarme jamás. Cantidades como esa nunca me parecerían normales.

—¿Cada año? —pregunté atónita.

Zara sonrió con placidez.

—El interés compuesto es algo maravilloso.

Cien millones de dólares anuales de intereses. Y eso que Zara solo hablaba de la fundación, no de la fortuna personal de Tobias Hawthorne. Por primera vez hice cálculos mentales. Aunque los impuestos se llevaran la mitad del dinero y yo solo sacara, aproximadamente, un cuatro por ciento del rendimiento, estaría ganando cada año casi mil millones de dólares. ¡Sin hacer nada! Aquello estaba mal.

—¿A quién da el dinero la fundación? —pregunté en voz baja.

Zara se levantó del escritorio y empezó a pasearse por la habitación.

—La Fundación Hawthorne invierte en niños y familias, en iniciativas médicas, en avances científicos, en creación de comunidades y en las artes.

Bajo esas etiquetas se podía financiar casi cualquier cosa. Yo podía financiar casi cualquier cosa.

Podía cambiar el mundo.

—Me he pasado toda mi vida adulta dirigiendo la fundación. —Zara compuso un rictus con los labios—. Hay organizaciones que dependen de nuestro apoyo. Si pretendes ejercer tú misma, hay una forma buena y otra mala de hacerlo. —Se detuvo justo delante de mí—. Me necesitas, Avery. Por más que me gustaría lavarme las manos de todo esto, he trabajado demasiado tiempo y he invertido demasiado esfuerzo para ver cómo se echa a perder ese trabajo.

Presté atención a lo que me decía…, y a lo que no.

—¿La fundación te paga? —quise saber.

Conté los segundos que tardó en contestar.

—Percibo un salario proporcional a los conocimientos que aporto.

Por satisfactorio que hubiera sido decirle que iba a prescindir de sus servicios, no era tan impulsiva. Y no era cruel.

—Quiero implicarme —le dije—. Y no solo de cara a la galería. Quiero tomar decisiones.

«Sinhogarismo. Pobreza. Violencia doméstica. Acceso a medicina preventiva», enumeré mentalmente. ¿Qué podía hacer con cien millones de dólares al año?

—Eres lo bastante joven —empezó a decir Zara con una voz casi melancólica— para pensar que el dinero lo cura todo.

«Acabas de hablar como una persona tan rica que no puede ni siquiera imaginarse la gran cantidad de problemas que el dinero sí puede resolver», pensé.

—Si de verdad quieres tener un papel activo en la fundación —dijo Zara, que hablaba como si decir todo aquello le produjera la misma ilusión que revolver entre la basura o someterse a una endodoncia—, puedo enseñarte lo que tienes que saber. El lunes. Después de clase. En la fundación. —Pronunció cada sintagma de esa orden como si fuera una oración independiente.

La puerta se abrió antes de que pudiera preguntarle dónde estaba exactamente la fundación. Oren se posicionó a mi lado. «Las mujeres la atacarán a golpe de juicio», me había dicho. Pero ahora Zara sabía que no podía ir a por mí por la vía legal.

Y el jefe de mi escolta no me quería en esa habitación a solas con ella.

CAPÍTULO 36

Al día siguiente —un domingo—, Oren me llevó en coche a Ortega, McNamara & Jones para ver el Testamento Rojo.

—Avery.

Alisa nos esperaba en el vestíbulo del bufete, cuyo estilo era moderno: minimalista y con mucho acero. El edificio parecía lo bastante grande para albergar a un centenar de abogados. Sin embargo, mientras Alisa nos conducía hasta las puertas de un ascensor, no vi ni a un alma, aparte de a una persona de seguridad y otra en la recepción.

—Me dijiste que yo era el único cliente del bufete —comenté mientras el ascensor subía—. ¿Qué envergadura tiene exactamente?

—Hay unas cuantas divisiones distintas —repuso Alisa con sequedad—. Los bienes del señor Hawthorne eran bastante diversos, lo cual requiere una serie de abogados diversos.

—Y el testamento y las voluntades que te pedí, ¿están aquí?

Llevaba en el bolsillo un regalo de Jameson: el cuadrado de filtro rojo que habíamos descubierto pegado al interior de la contracubierta de *Fausto*. Le había contado que iba al bufete, y él me lo había entregado, sin hacer preguntas, como si confiara más en mí que en cualquiera de sus hermanos.

—El Testamento Rojo está aquí —confirmó Alisa. Se volvió hacia Oren y preguntó—: ¿Cuánta compañía tenemos hoy?

Al decir «compañía» quería decir «*paparazzi*». Y al decir «tenemos» quería decir «tiene Avery».

—Ha aflojado un poco —informó Oren—. Pero tiene pinta de que estarán en la puerta para cuando nos vayamos.

Si lográbamos acabar el día sin, al menos, un titular que dijera algo en la línea de: «La adolescente más rica del mundo se arma de abogados», me comería un par de las botas nuevas de Libby.

En la tercera planta pasamos otro control de seguridad y luego, por fin, Alisa me llevó a un despacho esquinero. La sala estaba amueblada, pero, por lo demás, completamente vacía, con una única excepción: colocado en medio de la robusta mesa de caoba estaba el testamento. Para cuando me percaté, Oren ya se había apostado ante la puerta. Alisa no hizo ademán de acompañarme cuando me acerqué a la mesa. En cuanto estuve casi al lado, la letra impresa me llamó la atención.

Roja.

—Mi padre recibió instrucciones de conservar esta copia aquí y enseñárosla, a ti o a los chicos, si cualquiera de vosotros venía a buscarla —me comentó Alisa.

Me volví para mirarla.

—Instrucciones —repetí—. ¿De Tobias Hawthorne?

—Naturalmente.

—¿Se lo contaste a Nash? —pregunté.

Una máscara de frialdad le ocultó el rostro.

—Ya no le cuento nada a Nash. —Me dedicó su mirada más austera—. Si eso es todo, te dejo a lo tuyo.

Alisa no me había preguntado en ningún momento qué era «lo mío». Esperé hasta que oí la puerta cerrarse tras ella y luego fui a sentarme a la mesa. Saqué el filtro del bolsillo.

—Querer —murmuré, colocando el recuadro plano encima de la primera página del testamento— es poder.

Pasé el acetato rojo por encima del papel y las palabras que había debajo desaparecieron. «Texto rojo. Filtro rojo», pensé. Había funcionado exactamente como Jameson y Grayson me habían descrito. Si todo el testamento estaba escrito en rojo, entonces el filtro solo serviría para hacerlo desaparecer por completo. Sin embargo, si debajo del texto en rojo había una capa de otro color, entonces todo lo que estuviera en ese color permanecería visible.

Repasé los legados iniciales de Tobias Hawthorne a los Laughlin, a Oren, a su suegra. «Nada», pensé. Llegué a la parte de Zara y Skye: en cuanto pasé el filtro rojo por encima de las palabras, desaparecieron. Avancé hacia la frase siguiente.

«A mis nietos, Nash Westbrook Hawthorne, Grayson Davenport Hawthorne, Jameson Winchester Hawthorne y Alexander Blackwood Hawthorne...».

Mientras pasaba el filtro por la página, las palabras desaparecieron, pero no todas. Cuatro permanecieron visibles.

Westbrook.

Davenport.

Winchester.

Blackwood.

Por primera vez me fijé en el hecho de que los cuatro hijos de Skye llevaban su apellido, el apellido de su abuelo. Hawthorne. Los segundos nombres de los cuatro chicos también eran apellidos. «¿Los apellidos de sus respectivos padres?», me pregunté. Mientras mi cerebro meditaba la idea, fui repasando el resto del documento. En parte esperaba encontrar algo cuando llegara a mi propio nombre, pero desapareció, igual que el resto del texto. Había desaparecido todo excepto los segundos nombres de los nietos Hawthorne.

—Westbrook. Winchester. Davenport. Blackwood. —Los dije en voz alta para memorizarlos.

Y luego escribí un mensaje a Jameson, y me pregunté si, a su vez, él escribiría otro a Grayson.

CAPÍTULO 37

—Pero, bueno, chiquilla, ¿dónde está el fuego? Había vuelto a la Casa Hawthorne y me dirigía a toda velocidad a encontrarme con Jameson cuando otro de los hermanos Hawthorne me cerró el paso. Nash.

—Avery acaba de ir a leer una copia especial del testamento —dijo Alisa detrás de mí.

«Pues suerte que ya no le contabas nada a tu ex, amiga», pensé.

—Una copia especial del testamento —dijo Nash, al tiempo que desviaba la mirada hacia mí—. ¿Estaría en lo cierto si diera por hecho que esto tiene algo que ver con el embrollo que escribió el viejo en la carta que me dejó?

—Tu carta —repetí con el cerebro a mil por hora.

No tendría que haberme sorprendido. Tobias Hawthorne había dejado pistas idénticas a Grayson y a Jameson. «A Nash también —comprendí—. Y seguramente a Xander igual».

—No te preocupes —repuso Nash alargando las palabras—. Paso de esto. Ya te dije que no quería el dinero.

—El dinero no está en juego —dijo Alisa con firmeza—. El testamento es…

—… es invulnerable —acabó Nash por ella—. Creo que eso ya lo he oído un par de veces.

Alisa entornó los ojos.

—Nunca se te dio demasiado bien escuchar.

—Escuchar no siempre significa acceder, Lee-Lee.

Que Nash usara el mote —además de su sonrisa amistosa y su tono igual de amical— disparó los niveles de tensión.

—Tengo que irme. —Alisa se volvió, rápida como un látigo, hacia mí—. Cualquier cosa…

—Te llamo —acabé la frase, preguntándome lo mucho que habría enarcado las cejas ante su intercambio.

Cuando Alisa se fue, cerró la puerta principal de un portazo.

—¿Me vas a decir adónde ibas con tanta prisa? —volvió a preguntarme Nash cuando Alisa se hubo ido.

—Jameson me ha pedido que vaya a buscarlo al solárium.

Nash me miró con una ceja enarcada.

—¿Y tienes idea de dónde está el solárium?

Me di cuenta, un poco tarde, de que no.

—Ni siquiera sé qué es un solárium —admití.

—Los solariums están sobrevalorados. —Nash se encogió de hombros y me miró de hito en hito—. Dime, chiquilla, ¿qué acostumbras a hacer por tu cumpleaños?

Así, sin más. Tuve la sensación de que tenía que tratarse de una pregunta trampa, pero contesté igualmente.

—¿Comer tarta?

—Cada año por nuestros cumpleaños… —dijo Nash, con la mirada perdida—. El viejo nos citaba en su estudio y nos decía las mismas tres palabras: invierte, cultiva, crea. Nos daba diez mil dólares para invertir. ¿Te imaginas a un niño de ocho años escogiendo acciones? —se rio Nash—. Luego teníamos que escoger un talento o algún interés que cultivar durante el año: podía ser un idioma, una afición, un arte, un deporte. Sin reparar en gastos. Si escogías el piano, al día siguiente aparecía un piano de cola, las clases privadas empezaban de inmediato y, a los seis meses, ya estabas en los camerinos del Carnegie Hall recibiendo consejos de los mejores.

—Qué pasada —dije, recordando todos los trofeos que había visto en el despacho de Tobias Hawthorne.

A Nash no se lo veía precisamente encantado.

—El viejo también planteaba un reto cada año —continuó, y la voz se le endureció—. Una tarea, algo que teníamos que crear antes de nuestro siguiente cumpleaños. Un invento, una solución, una obra de arte de nivel museo. Algo.

Pensé en los cómics que había visto enmarcados y colgados en la pared.

—No parece tan terrible.

—No, ¿verdad? —replicó Nash, rumiando las palabras—. Vamos —añadió, haciendo un ademán con la cabeza hacia un pasillo—, te enseño dónde está el solárium.

Echó a andar y yo casi tuve que trotar para seguirle el ritmo.

—¿Te ha contado Jameson lo de los acertijos semanales del viejo? —me preguntó Nash mientras caminábamos.

—Sí —contesté—. Me lo contó.

—A veces —prosiguió Nash—, al principio del juego el viejo nos enseñaba una serie de objetos. Un anzuelo de pescar, una etiqueta con el precio de algo, una bailarina de cristal, una daga. —Sacudió la cabeza, sumido en los recuerdos—. Para cuando resolvíamos el rompecabezas, cagada si no habíamos usado los cuatro objetos. —Sonrió, pero el gesto no le llegó a los ojos—. Yo era mucho más mayor. Tenía ventaja. Jamie y Gray se compinchaban contra mí y luego se traicionaban justo al final.

—¿Por qué me lo cuentas? —le pregunté cuando aflojó el paso y se quedó prácticamente quieto—. ¿Por qué me has contado todas estas cosas?

Lo de sus cumpleaños, los regalos, las expectativas.

Nash no contestó enseguida, sino que hizo un ademán con la cabeza hacia un pasillo que nos quedaba cerca.

—El solárium es la puerta del final a la derecha.

—Gracias —le dije.

Me encaminé hacia la puerta que Nash había indicado y, justo antes de llegar, volvió a hablar.

—Quizá creas que eres una jugadora más del juego, cielo, pero Jamie no lo ve así. —Había amabilidad en la voz de Nash, a pesar de las palabras—. No somos normales. Esta casa no es normal, y tú no eres una jugadora, chiquilla. Eres la bailarina de cristal, o la daga.

CAPÍTULO 38

El solárium era una habitación enorme con un techo abovedado de cristal y ventanales por paredes. Jameson estaba de pie en el centro, bañado por la luz del sol y con la mirada clavada en la bóveda del techo. Como la primera vez que lo había visto, iba sin camiseta. E igual que la primera vez que lo había visto, estaba borracho.

A Grayson no se lo veía en ninguna parte.

—¿Qué celebramos? —pregunté, haciendo un ademán hacia la botella de bourbon que había por allí.

—Westbrook, Davenport, Winchester, Blackwood —dijo Jameson, pronunciando los nombres uno a uno—. Dime, Heredera, ¿qué sacas de eso?

—Son cuatro apellidos —dije con cautela. Hice una pausa y luego pensé: «Joder, ¿y por qué no?»—. ¿Los apellidos de vuestros respectivos padres?

—Skye no habla de ninguno de nuestros padres —replicó Jameson con la voz algo áspera—. Por lo que a ella respecta, es una situación como la de Zeus y Atenea. Somos hijos suyos y solo suyos.

Me mordí el labio.

—A mí me comentó que había tenido cuatro magníficas conversaciones...

—Con cuatro hombres fascinantes —acabó Jameson—. ¿Pero lo bastante fascinantes para volver a verlos? ¿Para contarnos algo sobre ellos, aunque fuera mínimo? —dijo con una voz cada vez más dura—. Joder, si ni siquiera se ha dignado a contestarnos una sola pregunta sobre nuestros segundos nombres, y por eso —dijo mientras cogía la botella de bourbon del suelo y le daba un trago— estoy bebiendo.

Volvió a dejarla en el suelo, cerró los ojos y se quedó de pie, bañado por el sol, con los brazos extendidos. Por segunda vez me fijé en la cicatriz que le cruzaba el torso de arriba abajo.

Me fijé en cada vez que cogía aire.

—¿Vamos? —dijo, al tiempo que abría los ojos y dejaba caer los brazos.

—¿Adónde? —pregunté, tan físicamente consciente de su presencia que casi me dolía.

—Venga ya, Heredera —replicó Jameson, acercándose a mí—. Lo sabes de sobra.

Tragué saliva y respondí mi propia pregunta:

—Vamos a ver a tu madre.

Me llevó por el armario de los abrigos que había en el vestíbulo. Esta vez presté mucha atención a la secuencia de los paneles de la pared que abrían la puerta. Seguí a Jameson hasta el final del armario, abriéndome paso entre los abrigos allí colgados y forcé la vista para adaptarla a la oscuridad y así poder ver qué hacía a continuación.

Tocó algo. ¿O dio un tirón? No conseguí verlo. Para cuando

me quise dar cuenta, ya se oían los mecanismos girando y el fondo del armario se deslizaba hacia un lateral. Si el armario estaba a oscuras, lo que esperaba en el otro lado lo estaba todavía más.

—Pisa por donde yo pise, Chica Misteriosa. Y vigila con la cabeza.

Jameson usó el móvil para iluminar el camino. Y me dio la sensación de que lo hacía por mí. Él conocía bien los giros y recodos de esos pasillos secretos. Caminamos en silencio durante cinco minutos antes de que Jameson se detuviera para echar un vistazo a través de una mirilla, o eso deduje que era.

—No hay ropa tendida. —Jameson no especificó qué tipo de ropa—. ¿Confías en mí?

Estaba en un pasadizo iluminado por la mera luz de una linterna, lo bastante cerca para sentir el calor de su cuerpo sobre el mío.

—Desde luego que no.

—Bien. —Entonces me cogió de la mano y me atrajo hacia sí—. Agárrate.

Lo rodeé con los brazos y el suelo empezó a moverse bajo nuestros pies. La pared que teníamos al lado rotaba y nosotros girábamos con ella, y yo tenía el cuerpo pegado al suyo. «Al de Jameson Winchester Hawthorne», pensé. El movimiento cesó y yo me aparté.

Estábamos allí por una buena razón, y esa razón no tenía absolutamente nada que ver con la forma en que mi cuerpo encajaba con el suyo.

«Eran un pozo negro de desgracias cuando llegaste, y serán un pozo negro de desgracias cuando te vayas». Ese recuerdo retumbó en mi cabeza al tiempo que íbamos a parar a un largo pasillo de moqueta carmesí y molduras doradas en las paredes. Jameson se dirigió a grandes zancadas hacia una puerta situada al final del pasillo. Levantó la mano e hizo ademán de llamar.

Lo detuve.

—No me necesitas —le dije—. Tampoco me necesitabas para el testamento. Alisa tenía instrucciones de dejároslo ver si se lo pedíais.

—Te necesito. —Jameson sabía perfectamente qué hacía: el modo de mirarme, el gesto de sus labios—. Todavía no sé por qué, pero te necesito.

La advertencia de Nash resonó en mi cabeza.

—Soy la daga. —Tragué saliva—. Soy el anzuelo de pescar, la bailarina de cristal, lo que sea.

Aquello casi sorprendió a Jameson.

—Has hablado con uno de mis hermanos. —Hizo una pausa—. Con Grayson no —dijo mientras fijaba los ojos en los míos—. ¿Xander? —Desvió la mirada hacia mis labios y luego de nuevo hasta mis ojos—. Nash —afirmó convencido.

—¿Se equivoca? —pregunté. Pensé en los nietos de Tobias Hawthorne yendo a visitarlo por sus cumpleaños. De ellos se esperaba que fueran extraordinarios. De ellos se esperaba que triunfaran—. ¿Soy solo un medio para llegar a un fin? ¿Un medio al que merece la pena conservar hasta que descubras cómo encajo en el rompecabezas?

—Tú eres el rompecabezas, Chica Misteriosa. —Él lo pensaba de verdad—. Puedes rendirte —dijo—, decidir que puedes vivir sin las respuestas, o puedes descubrirlas... conmigo.

Una invitación. Un desafío. Me dije a mí misma que iba a hacerlo porque necesitaba saber la verdad, no por él.

—Vamos a buscar respuestas —contesté.

Cuando Jameson llamó a la puerta, esta se abrió hacia dentro.

—¿Mamá? —gritó, y luego corrigió el saludo—. ¿Skye?

La respuesta llegó como el tañido de una campana.

—Estoy aquí, tesoro.

«Aquí», quedó claro al instante, era el baño del dormitorio de Skye.

—¿Tienes un momento? —dijo Jameson mientras se detenía justo ante la doble puerta del baño.

—Miles de momentos. —Skye pareció saborear la respuesta—. Millones. Pasa.

Jameson se quedó ante las puertas.

—¿Estás presentable?

—Me gusta pensar que sí —respondió su madre—. Por lo menos el cincuenta por ciento del tiempo.

Jameson empujó la puerta del baño hacia dentro y nos recibió, encaramada sobre una tarima, la bañera más grande que había visto en toda mi vida. Me fijé en las patas en forma de garra de la bañera —doradas, a juego con las molduras del pasillo— y no en la mujer que estaba dentro.

—Has dicho que estabas presentable. —Jameson no parecía sorprendido.

—Estoy cubierta de espuma —replicó Skye con ligereza—. No se puede estar más presentable. Venga, dile a tu madre qué quieres.

Jameson se volvió para mirarme, como diciendo: «¿Y preguntabas por qué necesitaba el bourbon?».

—Me quedaré aquí fuera —dije, dándome la vuelta antes de ver algo más que espuma.

—Ay, no seas mojigata, Abigail —me amonestó Skye desde

el baño—. Estamos en confianza, ¿no? Para mí es fundamental tener confianza con quien me arrebata mis derechos de nacimiento.

En mi vida había visto tamaña pasivo-agresividad.

—Si ya has acabado de meterte con Avery —intervino Jameson—, me gustaría charlar un poco.

—¿Por qué estás tan serio, Jamie? —Skye lanzó un hondo suspiro—. Bueno, va, tú dirás.

—Mi segundo nombre. No es la primera vez que te pregunto si me lo pusiste por mi padre.

Skye guardó silencio un instante.

—Pásame el champán, ¿quieres?

Oí a Jameson moviéndose por el baño y supuse, pues todavía estaba de espaldas, que había ido a buscar el champán.

—¿Y? —insistió él.

—Si hubieras sido una niña —le dijo Skye con cantinela de cuentacuentos— te habría puesto un nombre como el mío. Skylar, quizá. O Skyla. —Deduje que la pausa se debía a que estaba bebiendo un sorbo de champán—. A Toby le pusieron el nombre de mi padre, ya lo sabes.

Que mencionara a su difunto hermano me llamó la atención. No sabía cómo ni por qué, pero la muerte de Toby, de algún modo, había desencadenado todo aquello.

—Mi segundo nombre —le recordó Jameson—. ¿De dónde lo sacaste?

—Me encantará responder a tu pregunta, tesoro. —Skye hizo una pausa—. En cuanto me dejes un momento a solas con tu encantadora amiguita.

CAPÍTULO 39

De haber sabido que acabaría en una conversación uno contra uno con una Skye Hawthorne desnuda y cubierta de espuma, seguramente yo también habría echado un trago de bourbon.

—Las emociones negativas envejecen. —Cambió de posición y el agua chocó contra los laterales—. Aunque tampoco se puede esperar mucho con Mercurio retrógrado... —Lanzó un largo y dramático suspiro—. Te perdono, Avery Grambs.

—No te he pedido que lo hicieras —respondí.

Procedió como si no me hubiera oído.

—Ni que decir tiene que vas a seguir proporcionándome una modesta cantidad de respaldo económico.

Empecé a plantearme seriamente si aquella mujer vivía en otro planeta.

—¿Por qué iba a darte nada?

Esperé una réplica aguda, pero se limitó a contestarme con un ligero murmullo condescendiente, como si fuera yo la que estaba diciendo tonterías.

—Si no vas a contestar la pregunta de Jameson —atajé—, me voy.

Dejó que llegara a medio camino de la puerta y entonces, tranquilamente, me dijo:

—Me vas a mantener porque soy su madre. Y contestaré tu pregunta en cuanto tú contestes la mía. ¿Qué intenciones tienes con mi hijo?

—¿Perdona? —me volví para mirarla y entonces, más tarde de la cuenta, recordé por qué había intentado no mirarla desde que había puesto los pies en ese baño.

La espuma le tapaba lo que yo no quería verle, pero a duras penas.

—Te has presentado en mi habitación con mi afligido hijo medio desnudo a tu lado. Una madre se preocupa, y Jameson es especial. Brillante como lo era mi padre. Como lo era Toby.

—Tu hermano —dije, y, de pronto, ya no tenía ninguna intención de irme de allí—. ¿Qué le pasó?

Alisa me lo había contado por encima, pero no me había dado detalles.

—Mi padre echó a perder a Toby —respondió Skye, como si le hablara al borde de su copa de champán—. Lo malcrió. Se suponía que tenía que ser el heredero, ¿sabes? Y cuando faltó..., en fin, quedamos Zara y yo. —Su expresión se ensombreció, pero después sonrió—. Y entonces...

—Tuviste a los niños —acabé por ella.

En aquel momento me pregunté si los había tenido precisamente porque Toby no estaba.

—¿Sabes por qué Jameson era el favorito de papá cuando, se mirara por donde se mirara, tendría que haber sido el perfecto y obediente Grayson? —preguntó Skye—. No era porque mi Jamie fuera brillante o precioso o carismático. No. Era porque Jameson Winchester Hawthorne es insaciable. Siempre busca algo. Lo busca desde el día en que nació. —Se acabó de un trago lo que le quedaba de champán—. Grayson es todo lo que Toby nunca fue; Jameson, en cambio, es igualito que él.

—No hay nadie como Jameson.

Bajo ningún concepto había pretendido pronunciar esas palabras en voz alta.

—¿Lo ves? —Skye me miró con suficiencia, igual que lo había hecho Alisa el primer día que puse los pies en la Casa Hawthorne—. Ya eres suya. —Skye cerró los ojos y se recostó en la bañera—. Lo perdíamos todo el rato cuando era pequeño, ¿sabes? Durante horas, a veces durante todo el día. Nos despistábamos un segundo y se esfumaba. Y cada vez que lo encontrábamos, lo cogía en brazos y lo abrazaba muy fuerte y, en lo más hondo de mi corazón, sabía que lo único que él quería era volver a perderse. —Abrió los ojos de nuevo—. Y tú no eres nada más que eso. —Skye se incorporó y cogió un albornoz. Aparté la mirada mientras se lo ponía—. Una manera más de perderse. Ella también lo fue.

«Ella», repetí para mis adentros.

—Emily —dije en voz alta.

—Era una chica preciosa —recordó Skye—, pero podría haber sido fea y la habrían querido igual. Tenía algo especial.

—¿Por qué me lo cuentas? —pregunté.

—Tú —afirmó Skye Hawthorne con mucho énfasis— no tienes nada de Emily.

Se agachó para coger la botella de champán y volvió a llenarse la copa. Se dirigió tranquilamente hacia mí, descalza y empapada, y me la ofreció.

—He descubierto que las burbujas lo curan todo. —Su mirada era intensa—. Venga, bebe.

¿Hablaba en serio? Retrocedí un paso.

—No me gusta el champán.

—Y yo —dijo, mientras bebía un trago muy largo— no escogí los segundos nombres de mis hijos.

Entonces levantó la copa, como si estuviera brindando por mí, o por mi fin.

—Si tú no los escogiste —repliqué—, entonces, ¿quién lo hizo?

Skye apuró el champán.

—Mi padre.

CAPÍTULO 40

Le expliqué a Jameson lo que me había contado su madre.

Se me quedó mirando.

—El viejo escogió nuestros nombres.

Pude ver los engranajes del cerebro de Jameson poniéndose a trabajar y luego... nada.

—Escogió nuestros nombres —repitió Jameson, yendo arriba y abajo por el pasillo como un animal enjaulado—. Los eligió y luego los marcó en el Testamento Rojo. —Jameson volvió a pararse—. Desheredó a la familia hace veinte años y poco después escogió nuestros segundos nombres, todos menos el de Nash. Grayson tiene diecinueve años. Yo tengo dieciocho. Y Xan cumplirá los diecisiete el mes que viene.

Me di cuenta de que Jameson estaba tratando darle sentido a todo aquello, intentaba descubrir qué nos estábamos perdiendo.

—El viejo estuvo jugando durante mucho tiempo —dijo Jameson, y todos los músculos del cuerpo se le tensaron—. Durante toda nuestra vida.

—Los nombres tienen que significar algo —afirmé.

—Quizá sabía quiénes eran nuestros padres. —Jameson consideró aquella posibilidad—. Aunque Skye pensara que los había mantenido en secreto..., no había secretos para él.

Detecté un deje en la voz de Jameson cuando pronunció aquellas palabras, algo profundo y doloroso y terrible.

«¿Qué secretos sabía de ti?», me pregunté.

—Podemos investigar —propuse, intentando concentrarme en el acertijo y no en el chico—. O pedirle a Alisa que contrate un detective privado para que busque hombres que se apelliden así.

—O —replicó Jameson— puedes darme seis horas para que se me pase del todo la cogorza, y entonces te enseñaré lo que hago cuando intento resolver un acertijo y llego a un punto muerto.

Al cabo de siete horas, Jameson y yo nos escabullimos por el pasadizo de la chimenea y me llevó al ala más alejada de la casa; pasada la cocina y la Gran Sala, llegamos al garaje más grande que yo hubiera visto en mi vida. De hecho, parecía casi un concesionario. Había una docena de motocicletas montadas en una estantería descomunal colocada en una pared, y el doble de coches aparcados en semicírculo. Jameson se paseó entre ellos, observándolos uno por uno. Se detuvo delante de un coche que parecía sacado de la ciencia ficción.

—El Aston Martin Valkyrie —dijo Jameson—. Un *hypercar* híbrido que puede alcanzar una velocidad de más de trescientos kilómetros por hora. —Señaló con un ademán el resto de la hilera—. Esos tres son Bugatti. El Chiron es mi favorito. Casi mil quinientos caballos y nada malo en la pista.

—La pista —repetí—. No será una pista de carreras, ¿no?

—Eran los pequeñines de mi abuelo —me explicó Jameson—. Y ahora... —Una sonrisa lenta se apoderó de su rostro—. Son tuyos.

Aquella sonrisa era perversa. Casi peligrosa.

—Ni hablar —le dije a Jameson—. Si ni siquiera puedo salir de la finca sin Oren. ¡No puedo conducir un coche de estos!

—Por suerte —replicó Jameson, caminando hacia un pequeño armario que había en la pared—, yo sí.

Había un rompecabezas insertado en el armario, como si fuera un cubo de Rubik, pero de plata y con formas extrañas grabadas en los recuadros. Jameson empezó a hacer girar las piezas de inmediato, a rotarlas para disponerlas en su lugar. El armario se abrió de par en par. Jameson acarició con los dedos la plétora de llaves y escogió una.

—No hay nada como la velocidad para despejar la cabeza... y el camino. —Se dirigió hacia el Aston Martin—. Algunos acertijos cobran sentido a trescientos kilómetros por hora.

—¿Caben dos personas ahí dentro? —pregunté.

—Ah, Heredera —murmuró Jameson—, ya pensaba que no ibas a preguntar.

Jameson condujo el coche hasta una plataforma y descendimos por debajo del nivel del suelo de la casa. Recorrimos un túnel, y para cuando me quise dar cuenta ya estábamos cruzando una salida trasera que ni siquiera tenía conocimiento de que existía.

Jameson no aceleró más de la cuenta. No apartó los ojos de la carretera. Se limitó a conducir en silencio. En el asiento contiguo yo notaba todas las terminaciones nerviosas de mi cuerpo rezumando expectativas.

«Es una idea malísima», me dije.

Seguro que el chico había avisado de antemano, porque la pista estaba lista cuando llegamos.

—El Martin técnicamente no es un coche de carreras —me explicó Jameson—. Técnicamente ni siquiera estaba en venta cuando mi abuelo lo compró.

Y técnicamente yo no debería haber salido de la finca. No deberíamos haber cogido el coche. No deberíamos haber llegado hasta allí.

Pero cuando superamos los doscientos kilómetros por hora, dejé de pensar en esos «deberíamos».

Adrenalina. Euforia. Miedo. En mi cabeza no cabía nada más. La velocidad era lo único que importaba.

Eso y el chico que tenía al lado.

No quería que frenara. No quería que el coche se detuviera. Por primera vez desde la lectura del testamento me sentí libre. Sin preguntas. Sin suspicacias. Sin nadie que me mirara o no me mirara. Nada más que ese momento, aquí y ahora.

Nada más que Jameson Winchester Hawthorne y yo.

CAPÍTULO 41

Al final el coche frenó hasta detenerse. Al final la realidad se impuso. Oren estaba allí, con refuerzos pisándole los talones. «Oh, oh...», pensé.

—Tú y yo —escuché que el jefe de mi escolta le decía a Jameson en cuanto nos bajamos del coche— vamos a tener una pequeña charla.

—Oye, que ya soy mayorcita —le espeté, mirando de soslayo a los refuerzos que había traído consigo—. Si quieres gritarle a alguien, grítame a mí.

Oren no gritó. Me llevó personalmente de vuelta a mi cuarto y me dijo que él y yo ya «charlaríamos» por la mañana. Basándome en su tono, no quedé muy convencida de que fuera a salir ilesa de una «charla» con Oren.

Apenas pegué ojo esa noche, pues tenía el cerebro convertido en un embrollo de impulsos eléctricos que no podían —literalmente— parar de echar humo. Todavía no tenía ni idea de qué pensar acerca de los nombres marcados en el Testamento Rojo, de si realmente eran una referencia a los padres de los chicos, o de si Tobias Hawthorne había escógido los segundos nombres de sus nietos por una razón completamente distinta.

Lo único que sabía era que Skye llevaba razón. Jameson era insaciable. «Y yo también», pensé. Sin embargo, tampoco podía olvidarme de Skye diciéndome que yo no era importante, que yo no tenía nada de Emily.

Esa noche, cuando por fin concilié el sueño, soñé con una adolescente. Era una sombra, una silueta, un fantasma, una reina. Y daba igual lo rápido que corriera, cruzando un pasillo tras otro, porque no conseguía alcanzarla.

Mi móvil sonó antes de que se hiciera de día. Amodorrada y de mal humor, lo cogí con toda la intención de lanzarlo por la primera ventana que encontrara, pero entonces me percaté de quién llamaba.

—Max, son las cinco y media de la mañana.

—Las tres y media para mí. ¿De dónde has sacado ese coche?

Max parecía no tener ni pizca de sueño.

—De un cuarto lleno de coches —contesté en tono de disculpa; entonces mi cerebro se despertó lo suficiente para procesar lo que implicaba su pregunta—. ¿Tú cómo sabes lo del coche?

—Una foto aérea —replicó Max—. Tomada desde un helicóptero. ¿Cómo que «de un cuarto lleno de coches»? Pero, exactamente, ¿cuánto mide ese cuarto?

—Ni idea.

Gruñí y me di la vuelta en la cama. Pues claro que los *paparazzi* me habían pillado con Jameson. No quería ni saber qué estaría diciendo la prensa rosa.

—E igual de importante —continuó Max—: ¿Estás teniendo una tórrida aventura con Jameson Hawthorne y tendría que prepararme para una boda en primavera?

—No. —Me senté en la cama—. No va por ahí.

—Y un fruto miércoles, amiga.

—Tengo que vivir con esta gente —le dije—. Durante un año. Y les sobran los motivos para odiarme. —No pensaba en Skye ni en Zara ni en Xander ni en Nash cuando lo dije, sino en Grayson. Grayson el de ojos argénteos, trajeado y escupeamenazas—. Liarme con Jameson sería como echar gasolina al fuego.

—Pero menudo fuego sería —murmuró Max.

Mi amiga era, sin lugar a duda, una mala influencia.

—No puedo —repetí—. Y además... había una chica.

Recordé el sueño y me pregunté si Jameson había conducido con Emily, si la chica había participado alguna vez en uno de los juegos de Tobias Hawthorne.

—Murió.

—Para el fruto carro. ¿Cómo que murió? ¿Cómo?

—No lo sé.

—¿Cómo puedes no saberlo?

Me arrebujé bajo la colcha.

—Se llamaba Emily. ¿Sabes cuántas personas se llaman Emily en este mundo?

—¿Todavía está colgado de ella? —quiso saber Max.

Se refería a Jameson, pero regresé mentalmente al momento en que yo había pronunciado el nombre de Emily delante de Grayson. Y él lo había destrozado. Destripado.

Alguien aporreó mi puerta.

—Max, tengo que colgar.

Oren se pasó más de una hora sermoneándome acerca de los protocolos de seguridad. Me hizo saber que estaría encantado de volver a hacerlo cada mañana al romper el alba hasta que quedara claro.

—Lo pillo —le dije—. Seré buena.

—No, no lo serás. —Me miró de hito en hito—. Pero yo seré mejor.

Mi segundo día —y el principio de mi primera semana entera— en una institución privada se pareció bastante a la semana anterior. Todo el mundo hacía lo que podía por no mirarme abiertamente. Jameson me evitó. Yo evité a Thea. Me pregunté qué cotilleos pensaba Jameson que provocaríamos si nos vieran juntos, me pregunté si hubo cuchicheos cuando Emily murió.

Me pregunté cómo murió.

«Tú no eres una jugadora. —Las palabras de Nash no paraban de venirme a la cabeza, sin cesar, cada vez que atisbaba a Jameson por los pasillos—. Eres la bailarina de cristal, o la daga».

—He oído que te van los coches. —Xander se me echó encima ante el laboratorio de física. Sin duda estaba de muy buen humor—. Benditos *paparazzi*, ¿verdad? Y también he oído que tuviste una conversación muy especial con mi madre.

No estaba segura de si había venido a sonsacarme información o a compadecerse de mí.

—Tu madre es de lo que no hay —afirmé.

—Skye es una mujer complicada —asintió Xander sabiamente—. Pero es la mujer que me enseñó a leer las cartas de tarot y a hidratarme las cutículas, así que ¿quién soy yo para quejarse?

Skye no los había hecho como eran, ni los había presionado, ni les había planteado desafíos, ni había esperado lo imposible. Ella no los había hecho mágicos.

205

—Todos tus hermanos recibieron la misma carta de vuestro abuelo —le comenté, atenta a su reacción.

—¿Qué me dices?

Entrecerré un poco los ojos.

—Y sé que tú también.

—Quizá sí —admitió Xander con alegría—. Pero, hipotéticamente, si la hubiera recibido y si, hipotéticamente, quisiera jugar a este juego y quisiera, solo por una vez, y solo hipotéticamente, ganar... —Se encogió de hombros—. En fin, querría hacerlo a mi manera.

—¿Y esa manera tuya incluye robots y bollos?

—¿Y qué no?

Riendo, Xander me hizo entrar en el laboratorio. Como todo lo que había en el Country Day, parecía valer su peso en oro, en sentido figurado. Aunque era probable que realmente valiera todavía más. Mesas de laboratorio curvadas rodeaban la habitación. Tres de las cuatro paredes, desde el suelo hasta el techo, estaban hechas de grandes ventanales. Había cosas escritas en distintos colores sobre las ventanas, cálculos en caligrafías distintas, como si usar un pedazo de papel hubiera pasado de moda. Todas las mesas de laboratorio contaban con una pantalla grande y una pizarra blanca digital. Y eso por no hablar de los microscopios.

Me sentía como si acabara de entrar en la NASA.

Solo había dos asientos libres. Uno estaba al lado de Thea. Y el otro estaba tan alejado de ella como era posible, al lado de la chica que había visto en el archivo. Llevaba el pelo rojo intenso recogido en una coleta floja, a la altura de la nuca. Con el pelo tan rojo y la piel tan pálida, su aspecto era tremendamente llamativo, pero tenía una mirada triste.

Thea me miró y empezó a hacer ademanes exagerados hacia el asiento vacío que tenía al lado. Yo volví la mirada hacia la chica pelirroja.

—¿Cuál es su historia? —le pregunté a Xander.

Nadie hablaba con ella. Nadie la miraba. Era una de las personas más hermosas que había visto en mi vida y era como si fuera invisible.

Papel pintado.

—Su historia —suspiró Xander— incluye amores desventurados, novios de mentira, corazones rotos, tragedias, relaciones familiares complicadas, penitencia y un héroe eterno.

Lo miré de hito en hito.

—¿Hablas en serio?

—A estas alturas ya deberías saber —replicó Xander con ligereza— que yo no soy el Hawthorne serio.

Se dejó caer en el asiento contiguo al de Thea y yo me encaminé hacia la chica pelirroja. Resultó ser una buena compañera de laboratorio: callada, aplicada y capaz de calcularlo casi todo mentalmente. En todo el rato que trabajamos juntas no me dirigió ni media palabra.

—Soy Avery —le dije en cuanto acabamos y resultó evidente que no iba a presentarse.

—Rebecca. —Tenía una voz suave—. Laughlin. —Se percató de mi cambio de expresión cuando me dijo su apellido y confirmó lo que estaba pensando—. Mis abuelos trabajan en la Casa Hawthorne.

Sus abuelos más bien dirigían la Casa Hawthorne, y ninguno de los dos parecía especialmente entusiasmado ante la idea de trabajar para mí. Me pregunté si por eso Rebecca no me había dirigido la palabra.

«Aunque tampoco habla con nadie más», reparé.

—¿Te han enseñado a entregar los trabajos con la tableta? —me preguntó Rebecca.

La pregunta era prudente, como si estuviera convencida de que la mandaría a paseo en cualquier momento. Intenté asimilar el hecho de que alguien tan precioso pudiera vacilar ante algo.

«Ante todo», me corregí.

—No —contesté—. ¿Podrías enseñarme?

Rebecca me lo mostró, introduciendo sus resultados con unos pocos toques en la pantalla táctil. Al cabo de un momento, su tableta había vuelto a la pantalla principal. Tenía una foto de fondo de pantalla. En ella, Rebecca aparecía descentrada, mientras que otra chica de pelo ambarino se reía mirando de lleno a la cámara. Ambas llevaban coronas de flores en el pelo y tenían los mismos ojos.

La otra chica era tan preciosa como Rebecca —quizá incluso menos—, pero, de algún modo, resultaba imposible apartar la mirada de su rostro.

—¿Es tu hermana? —pregunté.

—Era. —Rebecca cerró la funda de la tableta—. Murió.

Me ardieron los oídos, y entonces supe a quién acababa de ver. Sentí que en el fondo lo sabía desde que la había visto.

—¿Emily?

Rebecca clavó sus ojos de color esmeralda en los míos. Me puse nerviosa y pensé que quizá tendría que haber dicho otra cosa. «Te acompaño en el sentimiento», o algo así.

Sin embargo, Rebecca no pareció considerar que mi respuesta fuera extraña o desagradable. Se limitó a ponerse la tableta en el regazo mientras decía:

—Le habría gustado mucho conocerte.

CAPÍTULO 42

No podía quitarme de la cabeza el rostro de Emily. Sin embargo, no me había fijado lo suficiente en la fotografía para poder recordar todos los detalles de sus rasgos. Tenía los ojos verdes y el pelo rubio rojizo, como el ámbar bañado por la luz del sol. Recordaba la corona de flores que llevaba puesta, pero no el largo de su pelo. Era igual cuánto me esforzara en visualizar su cara, pues lo único que podía recordar era que se reía y que miraba directamente a la cámara, enfocada de frente.

—Avery. —Oren me habló desde el asiento del conductor—. Ya hemos llegado.

Habíamos llegado a la Fundación Hawthorne. Parecía que hubiera pasado una eternidad desde que Zara se había ofrecido a mostrarme cómo funcionaba. Cuando Oren se apeó del coche y abrió mi portezuela, me percaté de que, por una vez, no había ni un solo periodista o fotógrafo a la vista.

«Igual están perdiendo interés», pensé al entrar en el vestíbulo de la Fundación Hawthorne. Las paredes eran de un tono gris perlado y de ellas colgaban docenas de inmensas fotografías en blanco y negro que parecían estar flotando. Centenares de imágenes más pequeñas rodeaban las grandes. Personas.

De todo el mundo, capturadas en movimiento y en distintos momentos, desde todos los ángulos, todas las perspectivas, diferentes a todos los niveles imaginables: edad, género, etnia y cultura. Personas. Riendo, llorando, rezando, jugando, comiendo, bailando, durmiendo, barriendo, abrazándose, haciendo de todo.

Recordé que la doctora Mac me había preguntado por qué quería viajar. «Por eso. Justo por eso», pensé.

—Señora Grambs.

Levanté la mirada y me encontré a Grayson. Me pregunté cuánto rato llevaba observándome mientras yo estudiaba la sala. Me pregunté qué había visto en mi rostro.

—Estoy esperando a Zara —dije, defendiéndome de su inevitable ataque.

—Zara no vendrá. —Grayson caminó lentamente hacia mí—. Está convencida de que necesita usted... orientación. —Algo en su modo de pronunciar esa palabra esquivó todos los mecanismos de defensa que yo había activado y me traspasó la piel—. Por alguna razón, mi tía parece creer que dicha orientación será mejor recibida si viene de mí.

Estaba exactamente igual que el día que lo conocí, hasta en el color de su traje de Armani. Era del mismo gris líquido y claro que sus ojos; del mismo tono que el vestíbulo. De repente, recordé la maravillosa edición del libro que había visto en el estudio de Tobias Hawthorne, un libro de fotografías con el nombre de Grayson en el lomo.

—¿Son tuyas?

Tomé una bocanada de aire con la mirada clavada en las fotografías que me rodeaban. Solo era una suposición, pero siempre tendía a dar en el clavo.

—Mi abuelo consideraba que una persona tiene que ver el mundo para cambiarlo. —Grayson me miró y luego se dio cuenta de que se había quedado embobado—. Siempre decía que yo era el que tenía ojo.

«Invierte. Crea. Cultiva», recordé que había dicho Nash al hablarme de la infancia de los cuatro. Me pregunté cuántos años tenía Grayson la primera vez que había sujetado una cámara de fotos, cuántos años tenía cuando había empezado a viajar por el mundo, a verlo con sus propios ojos y capturarlo en el carrete.

Nunca habría adivinado que él era el artista.

Mosqueada por haber picado el anzuelo para pensar en él, entorné los ojos.

—Tu tía no se debe de haber percatado de tu tendencia a amenazar. Apuesto a que tampoco sabe nada de la investigación sobre mi difunta madre. Si no, es imposible que hubiera llegado a la conclusión de que yo preferiría trabajar contigo.

En los labios de Grayson apareció un rictus.

—Zara tiende a enterarse de todo. Y sobre las investigaciones... —Desapareció detrás del mostrador de recepción y volvió con dos portafolios en la mano. Lo fulminé con la mirada y él enarcó una ceja—. ¿Prefiere que no comparta con usted los resultados de mi búsqueda?

Me tendió un portafolios y lo cogí. Grayson no tenía ningún derecho a hacerlo, a husmear en mi vida ni en la de mi madre. Sin embargo, cuando bajé la mirada hacia el portafolios, pude oír la voz de mi madre, clara como el agua, resonando en mi mente: «Tengo un secreto...».

Abrí el portafolios. Una lista de empleos, el certificado de defunción, sus cuentas, sin antecedentes penales, una foto...

Apreté los labios, intentando desesperadamente dejar de mirarla. Era joven, en la foto, y me tenía en brazos.

Me obligué a mirar a Grayson a los ojos, lista para descargar mi rabia, pero él me entregó con calma el segundo portafolios. Me pregunté qué había encontrado de mí, si había algo en ese portafolios que pudiera llegar a explicar qué había visto su abuelo en mí. Lo abrí.

Dentro había una única hoja de papel. Y estaba en blanco.

—Esa es la lista de todas las compras que ha llevado a cabo desde que heredó. Se han comprado cosas para usted, pero... —dijo él mientras bajaba la mirada hacia el papel—. Nada.

—¿Así es como os disculpáis en tu mundo? —le pregunté. Lo había sorprendido. No me estaba portando como una sacacuartos.

—No voy a pedir disculpas por ser protector. Esta familia ya ha sufrido bastante, señora Grambs. Si tuviera que escoger entre usted y cualquiera de ellos, los escogería a ellos, una y mil veces. Sin embargo... —Dirigió de nuevo su mirada a mis ojos—. La he juzgado mal.

Había intensidad en esas palabras, en la expresión de su rostro, como si el chico que había aprendido a ver el mundo me estuviera viendo a mí.

—Te equivocas. —Cerré el portafolios de golpe y le di la espalda—. Sí intenté gastar dinero. Y mucho. Le pedí a Alisa que encontrara la manera de hacérselo llegar a un amigo mío.

—¿A un amigo? —inquirió Grayson. Le cambió la expresión—. ¿O a un novio?

—No —respondí. ¿Qué le importaba a él si yo tenía novio?—. Un tipo con quien jugaba al ajedrez en el parque. Vive allí. En el parque.

—¿Un sin techo? —Grayson me miraba de una forma distinta, como si en ninguno de sus viajes hubiera encontrado algo así. Algo como yo. Al cabo de un par de segundos, despertó de su ensueño—: Mi tía tiene razón. Necesita usted desesperadamente que la eduquen.

Echó a andar y a mí no me quedó más remedio que seguirlo; aun así, me negué a quedarme detrás de él, como si fuera un patito siguiendo a su madre. Se detuvo ante una sala de reuniones y me aguantó la puerta abierta para que entrara. Lo rocé fugazmente al pasar a su lado, y ese mínimo contacto me hizo sentir como si fuera a cuatrocientos kilómetros por hora.

«Ni de broma», le hubiera dicho a Max si estuviéramos hablando por teléfono. ¿Qué me pasaba? Desde que nos conocíamos, Grayson se había pasado la mayor parte del tiempo amenazándome. Odiándome.

Dejó que la puerta de la sala de reuniones se cerrara tras de sí y caminó hasta la pared del fondo de la sala. Estaba cubierta de mapas: primero había un mapamundi; luego, uno de cada continente; después, otros de países, hasta llegar a mapas de estados y ciudades.

—Mírelos —me indicó mientras señalaba los mapas con un gesto—, porque esto es lo que está en juego aquí. Todo. No una única persona. Dar dinero a individuos no es muy útil.

—Es muy útil —repliqué en voz baja— para esas personas.

—Con los recursos que tiene ahora, ya no puede permitirse preocuparse por los individuos en sí.

Grayson hablaba como si fuera una lección que le hubieran inculcado a base de palos. «¿Quién? ¿Su abuelo?», me pregunté.

—Usted, señora Grambs —continuó—, tiene una responsabilidad para con el mundo.

Sentí aquellas palabras como un fósforo prendido, una chispa, una llama.

Grayson se volvió hacia la pared de los mapas.

—Retrasé un año la universidad para aprender cómo funcionaba la fundación. Mi abuelo me mandó hacer un estudio de las clases de donaciones benéficas, con vistas a mejorar las nuestras. Iba a hacer mi presentación en unos pocos meses. —Grayson fulminó con la mirada el mapa que le quedaba a la altura de los ojos—. Ahora supongo que haré la presentación para usted. —Pareció estar midiendo el ritmo de sus palabras—. La gerencia de la fundación conlleva su propio trabajo administrativo. Cuando cumpla los veintiuno, será suya, como todo lo demás.

Aquello le dolía más que cualquier otra de las condiciones del testamento. Pensé en Skye refiriéndose a él como el heredero forzoso, aunque ella misma había insistido en que el favorito de Tobias Hawthorne era Jameson. Grayson había detenido su vida para dedicar un año entero a la fundación. Sus fotografías colgaban en el vestíbulo.

«Pero su abuelo me escogió a mí», pensé.

—Lo...

—No diga que lo siente. —Grayson miró los mapas un instante más y luego se volvió para mirarme a mí—. No lo sienta, señora Grambs. Sea digna de ello.

Lo mismo podría haberme mandado que me convirtiera en fuego o tierra o aire. Una persona no podía ser digna de tener millones. No era posible, no lo era en general y mucho menos para mí.

—¿Cómo? —le pregunté.

«¿Cómo voy a ser digna de nada?», me pregunté a mí misma.

Se tomó su tiempo antes de contestar, y me descubrí deseando ser el tipo de chica que sabe llenar los silencios. El tipo de chica que se ríe con ganas y lleva flores en el pelo.

—No puedo enseñarle a ser nada, señora Grambs. Pero si está dispuesta puedo enseñarle un modo de pensar.

Aparté el recuerdo del rostro de Emily.

—Bueno, aquí estoy, ¿no?

Grayson empezó a recorrer la sala, pasando delante de un mapa tras otro.

—Tal vez nos sintamos mejor al dar a quien conocemos y no a un desconocido, o al donar a una organización cuya historia nos llena los ojos de lágrimas, pero eso es solo el cerebro que intenta jugárnosla. La moralidad de una acción depende, principal y únicamente, de sus resultados.

Había intensidad en su modo de hablar, de moverse. No podría haber apartado la mirada de él o haber dejado de escucharlo, ni aunque lo hubiera intentado.

—No deberíamos dar porque nos sentimos de una manera o de otra —me dijo Grayson—. Deberíamos dirigir nuestros recursos a cualquier análisis objetivo que demuestre que podemos causar el mayor impacto.

Seguramente él pensaba que se me escapaba lo que me estaba diciendo, pero en cuanto dijo «análisis objetivo» sonreí:

—Estás hablando con una futura graduada en ciencia actuarial, Hawthorne. Enséñame tus gráficos.

Para cuando él hubo terminado, la cabeza me daba vueltas con tantas cifras y proyecciones. Había visto con exactitud cómo funcionaba su mente, y daba miedo lo mucho que se parecía a la mía.

—Entiendo por qué un enfoque disperso no funcionaría —le dije—. Los grandes problemas requieren pensar a lo grande, grandes intervenciones...

—Intervenciones completas —corrigió Grayson—. Estratégicas.

—Pero también tenemos que ampliar nuestro riesgo.

—Con análisis de costo-beneficio desarrollados empíricamente.

Todo el mundo encontraba inexplicablemente atractivas ciertas cosas. Al parecer, para mí eran los tíos de ojos argénteos y trajeados que usaban la palabra «empíricamente» dando por hecho que yo la iba a entender.

«Déjate de guarradas, Avery. Grayson Hawthorne no es para ti», me dije.

Le sonó el móvil y miró la pantalla.

—Nash —me informó.

—Tranquilo —contesté—. Cógelo.

Llegados a ese punto, necesitaba un descanso... de él, pero también de todo aquello. Las matemáticas podía entenderlas. Las proyecciones podía asimilarlas. Pero ¿aquello?

Aquello era real. Aquello era el poder. Cien millones de dólares al año.

Grayson descolgó y salió de la sala de reuniones. Yo la recorrí, observando los mapas que colgaban de las paredes, memorizando los nombres de todos los países, de todas las ciudades, de todos los pueblos. Podía ayudarlos a todos, o a ninguno. Había personas allí fuera cuya vida, o muerte, estaba en mis manos; cuyo futuro, bueno o malo, podría hacerse realidad en función de mis decisiones.

¿Qué derecho tenía yo a ser quien tomara las decisiones?

Abrumada, me detuve ante el último mapa que colgaba en la pared. A diferencia de los otros, ese lo habían trazado a mano. Me llevó un instante darme cuenta de que se trataba de la Casa Hawthorne y los terrenos de la finca. Mis ojos se fijaron antes que nada en el Chalet Wayback, una pequeña vivienda instalada en un extremo de la finca. Recordaba, por la lectura del testamento, que Tobias Hawthorne había garantizado a los Laughlin el inquilinato de por vida de ese chalet.

«Los abuelos de Rebecca —pensé—. De Emily». Me pregunté si las chicas habrían ido a visitar a sus abuelos cuando eran pequeñas, cuánto tiempo habrían pasado en la finca, en la Casa Hawthorne. «¿Cuántos años tenía Emily la primera vez que Jameson y Grayson le pusieron los ojos encima?».

¿Cuánto hacía que había muerto?», me pregunté.

La puerta de la sala de reuniones se abrió a mi espalda. Me alegré de que Grayson no pudiera verme la cara. No quería que supiera que estaba pensando en ella. Fingí que estudiaba el mapa que tenía delante, la geografía de la finca, desde el bosque del norte llamado Black Wood hasta un pequeño riachuelo que cruzaba la frontera oeste de la finca.

«El Black Wood». Volví a leerlo y, de pronto, el rumor de la sangre que me corría por las venas se me antojó ensordecedor. Blackwood. Y ahí al lado, en letras más pequeñas, el cuerpo serpenteante del riachuelo también tenía un nombre. Pero no era un riachuelo, era un arroyo. El Brook.

Un arroyo en la frontera oeste de la propiedad... Westbrook. Blackwood. Westbrook.

—Avery —me llamó Grayson a mi espalda.

—¿Qué? —contesté, incapaz de dejar de pensar en el mapa y en lo que comportaba.

—Era Nash.

—Ya lo sé —repliqué. Me había dicho quién llamaba antes de descolgar.

Grayson me puso una mano en el hombro con delicadeza. Aquello hizo sonar las alarmas. ¿A qué venía tanta delicadeza?

—¿Qué quería Nash?

—Es sobre tu hermana.

El tuteo me asustó todavía más.

CAPÍTULO 43

—Creía que ibas a encargarte de Drake. —Aferraba el móvil con una mano, mientras que tenía la otra apretada en un puño—. Por placer.

Llamé a Alisa en cuanto me subí al coche. Grayson había salido conmigo y se había puesto el cinturón, acomodado a mi lado en el asiento trasero. No tenía tiempo ni espacio mental para preocuparme por su presencia, tan cercana. Oren conducía. Y yo echaba humo.

—¡Y lo hice! —me aseguró Alisa—. Tanto tú como tu hermana disponéis de órdenes de alejamiento temporales. Si Drake intenta ponerse en contacto con vosotras o si se os acerca a cualquiera de las dos más de trescientos metros por el motivo que sea, será detenido.

Me obligué a abrir el puño, pero fui incapaz de relajar la mano con la que agarraba el móvil.

—Entonces, ¿por qué ahora mismo está ante la verja de la Casa Hawthorne?

Él estaba allí. En Texas. Cuando Nash había llamado, Libby estaba a salvo en el interior, pero Drake la estaba bombardeando a mensajes y llamadas, exigiendo hablar con ella cara a cara.

—Me ocuparé de esto. —Alisa se recuperó casi al instante—. El bufete tiene algunos contactos en la policía local que saben ser discretos.

En ese momento la discreción era la última de mis prioridades. Libby era lo importante.

—¿Mi hermana está al tanto de la orden de alejamiento?

—Firmó los papeles. —He ahí una evasiva donde las haya—. Me ocuparé de ello, Avery. Tú tranquila.

Colgó y yo dejé caer sobre mi regazo la mano con la que sujetaba el móvil.

—¿Puedes conducir más deprisa? —le pregunté a Oren.

Libby tenía su propia escolta. Drake no podría hacerle daño... físicamente.

—Nash está con tu hermana. —Grayson habló por primera vez desde que nos habíamos subido al coche—. Si ese caballero intenta siquiera ponerle un dedo encima, te aseguro que mi hermano estará encantado de eliminar dicho dedo.

No supe decir si Grayson se refería a separar dicho dedo del cuerpo de Libby... o del de Drake.

—Drake no es un caballero —le dije a Grayson—. Y que se ponga violento no es lo único que me preocupa.

Tenía miedo de que fuera dulce; me preocupaba que, en lugar de perder los estribos, fuera tan bueno y tierno que Libby empezara a cuestionarse el cardenal que le rodeaba el ojo.

—Si te hace sentir mejor, puedo echarlo de la propiedad —se ofreció Oren—. Pero hacerlo podría causar una buena escena para la prensa.

¿La prensa? Mi cerebro lo comprendió de golpe.

—No había ningún *paparazzi* en la fundación. —Me había fijado al llegar—. ¿Están en la casa?

El muro que rodeaba la finca podía mantener a los periodistas fuera de la propiedad; pero, legalmente, nada podía impedirles que se congregaran en una vía pública.

—Si fuera de los que apuestan —comentó Oren—, probablemente diría que Drake ha llamado a unos cuantos periodistas para asegurarse un buen público.

No tenía absolutamente nada de discreta la escena que nos recibió cuando Oren llegó al camino de entrada, inundado por una auténtica horda de periodistas. Delante de todo, junto a la verja de hierro forjado, pude atisbar la silueta de Drake. Había dos hombres más de pie junto a él. Incluso de lejos, pude identificar sus uniformes policiales.

Igual que los *paparazzi*.

«Pues suerte que los amigos que tiene Alisa en la policía eran discretos», me dije. Rechiné los dientes y pensé en lo culpable que Drake haría sentir a Libby si aparecían fotos de él mientras se lo llevaban a rastras por la calle.

—Para el coche —espeté.

Oren se detuvo y se volvió para mirarme.

—Te aconsejo que permanezcas en el vehículo.

No era un consejo. Era una orden.

Agarré la manija de la puerta.

—Avery. —El tono de Oren me dejó tiesa en el sitio—. Si vas a bajarte del coche, yo me bajo primero.

Aún me acordaba de la pequeña charla que habíamos mantenido esa mañana, de modo que decidí no ponerlo a prueba.

A mi lado, Grayson se desabrochó el cinturón de seguridad. Me cogió por la muñeca con suavidad.

—Oren tiene razón. No deberías salir.

Bajé la mirada para observar su mano sobre la mía. Al cabo de un instante, volví a mirarlo a los ojos.

—¿Qué harías tú? —le dije—. ¿Hasta dónde serías capaz de llegar con tal de proteger a tu familia?

Había dado en el clavo y él lo sabía de sobra. Apartó su mano de la mía tan despacio que pude sentir el roce de las yemas de sus dedos en los nudillos. Con la respiración acelerada abrí la puerta del coche y me armé de valor. Drake era la historia más jugosa que la prensa tenía sobre la heredera Hawthorne porque no les habíamos dado nada mejor. Todavía.

Con la cabeza alta, me bajé del coche. «Miradme. La historia soy yo», pensé. Crucé la carretera, de vuelta a la calle. Llevaba botas de tacón y la falda plisada del uniforme del Country Day. La americana se me ceñía al cuerpo al andar. El peinado nuevo. El maquillaje. La actitud.

«La historia soy yo», repetí para mis adentros. El revuelo no lo iba a causar Drake esa noche. Los ojos del mundo no se fijarían en él. Yo misma me iba a asegurar de que se fijaran en mí.

—¿Rueda de prensa improvisada? —preguntó Oren en un susurro—. Como tu guardaespaldas, me siento obligado a advertirte que Alisa te va a matar.

Aquel problema era para la Avery del futuro. Me aparté del rostro el pelo perfectamente ondulado y cuadré los hombros. El rugido de los periodistas al gritar mi nombre se fue haciendo cada vez más ensordecedor a medida que me acercaba a ellos.

—¡Avery!

—¡Avery, aquí!

—Avery, ¿qué tienes que decir acerca de los rumores de que…?

—¡Avery, sonríe!

Ya estaba de pie ante ellos. Monopolizaba su atención. A mi lado, Oren levantó una mano y, al instante, la multitud enmudeció.

«Di algo. Se supone que tienes que decir algo», me apremié.

—Yo..., esto... —Me aclaré la garganta—. Todo esto ha supuesto un gran cambio.

Se oyeron algunas risitas. «Puedo hacerlo», me dije. El universo me hizo pagar por esas palabras en cuanto las hube pensado. Drake y los policías habían empezado a pelearse a mi espalda. Noté que las cámaras dejaban de enfocarme y que los potentes objetivos empezaban a enfocar la verja de la casa.

«No te limites a hablar. Cuenta tú la historia. Oblígalos a escucharte», me ordené.

—Sé por qué Tobias Hawthorne cambió su testamento —proclamé en voz alta.

La respuesta a mi afirmación fue electrizante. Esa era la historia de la década por una razón, había algo que todo el mundo quería saber.

—Sé por qué me escogió a mí. —Los obligué a mirarme a mí y solo a mí—. Soy la única persona que lo sabe. Sé la verdad.

—Saqué todo el jugo que pude de esa mentira—. Y si cualquiera de vosotros publica una sola palabra acerca de esa patética excusa de ser humano que tengo aquí detrás, me aseguraré de que no la descubráis nunca, jamás, aunque sea lo último que haga.

CAPÍTULO 44

No procesé la magnitud de mis actos hasta que estuve, sana y salva, de vuelta a la Casa Hawthorne. «Le acabo de decir a la prensa que tengo las respuestas que buscan», pensé. Era la primera vez que hablaba con la prensa, las primeras imágenes reales que conseguían de mí. Y había mentido a bocajarro.

Oren tenía razón. Alisa iba a matarme.

Encontré a Libby en la cocina, rodeada de pastelitos. Sin exagerar, había centenares. Si antes ya hacía pastelitos cuando se sentía culpable, poner a su disposición una cocina industrial con triple horno la había hecho, básicamente, nuclear.

—¿Libby? —la llamé con cautela.

—¿Crees que los siguientes tendría que hacerlos de *red velvet* o de caramelo con sal?

Libby sujetaba una bolsa de glaseado con ambas manos. Llevaba la coleta medio deshecha y varios mechones azules se le habían pegado a la cara. No se atrevía a mirarme a los ojos.

—Lleva horas así —me informó Nash. Estaba apoyado contra la nevera de acero inoxidable, con las manos en los bolsillos y los pulgares metidos en las trabillas de los tejanos ajados que vestía—. Lo mismo que su móvil, lleva horas a tope.

—No hables de mí como si no estuviera.

Libby apartó la mirada de los pastelillos que estaba glaseando para fulminar a Nash con la mirada.

—Sí, señora.

Nash esbozó una sonrisa lenta y sincera. Me pregunté cuánto rato llevaba con ella. Y por qué estaba con ella.

—Drake se ha ido —le dije a Libby, deseando que Nash se lo tomara como una indirecta de que ya no se le necesitaba—. Me he encargado de todo.

—Se supone que soy yo quien debería cuidar de ti. —Libby se apartó el pelo de la cara—. Para de mirarme así, Avery. No me voy a desmoronar.

—Desde luego que no, cielo —comentó Nash todavía apoyado contra la nevera.

—Tú... —Libby lo miró y una chispa de enojo se prendió en sus ojos— vas y te callas.

Jamás, en toda mi vida, había oído que Libby mandara callar a nadie, pero al menos no se la veía frágil ni herida ni en peligro de contestar ninguno de los mensajes de Drake. Me acordé de cuando Alisa me había contado que Nash Hawthorne tenía complejo de salvador.

—Ya me callo. —Nash cogió un pastelito y le dio un mordisco como si fuera una manzana—. Y, para que conste, yo voto para que ahora los hagas de *red velvet*.

Libby volvió a mirarme.

—Caramelo con sal se ha dicho.

CAPÍTULO 45

Esa noche, cuando Alisa me llamó para leerme la cartilla y lanzarme el sermón de no-puedo-hacer-mi-trabajo-si-no-me-dejas-hacerlo, no me permitió decir ni media palabra. Y después de que me dedicara un escueto adiós que se me antojó una promesa velada de más consecuencias, me senté ante el ordenador.

—¿Tan mal ha ido? —pregunté en voz alta.

La respuesta resultó ser que sí, había ido mal hasta el punto de haberme convertido en la noticia principal en todas las páginas web de noticias.

«La heredera Hawthorne esconde secretos».

«¿Qué sabe Avery Grambs?».

Apenas me reconocía en las fotos que me habían hecho los *paparazzi*. La chica de las imágenes era guapa y estaba hecha una verdadera furia. Parecía tan arrogante y peligrosa como un Hawthorne.

No me sentía como esa chica.

Esperaba que Max me mandara un mensaje para exigir que la pusiera al corriente de todo, pero no me dijo nada, ni siquiera después de que le escribiera yo. Hice ademán de cerrar el portátil, pero me detuve. Acababa de recordar que le había dicho a Max que si no sabía nada de lo que le había pasado a Emily, era precisamente porque «Emily» era un nombre muy común. Antes no había podido buscarla.

Pero ahora sabía su apellido.

—Emily Laughlin —dije en voz alta.

Tecleé su nombre en el buscador y luego añadí «Heights Country Day School» para acotar los resultados. Mi dedo vaciló sobre la tecla de retorno. Al cabo de un largo momento, apreté el gatillo.

Pulsé enter.

Apareció una esquela. Nada más. Ninguna noticia al respecto, ningún artículo que indicara que la hija predilecta de la ciudad había muerto por causas sospechosas. Ninguna mención a Grayson ni a Jameson Hawthorne.

Había una fotografía en la esquela. En esa ocasión, Emily sonreía en lugar de reírse, y mi cerebro absorbió todos los detalles que me había perdido la otra vez. Llevaba el pelo largo y escalado; las puntas se le ondulaban un poco, pero por lo demás era liso y sedoso. Tenía los ojos demasiado grandes en comparación con el rostro. La forma de su labio superior me recordó a un corazón. Un manto de pecas le salpicaba los rasgos.

Bum. Bum. Bum.

El ruido me hizo levantar la cabeza como un resorte y cerré el portátil de golpe. Lo último que quería era que alguien se enterara de lo que acababa de buscar.

Bum. Esta vez hice más que oír el golpe. Encendí la lámpara de la mesita de noche, planté los pies en el suelo y caminé hacia el origen del ruido. Para cuando llegué ante la chimenea, estaba bastante segura de quién estaba al otro lado.

—¿Tú nunca usas las puertas? —le pregunté a Jameson tras abrir el pasadizo con la ayuda del candelabro.

Jameson enarcó una ceja y ladeó la cabeza.

—¿Quieres que use la puerta?

Tuve la sensación de que lo que en realidad me preguntaba era si yo quería que él fuera normal. Me acordé de cuando estaba sentada a su lado, a trescientos kilómetros por hora, y pensé en cuando habíamos escalado en el rocódromo... y en cómo me había cogido la mano para que no me cayera.

—He visto tu rueda de prensa.

Jameson volvía a lucir aquella expresión, la que me hacía sentir como si estuviéramos jugando al ajedrez y él acabara de hacer un movimiento con la única intención de que yo lo interpretara como un desafío.

—Más que una rueda de prensa ha sido una idea malísima —repuse yo con ironía.

—¿Te he dicho alguna vez —murmuró Jameson, mirándome de una manera que tenía que ser intencionada— que me pierden las ideas malísimas?

Al verlo allí, había tenido la sensación de que yo misma lo había convocado al buscar el nombre de Emily, pero entonces comprendí exactamente de qué iba aquella visita nocturna. Jameson Hawthorne estaba allí, en mi cuarto, de noche. Y yo iba en pijama, y su cuerpo se estaba acercando al mío.

Aquello no tenía nada de accidental.

«Tú no eres una jugadora, chiquilla. Eres la bailarina de cristal, o la daga», resonó en mi cabeza.

—¿Qué quieres, Jameson?

Mi cuerpo quería dejarse atraer hacia él. Mi yo racional quería echarse atrás.

—Has mentido a la prensa. —Jameson no apartó la mirada. No parpadeó y yo tampoco—. Lo que les has dicho… era mentira, ¿verdad?

—Desde luego que era mentira.

Si supiera por qué Tobias Hawthorne me había dejado su fortuna, no estaría trabajando codo con codo con Jameson para descubrirlo.

No me habría quedado sin respiración al ver ese mapa en la fundación.

—Contigo a veces cuesta saberlo —comentó Jameson—. No eres precisamente como un libro abierto.

Fijó la mirada cerca de mis labios e inclinó ligeramente el rostro hacia el mío.

«Ni se le ocurra enamorarse de un Hawthorne», recordé.

—No me toques —le dije.

Pero aun apartándome de él, pude sentir algo. Lo mismo que había sentido cuando había rozado a Grayson al pasar a su lado, en la fundación.

Algo que no tenía que sentir bajo ningún concepto, por ninguno de los dos.

—Nuestra excursión de alta velocidad de ayer por la noche mereció la pena —afirmó Jameson—. Despejar la cabeza me permitió ver el acertijo con otros ojos. Pregúntame qué he descubierto de nuestros segundos nombres.

—No me hace falta —repliqué—. Yo también lo he resuelto. Blackwood. Westbrook. Davenport. Winchester. No son solo nombres. Son lugares, al menos lo son los dos primeros. El Black Wood. El West Brook. —Me concentré en el acertijo y no en el hecho de que la habitación no tenía más iluminación que la de una pequeña lámpara y que nuestros cuerpos estaban demasiado cerca—. Todavía no estoy segura de los otros dos, pero...

—Pero... —dijo Jameson, al tiempo que esbozaba una sonrisa que reveló sus dientes durante un instante— lo descubrirás. —Acercó los labios a mi oído y añadió—: Lo haremos juntos, Heredera.

«Juntos no. No del todo. Para ti solo soy un medio para llegar a un fin», pensé. Y lo creía de verdad. Sin embargo, lo que me oí preguntar fue:

—¿Te apetece dar un paseo?

CAPÍTULO 46

Aquello era mucho más que un paseo, y los dos lo sabíamos.

—El Black Wood es inmenso. Encontrar algo allí va a ser imposible si no sabemos qué buscamos. —Jameson adaptó su ritmo, sosegado y constante, al mío—. El arroyo es más fácil. Cruza de arriba abajo casi toda la propiedad, pero conozco bien a mi abuelo y creo que lo que buscamos no está en el agua. Está en el puente, o debajo de él.

—¿Qué puente? —pregunté.

Percibí movimiento por el rabillo del ojo. «Oren», pensé. Se quedó entre las sombras, pero estaba ahí.

—El puente —contestó Jameson—, donde mi abuelo pidió a mi abuela que se casara con él. Está cerca del Chalet Wayback. Al principio era lo único que tenía mi abuelo. A medida que su imperio fue creciendo, fue comprando el terreno de los alrededores. Construyó la casa, pero nunca se deshizo del chalet.

—Y ahora los Laughlin viven allí —comenté, visualizando la vivienda en el mapa—. Los abuelos de Emily.

Me sentí culpable solo por pronunciar su nombre, pero eso no quitó que observara la respuesta de Jameson. «¿La querías?

¿Cómo murió? ¿Por qué Thea culpa a tu familia?», añadí para mis adentros.

Jameson hizo un rictus con los labios.

—Xander ya me ha contado que has tenido una pequeña charla con Rebecca —dijo por fin.

—Nadie le habla en el instituto —murmuré.

—Corrección —replicó Jameson—: Rebecca no habla con nadie en el instituto. No desde hace meses. —Guardó silencio un instante; el ruido de nuestras pisadas ahogaba todo lo demás—. Rebecca siempre ha sido la tímida. La responsable. La que tenía que hacer siempre lo correcto, según sus padres.

—Y Emily no —afirmé.

—Emily... —A Jameson le cambió la voz cuando pronunció su nombre—. Emily solo quería pasárselo bien. Tenía un problema cardíaco congénito. Sus padres eran terriblemente sobreprotectores; de niña nunca le dejaban hacer nada. Cuando tenía trece años le hicieron un trasplante y después solo quería vivir.

No sobrevivir. No ir tirando. Vivir. Pensé en su modo de reírse ante la cámara, libre y desenfadada y un poco ladina, como si hubiera sabido, ya en el momento de sacar la foto, que luego todos la miraríamos. A ella.

Recordé cómo había descrito Skye a Jameson. «Insaciable», lo había llamado.

—¿La llevaste en el coche? —quise saber.

Si hubiera podido retirar la pregunta, lo habría hecho, pero se quedó ahí flotando entre los dos.

—No hay nada que Emily y yo no hiciéramos. —James hablaba como si le estuvieran arrancando las palabras—. Éramos iguales —me explicó, y luego se corrigió—: Pensé que éramos iguales.

Me acordé de cuando Grayson me había dicho que Jameson era un amante de las sensaciones. Dolor. Miedo. Júbilo. ¿Cuál de ellas había sido Emily... para él?

—¿Qué le pasó? —pregunté. Mi búsqueda por internet no había dado ningún fruto. Thea había hablado de ello como si, de algún modo, se pudiera culpar a los Hawthorne de todo lo ocurrido, como si Emily hubiera muerto porque había pasado demasiado tiempo en la Casa Hawthorne—. ¿Vivía en el chalet?

Jameson ignoró mi segunda pregunta y respondió la primera.

—Lo que le pasó fue Grayson.

Desde el momento en que había pronunciado el nombre de Emily en presencia de Grayson, supe que ella había sido una persona importante para él. Sin embargo, Jameson parecía bastante claro acerca de que había sido él quien había tenido algo con ella. «No hay nada que Emily y yo no hiciéramos», me había dicho hacía un instante.

—¿Cómo que lo que le pasó fue Grayson? —le pregunté.

Me volví a mirar, pero ya no pude ver a Oren.

—Juguemos a algo —propuso Jameson con expresión sombría. Había apretado un poco el paso al llegar a la colina—. Te digo una verdad sobre mi vida y dos mentiras, y tú decides cuál es cuál.

—¿No se supone que se cuentan dos verdades y una mentira? —repliqué.

Tal vez no había asistido a muchas fiestas en mi vida, pero tampoco había crecido en una cueva.

—¿Qué gracia tiene jugar con las reglas de otros? —contestó Jameson.

Me miraba como si esperara que lo comprendiera. Que lo comprendiera a él.

—Primer dato —prosiguió—: sabía qué decía el testamento de mi abuelo mucho antes de que llegaras tú. Segundo dato: fui yo quien mandó a Grayson a buscarte.

Llegamos a la cima de la colina y pude ver un edificio a lo lejos. Un chalet y, entre nosotros y la vivienda, un puente.

—Tercer dato —dijo Jameson, que se había quedado quieto como una estatua durante lo que dura un latido—: vi morir a Emily Laughlin.

CAPÍTULO 47

No jugué al juego de Jameson. No adiviné cuál de los datos que acababa de decir era cierto, pero la forma en que se le había cerrado la garganta al pronunciar esas últimas palabras era inconfundible.

«Vi morir a Emily Laughlin».

Aquello no me aclaró qué le había ocurrido. No me explicó por qué me había dicho que Grayson era lo que le había ocurrido a la muchacha.

—¿Te parece si nos concentramos en el puente, Heredera?

Jameson no me pidió que lo adivinara. Ni siquiera estaba segura de que quisiera que lo hiciera.

Me obligué a concentrarme en la escena que teníamos delante. Era pintoresca. En esa zona había menos árboles que taparan la luz de la luna. Podía ver el puente trazando un arco sobre el arroyo, pero no el agua que había debajo. El puente era de madera, las barandillas y los balaustres parecían hechos a mano con esmero.

—¿Lo construyó tu abuelo?

No había visto a Tobias Hawthorne en mi vida, pero empezaba a sentirme como si lo conociera. Estaba en todas partes: en ese acertijo, en la casa, en los chicos...

—No sé si lo construyó —dijo Jameson. Me dedicó una sonrisa a lo Gato de Cheshire, con los dientes relucientes bajo la luz de la luna—, pero si no estamos equivocados, sin duda construyó algo en él.

Jameson era un maestro de las apariencias. Aparentar que no le había preguntado por Emily, aparentar que no me acababa de decir que la había visto morir.

Aparentar que lo que pasaba a medianoche se quedaba en las tinieblas.

Cruzó el puente. Tras él, hice lo mismo. Era viejo y crujía un poco, pero era sólido como una piedra. Cuando Jameson llegó al final, retrocedió un poco, extendió las manos y rozó suavemente las barandillas con la punta de los dedos.

—¿Tienes idea de qué buscamos? —le pregunté.

—Lo sabré en cuanto lo vea.

Lo mismo podría haberme dicho «en cuanto lo vea, te aviso». Me había contado que él y Emily eran iguales, y no podía zafarme de la sensación de que no habría esperado que ella fuera una participante pasiva. Que no la habría tratado como a una parte más del juego, colocada al principio para resultar útil al final.

«Soy una persona. Soy competente. Estoy aquí. Y estoy jugando», afirmé para mis adentros.

Saqué el móvil del bolsillo de la chaqueta y encendí la linterna. Retrocedí por el puente y proyecté la luz sobre la barandilla, buscando en su superficie alguna hendidura o algún grabado, lo que fuera. Repasé con los ojos los clavos de la madera, los conté y calculé mentalmente la distancia que había entre cada uno de ellos.

Cuando acabé con la barandilla, me puse en cuclillas para inspeccionar los balaustres. En la otra punta, Jameson hacía lo mismo. Casi parecía que estuviéramos bailando… una extraña danza nocturna para dos.

«Estoy aquí», me repetí.

—Lo sabré en cuanto lo vea —volvió a decir Jameson.

A medio camino entre un mantra y una promesa.

—O quizá lo haré yo. —Me erguí.

Jameson levantó la mirada hacia mí.

—A veces, Heredera —replicó—, solo se necesita otro punto de vista.

Saltó, y, para cuando me quise dar cuenta, lo vi de pie en la barandilla. No veía el agua que teníamos debajo, pero sí la oía. De no ser por su murmullo, la noche habría estado en silencio. Hasta que Jameson echó a andar.

Fue como volver a verlo tambaleándose en el balcón.

«El puente no es tan alto. Y seguramente el agua no es tan profunda», pensé. Lo enfoqué con mi linterna al tiempo que me ponía de pie. El puente crujió bajo mi peso.

—Tenemos que mirar debajo —indicó Jameson. Se colocó al otro lado de la barandilla, haciendo equilibrios sobre el borde del puente—. Cógeme las piernas —me dijo, pero antes de que pudiera figurarme por dónde tenía que sujetárselas o qué pretendía hacer el chico, cambió de parecer—: No. Peso demasiado. No podrías conmigo. —Volvió a cruzar la barandilla en un abrir y cerrar de ojos—. Tendré que agarrarte yo.

Había un montón de primeras veces que no llegué a vivir tras la muerte de mi madre. Las primeras citas. Los primeros besos. En fin, las primeras veces. Pero esta primera vez en particular —estar colgada por los pies de un puente y que me sujetara un chico que me acababa de confesar que había visto morir a su última novia— no estaba precisamente en mi lista.

«Si estaba contigo, ¿por qué has dicho que fue Grayson lo que le pasó?», me pregunté.

—Aguanta bien el móvil —me dijo Jameson—, y yo te aguantaré bien a ti.

Me aferraba las caderas con las manos. Yo estaba bocabajo, con las piernas entre los balaustres y el torso colgando por el borde del puente. Si me soltaba, tendría problemas.

«El juego colgante», casi pude oír proclamar a mi madre.

Jameson ajustó su peso con tal de anclar el mío. «Me está tocando la rodilla con la suya. Tengo sus manos encima», pensé. Me sentí más consciente de mi propio cuerpo y de mi propia piel de lo que recordaba haberme sentido en toda mi vida.

«No sientas. Tú busca», me ordené. Apunté con la linterna hacia la parte inferior del puente. Jameson no me soltó.

—¿Ves algo?

—Sombras —contesté—. Unas algas. —Me moví, arqueando un poco la espalda. Empezaba a subirme la sangre a la cabeza—. Las planchas de madera que hay debajo no son las mismas que vemos desde arriba —observé—. Al menos hay dos capas de madera. —Conté las planchas. Veintiuna. Invertí unos cuantos segundos en examinar cómo encajaban las planchas con los puntales y luego grité—: Aquí no hay nada, Jameson. Súbeme.

Había veintiuna planchas bajo el puente y, basándome en el recuento que acababa de llevar a cabo, veintiuna en la superficie. Las cuentas salían. No fallaba nada. Jameson se paseaba, pero yo pensaba mejor quedándome quieta.

O habría pensado mejor quedándome quieta si no hubiera estado embobada mirándolo pasear. Tenía un modo de moverse, una energía inexplicable, una gracia enigmática...

—Se está haciendo tarde —dije, apartando la mirada.

—Era tarde desde el principio —me contestó Jameson—. Si tuvieras que convertirte en calabaza, ya lo habrías hecho, Cenicienta.

Un día más, un mote más. No sabía qué pensar de ello, ni siquiera sabía si quería pensar en ello.

—Mañana tenemos clase —le recordé.

—Quizá sí. —Jameson llegó al final del puente, se dio la vuelta, y volvió a cruzarlo—. Quizá no. Puedes seguir las reglas... o puedes marcarlas tú. Yo sé la opción que prefiero, Heredera.

«La que prefería Emily», pensé. No pude evitarlo. Intenté concentrarme en ese momento, en el acertijo que teníamos entre manos. El puente crujió. Jameson siguió paseándose. Yo puse la mente en blanco y el puente volvió a crujir.

—Espera. —Incliné la cabeza—. Para. —Sorprendentemente, Jameson hizo lo que le ordenaba—. Retrocede. Despacio.

Esperé aguzando el oído. Y entonces volví a escuchar el crujido.

—Es la misma plancha. —Jameson había llegado a esa conclusión al tiempo que yo—. Siempre es la misma.

Se agachó para verla mejor. Yo también me arrodillé. Pasé los dedos por encima y noté algo, aunque no supe decir qué.

A mi lado, Jameson hacía lo mismo. Me rozó al pasar a mi lado. Intenté no sentir nada y esperé a que se apartara; pero, en lugar de hacerlo, colocó los dedos entre los míos y nuestras manos quedaron enlazadas sobre la plancha.

Jameson presionó hacia abajo.

Y yo hice lo mismo.

La plancha crujió. Me incliné hacia ella y Jameson empezó a girar nuestras manos, despacio, de un borde de la plancha al otro.

—Se mueve. —Levanté los ojos como un resorte para fijarlos en los suyos—. Solo un poco.

—Un poco no basta. —Apartó los dedos de los míos muy despacio. Los noté cálidos y livianos como una pluma—. Tenemos que encontrar un pestillo, algo que sujeta la plancha y le impide girar.

Al final lo encontramos: unos pequeños nudos de la madera situados donde la plancha se unía a los balaustres. Jameson se colocó a la izquierda. Yo me fui a la derecha. Moviéndonos en sincronía, presionamos los dos a la vez. Se escuchó un pequeño estallido. Cuando volvimos a encontrarnos en el centro de la plancha, esta se movía con más facilidad. Juntos la hicimos girar hasta que vimos la superficie de la plancha que había debajo.

Iluminé la madera con mi linterna. Jameson hizo lo mismo con la suya. Había un símbolo grabado en la superficie de la plancha.

—Infinito —dijo Jameson, pasando un pulgar por encima.

Yo incliné la cabeza y adopté una visión más pragmática:

—O un ocho.

CAPÍTULO 48

La mañana despuntó demasiado pronto. Me las arreglé como pude para salir de la cama y vestirme. Sopesé si, por un día, podía saltarme la rutina de peluquería y maquillaje, pero entonces recordé lo que Xander había dicho sobre contar mi propia historia para que nadie lo hiciera por mí.

Después del numerito con la prensa del día anterior, no podía permitirme mostrar debilidad.

En cuanto hube acabado de ataviarme con lo que mentalmente llamaba mi rostro de batalla, alguien llamó a mi puerta. Fui a abrir y me encontré a una asistenta, la misma que, según había dicho Alisa, era «una de las de Nash». Me traía una bandeja con el desayuno. La señora Laughlin no me había mandado ninguna desde el día en que llegué a la Casa Hawthorne.

Me pregunté qué habría hecho para merecerme aquella.

—Nuestro equipo hace una limpieza a fondo de toda la casa los martes —me informó la asistenta en cuanto hubo dejado la bandeja—. Si le parece bien, empezaré por su baño.

—Claro, dame un segundo, que voy a colgar la toalla —repliqué.

La mujer se quedó mirándome como si acabara de anunciarle que tenía la intención de hacer yoga desnuda allí en medio, delante de ella.

—Puede dejarla en el suelo. Lavaremos todas las toallas igualmente.

Aquello no estaba bien.

—Soy Avery —me presenté, aunque seguro que ella ya sabía cómo me llamaba—. ¿Y tú?

—Mellie —se limitó a decir.

—Gracias, Mellie. —Se quedó mirándome con cara de no comprender nada y añadí—: Por tu trabajo.

Pensé en que Tobias Hawthorne había evitado en la medida de lo posible tener extraños en la Casa Hawthorne. Y, aun así, los martes un equipo entero hacía limpieza. No tendría que haberme sorprendido. Tendría que haberme sorprendido más que el equipo entero no limpiara cada día. Y, aun así...

Crucé el pasillo para ir al cuarto de Libby porque sabía que ella entendería lo surrealista e incómodo que se me antojaba todo aquello. Llamé con suavidad, por si acaso todavía dormía, y la puerta cedió hacia dentro, lo suficiente para que pudiera ver una butaca y un reposapiés... y el hombre que ocupaba ambas cosas.

Las largas piernas de Nash Hawthorne descansaban en el reposapiés, con las botas puestas. Un sombrero de vaquero le ocultaba el rostro. Dormía.

En el cuarto de mi hermana.

Nash Hawthorne dormía en el cuarto de mi hermana.

Articulé un ruido involuntario e hice ademán de irme. Nash se despertó y me vio. Con el sombrero en la mano, se levantó del sillón y salió conmigo al pasillo.

—¿Qué haces en el cuarto de Libby? —le pregunté.

No me lo había encontrado en su cama; pero, igualmente... ¿Qué narices estaba haciendo el mayor de los hermanos Hawthorne velando el sueño de mi hermana?

—No lo está pasando bien —repuso Nash.

Como si no lo supiera de sobra. Como si no hubiera sido yo misma quien se había encargado de Drake el día anterior.

—Libby no es uno de tus proyectos —le dije.

No tenía ni idea de cuánto rato habían pasado juntos esos últimos días. En la cocina, había tenido la sensación de que mi hermana lo había encontrado irritante. «Libby no se irrita. Libby es un gótico y radiante rayo de sol», pensé.

—¿Uno de mis proyectos? —repitió Nash, entornando los ojos—. ¿Qué te ha estado contando exactamente Lee-Lee?

Que siguiera usando el mote para referirse a mi abogada no hizo más que recordarme que habían estado prometidos. «Es el ex de Alisa. Ha "salvado" a saber a cuántos empleados de la casa. Y ha pasado la noche en el cuarto de mi hermana», me dije.

Aquello no podía acabar bien de ninguna de las maneras. Sin embargo, antes de que tuviera tiempo de decirlo en voz alta, Mellie salió de mi cuarto. Era imposible que hubiera acabado de limpiar el baño, de modo que pensé que nos había oído. Que había oído a Nash.

—Hola —saludó Nash.

—Buenos días —repuso ella con una sonrisa.

Y entonces me miró a mí, miró hacia el cuarto de Libby, vio la puerta abierta... y la sonrisa se le murió en los labios.

CAPÍTULO 49

Oren me recibió en el coche con un café. No dijo nada de mi aventura con Jameson la noche anterior, y yo no le pregunté qué había llegado a ver. Al abrir la puerta del coche, Oren se inclinó hacia mí y susurró:

—No me digas que no te lo advertí.

No tenía ni idea de qué me hablaba, hasta que me percaté de que Alisa estaba instalada en el asiento del copiloto.

—Se te ve sosegada esta mañana —comentó.

Me tomé aquel «sosegada» como el equivalente de «moderadamente menos imprudente y, por lo tanto, menos predispuesta a provocar un escándalo para la prensa rosa». Me pregunté cómo habría descrito la escena que me había encontrado en el cuarto de Libby.

«Esto no va nada bien», dije para mis adentros.

—Espero que no tengas planes para el fin de semana, Avery —anunció Alisa cuando Oren hubo arrancado el coche—. Ni para el siguiente.

Ni Jameson ni Xander venían con nosotros, lo cual significaba que no tenía escudo alguno, y era evidente que Alisa estaba hecha un basilisco.

«Mi abogada no puede castigarme, ¿no?», me pregunté.

—Tenía intención de mantenerte apartada de los focos un poco más de tiempo —continuó diciendo Alisa con elocuencia—; pero como el plan se ha ido al traste, este sábado por la noche asistirás a un evento para recaudar fondos para la lucha contra el cáncer de mama y el domingo siguiente acudirás a un partido.

—¿A un partido? —repetí.

—De la NFL —respondió escuetamente Alisa—. Eres la propietaria del equipo. Tengo la esperanza de que programarte un par de eventos sociales preeminentes proporcionará suficiente agua al molino de los cotillas para poder retrasar tu primera comparecencia formal ante los medios hasta que hayas recibido un concienzudo entrenamiento para la prensa.

Todavía intentaba asimilar la bomba de la NFL cuando las palabras «entrenamiento para la prensa» hicieron que se me formase un nudo de miedo en la garganta.

—¿Tengo que...?

—Sí —atajó Alisa—. Sí a la gala de este fin de semana, sí al partido del siguiente y sí al entrenamiento para la prensa.

No pronuncié una palabra más para quejarme. Había avivado ese fuego —y protegido a Libby— sabiendo que, tarde o temprano, tendría que pagar por ello.

Fue tanta la gente que se quedó mirándome cuando llegué al instituto que me descubrí planteándome si había soñado los otros dos días en el Heights Country Day. Aquello era lo que esperaba que pasara el primer día. Y justo como el primer día, Thea fue la primera que se me acercó.

—Lo que has hecho... —dijo en un tono que indicaba sin tapujos que consideraba lo que yo había hecho una trastada y una delicia a la vez.

Inexplicablemente, mi mente voló hacia Jameson, al momento en el puente en que había entrelazado los dedos con los míos.

—¿En serio sabes por qué Tobias Hawthorne te lo dejó todo? —preguntó Thea con los ojos iluminados—. Todo el instituto habla de ello.

—Todo el instituto puede hablar de lo que se le antoje.

—No te caigo muy bien —afirmó Thea—. No pasa nada. Soy una mujer perfeccionista, bisexual e hipercompetitiva a quien le gusta ganar y tiene este aspecto. No es la primera vez que me odian.

Puse los ojos en blanco.

—No te odio.

Todavía no la conocía lo suficiente para odiarla.

—Genial —repuso Thea con la sonrisa de quien está satisfecho consigo mismo—, porque en breve pasaremos mucho más tiempo juntas. Mis padres se van de viaje y parece ser que consideran que, si me dejan a mi aire, podría hacer algo desafortunado, de modo que me iré a casa de mi tío, y tengo entendido que él y Zara residen en la Casa Hawthorne. Supongo que no acaban de estar preparados para ceder la casa familiar a una desconocida.

Últimamente, Zara se hacía la simpática conmigo, al menos más simpática que al principio. Pero no tenía ni idea de que se había mudado a la casa. Aunque, claro, la Casa Hawthorne era tan gigantesca que un equipo profesional de béisbol podría vivir allí y yo no haberme enterado de nada.

De hecho, lo mismo era la propietaria de un equipo de béisbol y no me había enterado, así que...

—¿Por qué ibas a querer quedarte en la Casa Hawthorne? —le pregunté.

Al fin y al cabo, había sido ella quien me había advertido que me mantuviera alejada de esa casa.

—A diferencia de lo que cree todo el mundo, no siempre hago lo que quiero. —Thea se echó la cabellera negra a la espalda—. Y, además, Emily era mi mejor amiga. Después de todo lo que sucedió el año pasado, soy inmune a los encantos de los hermanos Hawthorne.

CAPÍTULO 50

Cuando por fin conseguí hablar con Max, no parecía estar para charlas. Sabía que le ocurría algo, pero no sabía el qué. No soltó ni un solo taco disfrazado cuando le conté que Thea se venía a vivir a casa, y zanjó enseguida la conversación sin alusión alguna al físico de los hermanos Hawthorne. Le pregunté si iba todo bien. Y me dijo que tenía que colgar.

Xander, en cambio, se moría de ganas de comentar el asunto de Thea.

—Si Thea viene —me dijo esa tarde, bajando la voz como si las paredes de la Casa Hawthorne tuvieran oídos— es que trama algo.

—¿Quién? —pregunté muy aguda—. ¿Thea o tu tía?

Zara me había arrojado a Grayson en la fundación y ahora me estaba metiendo a Thea en casa. Sabía que estaba preparando el tablero, aunque yo aún no sabía de qué juego se trataba.

—Tienes razón —concedió Xander—. Dudo muchísimo de que Thea se haya ofrecido voluntaria para estar con nuestra familia. Es posible que desee ferviente que una bandada de buitres se coma mis entrañas para cenar.

—¿Las tuyas? —pregunté. Los problemas de Thea con los hermanos Hawthorne parecían girar en torno a Emily, y eso significaba, o así lo entendía yo, que giraban en torno a Jameson y a Grayson—. Y tú, ¿qué has hecho?

—Es una historia —respondió Xander con un suspiro— que incluye amores desventurados, novios de mentira, tragedias, penitencia... y posiblemente buitres.

Me acordé de cuando le había preguntado a Xander por Rebecca Laughlin. No me había dicho nada que indicara que era la hermana de Emily. Había murmurado casi lo mismo que me acababa de decir acerca de Thea.

Xander no me dejó pensar mucho en ello. Me arrastró hasta la que, según afirmó, era su cuarta habitación favorita de la casa.

—Si vas a enfrentarte mano a mano con Thea —empezó a decir—, tienes que estar preparada.

—No voy a enfrentarme mano a mano con nadie —afirmé convencida.

—Y es adorable que lo pienses.

Xander se detuvo donde un pasillo confluía con otro. Se estiró cuan alto era —un metro noventa de chico— para tocar una moldura de la esquina. Supuse que había activado algo porque, para cuando me quise dar cuenta, estaba tirando de la moldura hacia nosotros, lo cual reveló un agujero detrás. Metió la mano por el agujero de la moldura y, al cabo de un instante, un trozo de pared pivotó hacia nosotros como si de una puerta se tratara.

Jamás me iba a acostumbrar a aquello.

—¡Bienvenida a mi guarida! —dijo, disfrutando como un crío al proclamar esas palabras.

Entré en su «guarida» y vi… ¿una máquina? Quizá «artefacto» hubiera sido un término más adecuado. Había docenas de mecanismos, poleas y cadenas, una complicada serie de rampas conectadas, unos cuantos cubos, dos cintas transportadoras, un tirachinas, una jaula para pájaros, cuatro ruedas catalinas y al menos cuatro globos.

—¿Es un yunque? —pregunté con el ceño fruncido mientras me inclinaba para verlo mejor.

—Es —replicó Xander muy orgulloso— una máquina de Rube Goldberg. Resulta que soy tricampeón mundial de construir máquinas que llevan a cabo acciones sencillas de maneras exageradamente complicadas. —Me entregó una canica—. Pon esto en la rueda catalina.

Lo hice. La rueda catalina giró, hinchó un globo que a su vez tumbó un cubo…

Mientras observaba los mecanismos que se iban activando sucesivamente, miré de reojo al más pequeño de los hermanos Hawthorne.

—¿Qué tiene esto que ver con que Thea se venga a vivir aquí?

Me había dicho que tenía que estar preparada y luego me había llevado hasta allí. ¿Se suponía que aquello era algún tipo de metáfora? ¿Una advertencia de que las acciones de Zara podían parecer complicadas, aunque el objetivo fuera sencillo? ¿Una pista sobre el ataque de Thea?

Xander me miró de soslayo y se rio por lo bajo.

—¿Quién ha dicho que esto tenga nada que ver con Thea?

CAPÍTULO 51

Esa noche, en honor a la visita de Thea, la señora Laughlin hizo una carne asada que se deshacía en la boca. Un orgásmico puré de patatas con ajo. Espárragos al horno, grumos de brócoli y tres tipos de *crème brûlée* distintos.

No pude evitar pensar en lo mucho que relevaba que la señora Laughlin lo hubiera parado absolutamente todo por Thea, pero no por mí.

Intentando no parecer tiquismiquis, me senté ante una cena formal en el comedor, al que probablemente habría que llamar «sala de banquetes». La inmensa mesa estaba puesta para once. Enumeré mentalmente los participantes de aquella pequeña velada familiar: los cuatro hermanos Hawthorne, Skye, Zara y Constantine, Thea, Libby, Nana y yo.

—Thea, ¿qué tal el hockey sobre hierba? —preguntó Zara con una voz casi excesivamente agradable.

—Esta temporada seguimos invictas. —Thea se volvió hacia mí—: ¿Ya has decidido qué deporte vas a hacer, Avery?

Resistí el impulso de soltar una carcajada, aunque por los pelos.

—Yo no hago deporte.

—Todo el mundo en el Country Day hace algún deporte —me informó Xander antes de llenarse la boca de carne asada. Puso los ojos en blanco de puro placer al masticar—. Es un requerimiento real, auténtico, y no un producto de la imaginación deliciosamente vengativa de Thea.

—Xander —advirtió Nash.

—He dicho que era «deliciosamente» vengativa —replicó Xander con expresión inocente.

—Si fuera un chico —le dijo Thea con una sonrisa radiante—, la gente me consideraría osada.

—Thea. —Constantine la miró con el ceño fruncido.

—Vale. —Thea se limpió los labios con la servilleta—. Nada de feminismo en la mesa.

Esa vez no pude evitar reírme. «Punto para Thea», pensé.

—¡Un brindis! —declaró Skye sin venir a cuento de nada, con la copa de vino levantada y articulando tan mal las palabras que resultó evidente que llevaba rato privando.

—Skye, cielo —intervino Nana con firmeza—, ¿te has planteado consultarlo con la almohada?

—Un brindis —repitió Skye, todavía con la copa en alto—. Por Avery.

Por una vez dijo bien mi nombre. Esperé que cayera la hoja de la guillotina, pero Skye no dijo nada más. Zara levantó la copa. Y, uno por uno, lo hicieron todos los demás.

Todas las personas presentes en ese comedor parecían haber recibido el mensaje: de nada les serviría recusar el testamento. Quizá yo era la enemiga, pero también era quien tenía el dinero.

«¿Por eso Zara ha traído a Thea? ¿Para acercarse a mí? ¿Por eso me dejó a solas con Grayson en la fundación?», me pregunté.

—Por ti, Heredera —murmuró Jameson a mi izquierda.

Me volví para mirarlo. No lo veía desde la noche anterior. Estaba casi segura de que había faltado al instituto. Me pregunté si se había pasado el día en el Black Wood, buscando más pistas. «Sin mí», maticé mentalmente.

—Por Emily —añadió Thea de pronto, con la copa todavía alzada y los ojos fijos en Jameson—, que en paz descanse.

Jameson soltó la copa de golpe y apartó la silla de la mesa con brusquedad. Grayson, por su parte, sujetaba su copa con tanta fuerza que se le habían puesto los nudillos blancos.

—¡Theadora! —chistó Constantine.

Thea dio un sorbo y compuso la expresión más inocente del mundo.

—¿Qué?

Deseaba con todo mi ser ir detrás de Jameson, pero me esperé unos minutos antes de excusarme. Como si aquello tuviera que servir para que los demás no supieran exactamente adónde me dirigía.

En el vestíbulo, coloqué la mano plana sobre los paneles de la pared con tal de reproducir la secuencia adecuada para revelar la puerta del armario de los abrigos. Iba a necesitar la chaqueta para aventurarme en el Black Wood. Estaba segura de que era allí adonde había ido Jameson.

En cuanto cogí el perchero con la mano, una voz habló a mis espaldas:

—No voy a preguntarte qué se trae Jameson entre manos. Qué os traéis entre manos.

Me volví para enfrentarme a Grayson.

—No lo vas a preguntar —repetí, observando su mandíbula, tensa, y la mirada astuta de sus ojos argénteos—, porque ya lo sabes.

—Estuve allí ayer por la noche. En el puente. —La voz de Grayson sonó afilada como un cuchillo—. Esta mañana he ido a ver el Testamento Rojo.

—Todavía tengo el descodificador —observé, intentando no pensar en el hecho de que nos había visto a mí y a su hermano en el puente, y que no parecía hacerle gracia.

Grayson se encogió de hombros y las costuras del traje le tiraron un poco.

—Es relativamente fácil conseguir acetato rojo.

Si había visto el Testamento Rojo, entonces sabía que sus segundos nombres eran pistas. Me pregunté si su mente había saltado de inmediato a sus padres. Me pregunté si aquello le había dolido, del mismo modo que le había dolido a Jameson.

—Estabas allí ayer por la noche —comenté, repitiendo lo que me había dicho hacía un instante—. En el puente.

¿Qué había llegado a ver?

¿Qué había pensado cuando Jameson y yo nos habíamos tocado?

—Westbrook. Davenport. Winchester. Blackwood. —Grayson avanzó hacia mí—. Son apellidos, y lugares. Encontré la pista en el puente cuando tú y mi hermano ya no estabais.

Nos había seguido hasta allí. Y había encontrado lo mismo que nosotros.

—¿Qué quieres, Grayson?

—Si fueras lista —me advirtió con suavidad—, no te acercarías a Jameson. No te acercarías al juego. —Bajó la mirada—. No te acercarías a mí.

Las emociones le cruzaron el rostro, pero las contuvo antes de que yo pudiera descifrar qué sentía él exactamente.

—Thea tiene razón —dijo con voz áspera. Me dio la espalda para alejarse de mí—. Esta familia…, destruimos todo cuanto tocamos.

CAPÍTULO 52

Gracias al mapa tenía una ligera idea de dónde se situaba el Black Wood. Encontré a Jameson de pie en las inmediaciones, aprisionado en una quietud sobrecogedora, como si verdaderamente no pudiera moverse. Sin previo aviso, rompió el trance de inmovilidad descargando una sucesión de puñetazos, certeros y rápidos, furiosos, contra un árbol que tenía al lado. La corteza se quebró bajo el impacto de sus nudillos.

«Thea ha mencionado a Emily. Esto es lo que la simple mención de su nombre provoca en Jameson», pensé.

—¡Jameson!

Ya casi había llegado a su altura. Como un resorte, el chico se volvió hacia mí y yo frené, abrumada por la sensación de que no debería estar allí, de que no tenía ningún derecho a presenciar el tremendo dolor que sentían los hermanos Hawthorne.

Lo único que se me ocurrió fue intentar quitarle importancia a lo que acababa de presenciar.

—¿Qué? ¿Algún dedo roto? —pregunté con un tono desenfadado.

«El juego de fingir que da igual», me dije.

Jameson estaba listo y dispuesto a jugar. Levantó las manos y gruñó un poco al flexionar los dedos.

—Todavía intactos.

Hice el esfuerzo de apartar los ojos de él y me fijé en nuestros alrededores. El perímetro estaba tan densamente arbolado que si los árboles no hubieran perdido ya las hojas, la luz no habría podido abrirse paso hasta el suelo del bosque.

—¿Qué buscamos? —quise saber.

Tal vez Jameson no me considerara una compañera real en esa búsqueda. Tal vez ese plural no fuera real y, sin embargo, contestó:

—Sabes tanto como yo, Heredera.

Estábamos completamente rodeados de ramas desnudas, esqueléticas y retorcidas.

—Hoy has faltado a clase para hacer algo —señalé—. Te toca empezar.

Jameson sonrió como si no notara la sangre manando de las heridas que se había hecho en manos.

—Cuatro segundos nombres. Cuatro lugares. Cuatro pistas; grabados, seguramente. Símbolos, si la pista del puente era un infinito; números, si era un ocho.

Me pregunté qué había hecho, si es que había hecho algo, para despejar la mente entre el día anterior por la noche y el momento de adentrarse en el Black Wood. «Escalar. Correr. Saltar».

«Esfumarse».

—¿Tienes idea de cuántos árboles caben en un par de hectáreas, Heredera? —preguntó Jameson desenfadado—. Unos doscientos, en un bosque sano.

—¿Y en el Black Wood? —tanteé, dando un paso hacia él, y luego otro.

—Al menos el doble.

Fue como volver a estar en la biblioteca. Como las llaves. Tenía que haber un atajo, un truco que se nos estaba escapando.

—Toma. —Jameson se inclinó y me puso un rollo de cinta adhesiva fosforescente en la mano. Al entregármela, me acarició los dedos con los suyos—. He ido marcando los árboles a medida que los inspeccionaba.

Me concentré en sus palabras, no en su tacto. Más o menos.

—Tiene que haber una manera mejor —repliqué, jugueteando con la cinta adhesiva, mientras dirigía una vez más los ojos hacia los suyos.

Jameson esbozó una risita perezosa y despreocupada con los labios.

—¿Alguna sugerencia, Chica Misteriosa?

Dos días más tarde, Jameson y yo todavía avanzábamos a la antigua y sin atajos, y todavía no habíamos encontrado nada. No me pasó desapercibido que él se mostraba cada vez más determinado. Jameson Winchester Hawthorne insistiría hasta que llegara a un punto muerto. No estaba segura de qué haría él esta vez cuando llegara, para despejar la cabeza, pero de vez en cuando lo pillaba mirándome de una manera que me llevó a pensar que el chico tenía algunas ideas.

Me miraba como en ese preciso instante.

—No somos los únicos que buscamos la siguiente pista —me dijo cuando el crepúsculo empezó a ceder ante la oscuridad—. He visto a Grayson con un mapa de los bosques.

—Thea va a por mí —contesté, cortando un pedazo de cinta, muy consciente del silencio que nos rodeaba—. La única manera de quitármela de encima es cuando ve una oportunidad de meterse con Xander.

Jameson me rozó ligeramente al pasar a mi lado para ir a marcar otro árbol.

—Thea es rencorosa. Cuando ella y Xander rompieron, fue desagradable.

—¿Salían juntos? —Pasé al lado de Jameson y analicé el árbol siguiente, acariciando la corteza con los dedos—. Thea es casi vuestra prima.

—Constantine es el segundo marido de Zara. No hace mucho que se casaron, y a Xander siempre le han perdido las lagunas.

Todo lo que tenía que ver con los hermanos Hawthorne nunca era simple. Incluyendo lo que estábamos haciendo Jameson y yo. Desde que habíamos llegado al corazón del bosque, los árboles estaban más separados. A unos metros pude ver un gran claro, el único lugar en todo el Black Wood donde crecía la hierba.

De espaldas a Jameson, avancé hasta otro árbol y empecé a pasar los dedos por la corteza. Casi de inmediato encontré una marca.

—Jameson.

Todavía no era negra noche, pero había tan poca luz en el bosque que no pude acabar de identificar lo que había encontrado hasta que Jameson apareció a mi lado, linterna en mano. Acaricié con los dedos, despacio, las letras talladas en el árbol.

Tobias Hawthorne II

A diferencia del primer símbolo que habíamos encontrado, esas letras no eran finas. La marca no la había hecho una mano fuerte. Parecía como si aquel nombre lo hubiera escrito un niño.

—Las íes del final son un número romano —dijo Jameson con voz electrizada—. Tobias Hawthorne Segundo.

«Toby», pensé. Y justo entonces oí un estallido. Un eco ensordecedor lo siguió y el mundo explotó. La corteza voló. Y mi cuerpo salió propulsado hacia atrás.

—¡Al suelo! —gritó Jameson.

Apenas lo oí. Mi cerebro no podía procesar lo que estaba oyendo, lo que acababa de ocurrir. «Estoy sangrando —pensé—. Me duele».

Jameson me agarró y me tiró al suelo. Para cuando me quise dar cuenta, tenía su cuerpo encima del mío. Justo entonces retumbó el sonido de un segundo disparo.

«Una pistola. Alguien nos está disparando. —Sentía un dolor lacerante en el pecho—. Me han disparado».

Escuché un ruido de pasos que retumbaban contra el suelo y luego a Oren.

—¡Quedaos ahí! —gritó.

Con la pistola en alto, mi guardaespaldas se posicionó entre nosotros y el atacante. Transcurrió una pequeña eternidad. Oren echó a correr hacia el origen de los disparos, pero yo sabía, con una clarividencia que no podía explicar, que el atacante se había ido.

—¿Estás bien, Avery? —preguntó Oren. Luego quiso asegurarse—: Jameson, ¿está bien?

—Está sangrando —repuso Jameson. Se había separado de mi cuerpo y me miraba.

Yo notaba punzadas en el pecho, justo debajo de la clavícula, donde había recibido el impacto.

—Tu cara...

Jameson me acarició la piel con dulzura. En cuanto las puntas de sus dedos me rozaron levemente el pómulo, los nervios de mi rostro chillaron de dolor.

—¿Me han disparado dos veces? —pregunté aturdida.

—El asaltante te ha disparado, pero ha fallado ambas veces. —Oren apartó a Jameson en un abrir y cerrar de ojos, y me examinó el cuerpo con manos expertas en busca de más lesiones—. Has recibido el impacto de un par de pedazos de corteza. —Escrutó la herida que tenía debajo de la clavícula—. El otro corte es solo un rasguño, pero en este tienes un trozo de corteza alojado a bastante profundidad. Lo dejaremos ahí hasta que podamos coserte.

Me pitaron los oídos.

—Coserme.

No quería limitarme a repetirle lo que me decía, pero era literalmente lo único que podía hacer mi boca.

—Has tenido suerte. —Oren se puso de pie y exploró con rapidez el árbol contra el que había impactado la bala—. Llegas a estar un par de centímetros a la derecha y estaríamos hablando de extraer una bala, en lugar de un cacho de corteza.

Mi guardaespaldas dejó el árbol que había recibido el impacto de bala y se fue a examinar otro que teníamos detrás. Con un movimiento fluido, se sacó una navaja del cinturón y la clavó en el árbol.

Me llevó un momento comprender que estaba extrayendo la bala.

—Quienquiera que la haya disparado ha desaparecido hace rato —dijo, envolviendo la bala con lo que parecía un pañuelo—. Pero tal vez podamos seguirle la pista con esto.

«Esto —repetí mentalmente. Eso era una bala. Alguien acaba de dispararnos—. A mí —pensé. Mi cerebro por fin estaba empezando a funcionar—. No apuntaban a Jameson».

—¿Qué cojones acaba de pasar?

Por una vez, Jameson no parecía estar para bromas. Tuve la sensación de que el corazón le latía tan deprisa y con tanta furia como el mío.

—Lo que ha pasado —replicó Oren, mirando de nuevo hacia la lejanía— es que alguien os ha visto a los dos aquí fuera, ha decidido que erais un blanco fácil y ha apretado el gatillo. Dos veces.

CAPÍTULO 53

«Me acaban de disparar», no podía quitármelo de la cabeza. Me sentía... «atontada» no era la palabra. Tenía la boca demasiado seca. El corazón me latía demasiado rápido. Sentía dolor, pero lo sentía como a lo lejos.

«Shock», comprendí.

—Necesito una patrulla en el cuadrante nordeste. —Oren hablaba por teléfono. Intenté fijarme en lo que decía, pero al parecer no podía concentrarme en nada, ni siquiera en mi propio brazo—. Tenemos a un atacante armado. Ya se ha ido, casi seguro, pero peinaremos el bosque por si acaso. Traedme un botiquín.

Oren colgó y luego volvió a centrar su atención en Jameson y en mí.

—Seguidme. Nos pondremos a cubierto hasta que lleguen los refuerzos.

Nos llevó de vuelta a la zona sur del bosque, donde la vegetación era más densa.

Los refuerzos no tardaron mucho en llegar. Aparecieron con un par de todoterrenos. «Dos hombres, dos vehículos», conté. En cuanto frenaron, Oren enumeró de un tirón las coordenadas: dónde estábamos cuando nos habían disparado, de dónde provenían las balas y su trayectoria.

Los hombres no dijeron nada. Desenfundaron las armas a modo de respuesta. Oren se subió al todoterreno de cuatro plazas y esperó que Jameson y yo lo imitáramos.

—¿Volvéis a la casa? —preguntó uno de los hombres.

Oren miró a su subordinado a los ojos.

—Al chalet.

A medio camino del Chalet Wayback, mi cerebro volvió a ponerse a trabajar. Me dolía el pecho. Me habían dado unas gasas para presionarme la herida, pero Oren todavía no la había tratado. Su prioridad principal había sido ponernos a buen recaudo. «Nos lleva al Chalet Wayback. No a la Casa Hawthorne», observé. El chalet estaba más cerca, pero yo no pude evitar pensar que lo que Oren había dicho en realidad a sus hombres era que no confiaba en la gente que había en la casa.

Pues suerte que me había asegurado, una y mil veces, que no corría peligro. Que la familia Hawthorne no era una amenaza. Toda la propiedad, incluido el Black Wood, estaba vallada. Nadie podía cruzar la verja de entrada sin pasar primero por un riguroso control de seguridad.

«Oren no cree que se trate de una amenaza externa. —Traté de asimilarlo y sentí que un peso se me instalaba en el estómago al procesar el limitado número de sospechosos—: Los Hawthorne… y los empleados».

Ir al Chalet Wayback se me antojaba arriesgado. No había interactuado mucho con los Laughlin, pero nunca me había dado la sensación de que estuvieran muy contentos con mi presencia. «¿Hasta qué punto llega su lealtad hacia la familia Hawthorne?», me planteé. Recordé a Alisa diciéndome que la gente de Nash moriría por él.

«¿También matarían por él?», me pregunté.

La señora Laughlin estaba en casa cuando llegamos al Chalet Wayback. «No ha sido ella —me dije—. No le habría dado tiempo de volver. ¿O sí?».

La señora nos miró a Oren, a Jameson y a mí, y nos hizo pasar enseguida. Si le pareció inusual que le plantaran a una persona sangrando en casa para suturarla en la mesa de su cocina, no dio muestra de ello. No supe decir si la calma con que se tomó todo aquello me pareció reconfortante... o sospechosa.

—Prepararé un poco de té —informó.

Con el corazón desbocado me planteé si era seguro beber lo que me ofreciera esa señora.

—¿Te parece bien que juegue a ser médico? —me preguntó Oren, sentándome en una silla—. Estoy seguro de que Alisa podría traerte a algún cirujano plástico de prestigio.

No me parecía bien nada de todo aquello. Todo el mundo se había mostrado tan convencido de que no me iban a matar con un hacha que había bajado la guardia. Me quité de la cabeza la idea de que la gente mataba por mucho menos de lo que yo había heredado. Había permitido que todos y cada uno de los hermanos Hawthorne cruzaran mis barreras.

«Xander no ha sido. —No conseguía calmarme, daba igual lo mucho que lo intentara—. Jameson estaba conmigo. Nash no quiere el dinero, y Grayson no...».

«Él no».

—¿Avery? —me instó Oren. En su voz grave y profunda se filtró una nota de preocupación.

Intenté poner freno al reguero de pensamientos. Estaba mareada y me entraron ganas de vomitar. «Para ya», me ordené. Tenía un pedazo de corteza en el cuerpo. Habría preferido no tener un pedazo de corteza en el cuerpo. «Cálmate», me ordené.

—Haz lo que tengas que hacer para parar la hemorragia —le pedí a Oren. La voz me tembló solo un poco.

Extraer la corteza fue doloroso, pero el desinfectante me dolió todavía más. Vaya si me dolió. El botiquín incluía una inyección de anestesia local, pero ni toda la anestesia del mundo hubiera podido evitar que notara la aguja cuando Oren empezó a coserme la piel.

«Concéntrate en eso. Siente el dolor», me dije. Al cabo de un instante, aparté la vista de Oren y seguí los movimientos de la señora Laughlin. Antes de darme el té le echó un buen chorro de whisky.

—Listo. —Oren hizo un ademán hacia la taza que me ofrecían—. Bébetelo.

Me había llevado allí porque confiaba en los Laughlin más que en los Hawthorne. Me estaba diciendo que era seguro beberme aquello. Pero me había dicho muchas cosas.

«Alguien me ha disparado y ha fallado. Han intentado matarme. Ahora podría estar muerta», pensé. Me temblaban las manos. Oren me las cogió para calmarlas. Con una mirada comprensiva, se llevó mi taza de té a los labios y dio un sorbo.

«No pasa nada. Me está demostrando que no pasa nada», me dije. Sin estar segura de si algún día podría salir de mi estado permanente de lucha o huida, me obligué a beber. El té estaba caliente. Y el whisky era fuerte.

Me quemó hasta el estómago.

La señora Laughlin me observó con una expresión casi maternal y luego miró a Oren con el ceño fruncido.

—El señor Laughlin querrá saber qué ha pasado —dijo, como si ella no sintiera curiosidad alguna por saber qué hacía yo sangrando en la mesa de su cocina—. Y alguien tiene que desinfectarle la cara a la pobre chica —añadió mientras me miraba con dulzura y chasqueaba la lengua.

Antes era una extraña. Y ahora la tenía por allí revoloteando como mamá pato. «Lo que hacen un par de balas, oye», me dije.

—¿Dónde está el señor Laughlin? —preguntó Oren como quien no quiere la cosa.

Sin embargo, no me pasó desapercibido lo que implicaba en realidad su pregunta, lo que escondía su tono. «No está aquí. ¿Sabe disparar? ¿Podría…?», pensé yo.

Como si lo hubieran invocado, el señor Laughlin apareció por la puerta principal y dejó que se cerrara de un portazo tras él. Tenía las botas manchadas de barro.

«¿Del bosque?», me pregunté.

—Ha ocurrido algo —informó la señora Laughlin a su marido con voz calmada.

El señor Laughlin miró a Oren, a Jameson y a mí —por ese orden, el mismo en que nos había mirado su esposa cuando nos había recibido—, y se sirvió una copa de whisky.

—¿Protocolos de seguridad? —le preguntó a Oren bruscamente.

Oren asintió con energía.

—Al completo.

Luego se volvió hacia su esposa.

—¿Dónde está Rebecca? —quiso saber.

Jameson levantó la mirada de la taza de té que tenía en las manos.

—¿Rebecca está aquí?

—Es una buena chica —gruñó el señor Laughlin—. Viene a visitarnos como es debido.

«Entonces, ¿dónde está?», me pregunté.

La señora Laughlin me colocó una mano en el hombro.

—Allí hay un baño, cielo —me indicó en voz baja—, por si quieres lavarte un poco.

CAPÍTULO 54

La puerta que me había indicado la señora Laughlin no conducía directamente a un baño, sino que daba a un dormitorio donde había dos camas individuales y poco más. Las paredes estaban pintadas de un tono malva; los edredones de las camas individuales eran acolchados y estaban hechos de retales de ropa de color lavanda y violeta.

La puerta del baño estaba entreabierta.

Crucé el umbral, tan dolorosamente consciente de mi alrededor que tuve la sensación de que podría haber oído caer un alfiler a un kilómetro de allí. «No hay nadie. Estoy a salvo. No pasa nada. Estoy bien», me dije.

Una vez en el baño miré detrás de la cortina de la ducha. «No hay nadie —me repetí—. Estoy bien». Me las arreglé para sacar el móvil del bolsillo y llamar a Max. Necesitaba que me contestara. Necesitaba no sufrir aquello sola. Me recibió el buzón de voz.

La llamé siete veces y no me contestó.

Quizá no podía. «O quizá no quiere», susurró algo en mi interior. Aquello me dolió casi tanto como mirarme en el espejo y ver que tenía la cara ensangrentada y sucia de tierra. Me miré fijamente.

Todavía podía oír el eco del disparo.

«Basta —me ordené. Tenía que lavarme las manos, la cara, los restos de sangre que tenía en el pecho—. Abre el grifo —me dije con firmeza—. Coge la toalla». Intenté con todas mis fuerzas mover el cuerpo.

Pero no podía.

Aparecieron unas manos que abrieron el grifo. Tendría que haberme asustado. Tendría que haberme muerto de miedo. Pero, de algún modo, relajé el cuerpo y me recosté sobre la persona que tenía detrás.

—Tranquila, no pasa nada, Heredera —murmuró Jameson—. Te tengo.

No había oído a Jameson entrar. Ni siquiera estaba segura de cuánto rato llevaba allí parada sin poder moverme.

Jameson cogió una toalla de tocador de un tono lila pálido y la colocó bajo el agua.

—Estoy bien —insistí, para convencerme a mí misma tanto como a él.

Jameson me acercó la toalla a la cara.

—Mientes de pena.

Me pasó la toalla por la mejilla y fue avanzando hasta el rasguño. Me quedé sin respiración. Jameson aclaró la toalla; la sangre y la tierra mancharon el lavabo mientras él volvía a acercarme la toalla a la piel.

Y así otra vez.

Una y otra vez.

Me lavó la cara, y luego acunó mis manos entre las suyas y las puso debajo del agua; me limpió con los suyos la tierra que tenía en los dedos. Mi piel respondió a su contacto. Por primera vez, ni una parte de mí quiso apartarse. Jameson era tan dulce... No se comportaba como si todo eso fuera solo un juego para él, como si yo fuera solo un juego.

Volvió a coger la toalla y me la pasó por el cuello hasta el hombro, y luego avanzó hasta la clavícula y la recorrió entera. El agua tenía la temperatura perfecta. Me dejé atraer hacia sus gestos. «Es una mala idea», me dije. Lo sabía. Lo había sabido desde el principio, pero me abandoné a la sensación que me producían las manos de Jameson Hawthorne, la caricia de la toalla.

—Estoy bien —dije, y casi pude creérmelo.

—Estás mejor que bien.

Cerré los ojos. Jameson había estado allí conmigo en el bosque. Pude sentir su cuerpo contra el mío. Protegiéndome. Lo necesitaba. Necesitaba algo.

Abrí los ojos y lo miré. Me centré en él. Me acordé de cuando habíamos ido a trescientos kilómetros por hora, de cuando habíamos escalado en el rocódromo, de la primera vez que lo había visto encaramado en el balcón. ¿Realmente era tan malo ser un amante de las sensaciones? ¿De verdad desear sentir algo que no fuera espantoso era una equivocación?

«Todo el mundo se equivoca un poco a veces, Heredera», me había dicho.

Algo cedió dentro de mí y lo empujé con dulzura contra la pared del baño. «Lo necesito —me dije. Sus profundos ojos verdes y los míos se encontraron—. Y él también lo necesita».

—¿Sí? —pregunté con la voz ronca.

—Sí, Heredera.

Busqué sus labios con los míos. Jameson me devolvió el beso, primero con dulzura, y luego todo lo contrario. Tal vez fueran los efectos secundarios del shock, pero en cuanto le acaricié el pelo con las manos y él me agarró la coleta y me inclinó el rostro hacia arriba, pude ver mil versiones de él en mi mente: haciendo equilibrios sobre la barandilla del balcón; sin camiseta y bañado por la luz del sol en el solárium; sonriendo; riéndose burlón; acariciándonos las manos en el puente; protegiendo mi cuerpo con el suyo en el Black Wood; recorriendo mi cuello con la toalla que tenía en las…

Besarlo era fuego. Jameson ya no era dulce y suave, como lo había sido al limpiarme la sangre y la tierra. Y yo no necesitaba que fuera dulce y suave. Aquello era exactamente lo que necesitaba.

Tal vez yo también podía ser lo que él necesitaba. Tal vez eso no tenía por qué ser una mala idea. Tal vez las complicaciones merecían la pena.

Dejó de besarme y sus labios quedaron apenas a un centímetro de los míos.

—Siempre supe que eras especial.

Sentí su respiración en mi rostro. Sentí todas y cada una de las palabras que había pronunciado. Yo jamás me había considerado especial. Había sido invisible durante tanto tiempo… «Papel pintado», me dije. Ni siquiera tras convertirme en la mayor sensación del mundo había sentido que nadie me prestara atención. Que me la prestara a mí de verdad.

—Estamos muy cerca —murmuró Jameson—. Puedo sentirlo. —Su voz rezumaba energía, como si fuera el zumbido de una luz de neón—. Es evidente que alguien no quería que miráramos ese árbol.

«¿Qué?», espeté mentalmente.

Intentó besarme de nuevo y yo, con el corazón en un puño, aparté la cara. Había pensado que… Ni siquiera estaba segura de qué había pensado. «Que cuando me había dicho que era especial, no hablaba del dinero ni del acertijo», me dije.

—¿Crees que alguien nos ha disparado por un árbol? —exclamé con un nudo en la garganta—. ¿Y no por, qué sé yo, la fortuna que he heredado, la misma a la que tu familia querría echar mano? ¿Y no por el millón de razones que cualquier persona apellidada Hawthorne tiene para odiarme?

—No pienses en eso —susurró Jameson, acunándome las mejillas con las manos—. Piensa en el nombre de Toby grabado en ese árbol. En el símbolo del infinito grabado en el puente. —Tenía el rostro tan cerca del mío que todavía podía notar su respiración—. ¿Y si lo que nos está intentando decir el acertijo es que mi tío no está muerto?

¿En eso pensaba él cuando nos habían disparado, cuando estábamos en la cocina y Oren me había clavado una aguja en la herida, cuando había acercado sus labios a los míos? Porque si lo único en lo que podía pensar ese chico era en el misterio…

«Tú no eres una jugadora, chiquilla. Eres la bailarina de cristal, o la daga», recordé por enésima vez.

—Pero ¿tú te estás escuchando? —le espeté.

Sentía una opresión en el pecho, la sentía con más fuerza que cuando estábamos en el bosque, que cuando estábamos en peligro. La reacción de Jameson no me tendría que haber sorprendido para nada, ¿por qué me dolía entonces?

¿Por qué estaba permitiendo que me doliera?

—Oren me acaba de sacar un pedazo de árbol del pecho —le dije, con una voz que me salió grave—, y si las cosas hubieran ido de otra manera, podría habermc sacado una bala.

Me callé un segundo para que Jameson respondiera. Solo uno. Y nada.

—¿Qué pasa con el dinero si yo me muero mientras el testamento está pendiente de validación? —pregunté a bocajarro. Alisa me había dicho que la familia Hawthorne se quedaría sin nada igualmente, pero ¿lo sabían ellos?—. ¿Qué pasa si quien sea que me ha disparado consigue que me cague de miedo y me vaya antes de que haya transcurrido el año? —¿Sabían ellos que si yo me marchaba todo iría a parar a obras benéficas?—. No todo es un juego, Jameson.

Vi un centelleo en sus ojos. Los cerró, solo un instante, luego los abrió y se inclinó hacia mí, acercando sus labios dolorosamente a los míos.

—Ahí está la cosa, Heredera. Si algo me enseñó Emily es que todo es un juego. Incluso esto. Sobre todo esto.

CAPÍTULO 55

Jameson se fue y yo no lo seguí.

«Thea tiene razón —susurraba Grayson en algún lugar recóndito de mi mente—. Esta familia…, destruimos todo cuanto tocamos». Me tragué las lágrimas. Me habían disparado y habían fallado, me habían herido y me habían besado, pero si de algo estaba segura era de que no me habían destruido.

—Hace falta mucho más que eso. Soy fuerte.

Me volví hacia el espejo y me miré a los ojos. Si todo se reducía a escoger entre estar asustada, herida y enfadada, tenía clarísimo qué preferiría.

Volví a llamar a Max por enésima vez y luego le escribí un mensaje: «Alguien ha intentado matarme, y he besado a Jameson Hawthorne».

Si con aquello no conseguía una respuesta, no la conseguiría con nada.

Volví al dormitorio. Aunque ya estaba algo más tranquila, registré el cuarto en busca de amenazas. Y encontré una: Rebecca Laughlin estaba de pie en el umbral de la puerta. Tenía el rostro más pálido que de costumbre y el pelo tan rojo como la sangre. Parecía conmocionada.

«¿Porque había escuchado mi conversación con Jameson? ¿Porque sus abuelos le habían contado lo del tiroteo?», no estaba segura. Rebecca llevaba unas buenas botas de senderismo y unos pantalones cargo, ambas cosas parecían manchados de barro. Me quedé mirándola y lo único que se me ocurrió pensar fue que si Emily había sido siquiera la mitad de guapa que su hermana, no me extrañaba que Jameson pudiera mirarme y pensar solo en el juego de su abuelo.

«Todo es un juego. Incluso esto. Sobre todo esto», me había dicho.

—Mi abuela me ha pedido que viniera a ver cómo estabas. —La voz de Rebecca era dulce e insegura.

—Estoy bien —respondí.

Y casi lo dije en serio. Tenía que estar bien.

—Mi abuela me ha dicho que te han disparado.

Rebecca se quedó en el umbral de la puerta, como si le diera miedo acercarse más.

—Casi —aclaré.

—Me alegro —dijo Rebecca. Y luego pareció morirse de vergüenza—. Quiero decir que me alegro de que casi te hayan disparado. Está bien, ¿no? O sea, mejor que casi te disparen a que te disparen de verdad. —Dirigió una mirada nerviosa hacia las camas individuales, hacia las colchas—. Emily te habría dicho que simplificaras las cosas y que dijeras que te habían disparado. —Rebecca parecía más a gusto diciéndome lo que Emily habría dicho que no intentando encontrar por sí misma una respuesta adecuada—. Había una bala y estás herida. Emily te habría dicho que tenías derecho a un poco de melodrama.

Tenía derecho a mirar a todo el mundo como si fuera un sospechoso. Tenía derecho a dejarme llevar por la adrenalina y a meter la pata. Y quizá tenía derecho, aunque solo fuera por una vez, a exigir respuestas.

—¿Emily y tú compartíais este cuarto? —pregunté. En ese instante me resultó evidente al mirar las camas individuales. «Cuando Rebecca y Emily venían a visitar a sus abuelos, dormían aquí», me dije—. ¿De niña el lila era tu color favorito o el suyo?

—El suyo —respondió Rebecca. Luego se encogió levemente de hombros—. Siempre me decía que mi color favorito también era el lila.

En la foto que había visto de las dos hermanas, Emily estaba mirando de lleno a la cámara, completamente centrada en la imagen. Rebecca estaba en un rincón, mirando hacia otro lado.

—Tengo la sensación de que debería advertirte.

Rebecca ya ni siquiera estaba de cara a mí. Se encaminó hacia una de las camas.

—¿Advertirme de qué? —pregunté.

En algún rincón recóndito de mi mente registré que esa chica tenía las botas sucias de barro y que cuando me habían disparado ella estaba en la finca, pero no con sus abuelos.

«Que no parezca una amenaza no significa que no lo sea», me dije.

Sin embargo, cuando Rebecca volvió a hablar no mencionó el ataque.

—Se supone que tendría que decir que mi hermana era maravillosa. —Hablaba como si no hubiera cambiado de tema, como si quisiera advertirme acerca de Emily—. Y lo era, cuando quería. Su sonrisa era contagiosa. Su risa era peor, y cuando decía que algo era buena idea todo el mundo la creía. Era buena conmigo, casi siempre. —Entonces Rebecca me miró a los ojos, de frente—. Pero no lo fue tanto con esos chicos.

Chicos, en plural.

—¿Qué hizo? —quise saber.

Tendría que haberme preocupado más saber quién me había disparado, pero una parte de mí no podía dejar de pensar en la forma en que Jameson había mencionado a Emily, justo antes de marcharse y dejarme sola.

—A Em no le gustaba escoger. —Rebecca parecía estar eligiendo sus palabras con sumo cuidado—. Ella lo quería todo más intensamente de lo que yo podía querer una sola cosa. Y la única vez que yo quise algo… —Sacudió la cabeza y dejó la frase a medias—. Mi misión era que mi hermana siempre fuera feliz. Eso me decían siempre mis padres cuando éramos pequeñas, que Emily estaba enferma y que yo no, de modo que tenía que hacer lo que pudiera para hacerla sonreír.

—¿Y los chicos? —le pregunté.

—La hacían sonreír.

Comprendí lo que Rebecca estaba diciendo en realidad, lo que había dicho: «A Em no le gustaba escoger».

—¿Salía con los dos? —dije, intentando asimilarlo—. Y ellos, ¿lo sabían?

—Al principio no —susurró Rebecca, como si una parte de ella pensara que Emily podía oír nuestra conversación.

—¿Qué pasó cuando Grayson y Jameson descubrieron que había estado saliendo con los dos?

—Lo preguntas porque no conocías a Emily —replicó Rebecca—. Ella no quería escoger, y ellos dos no querían dejarla escapar, ni el uno ni el otro. Mi hermana lo convirtió en una competición. En un jueguecito.

«Y luego murió», pensé.

—¿Cómo murió Emily? —pregunté, porque tal vez no se me presentaría otra ocasión tan clara de preguntarlo, ni con Rebecca ni con los chicos.

Rebecca me miraba, pero tuve la sensación de que no me veía. De que estaba en otra parte.

—Grayson me dijo que fue el corazón —susurró.

«Grayson», repetí para mis adentros. No podía pensar en nada más que eso. Solo cuando Rebecca se marchó me di cuenta de que no había llegado a decirme acerca de qué, concretamente, tenía que advertirme.

CAPÍTULO 56

Tuvieron que pasar otras tres horas hasta que Oren y su equipo me permitieron volver a la Casa Hawthorne. Me llevaron de vuelta con el todoterreno, escoltada por nada menos que tres guardaespaldas.

Oren fue el único que habló.

—Gracias en parte a la extensa red de cámaras de seguridad que hay en la Casa Hawthorne, mi equipo ha podido rastrear y verificar ubicaciones y coartadas para todos los miembros de la familia Hawthorne, además de la señora Thea Calligaris.

«Tienen coartada. Grayson tiene una coartada», me dije. Sentí una oleada de alivio; pero, al cabo de un instante, noté una opresión en el pecho.

—¿Y Constantine? —pregunté.

Técnicamente él no era un Hawthorne.

—También —respondió Oren—. No ha amartillado personalmente esa pistola.

«Personalmente», observé. Leer entre líneas me asustó.

—Pero ¿podría haber contratado a alguien?

«Cualquiera de ellos podría haberlo hecho», comprendí. Entonces me acordé de cuando Grayson me había dicho que siempre habría gente peleándose para hacer favores a su familia.

—Conozco a un médico forense —dijo Oren sin alterarse—. Trabaja junto a un hacker igual de bien preparado. Investigarán a fondo los movimientos bancarios y telefónicos de todos los miembros de la familia. Mientras tanto, mi equipo se centrará en los empleados de la casa.

Tragué saliva. Ni siquiera conocía a la mayoría de los empleados. No sabía cuántos eran exactamente, ni quién podría haber tenido una oportunidad, o un motivo, de hacerlo.

—¿En todos los empleados? —le pregunté a Oren—. ¿También en los Laughlin?

Habían sido amables conmigo cuando había salido del baño después de lavarme, pero en ese momento no podía permitirme confiar en mi intuición ni en la de Oren.

—Ellos no han sido —me aseguró Oren—. El señor Laughlin estaba en la casa durante el tiroteo, y las imágenes de las cámaras de seguridad confirman que la señora Laughlin estaba en el chalet.

—¿Qué hay de Rebecca? —quise saber. Se había ido de la finca justo después de hablar conmigo.

Me di cuenta de que Oren quería decirme que Rebecca no era una amenaza, pero no lo hizo.

—No dejaré piedra por mover —me prometió—. Aunque sé muy bien que a las hermanas Laughlin jamás les enseñaron a disparar. Al señor Laughlin ni siquiera le estaba permitido tener un arma en el chalet cuando las niñas estaban con ellos.

—¿Quién más ha estado en la finca hoy? —pregunté.

—Los del mantenimiento de la piscina, un técnico de sonido que ha venido a hacer algunas mejoras en el auditorio, un masajista y una empleada del personal de limpieza.

Memoricé aquella lista. Y se me quedó la boca seca.

—¿Qué empleada del personal de limpieza?

—Melissa Vincent.

Aquel nombre no me decía nada... al principio.

—¿Mellie?

Oren entornó los ojos.

—¿La conoces?

Me acordé del momento en que la chica había visto a Nash ante la puerta del cuarto de Libby.

—¿Tienes que contarme algo? —preguntó Oren, aunque en realidad no era una pregunta.

Le expliqué lo que me había dicho Alisa acerca de Mellie y Nash, lo que había visto en el cuarto de Libby, lo que Mellie había visto. Y luego llegamos a la Casa Hawthorne y vi a Alisa.

—Es la única persona a quien he permitido la entrada —me aseguró Oren—. Francamente, es la única persona a quien tengo intención de dejar cruzar esa verja durante un buen tiempo.

Seguramente esa afirmación me tendría que haber reconfortado más de lo que lo hizo en realidad.

—¿Cómo está? —le preguntó Alisa a Oren en cuanto nos bajamos del coche.

—Cabreada —respondí antes de que Oren pudiera contestar por mí—. Magullada. Algo aterrorizada. —Verla a ella, y ver a Oren de pie a su lado, me hizo estallar y se me escapó una acusación de los labios—: ¡Me dijisteis que no me pasaría nada! Me prometisteis que no corría peligro. Os comportasteis como si estuviera diciendo tonterías cuando planteé un asesinato.

—Técnicamente —replicó mi abogada—, tú especificaste un asesinato con un hacha. Y, técnicamente —prosiguió con los dientes apretados—, es posible que haya habido una omisión, legalmente hablando.

—¿Cómo que una omisión? ¡Me dijiste que si yo moría los Hawthorne no recibirían nada!

—Y me atengo a esa conclusión —repuso Alisa categóricamente—. Sin embargo... —era evidente que consideraba de mal gusto admitir que se había equivocado—, también te dije que si morías mientras el testamento estaba pendiente de validación, tu herencia pasaría a formar parte de tu patrimonio. Y, normalmente, sería así.

—Normalmente —repetí.

Si algo había aprendido a lo largo de la última semana era que no había absolutamente nada normal en Tobias Hawthorne, ni en sus herederos.

—A pesar de ello —continuó Alisa con la voz tomada—, en el estado de Texas, es posible que el difunto añada una condición en el testamento para requerir que sus herederos le sobrevivan durante un cierto espacio de tiempo con tal de poder heredar.

Había leído el testamento muchas veces.

—Estoy bastante segura de que me acordaría si hubiera leído algo acerca de cuánto tiempo tengo que evitar la muerte para heredar. La única condición...

—Era que tenías que vivir en la Casa Hawthorne durante un año —atajó Alisa—. Lo cual, tengo que admitir, sería una condición bastante difícil de cumplir si estuvieras muerta.

¿Esa era la omisión? ¿El hecho de que yo no podría vivir en la Casa Hawthorne si no estaba viva?

—Entonces, si muero... —dije, mientras tragaba saliva y me humedecía los labios—. ¿Todo el dinero irá a parar a obras benéficas?

—Posiblemente. Aunque también es posible que tus herederos puedan recusar esa interpretación basándose en la intención del señor Hawthorne.

—Yo no tengo herederos —repliqué—. Ni siquiera tengo testamento.

—No necesitas un testamento para tener herederos. —Alisa miró a Oren y añadió—: ¿Habéis descartado a su hermana?

—¿Libby?

No me lo podía creer. ¿Acaso no conocían a mi hermana?

—La hermana no ha sido —le dijo Oren a Alisa—. Estaba con Nash durante el tiroteo.

Lo mismo podría haber detonado una bomba por las consecuencias que conllevó esa afirmación.

Al final, Alisa acabó por recuperar la compostura y se volvió hacia mí.

—Legalmente no podrás firmar un testamento hasta que cumplas dieciocho años. Lo mismo con la documentación relativa a la gerencia de la fundación. Y esa es la omisión que te decía. Al principio me concentré únicamente en el testamento, pero si no puedes o no quieres cumplir tu papel como gerente, la gerencia de la fundación pasa... —hizo una pausa significativa— a los chicos.

Si yo moría, la fundación —todo el dinero, todo el poder, todo ese potencial— sería para los nietos de Tobias Hawthorne. Cien millones de dólares al año para donar. Se podían comprar un montón de favores por semejante cantidad de dinero.

—¿Quién más está al corriente de los términos de la gerencia de la fundación? —quiso saber Oren, terriblemente serio.

—Zara y Constantine, sin duda —respondió Alisa de inmediato.

—Grayson —añadí con la voz ronca; me dolían muchísimo las heridas.

Lo conocía lo suficiente para saber que habría exigido ver con sus propios ojos la documentación de la gerencia. «Él no me haría daño. —Quería creérmelo—. Lo único que hace es advertirme que me vaya».

—¿Cuánto tardarías en tener listos los documentos que dejen el control de la fundación a la hermana de Avery en caso de que ella muera? —pidió Oren.

Si se trataba del control de la fundación, ese gesto me protegería... o pondría en peligro también a Libby.

—¿Es que nadie me va a preguntar a mí qué quiero hacer? —exigí saber.

—Puedo tener los documentos listos mañana mismo —le respondió Alisa a Oren, ignorándome por completo—. Sin embargo, Avery no los podrá firmar legalmente hasta los dieciocho, e incluso entonces no está claro que esté autorizada para tomar semejante decisión antes de asumir el control absoluto de la fundación cuando cumpla los veintiuno. Hasta entonces...

Llevaba un blanco en la frente.

—¿Qué tendría que pasar para poner en marcha la cláusula de protección del testamento? —preguntó Oren, cambiando de táctica—. Hay circunstancias por las cuales Avery podría expulsar a los Hawthorne de la casa, ¿verdad?

—Necesitamos pruebas —replicó Alisa—. Algo que relacione a una persona o personas en concreto con actos de acoso, intimidación o violencia, e incluso en ese supuesto, Avery solo podría echar al perpetrador, no a la familia al completo.

—¿Y no puede vivir en otro lugar de momento?
—No.

A Oren no le gustó esa respuesta, pero no perdió el tiempo haciendo comentarios innecesarios.

—No irás a ninguna parte sin mí —me dijo Oren con voz férrea—. Ni dentro de la finca, ni dentro de la casa. A ninguna parte, ¿estamos? Hasta ahora me tenías cerca, pero de ahora en adelante me vas a tener hasta en la sopa.

A mi lado, Alisa miró a Oren con los ojos entornados.

—¿Qué sabes que yo no sepa?

Se hizo un breve silencio y luego mi guardaespaldas respondió la pregunta.

—He enviado a mi equipo a inspeccionar la armería. No falta nada. Lo más probable es que el arma que han disparado contra Avery no sea una pistola Hawthorne, pero he ordenado a mis hombres que comprueben las grabaciones de las cámaras de seguridad de los últimos días por si acaso.

Estaba demasiado ocupada intentando asimilar el hecho de que la Casa Hawthorne tuviera una armería como para procesar el resto.

—¿La armería ha recibido un visitante? —preguntó Alisa con una voz que le salió quizá demasiado tranquila.

—Dos. —Oren parecía a punto de dejarlo ahí, por mi bien, pero al final añadió—: Jameson y Grayson. Ambos tienen coartada, pero ambos miraron los rifles.

—¿La Casa Hawthorne tiene una armería? —fue lo único que pude pronunciar.

—Esto es Texas —replicó Oren—. Toda la familia sabe disparar desde que eran críos, y el señor Hawthorne era coleccionista.

—Coleccionista de armas —apunté.

Ni siquiera me gustaban las armas incluso antes de que me dispararan.

—Si hubieras leído el documento que te entregué en el cual se detallaban todos tus bienes —intervino Alisa—, sabrías que el señor Hawthorne tenía la mayor colección del mundo de rifles Winchester de finales del siglo diecinueve y principios del veinte, buena parte de los cuales están valorados en más de cuatrocientos mil dólares.

La idea de que una persona pudiera pagar tantísimo dinero por un rifle me parecía inconcebible, pero apenas parpadeé ante el precio de las armas, pues estaba demasiado ocupada pensando en que había una razón por la cual tanto Jameson como Grayson habían ido a la armería a mirar rifles. Una razón que no tenía nada que ver conmigo.

El segundo nombre de Jameson era Winchester.

CAPÍTULO 57

Aunque eran las tantas de la noche, convencí a Oren para que me llevara a la armería. Siguiéndolo por un pasillo serpenteante tras otro, no pude evitar pensar que alguien podría esconderse eternamente en esa casa.

Y eso sin contar siquiera los pasadizos secretos.

Al final, Oren acabó por detenerse en un largo corredor.

—Aquí está.

Se colocó ante un ornamentado espejo dorado. Lo observé mientras pasaba la mano por un lateral del marco del espejo. Oí un chasquido y luego el espejo pivotó hacia el pasillo como si fuera una puerta. Detrás había acero.

Oren avanzó y vi una línea roja que le recorría el rostro de arriba abajo.

—Reconocimiento facial —me informó—. A decir verdad, su único objetivo es servir de medida de seguridad adicional. La mejor manera de evitar que un intruso fuerce una caja fuerte es asegurarse de que ni siquiera sabe que la tiene delante.

De ahí el espejo. Empujó la puerta hacia dentro.

—Toda la armería está recubierta de acero armado.

Cruzó el umbral y yo fui tras él.

Al escuchar la palabra «armería» me había imaginado algo sacado de una película: enormes cantidades de negro y cartuchos al estilo Rambo por las paredes. Lo que me encontré parecía más bien un club de campo. Las paredes estaban recubiertas de vitrinas de madera de un color cereza subido; había una mesa ricamente tallada en el centro de la habitación, con la superficie de mármol.

—¿Esto es la armería? —pregunté.

Hasta había una alfombra en el suelo. Una de esas alfombras mullidas y carísimas que parecían más adecuadas para un comedor formal.

—¿No es lo que te esperabas? —Oren cerró la puerta detrás de nosotros con un chasquido. Luego, con un movimiento rápido y fluido, pasó otros tres cerrojos de seguridad—. Hay habitaciones de seguridad como esta por toda la casa. Esta tiene una doble función, ya que también hace las veces de refugio en caso de tornado. Luego te enseñaré dónde están las otras, por si acaso.

«Por si acaso alguien intenta matarme», completé para mis adentros. En lugar de quedarme pensando en eso, me centré en la razón que me había llevado hasta allí.

—¿Dónde están los Winchester? —pregunté.

—La colección incluye al menos treinta rifles Winchester. —Oren hizo un gesto con la cabeza hacia una pared llena de vitrinas—. ¿Quieres verlos por alguna razón en particular?

El día anterior tal vez lo habría mantenido en secreto, pero Jameson no me había dicho que había buscado —y posiblemente encontrado— la pista que correspondía a su segundo nombre. Ya no le debía secretismo alguno.

—Estoy buscando algo —le expliqué a Oren—. Un mensaje

de Tobias Hawthorne, una pista. Una marca, seguramente un número o un símbolo.

La señal del árbol del Black Wood no había resultado ser ni una cosa ni la otra. A medio beso, Jameson se había mostrado convencido de que el nombre de Toby era la siguiente pista, pero yo no lo tenía tan claro. La caligrafía no encajaba con el grabado del puente; era irregular, casi infantil. ¿Y si esa marca la había hecho el mismo Toby cuando era un crío? ¿Y si la pista de verdad seguía allí fuera en el bosque?

«No puedo volver. No hasta que sepamos quién ha disparado», me dije. Oren podía registrar una habitación y decirme que era segura, pero no podía registrar un bosque entero.

Combatiendo el recuerdo de los disparos —y todo lo que había sucedido después— abrí una de las vitrinas.

—¿Alguna idea de dónde podría haber escondido un mensaje tu jefe anterior? —le pregunté a Oren, muy concentrada—. ¿En qué arma? ¿En qué parte del arma?

—El señor Hawthorne rara vez me hacía confidencias —me explicó Oren—. No siempre lo comprendía, pero lo respetaba, y el respeto era mutuo.

Oren sacó un paño que había en un cajón, lo desdobló y lo extendió sobre la superficie de mármol de la mesa. Luego se acercó a la vitrina que yo había abierto y extrajo uno de los rifles.

—Ninguno está cargado —me dijo muy serio—. Pero debes tratarlos como si lo estuvieran. Siempre.

Colocó el arma encima del paño y pasó los dedos con suavidad por el cañón.

—Este era uno de sus favoritos. El señor Hawthorne disparaba de maravilla.

Tuve la sensación de que había una anécdota escondida en esas palabras, una historia que seguramente no me contaría nunca.

Oren se retiró un poco y comprendí que me estaba dejando espacio para avanzar. Deseaba con todas mis fuerzas apartarme del rifle. El recuerdo de las balas que habían disparado contra mí todavía era demasiado vívido. Las heridas todavía me dolían. Sin embargo, me obligué a examinar todas y cada una de las partes del arma, en busca de algo, lo que fuera, que pudiera convertirse en una pista. Finalmente, me volví de nuevo hacia Oren:

—¿Dónde van las balas?

Encontré lo que buscaba en la cuarta arma. Para cargar las balas en un rifle Winchester era necesario retirar el percutor de la culata. Debajo de ese percutor de la cuarta arma que examiné había tres letras: U. N. O. Habían grabado las letras en el metal de tal forma que parecían iniciales, pero también podían leerse como si formaran un número, para seguir el hilo de lo que habíamos encontrado en el puente.

«Infinito no —pensé—. Ocho. Y ahora: uno».

«Ocho. Uno».

CAPÍTULO 58

Oren me escoltó de vuelta a mi ala. Pensé en llamar a la puerta del cuarto de Libby, pero era tarde —demasiado tarde— y no era plan de presentarse allí y decirle: «Hay un asesino suelto, ¡que duermas bien!».

Oren registró mis habitaciones y luego se apostó ante la puerta, con los pies separados a la altura de los hombros y los brazos colgando a ambos costados. Ese hombre tendría que dormir en algún momento; pero cuando la puerta se cerró entre nosotros, supe que no sería esa noche.

Saqué el móvil del bolsillo y me quedé mirándolo. Ni rastro de Max. Mi amiga era una persona nocturna y, además, su franja horaria tenía dos horas menos. Era imposible que estuviera durmiendo. Le envié por privado a todas las cuentas de redes sociales que tenía el mismo mensaje que le había mandado antes.

«Por favor, respóndeme —pensé desesperada—. Por favor, Max».

—Nada. —No pretendía decirlo en voz alta, pero se me escapó.

Intentando no sentirme terriblemente sola me encaminé hacia el baño, dejé el móvil en la encimera y me quité la ropa.

Desnuda, me miré al espejo. Exceptuando la cara y el vendaje que me tapaba la sutura, mi piel parecía intacta. Me retiré el vendaje. La herida estaba roja e inflamada, los puntos eran pequeños y regulares. La observé con detenimiento.

Alguien —casi con toda seguridad un miembro de la familia Hawthorne— me quería muerta. «Ahora mismo podría estar muerta», me dije. Visualicé sus rostros, uno por uno. Jameson estaba conmigo cuando me habían disparado. Nash había asegurado desde el principio que no quería el dinero. Xander había sido siempre de lo más hospitalario. Sin embargo, Grayson…

«Si fueras lista no te acercarías a Jameson. No te acercarías al juego. No te acercarías a mí», me había dicho. Me lo había advertido. Me había dicho que su familia destruía todo lo que tocaba. Cuando le había preguntado a Rebecca cómo había muerto Emily, no era el nombre de Jameson el que había susurrado.

«Grayson me dijo que fue el corazón», había dicho Rebecca.

Regulé el agua para que saliera tan caliente como fuera posible y me metí en la ducha. Me volví para que el agua no me tocara el pecho y dejé que el agua ardiendo me golpeara la espalda. Era doloroso, pero quería eliminar de mi cuerpo todo rastro de esa noche. Lo que había pasado en el Black Wood. Lo que había pasado con Jameson. Todo.

Me desmoroné. Llorar en la ducha no contaba.

Al cabo de un minuto o dos recuperé la compostura y cerré el grifo, justo a tiempo de oír que el móvil sonaba. Empapada y goteando, me abalancé sobre él.

—¿Hola?

—Más te vale no haber mentido sobre el intento de asesinato. Ni sobre el beso.

Relaje el cuerpo, aliviada.

—Max.

Seguro que mi tono le confirmó que no había mentido.

—¿Qué cojines, Avery? La fruta de oros, ¿qué frutísimos cojines está pasando en esa casa?

Se lo conté. Se lo conté todo, con todo lujo de detalles, todo lo que había ocurrido y todo lo que había intentado no sentir.

—Tienes que irte de ahí.

Por una vez en la vida, Max hablaba muy en serio.

—¿Qué? —respondí. Tiritando, al fin conseguí hacerme con una toalla.

—Alguien ha intentado matarte —dijo Max con una paciencia exagerada—, así que tienes que irte del País de las Pesadillas. Y ya mismo.

—No puedo irme —repliqué—. Tengo que vivir aquí durante un año. Si no, lo perderé todo.

—Y entonces tu vida volvería a ser la que era hace una semana. ¿Tan malo sería?

—Sí —contesté sin poder creerlo—. Estaba viviendo en el coche, Max, sin garantía alguna de futuro.

—Palabra clave: «viviendo».

Me arrebujé con la toalla.

—Max, ¿me estás diciendo que tú renunciarías a miles de millones?

—Bueno, mi otra sugerencia implica dejar preventivamente seca a toda la familia Hawthorne, pero me temo que te lo tomarías como un eufemismo.

—¡Max!

—Oye, que no he sido yo quien se ha morreado con Jameson Hawthorne.

Quería explicarle exactamente cómo había dejado que ocurriera, pero lo único que pude decir fue:

—¿Dónde estabas?

—¿Perdona?

—Te he llamado, justo después de que pasara, antes de lo de Jameson. Te necesitaba, Max.

Se hizo un silencio largo y cargado.

—Estoy bien —dijo—. Todo va de maravilla. Gracias por preguntar.

—¿Preguntar qué?

—¡Exacto! —Max bajó la voz—. ¿Te has dado cuenta siquiera de que no te llamo desde mi móvil? Es el de mi hermano. Me han confinado. Por completo, por tu culpa.

La última vez que habíamos hablado había tenido la sensación de que algo no iba bien.

—¿Cómo que por mi culpa?

—¿De verdad quieres saberlo?

¿Qué pregunta era esa?

—Desde luego que sí.

—Porque no me has preguntado por mí ni una sola vez desde que empezó todo esto. —Lanzó un largo suspiro—. Seamos sinceras, Ave, casi nunca me preguntas por mí.

Se me hizo un nudo en el estómago.

—Eso no es verdad.

—Tu madre murió y me necesitabas. Y después con todo lo de Libby y ese cara culombio de miércoles me necesitabas un montón. Y luego heredaste miles y miles de millones de dólares, así que, evidentemente, ¡me necesitabas! Y me alegré de poder estar ahí, Avery; pero ¿sabes siquiera cómo se llama mi novio?

Puse mi mente patas arriba intentando recordarlo.

—¿Jared?

—Error —dijo Max al cabo de un momento—. La respuesta correcta es que ya no tengo novio, porque pillé a Jaxon mirándome el móvil, intentando mandarse pantallazos de los mensajes que me habías enviado. Un reportero le ofreció dinero si se los conseguía. —La pausa que hizo entonces fue dolorosa—. ¿Quieres saber cuánto?

Se me rompió el corazón.

—Lo siento muchísimo, Max.

—Y yo —replicó Max con amargura—. Y lo que más siento de todo es haberle permitido que me hiciera fotos. Fotos personales. Porque cuando rompí con él, envió esas fotos a mis padres. —Max era como yo. Solo lloraba en la ducha. Sin embargo, le estaba temblando la voz—. Ni siquiera tenía permiso para salir con nadie, Avery. ¿Cómo crees que fue la cosa?

Ni siquiera podía imaginarlo.

—¿Qué necesitas? —le pregunté.

—Necesito recuperar mi vida. —Se quedó callada un instante—. ¿Y sabes qué es lo peor? Que ni siquiera puedo enfadarme contigo ¡porque alguien ha intentado matarte a tiros! —dijo, suavizando mucho la voz—. Y me necesitas.

Aquello me dolió porque era cierto. La necesitaba. Siempre la había necesitado mucho más que ella a mí, porque ella era mi amiga, en singular, y yo era una de las muchas amigas que ella tenía.

—Lo siento, Max.

Hizo un ruidito de desdén.

—Ya, bueno, la próxima vez que alguien intente matarte, vas a tener que comprarme algo increíble para compensármelo. Australia, por ejemplo.

—¿Quieres que te compre un viaje a Australia? —pregunté, pensando que posiblemente podríamos encargarnos de ello.

—No. —Su respuesta fue un tanto descarada—. Quiero que me compres Australia. Total, puedes permitírtelo.

Me reí.

—No creo que esté en venta.

—Pues entonces creo que no te queda otra que ¡evitar que te disparen!

—Vigilaré mucho —le prometí—. Quienquiera que haya intentado matarme no tendrá otra oportunidad.

—Bien. —Max se quedó callada unos segundos—. Ave, tengo que colgar. Y no sé cuándo podré volver a conseguir un móvil. O conectarme a internet. O hacer algo.

Era culpa mía. Intenté decirme a mí misma que aquello no era una despedida, no para siempre.

—Te quiero, Max.

—Yo también te quiero, frutilla.

Después de colgar me quedé allí sentada, envuelta en la toalla, sintiéndome como si me hubieran arrancado las entrañas. Al final conseguí volver al cuarto y ponerme un pijama. Estaba en la cama, pensando en todo lo que había dicho Max, preguntándome si yo era una persona fundamentalmente egoísta o dependiente, cuando oí un ruido, como si alguien rascara las paredes.

Dejé de respirar y escuché. Lo oí de nuevo. «El pasadizo», pensé.

—¿Jameson? —llamé. Él era el único que había usado el pasadizo secreto que conducía a mi habitación. O, al menos, el único que yo supiera—. Jameson, no tiene ninguna gracia.

No hubo respuesta, pero cuando me levanté y caminé hacia

el pasadizo, me quedé muy quieta un instante. Podría haber jurado que había oído la respiración de alguien, justo al otro lado de la pared. Agarré el candelabro, preparada para tirar de él y enfrentarme a quienquiera que estuviera al otro lado, pero entonces mi sentido común —y la promesa que le había hecho a Max— se apoderó de mí y, en lugar del pasadizo, fui a abrir la puerta que daba al pasillo.

—¿Oren? —llamé—. Tengo que contarte algo.

Oren registró el pasadizo y luego inhabilitó su entrada a mi cuarto. También «sugirió» que pasara la noche en el dormitorio de Libby, que no tenía ningún acceso secreto.

En realidad, no era una sugerencia.

Mi hermana estaba dormida cuando llamé. Se revolvió un poco, pero casi no se despertó. Me metí en su cama con ella y no me preguntó por qué. Después de mi conversación con Max estaba bastante convencida de que no quería contárselo. La vida entera de Libby estaba patas arriba por mi culpa. Y por segunda vez. Primero cuando mi madre había muerto, y ahora todo esto. Libby ya me lo había dado todo. Y, además, ella ya tenía que lidiar con sus propios problemas, no le hacían ninguna falta los míos.

Bajo el edredón, abracé con fuerza una almohada y me acerqué a Libby. Necesitaba tenerla cerca, aunque no pudiera contarle por qué. Libby movió un poco los párpados y se acurrucó junto a mí. Me obligué a dejar la mente en blanco, a no pensar en el Black Wood, ni en los Hawthorne, ni en ninguna otra cosa. Dejé que la oscuridad se apoderara de mí y al final me dormí.

Soñé que volvía a estar en la cafetería. Era pequeña —tendría unos cinco o seis años— y feliz.

«Coloco en vertical dos bolsitas de azúcar encima de la mesa y las junto por las puntas para formar un triángulo que se tenga en pie por sí mismo.

»—Ahí está —digo.

»Hago lo mismo con otro par de azucarillos, y luego coloco un quinto paquetito en horizontal, conectando así los dos triángulos que acabo de construir.

»—¡Avery Kylie Grambs! —Mi madre aparece en la cabecera de la mesa con una sonrisa en los labios—. ¿Qué te tengo dicho acerca de construir castillos de azúcar?

»La miro con una sonrisa radiante.

»—¡Que solo merece la pena si los haces de cinco plantas!».

Me desperté sobresaltada. Me volví esperando ver a Libby, pero su lado de la cama estaba vacío. La luz de la mañana se filtraba por las ventanas. Fui al baño de Libby, pero tampoco la encontré allí. Ya me estaba preparando para volver a mi habitación —y a mi baño—, cuando vi algo en la encimera: el móvil de Libby. Tenía docenas de mensajes sin leer, todos de Drake. Solo pude leer tres —los más recientes— sin introducir la contraseña.

«Te quiero».

«Sabes que te quiero, Libbita».

«Sé que me quieres».

CAPÍTULO 59

Oren salió a mi encuentro en cuanto crucé el umbral del dormitorio de Libby. Si había pasado la noche en vela, no lo parecía.

—Hemos puesto una denuncia —me informó—. Con discreción. Los agentes que llevan el caso se han coordinado con mi equipo. Todos hemos llegado a la conclusión de que lo mejor para nosotros, de momento, será que ninguno de los miembros de la familia Hawthorne sepa que se está llevando a cabo una investigación. A Jameson y a Rebecca se les ha hecho entender la importancia de la discreción. Y, en la medida de lo posible, me gustaría que actuaras como si no hubiera ocurrido nada.

Que hiciera ver que no había estado al borde de la muerte la noche anterior. Que hiciera ver que todo iba bien.

—¿Has visto a Libby? —quise saber.

«Libby no está bien», dije para mis adentros.

—Ha bajado a desayunar hará media hora. —El tono de Oren no reveló nada.

Pensé en los mensajes y se me hizo un nudo en el estómago.

—¿Tenía buen aspecto?

—Ninguna lesión. Extremidades y apéndices intactos.

No le preguntaba eso; pero, dadas las circunstancias, podría haberlo hecho.

—Si está abajo con los Hawthorne, ¿está segura?

—Su escolta está al corriente de la situación. Y de momento no consideran que esté en peligro.

Libby no era la heredera. Ella no era el blanco. Lo era yo.

Me vestí y bajé. Escogí una camiseta de cuello alto para ocultar los puntos y disimulé con maquillaje, lo mejor que pude, el rasguño de la mejilla.

En el comedor habían dispuesto una selección de pastas en una mesa auxiliar. Libby estaba acurrucada en un butacón que había en un rincón de la estancia. Nash estaba sentado en el sillón contiguo, con las piernas estiradas y los pies, enfundados en sus botas de vaquero, cruzados a la altura de los tobillos. Montando guardia.

Entre ellos y yo había cuatro miembros de la familia Hawthorne. «Todos ellos tienen motivos para quererme muerta», pensé al pasar a su lado. Zara y Constantine estaban sentados en un extremo de la mesa del comedor. Ella leía el periódico. Él leía una tableta. Ninguno de los dos me prestó la más mínima atención. Nana y Xander estaban en el otro extremo de la mesa.

Percibí un movimiento a mi espalda y me volví como un resorte.

—Uy, qué nerviosa estás esta mañana —comentó Thea. Enlazó un brazo con el mío y me llevó así hasta la mesa auxiliar. Oren nos siguió como una sombra—. Eres una chica muy ocupada —me murmuró Thea al oído.

Sabía que me había estado observando, que seguramente había recibido órdenes de pegarse a mis talones e ir informando. «¿Hasta qué punto se me acercó ayer por la noche? ¿Qué sabe?», me pregunté. Teniendo en cuenta lo que me había dicho Oren, Thea no me había disparado con sus propias manos, pero no me parecía una coincidencia que su traslado a la Casa Hawthorne y el ataque se hubieran producido de forma simultánea.

Zara se había traído a su sobrina por alguna razón.

—No te hagas la inocente —me recomendó Thea mientras cogía un cruasán y se lo acercaba a los labios—. Rebecca me ha llamado.

Luché contra el impulso de volverme para mirar a Oren. Me había dicho que Rebecca no diría ni pío sobre el tiroteo. ¿En qué más se había equivocado?

—Tú y Jameson —continuó Thea, como si estuviera reprendiendo a un niño pequeño—. Y en la vieja habitación de Emily, nada menos. Un poco desconsiderado, ¿no te parece?

«No sabe nade del ataque. —Sentí una punzada en el pecho al comprenderlo—. Seguro que Rebecca vio a Jameson saliendo del baño. Seguro que nos escuchó. Seguro que se dio cuenta de que...».

—¿Ya volvéis a ser desconsideradas sin mí? —preguntó Xander, apareciendo entre Thea y yo, y rompiendo así la presa de Thea—. Qué desagradable.

No quería sospechar de él sin motivo, pero llegados a ese punto el estrés de sospechar o no sospechar me mataría antes de que cualquiera de ellos pudiera acabar conmigo.

—Rebecca ha pasado la noche en el chalet —le contó Thea a Xander, saboreando las palabras—. Por fin ha roto su voto de silencio y me ha escrito para contármelo todo.

Thea se comportaba como alguien que estaba jugando su mejor carta, aunque, a decir verdad, yo no supe decir qué era, exactamente, dicha carta.

«¿Rebecca?», me planteé.

—A mí Bex también me ha escrito —le dijo Xander a Thea. Y luego me miró como si quisiera disculparse—. Las noticias relacionadas con los líos de los Hawthorne van que vuelan.

Tal vez Rebecca no había dicho nada acerca del tiroteo, pero lo mismo podría haber anunciado lo del beso con una valla publicitaria.

«El beso no significa nada. El beso ahora no es el problema», pensé.

—Eh, tú. ¡Niña! —Nana me apuntó imperiosamente con el bastón y luego señaló la bandeja de pastas—. No hagas levantar a una anciana.

Si cualquier otra persona me hubiera hablado de ese modo, la habría ignorado; sin embargo, Nana era una anciana, y además daba miedo, así que hice ademán de coger la bandeja. Me acordé demasiado tarde de que tenía una herida. El dolor me fulminó como si fuera un relámpago y aspiré una bocanada de aire con los dientes apretados.

Nana se quedó mirándome, solo un instante, y luego empujó a Xander con el bastón.

—Ayúdala, hombre.

Xander tomó la bandeja. Dejé caer el brazo. ¿Quién me había visto estremecerme de dolor? Intenté no cruzar la mirada con nadie. ¿Quién sabía ya que estaba herida?

—Te has hecho daño, ¿no? —Xander se interpuso entre Thea y yo.

—Estoy bien —repliqué.

—No te lo crees ni tú.

No me había dado cuenta de que Grayson se había deslizado hasta el gran comedor como una sombra, pero en ese instante lo tenía de pie justo a mi lado.

—¿Tiene un momento, señora Grambs? —Me miró fijamente—. En el pasillo.

CAPÍTULO 60

Seguramente no tendría que haber ido a ninguna parte con Grayson Hawthorne, pero sabía que Oren me seguiría. Además, yo quería algo de Grayson. Quería mirarlo a los ojos. Quería saber si había sido él, o si tenía idea de quién había sido.

—Estás herida. —Grayson no formuló la frase como si fuera una pregunta—. Me vas a decir qué ha ocurrido.

—Ah, ¿sí? ¿Eso haré? —Lo fulminé con la mirada.

—Por favor.

A Grayson esas palabras parecieron antojársele dolorosas o desagradables, o ambas cosas.

No le debía nada. Oren me había pedido que no mencionara el ataque. La última vez que había hablado con Grayson, él me había lanzado una lacónica advertencia. Además, se haría con la fundación si yo moría.

—Me dispararon. —Le dije la verdad porque, por razones que ni siquiera podía explicar, necesitaba ver su reacción—. O casi —aclaré al cabo de un instante.

Todos los músculos de la mandíbula de Grayson se pusieron tensos. «No lo sabía», comprendí. Antes de que yo tuviera tiempo de sentir ni que fuera un atisbo de alivio, Grayson apartó la mirada de mí para fijarla en mi guardaespaldas.

—¿Cuándo? —escupió.

—Ayer por la noche —replicó Oren escuetamente.

—¿Y dónde estabas tú? —le exigió Grayson a mi guardaespaldas.

—Ni de lejos tan cerca como estaré a partir de ahora —prometió Oren, fulminándolo con la mirada.

—¿Os acordáis de mí? —Levanté la mano y luego pagué las consecuencias—. ¿El sujeto de vuestra conversación y un individuo competente y de pleno derecho por sí mismo?

Grayson debió de percatarse del dolor que me había causado el movimiento, porque se volvió hacia mí y me cogió las manos con dulzura para bajarlas.

—Deja a Oren hacer su trabajo —me ordenó con suavidad.

No me entretuve en su tono ni en su tacto.

—¿De quién crees que me está protegiendo? —dije, al tiempo que lanzaba una elocuente mirada hacia el comedor del que acabábamos de salir.

Esperé que Grayson estallara por haberme atrevido a sospechar de sus seres queridos, que reiterara por enésima vez que escogería a cualquiera de ellos antes que a mí.

Pero, en lugar de hacerlo, se volvió de nuevo hacia Oren.

—Si le ocurre algo, te haré responsable de ello.

—Don Responsabilidad. —Jameson anunció su presencia y se dirigió tranquilamente hacia su hermano—. Encantador.

Grayson apretó los dientes y luego cayó en la cuenta de algo.

—Los dos estabais en el Black Wood ayer por la noche. —Miró fijamente a su hermano—. Quienquiera que la apuntara a ella, podría haberte dado a ti.

—Y menuda parodia sería —replicó Jameson, rodeando a su hermano— si me sucediera algo a mí.

La tensión entre ellos era palpable. Explosiva. Ya me veía venir cómo iría la cosa: Grayson llamaría irresponsable a Jameson y este correría todavía más riesgos para demostrar que tenía razón. ¿Cuánto tardaría Jameson en mencionarme a mí? «O el beso», pensé para mis adentros.

—Espero no interrumpir. —Nash se unió a la fiesta. Dedicó una sonrisa perezosa y peligrosa a sus hermanos—. Jamie, hoy no vas a saltarte las clases. Tienes cinco minutos para ponerte el uniforme y subirte a mi camioneta si no quieres que te ate de pies y manos en el futuro. —Esperó a que Jameson echara a andar y luego se volvió—: Gray, nuestra madre ha requerido una audiencia.

Tras haberse encargado de sus benjamines, el mayor de los hermanos Hawthorne fijó su atención en mí.

—Supongo que tú no necesitas que te lleven al Country Day, ¿verdad?

—No —replicó Oren, de brazos cruzados.

Nash se fijó tanto en el tono como en la postura, pero antes de que pudiera decirle nada, intervine yo.

—Hoy no voy a ir al instituto.

Oren no tenía ni idea, pero no se opuso.

Nash, en cambio, me miró exactamente de la misma manera que había mirado a Jameson cuando lo había amenazado con esposarlo.

—¿Tu hermana sabe que pretendes hacer campana esta preciosa mañana de viernes?

—Mi hermana no es de tu incumbencia —le dije.

Sin embargo, pensar en Libby me llevó a recordar los mensajes de Drake. Había cosas peores que la idea de que Libby se enredara con un Hawthorne. «Eso si Nash no me quiere muerta, vamos», pensé.

—Cualquiera que viva o trabaje en esta casa es de mi incumbencia —repuso Nash—. No importa cuántas veces me marche, ni cuánto tiempo pase fuera, las personas necesitan que las cuiden a pesar de todo. Así que... —me dedicó la misma sonrisita perezosa— ¿sabe tu hermana que pretendes hacer campana?

—Hablaré con ella —le dije, intentando descubrir qué se escondía bajo su apariencia de vaquero.

Nash me devolvió la mirada y pareció analizarme también.

—Hazlo, pequeña.

CAPÍTULO 61

Le dije a Libby que me quedaría en casa. Intenté encontrar las palabras para preguntarle por los mensajes de Drake, pero no pude. «¿Y si Drake no solo manda mensajes? —Aquel pensamiento se convirtió en un nido de víboras—. ¿Y si se han visto? ¿Y si Drake la ha convencido para que lo ayude a entrar a hurtadillas?».

Puse freno a ese reguero de pensamientos. Ya no se podía hacer nada «a hurtadillas» en la finca. La seguridad era hermética; además, si Drake hubiera estado en la propiedad durante el ataque, Oren me lo habría dicho. Él habría sido el sospechoso número uno, o casi.

«Si yo muero, al menos cabe la posibilidad de que todo pase a mis consanguíneos más cercanos. Es decir, Libby... y nuestro padre».

—¿Te encuentras mal? —me preguntó Libby, colocándome una mano en la frente.

Llevaba sus botas lilas nuevas y un vestido negro con mangas largas y de encaje. Parecía lista para ir a alguna parte.

«¿A ver a Drake? —El horror se instaló en mis entrañas—. ¿O ha quedado con Nash?».

—Día de salud mental —contesté como pude.

A ella le pareció bien y dijo que lo pasaríamos juntas. Si tenía planes, no se lo pensó dos veces antes de cancelarlos por mí.

—¿Quieres ir al *spa*? —preguntó Libby muy en serio—. Ayer me dieron un masaje y fue para morirse.

«Ayer casi morí», pensé. No lo dije en voz alta, igual que no le dije que el masajista no iba a volver, al menos durante un tiempo. Así que le ofrecí el único entretenimiento que se me ocurrió para distraerme yo también de todos los secretos que le estaba ocultando.

—¿Te gustaría ayudarme a encontrar un Davenport?

Según los resultados de la búsqueda por internet que hicimos Libby y yo, el término «Davenport» se usaba para referirse a dos tipos de muebles que no guardan relación alguna entre ellos: un sofá y un escritorio. Cuando el término se refería al sofá, era genérico; como cuando decimos Kleenex en lugar de «pañuelo de papel» o Aspirina en lugar de «analgésico». Sin embargo, un escritorio Davenport era un tipo de escritorio muy concreto, conocido por la gran cantidad de compartimentos y escondrijos que contenía, además de por tener una superficie inclinada que se puede levantar para dejar a la vista el compartimento de almacenaje que tiene debajo, como un pupitre.

Todo lo que sabía acerca de Tobias Hawthorne me indicaba que seguramente no buscábamos un sofá.

—Podemos tardar un montón —me dijo Libby—. ¿Tienes idea de lo grande que es esta casa?

Hasta entonces había visto las salas de música, el gimnasio, la bolera, el garaje con los coches de Tobias Hawthorne, el solárium..., y aquello no era ni siquiera la mitad de la mitad de lo que había por ver.

—Enorme.

—Grandiosa —pio Libby—. Y como soy tan mala publicidad, en toda la semana pasada lo único que pude hacer fue, precisamente, explorar.

Aquel comentario sobre la publicidad tenía que ser obra de Alisa. Me pregunté cuántas charlas había tenido con Libby sin que yo estuviera presente.

—Hay una sala de baile, literal —continuó diciendo Libby—. Un cine y un auditorio, con escenario y palcos.

—Ese lo he visto —ofrecí—. Y también la bolera.

Libby abrió como platos sus maquilladísimos ojos.

—¿Y jugaste a los bolos?

Su asombro era contagioso.

—Jugué a los bolos.

Libby sacudió la cabeza.

—Nunca me parecerá normal que esta casa tenga una bolera, en serio.

—También tiene un campo de golf —añadió Oren detrás de mí—. Y una pista de raquetbol.

Si Libby se percató de lo pegado que lo teníamos, no dio muestra de ello.

—¿Cómo narices vamos a encontrar un simple escritorio? —preguntó.

Me volví hacia Oren. Ya que estaba ahí, al menos que resultara útil.

—He visto el despacho de nuestra ala. ¿Tobias Hawthorne tenía algún otro?

El escritorio del otro despacho de Tobias Hawthorne tampoco era un Davenport. El despacho daba a tres salas. La de los puros. La de los billares. Oren fue proporcionándonos las explicaciones a medida que las requeríamos. La tercera sala era pequeña y no tenía ventanas. Justo en el centro había lo que parecía una cápsula blanca gigante.

—La sala de privación sensorial —me explicó Oren—. De vez en cuando al señor Hawthorne le apetecía alejarse del mundo.

Al final, Libby y yo acabamos por trazar una pauta de búsqueda, igual que Jameson y yo habíamos hecho para registrar el Black Wood. Ala por ala, y habitación por habitación, fuimos abriéndonos paso por las profundidades de la Casa Hawthorne. Oren en ningún momento estuvo a más de unos pocos pasos de nosotras.

—Y ahora... ¡el *spa*! —dijo Libby, al tiempo que abría la puerta con brío. Se la veía feliz. Eso o... fingía para ocultar algo.

Apartando ese pensamiento, contemplé el *spa*. Sin duda no íbamos a encontrar el escritorio allí, pero eso no me impidió observar cada rincón. La sala tenía forma de ele; en el tramo largo el suelo era de madera, mientras que en la parte corta era de mármol. En el medio de la sección de mármol había una pequeña piscina cuadrada integrada en el suelo. La superficie emanaba vapor. Detrás había una ducha de cristal tan grande como un dormitorio pequeño, con grifos instalados en el techo en lugar de en las paredes.

—El *jacuzzi* y la sauna —dijo una voz detrás de nosotros.

Me volví y me encontré a Skye Hawthorne. Llevaba un albornoz largo hasta los pies; ese día era de color negro. Avanzó tranquilamente hacia la sección más larga de la estancia, se despojó del albornoz y se tumbó en una litera de terciopelo gris.

—La camilla de masaje —añadió con un bostezo y sin apenas cubrirse con una sábana—. He pedido un masajista.

—La Casa Hawthorne está cerrada a visitantes de momento —replicó Oren con tono monótono. Parecía absolutamente indiferente a la exhibición de la mujer.

—Muy bien. —Skye cerró los ojos—. Pues tendrás que ir a buscar tú mismo a Magnus.

«Magnus», repetí para mis adentros. Me pregunté si era el que había estado allí el día anterior. Si era el que me había disparado... a petición de la mujer.

—La Casa Hawthorne está cerrada a visitantes —repitió Oren—. Es cuestión de seguridad. Hasta próximo aviso, mis hombres tienen instrucciones de permitir la entrada únicamente al personal esencial.

Skye bostezó como un gato.

—Te aseguro, John Oren, que este masaje es esencial.

En una de las estanterías había una hilera de velas encendidas. La luz se filtraba a través de unas cortinas traslúcidas y sonaba una música suave y agradable.

—¿Qué cuestión de seguridad? —preguntó Libby de pronto—. ¿Ha ocurrido algo?

Fulminé a Oren con la mirada para que no respondiera a la pregunta de mi hermana. Sin embargo, resultó que había dirigido la petición a la persona equivocada.

—Según mi Grayson —le dijo Skye a Libby—, ayer mismo tuvo lugar un episodio muy feo en el Black Wood.

CAPÍTULO 62

Libby esperó hasta que hubimos vuelto al pasillo para preguntar:

—¿Qué pasó en el bosque?

Maldije a Grayson por contárselo a su madre, y a mí misma por contárselo a él.

—¿Por qué necesitas protección adicional? —exigió saber Libby. Al cabo de un segundo y medio se volvió hacia Oren—: ¿Por qué necesita protección adicional?

—Ayer hubo un percance —respondió Oren— con una bala y un árbol.

—¿Una bala? —repitió Libby—. ¿Cómo que una bala? ¿De pistola?

—Estoy bien —le aseguré.

Libby me ignoró.

—¿Qué tipo de percance con una bala y un árbol? —le preguntó a Oren.

La coleta azul se le movía de pura indignación.

El jefe de mi escolta no pudo —o no quiso— proceder con más evasivas de las que ya había usado.

—No está claro si los disparos tenían el objetivo de asustar a Avery o si realmente era el blanco. El atacante falló, pero Avery resultó herida de rebote.

—Libby —insistí—, estoy bien.

—¿Disparos, en plural? —dijo Libby, que ni siquiera pareció haberme oído.

Oren carraspeó.

—Os dejo un momento a solas.

Se retiró un poco, lo suficiente para seguir viéndonos y escuchándonos, pero lo bastante lejos para poder fingir que no nos oía.

«Cobarde», pensé.

—¿Alguien intenta matarte a tiros y tú no me lo cuentas? —Libby no se enfadaba muy a menudo, pero cuando lo hacía… era épico—. Quizá Nash tiene razón. ¡Mierda! Le dije que sabías cuidar de ti misma. Y él me contestó que no había conocido a ningún adolescente multimillonario que no necesitara un tirón de orejas de vez en cuando.

—Oren y Alisa se están cuidando de la situación —le aseguré a Libby—. Es que no quería que te preocuparas.

Libby me acercó una mano a la mejilla con los ojos clavados en el rasguño que había maquillado.

—¿Y quién cuida de ti?

No pude evitar recordar a Max diciéndome «y me necesitabas» una y otra vez. Bajé la mirada.

—Tú ya tienes bastante con lo tuyo.

—Pero ¿qué dices tú ahora? —preguntó Libby. La oí coger una breve bocanada de aire con los dientes apretados, y luego soltarla—. ¿Lo dices por Drake?

Había dicho su nombre. Las puertas estaban oficialmente abiertas y ya no había marcha atrás.

—Te ha estado escribiendo.

—Pero yo no le contesto —replicó Libby a la defensiva.

—Pero tampoco lo has bloqueado.

No tenía respuesta para eso.

—Podrías haberlo bloqueado —insistí con la voz ronca—. O pedirle a Alisa un móvil nuevo. Podrías haberlo denunciado por violar la orden de alejamiento.

—¡Yo no pedí la orden de alejamiento! —Libby pareció lamentar las palabras nada más pronunciarlas. Tragó saliva—. Y no quiero un móvil nuevo. Todos mis amigos tienen el número de este. Papá tiene el número de este.

Me la quedé mirando.

—¿Papá?

No había visto a Ricky Grambs en dos años. La trabajadora social que llevaba mi caso se había puesto en contacto con él, pero él ni siquiera se había dignado a llamarme por teléfono. Ni siquiera había ido al entierro de mi madre.

—¿Papá te ha llamado? —le pregunté a Libby.

—Es que... quería saber cómo estábamos, ¿sabes?

Lo que sabía era que probablemente había visto las noticias. Igual que sabía que no tenía mi número nuevo. Y también sabía que el hombre tenía miles de millones de razones para quererme ahora, cuando nunca se había dignado siquiera a estar ahí para apoyarnos.

—Quiere dinero —le dije a Libby con voz inexpresiva—. Igual que Drake. Igual que tu madre.

Mencionar a su madre había sido un golpe bajo.

—¿Quién cree Oren que te ha disparado?

Libby hizo un esfuerzo para conservar la calma.

Y yo también lo intenté.

—La persona que disparó estaba en los terrenos de la finca —expliqué, repitiéndole lo que me habían dicho a mí—. Quienquiera que me disparara tenía acceso.

—Y por eso Oren está aumentando la seguridad —observó Libby. Los engranajes de su cerebro giraban detrás de sus ojos maquillados de negro—. Solo personal esencial. —Sus labios oscuros trazaron una línea fina—. Tendrías que habérmelo dicho tú.

Pensé en todo lo que ella no me había contado a mí.

—Dime que no has visto a Drake. Que no ha venido aquí. Que no le dejarías entrar en la finca.

—Desde luego que no. —Libby guardó silencio. No supe decir si intentaba no gritarme... o no echarse a llorar—. Y ahora me voy. —Hablaba con voz firme. Y fiera—. Pero para que conste, hermanita, eres menor y yo sigo siendo tu tutora legal. Así que la próxima vez que alguien intente matarte a tiros, hacedme el maldito favor de decírmelo.

CAPÍTULO 63

No me cabía duda de que Oren había oído de cabo a rabo mi discusión con Libby, pero también estaba bastante segura de que no haría ningún comentario al respecto.

—Todavía busco el Davenport —dije secamente.

Si antes necesitaba distraerme, ahora ya era directamente obligatorio. Sin Libby explorando a mi lado, no encontré fuerzas para seguir paseándome por una habitación tras otra. «Ya hemos mirado en el despacho del viejo. ¿Dónde más se puede tener un escritorio Davenport?», me pregunté.

Me concentré en ese interrogante y no en mi discusión con Libby. Ni en lo que yo había dicho, y lo que ella no había dicho.

—Sé de buena tinta —le dije a Oren al cabo de un instante— que la Casa Hawthorne tiene más de una biblioteca. —Lancé un hondo y largo suspiro—. ¿Tienes idea de dónde están?

Dos horas y cuatro bibliotecas más tarde, estaba de pie en medio de la quinta. Estaba situada en la segunda planta, tenía el techo inclinado y las paredes estaban revestidas de estanterías hechas a medida, entre cuyas baldas había la separación justa para albergar una hilera de ediciones de tapa dura. Los libros que había en las estanterías estaban ajados y cubrían las paredes de arriba abajo, exceptuando una gran vidriera de colores en el lateral este. La luz se colaba por el ventanal y pintaba de mil colores el suelo de madera.

«Nada», me dije. El Davenport no estaba allí y yo empezaba a sentirme inútil. Esa búsqueda no estaba pensada para mí. El rompecabezas de Tobias Hawthorne no se había diseñado pensando en mí.

«Necesito a Jameson», pensé.

Aparté esa idea al instante, me fui de la biblioteca y emprendí la retirada hacia el piso de abajo. Había contado al menos cinco escaleras distintas en la casa; la que usé entonces era de caracol, y al bajar los peldaños me llegó el lejano son de una música para piano. La seguí y Oren me siguió a mí. Fui a parar ante la entrada de una gran estancia abierta. La pared del fondo estaba forrada de arcos, y debajo de cada uno de ellos había un gran ventanal.

Todos los ventanales estaban abiertos.

Colgaban cuadros de las paredes, y entre ellas, había el piano de cola más grande que había visto en mi vida. Nana estaba sentada en la banqueta del piano, con los ojos cerrados. Pensé que la anciana estaba tocando, hasta que me acerqué y me di cuenta de que el piano estaba tocando solo.

Mis zapatos hicieron ruido contra el suelo y Nana abrió los ojos de golpe.

—Lo siento —dije—. No...

—¡Chitón! —ordenó Nana. Volvía a tener los ojos cerrados. La música continuó, ascendiendo hacia un impetuoso *crescen-*

do, y luego… silencio—. ¿Sabías que se pueden escuchar conciertos con este trasto? —Nana abrió los ojos y alargó la mano hacia el bastón. Con un gran esfuerzo se puso en pie—. En algún lugar del mundo un maestro toca y, tras pulsar un botón, las teclas se mueven aquí.

Acarició el piano con la mirada. La expresión de su rostro era casi melancólica.

—¿Sabe tocar? —pregunté.

Nana chasqueó la lengua.

—Tocaba cuando era joven. Recibí más atención de la cuenta por ello, así que mi marido me rompió los dedos y allí acabó todo.

Lo dijo de un modo —así, como si nada— que resultó casi tan doloroso como las palabras en sí.

—Qué horror —afirmé enfadada.

Nana miró el piano y luego su mano, huesuda y nudosa como la pata de un pájaro. Levantó el mentón y dirigió la mirada hacia los inmensos ventanales.

—Sufrió un trágico accidente poco después.

Resultó terriblemente evidente que Nana se había encargado de ese «accidente». «¿Mató a su marido?», me pregunté.

—Nana —la reprendió una voz desde el umbral—. Vas a asustar a la chiquilla.

Nana se sorbió la nariz.

—Pues si se asusta tan fácilmente, no va a durar aquí ni dos días.

Dicho esto, Nana se fue de la habitación.

El mayor de los hermanos Hawthorne fijó su atención en mí.

—¿Ya le has dicho a tu hermana que hoy te estás haciendo la delincuente?

Que mencionara a Libby me recordó la discusión. «Está hablando con papá. No quería una orden de alejamiento contra Drake. No lo ha bloqueado», pensé. Y luego me pregunté hasta qué punto Nash estaba al corriente.

—Libby sabe dónde estoy —le respondí muy seca.

Me miró de hito en hito.

—No lo está teniendo fácil, chiquilla. Tú estás en el ojo del huracán, donde todo está en calma. Pero a ella le están cayendo palos de todas partes.

«Yo no le veo mucha calma a ser el blanco de un par de disparos», pensé.

—¿Qué intenciones tienes con mi hermana? —le espeté.

Sin duda mi pregunta le pareció muy divertida.

—¿Qué intenciones tienes con Jameson?

¿Es que no había nadie en esa casa que no se hubiera enterado de lo del beso?

—Tenías razón sobre el juego de tu abuelo —le dije.

Nash había intentado advertirme. Me había dicho exactamente por qué Jameson me había mantenido tan cerca.

—Normalmente la tengo. —Nash metió los pulgares en las trabillas del cinturón—. Cuanto más te acerques al final, peor será.

Lo lógico era dejar de jugar. Retirarse. Pero yo quería las respuestas, y una parte de mí —la parte que había crecido junto a una madre que lo había convertido todo en un reto, la parte que había jugado su primera partida de ajedrez a los seis años— quería ganar.

—¿Alguna idea de dónde podría haber metido tu abuelo un escritorio Davenport? —le pregunté a Nash.

Aquello le arrancó una risita.

—Eres de las que aprende por las malas, ¿verdad, chiquilla?

Me encogí de hombros.

Nash se planteó mi pregunta, luego inclinó la cabeza.

—¿Has mirado en las bibliotecas?

—La biblioteca circular, la de ónice, la que tiene la vidriera de colores, la de los globos terráqueos, el laberinto… —Desvié la mirada hacia mi guardaespaldas—. ¿Eso es todo?

Oren asintió con la cabeza.

Nash inclinó la cabeza hacia el otro lado.

—No exactamente.

CAPÍTULO 64

Nash me hizo subir dos plantas, recorrer tres pasillos y cruzar una puerta que habían tapiado con ladrillos.

—¿Y eso? —pregunté.

Nash aflojó el ritmo un momento.

—Era el ala de mi tío. El viejo mandó tapiarla cuando Toby murió.

«Y eso es normal —pensé—. Igual de normal que desheredar a toda tu familia y pasarte veinte años sin siquiera mencionarlo».

Nash volvió a andar al ritmo de antes y, finalmente, llegamos ante una puerta de acero que parecía la de una caja fuerte. Había una rueda para la combinación y, debajo, una palanca de cinco puntas. Nash hizo girar la rueda —izquierda, derecha, izquierda— demasiado deprisa para que yo pudiera pillar los números. Se escuchó un fuerte chasquido y luego Nash accionó la palanca. La puerta de acero se abrió hacia el pasillo.

«¿Qué tipo de biblioteca necesita este nivel de seguri…?», empecé a preguntarme.

Mi cerebro no pudo acabar de plantearse la idea porque

Nash cruzó el umbral y me di cuenta de que lo que nos esperaba al otro lado no era una habitación. Era otra ala entera.

—El viejo empezó a construir esta parte de la casa cuando yo nací —me informó Nash.

Fuimos a parar a un corredor lleno de ruedas de combinación, paneles numéricos, cerrojos y llaves, todos instalados en las paredes como si fueran obras de arte.

—Los Hawthorne aprendemos a usar las ganzúas de muy pequeños —comentó Nash mientras recorríamos el pasillo.

Miré a mi izquierda y vi una habitación que contenía una avioneta. Y no era ningún juguete; se trataba de una avioneta monoplaza de verdad.

—¿Esto era vuestro cuarto de juegos? —exclamé. Me fijé en el resto de las puertas que había en el pasillo y me pregunté qué sorpresas se esconderían detrás.

—Skye tenía diecisiete años cuando yo nací. —Nash se encogió de hombros—. Hizo un intento de jugar a ser madre, pero no le duró mucho. El viejo trató de compensarlo.

«Mandando que te construyeran... esto», pensé anonadada.

—Venga. —Nash me llevó hasta el final del pasillo y abrió otra puerta—. El salón de juegos —anunció.

Una explicación completamente innecesaria. Había un futbolín, un bar, tres máquinas de millón y una pared entera de consolas.

Me acerqué a una de las máquinas de millón, presioné un botón y cobró vida. Me volví para mirar a Nash.

—No tengo prisa —me dijo.

Sé que no tendría que haberme desconcentrado. A fin de cuentas, Nash me estaba llevando a la última biblioteca, probablemente el lugar donde se escondía el Davenport y, por lo tanto, la siguiente pista. Pero una partida no me haría daño. Probé el taco y luego lancé la bola.

Ni siquiera me acerqué a la mejor puntuación, pero cuando la partida llegó a su fin me pidió mis iniciales igualmente y, tras introducirlas, un mensaje que ya conocía apareció en la pantalla:

¡Bienvenida a la Casa Hawthorne,
Avery Kylie Grambs!

Era el mismo mensaje que había aparecido en la bolera y volví a sentir que el fantasma de Tobias Hawthorne se cernía sobre mí. «Aunque creyeras que habías manipulado a nuestro abuelo para conseguir todo esto, te aseguro que más bien te habría manipulado él a ti», recordé por enésima vez.

Nash se puso detrás de la barra.

—La nevera está llena de refrescos. ¿Cuál te gusta?

Me acerqué y vi que lo de «llena» iba en serio. Los estantes de la nevera estaban abarrotados de botellas de cristal que contenían refrescos de todos los sabores imaginables.

—¿Algodón de azúcar? —Arrugué la nariz—. ¿Higos chumbos? ¡¿Beicon y jalapeño?!

—Yo tenía seis años cuando Gray nació —me dijo Nash, como si aquello fuera una explicación—. El viejo reveló esta habitación el día que mi nuevo hermanito llegó a casa. —Destapó un refresco sospechosamente verde y le dio un trago—. Tenía siete cuando nació Jamie, y ocho y medio cuando nació Xander. —Hizo una pausa, como si sopesara mi calidad como público—. A la tía Zara y a su primer marido les estaba costando concebir. Skye, en cambio, desaparecía unos cuantos meses y volvía embarazada. Lavar, aclarar y vuelta a empezar.

Tal vez aquello fuera lo más turbio que hubiera escuchado en mi vida.

—¿Quieres algo? —preguntó Nash, haciendo un ademán hacia la nevera.

Me apetecieron unos diez refrescos distintos, pero me decidí por el de leche con galletas. Me volví para mirar a Oren, que se había dedicado a seguirme como una sombra en silencio todo el rato. No me desaconsejó que bebiera, así que quité el tapón y di un trago.

—¿Y la biblioteca? —le recordé a Nash.

—Ya casi estamos. —Nash se abrió paso hasta la siguiente habitación y afirmó—: El cuarto de juegos.

En el centro de la estancia había cuatro mesas. Una de ellas era rectangular, la segunda era cuadrada, la tercera era ovalada y la última, circular. Todas las mesas eran negras. El resto del cuarto —suelo, paredes y estanterías— era blanco. Las estanterías recubrían tres de las cuatro paredes de la habitación.

«Pero no son de libros», me percaté. Tenían juegos. Centenares, quizá miles, de juegos de mesa. Incapaz de resistirme, me acerqué a la estantería que tenía al lado y acaricié las cajas con los dedos. Ni siquiera había oído el nombre de la mayoría de esos juegos en toda mi vida.

—El viejo —dijo Nash con dulzura— era un coleccionista.

Yo estaba anonadada. ¿Cuántas tardes habíamos pasado mi madre y yo enfrascadas en juegos de mesa que habíamos conseguido de segunda mano? Nuestra tradición para los días de lluvia consistía en colocar tres o cuatro juegos y convertirlos en uno solo gigantesco. Pero ¿eso? Allí había juegos de todo el mundo. La mitad de las cajas ni siquiera estaban escritas en nuestro idioma. De pronto me imaginé a los cuatro hermanos

Hawthorne sentados alrededor de una de esas mesas. Riendo. Contándose chismes. Superándose tácticamente los unos a los otros. Peleándose por conseguir el control, quizá literalmente.

Aparté aquella imagen de mi mente. Había ido allí en busca del Davenport, de la siguiente pista. Aquel era el juego que tenía entre manos, y no ninguno de los que contenían esas cajas.

—¿Y la biblioteca? —volví a preguntarle a Nash mientras apartaba los ojos de los juegos.

Hizo un ademán con la cabeza hacia el fondo de la sala, hacia la única pared que no estaba repleta de juegos de mesa. No había puerta, sino una barra de bomberos y lo que me pareció el final de una especie de rampa. ¿Un tobogán?

—¿Dónde está la biblioteca? —pregunté.

Nash se colocó al lado de la barra de bomberos e inclinó la cabeza hacia el techo.

—Ahí arriba.

CAPÍTULO 65

Oren subió primero y luego volvió (por la barra de bomberos y no el tobogán).

—Puedes subir —me indicó—. Pero si intentas trepar por ahí, puede que te arranques algún punto.

El hecho de que hubiera mencionado mi herida ante Nash me dijo algo. O bien que Oren quería ver cómo reaccionaba el chico, o bien que confiaba en Nash Hawthorne.

—¿Te has hecho daño? —preguntó Nash, mordiendo el anzuelo.

—Alguien disparó a Avery —replicó Oren con cautela—. Por casualidad no sabrás nada al respecto, ¿verdad, Nash?

—De saberlo —contestó Nash en voz baja y mortífera—, ya me habría encargado de ello.

—Nash.

Oren le dedicó una mirada que probablemente quería decir «no te metas». Sin embargo, por lo que yo misma había ido descubriendo, la capacidad de «no meterse» no era muy característica de los Hawthorne.

—Bueno, yo me voy a ir yendo —anunció Nash como si nada—. Tengo algunas preguntas que hacer a mi gente.

«Su gente, incluyendo a Mellie», pensé. Observé a Nash marcharse sin prisa y me volví para mirar a Oren.

—Sabías que iría a hablar con los empleados, ¿verdad?

—Sabía que ellos hablarían con él —me corrigió Oren—. Y, además, tú misma te has cargado el factor sorpresa esta mañana.

Se lo había dicho a Grayson. Él se lo había contado a su madre. Ahora, Libby lo sabía.

—Ya, lo siento —me disculpé. Luego me centré en la habitación que teníamos encima—. Voy a subir.

—No he visto ningún escritorio ahí arriba —replicó Oren.

Me acerqué a la barra y me agarré.

—Bueno, subo igualmente.

Intenté trepar, pero el dolor me detuvo. Oren tenía razón: no podría subir por la barra. Me aparté de ella y miré a mi izquierda.

En fin, si no podía trepar por la barra, tendría que subir por el tobogán.

La última biblioteca de la Casa Hawthorne era pequeña. Tenía un techo abuhardillado que formaba una pirámide en lo alto. Las estanterías eran sencillas y me llegaban a la altura de la cintura. Estaban repletas de libros infantiles. Muy viejos y muy queridos, algunos de ellos me resultaban tan familiares que hasta deseé sentarme a leer.

Pero no lo hice porque, mientras estaba allí de pie, percibí una corriente de aire. No venía de la ventana, que estaba cerrada. Provenía de las estanterías que había en la pared del fondo. «O no», pensé. En cuanto empecé a acercarme me di cuenta de que provenía de la pequeña separación que quedaba entre dos estanterías.

«Aquí detrás hay algo», me dije. Tenía el corazón encogido y un nudo en la garganta. Empecé por la estantería de la derecha, pasé los dedos por la parte superior y tiré hacia mí. No tuve que hacer mucha fuerza, pues la estantería estaba montada sobre unas bisagras. Al tirar de ella, rotó hacia fuera y reveló una pequeña abertura.

Ese era el primer pasadizo secreto que descubría por mí misma. Se me antojó extrañamente estimulante, como estar de pie al borde del Gran Cañón del Colorado o tener entre las manos una obra de arte de valor incalculable. Con el corazón acelerado, me agaché para cruzar la abertura y me encontré una escalera.

«Trampas y más trampas —pensé—. Y acertijos tras acertijos».

Bajé los escalones con cautela. Al irme alejando de la luz que se filtraba por la entrada, tuve que sacar el móvil y encender la linterna para poder ver dónde pisaba. «Tendría que ir a buscar a Oren», pensé. Lo sabía de sobra, pero ya no podía parar: cada vez bajaba los escalones más rápido, un peldaño tras otro, un recodo tras otro, hasta que llegué al final.

Y allí, sujetando su propia linterna, me encontré a Grayson Hawthorne.

Se volvió hacia mí. El corazón me latía a toda velocidad, pero no retrocedí. Miré lo que había detrás de Grayson y encontré un único mueble al pie de la escalera secreta.

Un Davenport.

—Señora Grambs —me saludó Grayson antes de volverse de nuevo hacia el escritorio.

—¿Ya la has encontrado? —quise saber—. La pista del Davenport.

—Estaba esperando.

No supe descifrar su tono.

—¿A qué?

Grayson apartó la mirada del escritorio y sus ojos argénteos se encontraron con los míos en la oscuridad.

—A Jameson, supongo.

Habían pasado horas desde que Jameson se había ido al instituto. Horas desde que yo había visto a Grayson por última vez. ¿Cuánto rato llevaba ahí esperando?

—No es típico de Jamie pasar por alto lo evidente. Sea cual sea este juego, es sobre nosotros. Nosotros cuatro. Nuestros nombres eran las pistas. Estaba claro que encontraríamos algo aquí.

—¿Al pie de esta escalera? —pregunté.

—En nuestra ala —replicó Grayson—. Jameson, Xander y yo crecimos aquí. Nash también, supongo, pero era mayor que nosotros.

Me acordé de que me habían contado que Jameson y Grayson se compinchaban todo el rato para ganarle, y que luego, al final, se traicionaban el uno al otro.

—Nash sabe lo del tiroteo —le dije a Grayson—. Se lo he contado yo.

Grayson me miró de una manera que no supe interpretar.

—¿Qué? —le pregunté.

Grayson sacudió la cabeza.

—Ahora querrá salvarte.

—¿Tan malo es eso? —quise saber.

Volvió a mirarme y detecté más emociones, escondidas bajo una máscara.

—¿Me enseñarías dónde te hirieron? —me pidió Grayson con la voz... no cansada, pero sí algo parecido.

«Seguramente lo único que quiere es ver lo grave que es», me dije a mí misma, pero, aun así, la petición me impactó como una descarga eléctrica. Sentí las extremidades inexplicablemente pesadas. Era totalmente consciente de cada bocanada de aire que tomaba. El espacio era pequeño. Estábamos cerca el uno del otro y cerca del escritorio.

Había aprendido la lección con Jameson, pero aquello se me antojó distinto. Como si Grayson quisiera ser quien me salvara. Como si necesitara ser él quien lo hiciera.

Me llevé las manos al cuello de la camiseta. Lo retiré hasta dejar a la vista la clavícula y exponer, así, la herida.

Grayson acercó la mano a mi hombro.

—Lamento que te haya ocurrido a ti.

—¿Sabes quién me disparó?

Tenía que preguntarlo porque acababa de disculparse. Y Grayson Hawthorne no era de los que pedían perdón. «Si él lo supiera...», pensé.

—No —me juró Grayson.

Y le creí. O, al menos, quise creerlo.

—Si me voy de la Casa Hawthorne antes de que acabe el año, la fortuna irá a parar a obras benéficas. Si me muero, va a parar a obras benéficas o pasará a ser de mis herederos. —Hice una pausa—. Si me muero, la fundación irá a parar a vosotros cuatro.

Grayson tenía que darse cuenta de lo que significaba aquello.

—Mi abuelo nos tendría que haber dejado la herencia a nosotros desde el principio. —Giró la cabeza, haciendo un verdadero esfuerzo para apartar la mirada de mi piel—. O a Zara.

A nosotros nos educaron para marcar la diferencia, mientras que tú…

—Yo no soy nadie —acabé. Y me dolió pronunciar esas palabras.

Grayson sacudió la cabeza.

—No sé qué eres.

Incluso bajo la tenue luz de nuestras linternas, pude ver el movimiento que trazaba su pecho cada vez que inspiraba aire y lo soltaba.

—¿Crees que Jameson tiene razón? —le pregunté—. ¿Crees que este rompecabezas de vuestro abuelo acaba con respuestas?

—Acaba con algo. Igual que todos los juegos del viejo. —Grayson hizo una pausa—. ¿Cuántos números tienes?

—Dos —contesté.

—Yo igual —me dijo—. Me falta este y el de Xander.

Fruncí el ceño.

—¿El de Xander?

—Blackwood. Es el segundo nombre de Xander. El West Brook era la pista de Nash. El Winchester era la de Jameson.

Volví a fijar la mirada en el escritorio.

—Y el Davenport es la tuya.

Cerró los ojos.

—Tú primero, Heredera.

Que se refiriera a mí con el mote que me había puesto Jameson tenía que significar algo, aunque no supiera el qué. Centré mi atención en la tarea que nos ocupaba. El escritorio estaba hecho de una madera de color ambarino. Había cuatro cajones colocados en vertical bajo la superficie de la mesa. Los examiné uno por uno. Vacíos. Pasé la mano por el interior de los cajones, buscando algo fuera de lo normal. Nada.

Sintiendo la presencia de Grayson a mi lado, sabiendo que me estaba observando y juzgando, avancé hasta la parte superior del escritorio y levanté la tapa para revelar el compartimento que escondía debajo. También vacío. Igual que había hecho con los cajones, pasé los dedos por la base y los laterales del compartimento. Noté una ligera rugosidad en el lateral derecho. Escrutando el escritorio, calculé que el borde tendría un grosor de tres o cuatro centímetros, quizá cinco.

Justo la anchura necesaria para un compartimento secreto.

Sin saber mucho cómo activar la abertura, volví a pasar la mano por el lugar donde había notado la rugosidad. Quizá solo era una junta donde coincidían dos piezas de madera. O quizá… Presioné la madera, con fuerza, y salió hacia fuera con un chasquido. Sujeté con los dedos el bloque que acababa de aparecer y tiré de él, lo cual reveló un pequeño hueco. En su interior descansaba un llavero sin llave.

El llavero era de plástico y tenía la forma de un número: el uno.

CAPÍTULO 66

Ocho. Uno. Uno. Esa noche volví a dormir en el cuarto de Libby. Ella no. Le pedí a Oren que hablara con el equipo de seguridad de mi hermana para que nos confirmaran que estaba bien y en la finca.

Lo estaba, pero no me dijo dónde.

«Ni Libby. Ni Max —pensé. Estaba sola, más sola de lo que había estado desde que había llegado a esa casa—. Ni Jameson, —me dije. No lo veía desde que se había ido al instituto por la mañana—. Ni Grayson», añadí. No se había quedado conmigo ni un segundo más de lo necesario tras encontrar la pista.

Uno. Uno. Ocho. Solo tenía que concentrarme en eso, nada más. Tres números, lo cual me confirmaba que el árbol de Toby en el Black Wood no era más que un árbol. Si había un cuarto número, todavía estaba allí. Basándome en el llavero, la pista del Black Wood podría aparecer en cualquier formato, no necesariamente un grabado o una marca.

Ya era noche cerrada y yo estaba casi dormida cuando oí un ruido que parecía de pasos. «¿Detrás de mí? ¿Debajo?», me pregunté. El viento silbaba al otro lado de la ventana. El recuerdo de los disparos acechaba en mis recuerdos. No tenía ni idea de qué acechaba las paredes.

No pude dormirme hasta el amanecer. Y, cuando lo hice, soñé con dormir.

«Tengo un secreto —dice mi madre. Está botando alegremente en mi cama y me despierta a golpe de sacudida—. ¿Lo adivinas, flamante quinceañera mía?

»—No quiero jugar —rezongo volviendo a taparme la cabeza con las sábanas—. Nunca lo adivino.

»—Te daré una pista —intenta engatusarme mi madre—. Porque es tu cumpleaños.

»Vuelve a apartar las sábanas y se tumba a mi lado, con la cabeza en mi almohada. Su sonrisa es contagiosa.

»Al final cedo y le devuelvo la sonrisa.

»—Vale. Dame una pista.

»—Tengo un secreto... del día que naciste».

Mi abogada me despertó descorriendo las cortinas de un tirón. Tenía una jaqueca terrible.

—Levántate y arréglate —me indicó con la fuerza y la seguridad de quien defiende un argumento en pleno juicio.

—Vete.

Imitando a mi yo de quince años, me cubrí la cabeza con las sábanas.

—Lo siento —replicó Alisa, aunque no parecía sentirlo en absoluto—. Pero va en serio, tienes que levantarte inmediatamente.

—No tengo que hacer nada —murmuré—. Soy multimillonaria.

Aquello funcionó tan bien como esperaba.

—Tal vez recordarás —prosiguió Alisa amablemente— que

en un intento de reparar los daños que causaste con tu conferencia de prensa improvisada de principios de semana, programé tu puesta de largo ante la alta sociedad texana para este fin de semana. Tienes que asistir a una gala benéfica esta noche.

—Pero si apenas he dormido. —Intenté darle pena—. Además, ¡han intentado matarme a tiros!

—Te daremos un poco de vitamina C y un analgésico. —Alisa no tenía piedad alguna—. Nos vamos de compras en media hora. Tienes entrenamiento para la prensa a la una, y peluquería y maquillaje a las cuatro.

—Quizá tendríamos que reprogramarlo —repliqué—. Debido al intento de asesinato, digo.

—Oren ha accedido a que saliéramos de la finca. —Alisa me miró de hito en hito—. Tienes veinte minutos. —Luego se fijó en mi pelo y añadió—: Arréglate lo mejor que puedas, hazme el favor. Te espero en el coche.

CAPÍTULO 67

Oren me escoltó hasta el coche. Dos de sus hombres y Alisa nos esperaban dentro, pero no eran los únicos.

—Sé que no tenías ninguna intención de irte de compras sin mí —proclamó Thea a modo de saludo—. Donde haya tiendas de alta costura, allí está Thea.

Miré a Oren con la esperanza de que la echara del coche. Pero no lo hizo.

—Además —añadió Thea en un susurro altanero mientras se abrochaba el cinturón de seguridad—, tenemos que hablar de Rebecca.

El coche tenía tres hileras de asientos. Oren y un segundo guardaespaldas estaban sentados delante. Alisa y el tercer escolta estaban sentados al final. Thea y yo íbamos en el medio.

—¿Qué le has hecho a Rebecca?

Thea esperó a preguntármelo, en voz muy baja y grave, hasta que estuvo convencida de que el resto de los ocupantes del coche no nos prestaban mucha atención.

—No le he hecho nada a Rebecca.

—Te compro que no caíste en la trampa de Jameson Hawthorne con el objetivo de revolver los recuerdos de Jameson y Emily. —No cabía duda de que Thea creía que estaba siendo magnánima—. Pero hasta ahí llega mi generosidad. Rebecca es increíblemente guapa, pero cuando llora queda hecha un adefesio. Conozco bien la cara que tiene cuando se ha pasado toda la noche llorando. No sé de qué va todo esto, pero seguro que va más allá de Jameson. ¿Qué pasó en el chalet?

«Rebecca sabe lo del ataque. Y se le prohibió contarlo. —Intenté asimilar las implicaciones—. ¿Por qué lloraba?».

—Hablando de Jameson —dijo Thea, cambiando de táctica—. Uy, se ve a la legua que está destrozado, y supongo que eso tengo que agradecértelo a ti.

«¿Está destrozado?», repetí para mis adentros. Sentí algo que se revolvía en mi interior —un «¿y si...?»—, pero enseguida lo ahogué.

—¿Por qué lo odias tanto? —le pregunté a Thea.

—¿Y por qué tú no?

—Ahora en serio, ¿por qué estás aquí? —dije, entornando los ojos—. No en el coche —me corregí, antes de que pudiera mencionar las tiendas de alta costura—, en la Casa Hawthorne. ¿Qué te pidieron Zara y tu tío que vinieras a hacer? ¿Por qué tienes que pegarte tanto a mí? ¿Qué quieren?

—¿Qué te hace pensar que me han pedido que haga algo?

Por el tono y la postura de Thea era evidente que se trataba de una persona que había nacido con el control y jamás lo había perdido.

«En fin, siempre hay una primera vez para todo», pensé, pero antes de que pudiera exponer mis argumentos, el coche frenó ante la tienda y los *paparazzi* nos envolvieron con su griterío claustrofóbico y ensordecedor.

Me hundí en el asiento.

—Tengo un centro comercial entero en mi armario. —Lancé una mirada suplicante a Alisa—. Si me pusiera algo de lo que ya tengo, no tendríamos que pasar por esto.

—Esto —repitió Alisa mientras Oren bajaba del coche y el rugido de preguntas de los reporteros crecía todavía más— es justo lo que queremos.

Estaba ahí para que me vieran, para controlar el discurso.

—Sonríe —me murmuró Thea al oído.

La *boutique* que Alisa había escogido para esa salida cuidadosamente planeada era la clase de tienda que solamente tiene un ejemplar de cada vestido. Cerraron el establecimiento entero para mí.

—Verde. —Thea sacó un traje de gala del perchero—. Esmeralda, a juego con tus ojos.

—Tengo los ojos de color avellana —me limité a responder. Le di la espalda al vestido que Thea le enseñaba a la dependienta y le pregunté—: ¿Tienen algo menos escotado?

—¿Prefiere un cuello caja?

La dependienta puso tanto empeño en eliminar de su tono cualquier rastro de prejuicio que no me cupo ninguna duda de que me estaba juzgando.

—Algo que me cubra la clavícula —contesté, y luego miré a Alisa de hito en hito. «Y los puntos», añadí mentalmente.

—Ya ha oído a la señora Grambs —afirmó Alisa con firmeza—. Y Thea tiene razón, tráiganos algo verde.

CAPÍTULO 68

Encontramos un vestido. Los *paparazzi* hicieron sus fotos mientras Oren nos llevaba a todos de vuelta al coche. Al arrancar, miró por el retrovisor y preguntó:

—¿Todo el mundo lleva el cinturón?

Yo sí. A mi lado, Thea se abrochó el suyo.

—¿Has pensado ya en el peinado y el maquillaje? —quiso saber.

—Todo el rato —contesté sin expresión alguna—. Estos días te aseguro que no pienso en otra cosa. Una chica debe tener en orden sus prioridades.

Thea sonrió.

—Y mira que yo pensaba que todas tus prioridades se apellidaban Hawthorne...

—Eso no es verdad —respondí.

Pero ¿era cierto? ¿Cuánto rato había llegado a pasar pensando en ellos? ¿Hasta qué punto había llegado a desear que Jameson hablara en serio cuando había dicho que yo era especial?

¿Cómo podía recordar tan vivamente el tacto de Grayson al examinarme la herida?

—Tu guardaespaldas no quería que viniera hoy —murmuró Thea cuando nos adentramos en una carretera larga y serpenteante—. Igual que tu abogada. Pero yo he perseverado. Y ¿sabes por qué?

—No tengo ni idea.

—No tiene nada que ver con mi tío ni con Zara. —Thea jugueteaba con las puntas de su pelo oscuro—. Solo estoy haciendo lo que Emily querría que hiciera. Recuérdalo, ¿vale?

De pronto el coche viró bruscamente. Sentí que mi cuerpo se ponía en estado de alerta. Reacción de lucha o huida, aunque no fueran posibles ni la una ni la otra, dado que estaba atada al asiento trasero del coche. Me volví de golpe hacia Oren, que conducía, y me di cuenta de que el guardaespaldas que iba de copiloto estaba atento y preparado, con la mano sobre la pistola.

«Algo va mal —pensé. No tendríamos que haber ido. No tendría que haberme creído, ni siquiera un momento, que estaba a salvo—. Alisa ha insistido. Quería que saliera».

—¡Agarraos bien! —gritó Oren.

—¿Qué está pasando? —pregunté.

Las palabras se me atragantaron y salieron como un murmullo. Vi un destello de movimiento por la ventanilla: un coche que giraba hacia nosotros a toda velocidad. Chillé.

Mi subconsciente me gritaba que huyera.

Oren volvió a virar bruscamente, lo suficiente para evitar un impacto total. Sin embargo, oí el chirrido de metal contra metal.

«Alguien está intentado echarnos de la carretera», pensé. Oren pisó el acelerador. El ruido de sirenas —de sirenas de policía— apenas se dejaba oír entre la cacofonía del pánico que reinaba en mi mente.

«No puede estar pasando. Por favor, que no esté pasando».

«Por favor, no», me decía.

Oren cambió bruscamente al carril de la izquierda, dejando atrás al vehículo que nos había atacado. Hizo derrapar el coche, de cabeza a la mediana, la cruzó y siguió a toda velocidad en dirección contraria.

Intenté chillar, pero la voz no me salió fuerte ni estridente. Me había echado a llorar y no podía parar.

Llegado ese momento, se oía más de una sirena. Me volví hacia atrás, esperando lo peor, preparándome para el impacto, y vi el coche que nos había golpeado haciendo trompos. Al cabo de unos segundos el vehículo estaba rodeado de policías.

—Estamos bien —susurré.

No me lo creía. El cuerpo todavía me decía que jamás volvería a estar bien.

Oren aflojó la velocidad, pero no se detuvo y tampoco dio media vuelta.

—¿Qué cojones acaba de pasar? —pregunté con una voz tan alta y aguda que hubiera podido romper un cristal.

—Pues —replicó Oren con calma— que alguien acaba de morder el anzuelo.

¿El anzuelo? Miré a Alisa al instante.

—Pero ¿qué dice?

Hacía un instante había pensado que la culpa de que estuviéramos allí era de Alisa. Había dudado de ella, pero la respuesta de Oren indicaba que, tal vez, tendría que haberlos culpado a los dos.

—Esto —repuso Alisa, cuya calma característica había quedado algo mellada, pero todavía estaba entera— es justo lo que queríamos.

Eso mismo me había dicho al ver los *paparazzi* delante de la tienda.

«Los *paparazzi*. Asegurarse de que nos veían. La rotunda necesidad de ir de compras, a pesar de todo lo que había ocurrido», pensé.

«A causa de todo lo que había ocurrido», me corregí.

—¡¿Me habéis usado de anzuelo?!

No soy una persona que grite a menudo, pero en aquel momento no lo pude evitar.

A mi lado, Thea recuperó la voz, y el mal humor.

—¿Qué cojones está pasando aquí?

Oren salió de la autopista y se detuvo ante un semáforo en rojo.

—Sí —me dijo con tono de disculpa—, te hemos usado, a ti y a todos nosotros, de anzuelo. —Luego desvió la mirada hacia Thea y añadió—: Hace dos días atacaron a Avery. Nuestros amigos del cuerpo de policía han accedido a hacer las cosas a mi manera.

—¡Tu manera nos podría haber matado! —exclamé.

Tenía el corazón desbocado y no conseguía calmarlo. Apenas podía respirar.

—Teníamos refuerzos —me aseguró Oren—. Mi equipo, además de la policía. No voy a decirte que no has corrido peligro; pero teniendo en cuenta la situación, el peligro no era una posibilidad que pudiera eliminarse. No había opciones buenas. Tienes que seguir viviendo en esa casa, de modo que, en lugar de esperar otro ataque, Alisa y yo diseñamos lo que parecía una magnífica oportunidad. Ahora tal vez podamos conseguir algunas respuestas.

Primero, me habían dicho que los Hawthorne no eran una amenaza. Y luego me habían usado para destapar la amenaza.

—Me lo podríais haber dicho —afirmé toscamente.

—Era mejor que no lo supieras —replicó Alisa—. Que no lo supiera nadie.

«¿Mejor para quién?», pensé. Pero antes de que pudiera decirlo en voz alta, Oren recibió una llamada.

—¿Rebecca sabía lo del ataque? —preguntó Thea a mi lado—. ¿Por eso estaba tan disgustada?

—Oren —dijo Alisa, ignorándonos tanto a Thea como a mí—. ¿Han detenido al conductor?

—Sí. —Oren hizo una pausa y luego me di cuenta de que me estaba mirando por el retrovisor. Suavizó la expresión de los ojos de tal manera que sentí un retortijón en el estómago—. Avery, era el novio de tu hermana.

Drake.

—Exnovio —corregí, y la voz se me atragantó.

Oren no respondió a mi réplica.

—Han encontrado un rifle en el maletero de su coche que, al menos de entrada, encaja con las balas. La policía querrá hablar con tu hermana.

—¿Qué? —exclamé, el corazón todavía me aporreaba la caja torácica sin piedad—. ¿Por qué?

De algún modo lo sabía. Sabía la respuesta a esa pregunta, pero no podía aceptarla.

Me negaba a aceptarla.

—Si Drake fue quien disparó, alguien tuvo que dejarlo entrar en la finca —intervino Alisa, cuya voz destilaba una amabilidad poco frecuente en ella.

«Libby no —pensé—. Libby jamás...».

—Avery —dijo Alisa, al tiempo que me colocaba una mano en el hombro—. Si te ocurriera algo, incluso sin testamento, tu hermana y tu padre son tus herederos.

CAPÍTULO 69

Así estaban las cosas: Drake había intentado que yo sufriera un accidente de coche. Tenía en su posesión un arma que, probablemente, coincidía con las balas que Oren había encontrado. Y, además, tenía antecedentes penales de delitos graves.

La policía me tomó declaración. Me hicieron preguntas acerca del tiroteo. De Drake. De Libby. Y, al final, me llevaron escoltada de vuelta a la Casa Hawthorne.

La puerta principal se abrió de golpe antes de que Alisa y yo hubiéramos llegado siquiera al porche.

Nash salió de la casa hecho una furia, pero aflojó el paso al vernos.

—¿Me vas a explicar por qué me acabo de enterar de que la policía se ha llevado a Libby a rastras de aquí? —le pidió a Alisa.

Jamás había oído un acento como el suyo sonando de esa manera.

Alisa no se achicó.

—Si no está detenida, no tenía obligación alguna de ir con ellos.

—¡Pero ella no lo sabe! —tronó Nash. Luego bajó la voz y la miró a los ojos—: Si hubieras querido protegerla, lo habrías hecho.

Había tantas cosas escondidas en esa frase que no sabía ni por dónde empezar a descifrarlas. Al menos, no mientras tuviera la cabeza concentrada en otras cosas. «Libby. La policía tiene a Libby», me dije.

—A mí no me va lo de proteger a la primera historia triste que se me ponga delante —le dijo Alisa a Nash.

Sabía que no lo decía solo por Libby, pero me dio igual.

—Oye, no es ninguna historia triste —gruñí—. ¡Es mi hermana!

—Y todo apunta a que también es cómplice de un intento de asesinato. —Alisa hizo ademán de ponerme la mano en el hombro, pero yo me aparté.

«Libby no me haría daño. No dejaría que nadie me hiciera daño». Lo pensaba con todas mis fuerzas, pero no pude decirlo en voz alta. ¿Por qué no podía?

—Ese desgraciado le ha estado mandando mensajes —intervino Nash—. He intentado convencerla para que lo bloqueara, pero se siente tan tremendamente culpable que...

—¿Por qué? —insistió Alisa—. ¿Por qué se siente culpable? Si no tiene nada que ocultar a la policía, entonces, ¿por qué te preocupa tanto que hable con ellos?

Nash la fulminó con la mirada.

—¿En serio vas a plantarte aquí delante y a fingir que no nos educaron a los dos para tratar como un mandamiento lo de no hablar con las autoridades sin un abogado presente?

Me imaginé a Libby sola en una celda. Seguro que no estaba en una celda, pero no pude quitarme esa imagen de la cabeza.

—Envía a alguien —le dije a Alisa con voz temblorosa—. Del bufete. —Abrió la boca para replicar, pero me adelanté—: ¡Hazlo!

Tal vez no administrara el dinero yo misma todavía, pero algún día lo haría. Alisa trabajaba para mí.

—Considéralo hecho —replicó Alisa.

—Y dejadme sola —le dije con fiereza. Tanto ella como Oren me habían mentido. Me habían movido como si fuera una pieza de ajedrez por el tablero—. Los dos —añadí mirando a Oren.

Necesitaba estar sola. Necesitaba hacer cuanto estuviera en mis manos para evitar que plantaran siquiera la semilla de la duda, porque si no podía confiar en Libby…

Estaría sola.

Nash se aclaró la garganta.

—¿Vas a decirle que tiene a una asesora de prensa esperándola en el salón, Lee-Lee, o lo hago yo?

CAPÍTULO 70

Accedí a conversar con la carísima asesora de prensa de Alisa. No porque tuviera intención alguna de asistir a la gala benéfica de esa noche, sino porque era la única manera de asegurarme de que todo el mundo me dejara tranquila.

—Hoy trabajaremos tres cosas, Avery. —La asesora, una elegante mujer negra con un acento británico de lo más afectado, se presentó como Landon. No tenía ni idea de si era su nombre o su apellido—. Tras el ataque de esta mañana, habrá más interés que nunca en tu historia, y en la de tu hermana.

«Libby no me haría daño —pensé a la desesperada—. Mi hermana no permitiría que Drake me hiciera daño». Sin embargo, no pude evitar pensar que no lo había bloqueado.

—Las tres cosas que practicaremos hoy son: qué decir, cómo decirlo y cómo identificar lo que no deberías decir ni replicar. —Landon era serena, precisa y tenía más estilo que todos mis estilistas juntos—. Bien, es evidente que habrá cierto interés acerca del desafortunado accidente que ha tenido lugar esta mañana, pero tu equipo legal preferiría que comentaras dicho frente lo menos posible.

Dicho frente se traducía por «el segundo intento de asesinato en tres días». «Libby no tiene nada que ver —me dije—. Es imposible».

—Repite conmigo —indicó Landon—: «Doy gracias por estar viva, y doy gracias por estar aquí esta noche».

Ahogué los pensamientos que empezaban a inundarme la mente, al menos todo lo como pude.

—Doy gracias por estar viva —repetí fríamente—, y doy gracias por estar aquí esta noche.

Landon me fulminó con la mirada.

—¿Qué impresión crees que das?

—¿De estar cabreada? —deduje en tono arisco.

Landon me hizo una amable sugerencia.

—Tal vez deberías intentar sonar menos cabreada. —Esperó un instante y luego analizó mi forma de sentarme—. Echa los hombros atrás. No estés tan tensa. Tu postura es lo primero que captará todo el mundo en cuanto te vea. Si das la impresión de querer replegarte, de hacerte pequeña, ese es el mensaje que enviarás.

Puse los ojos en blanco e intenté sentarme un poco más erguida al tiempo que dejaba caer las manos a los costados.

—Doy gracias por estar viva, y doy gracias por estar aquí esta noche.

—No. —Landon sacudió la cabeza—. Quieres parecer una persona normal.

—Soy una persona normal.

—No para el resto del mundo. Todavía no. Ahora mismo eres un espectáculo. —El tono de Landon no tenía nada de desagradable—. Imagina que estás en casa. En tu zona de confort.

¿Qué era mi zona de confort? ¿Hablar con Max, que estaba desaparecida en combate hasta no se sabía cuándo? ¿Acurrucarme en la cama con Libby?

—Piensa en alguien en quien confíes.

Aquello me dolió de tal manera que en cualquier otra ocasión me habría hundido, pero en ese momento me vinieron ganas de vomitar. Tragué saliva.

—Doy gracias por estar viva, y doy gracias por estar aquí esta noche.

—Suena forzado, Avery.

Apreté los dientes.

—Es que lo es.

—¿Y tiene que serlo? —Landon dejó que me planteara un momento esa pregunta—. ¿No hay una sola parte de ti que dé gracias por haber recibido esta oportunidad, por vivir en esta casa, por saber que pase lo que pase a ti y a los tuyos no os faltará nada?

El dinero significaba seguridad. Significaba protección. Significaba saber que podías meter la pata sin que hacerlo implicara echar tu vida por la borda. «Si Libby dejó entrar a Drake en la finca, si él es quien me disparó, era imposible que ella supiera lo que iba a pasar», me dije.

—¿No das gracias por estar viva después de todo lo que ha sucedido? ¿Acaso querías morir hoy?

No. Quería vivir. Vivir de verdad.

—Doy gracias por estar aquí —afirmé, y esa vez sentí un poco más las palabras que decía—, y doy gracias por estar viva.

—Mejor. Pero ahora deja que te duela.

—¿Perdona?

—Hazles ver que eres vulnerable.

La miré arrugando la nariz.

—Hazles ver que solo eres una chica normal. Igual que ellos. Ahí está el truco de mi oficio: ¿hasta qué punto puedes parecer real, vulnerable, sin que en realidad tengas siquiera una pizca de vulnerabilidad?

«Vulnerable» no era la historia que yo había escogido contar cuando habían diseñado mi vestuario. Se suponía que yo era atrevida. Pero las chicas osadas y atrevidas también tienen sentimientos.

—Doy gracias por estar viva —repetí—, y doy gracias por estar aquí esta noche.

—Bien. —Landon asintió levemente—. Ahora vamos a jugar a otra cosa. Yo te voy a lanzar preguntas y tú vas a hacer lo que tienes que dominar de verdad antes de que te deje salir de aquí para ir a la gala de esta noche.

—¿Y qué es? —quise saber.

—No contestar a las preguntas. —La expresión de Landon lo decía todo—. Ni con palabras, ni con el rostro. Bajo ningún concepto, a no ser que te planteen una pregunta que puedas responder, de alguna manera, con el mensaje clave que acabamos de practicar.

—Gratitud —dije—. Etcétera, etcétera. —Me encogí de hombros—. No parece tan difícil.

—Avery, ¿es verdad que tu madre mantuvo una prolongada relación sexual con Tobias Hawthorne?

Allí casi me pilló. Estuve a punto de escupir la palabra «no». Sin embargo, conseguí contenerme.

—¿El ataque de hoy ha sido un montaje?

«¡¿Qué?!», pensé.

—Vigila la cara —me dijo, y luego, sin perder un instante, disparó—: ¿Qué tal te llevas con la familia Hawthorne?

Me quedé ahí sentada, con actitud pasiva, prohibiéndome siquiera pensar sus nombres.

—¿Qué vas a hacer con el dinero? ¿Qué tienes que decirles a las personas que te llaman estafadora o ladrona? ¿Te has hecho daño hoy?

Esa última pregunta me dio la entrada.

—Estoy bien —respondí—. Doy gracias por estar viva, y doy gracias por estar aquí esta noche.

Esperaba elogios, pero no los recibí.

—¿Es cierto que tu hermana mantiene una relación con el hombre que ha intentado matarte? ¿Está involucrada en el intento de asesinato?

No supe decir si fue la forma en que me había lanzado las preguntas, justo después de que yo respondiera, o lo mucho que me habían herido, pero estallé.

—¡No! —La palabra se me escapó de los labios—. Mi hermana no ha tenido absolutamente nada que ver con esto.

Landon me reprendió con la mirada.

—Volveremos a intentarlo —indicó con calma—. Desde el principio.

CAPÍTULO 71

Después de la clase, Landon me acompañó hasta mi cuarto, donde me esperaba mi equipo de estilistas. Podría haberles dicho que no iba a ir a la gala, pero Landon me había dado que pensar: ¿qué tipo de mensaje enviaría mi ausencia?

¿Que estaba asustada? ¿Que me escondía... o que escondía algo? ¿Que Libby era culpable?

«No lo es», me dije. No paraba de repetírmelo, una y otra vez. Ya estaba a medio peinar y maquillar cuando Libby entró en mi cuarto. Se me hizo un nudo en el estómago y el corazón se me subió a la garganta. Llevaba las mejillas manchadas de maquillaje corrido. Había llorado.

«Ella no hizo nada. No hizo nada», me dije. Libby vaciló tres o cuatro segundos y, tras abalanzarse sobre mí, me dio el abrazo más fuerte y sincero que me habían dado en toda mi vida.

—Lo siento. Lo siento muchísimo.

Durante un momento —solo uno— se me heló la sangre.

—Tendría que haberlo bloqueado —continuó Libby—. Por si sirve de algo, acabo de meter el móvil en la licuadora. Y luego la he encendido.

No se estaba disculpando por ayudar a Drake y ser su cómplice. Estaba pidiendo perdón por no haber bloqueado su número. Por haberse peleado conmigo cuando le había pedido que lo hiciera.

Agaché la cabeza y un par de manos volvieron a levantarme el mentón para que los estilistas pudieran seguir trabajando.

—Dime algo —me pidió Libby.

Quería decirle que la creía, pero incluso pronunciar esas palabras se me antojaba desleal, como si al hacerlo reconociera que en realidad no había estado segura hasta ese momento.

—Vas a necesitar un móvil nuevo —dije.

Libby soltó una risita ahogada.

—También vamos a necesitar una licuadora nueva.

Se frotó los ojos con el pulpejo de la mano derecha.

—¡Basta de lágrimas! —ladró el hombre que me estaba maquillando. Me lo decía a mí, no a Libby, pero mi hermana también se irguió al instante—. ¿Quieres parecerte a la fotografía que nos han dado o no? —me preguntó el hombre, aplicándome una espuma para el pelo con mucha agresividad.

—Claro —contesté—. Lo que digáis.

Si Alisa les había dado una foto, mejor. Una decisión menos que tomar, una cosa menos en la que pensar.

Como la pregunta del millón que no podía quitarme de la cabeza: si Drake me había disparado y Libby no le había dejado entrar en la finca… ¿Quién lo había hecho?

Al cabo de una hora estaba de pie ante el espejo. Los estilistas me habían trenzado el pelo, pero no era una trenza sin más. Me habían dividido el pelo en dos secciones que, a su vez, habían dividido en tres secciones más. Cada una de esas secciones se había dividido en dos: una mitad se enrollaba alrededor de la otra, lo cual le daba al pelo un aspecto de soga en espiral. Me habían sujetado esa sección con diminutas gomas de pelo transparentes, además de ingentes cantidades de laca, y luego habían procedido a hacerme una trenza de raíz a cada lado. No tenía ni idea de qué había pasado después, exactamente, aparte de que me había dolido como un demonio y que había requerido las cuatro manos de mis estilistas, además de una de las de Libby, pero la trenza final había quedado replegada de tal manera que me enmarcaba un lado del rostro. Los torcidos tenían muchas tonalidades, pues se veían mis mechas oscuras además de los reflejos claros naturales de mi pelo castaño ceniza. El efecto era hipnotizador, jamás había visto algo igual.

El maquillaje era menos dramático; muy fresco y natural, sencillo en general excepto en los ojos. No tenía ni idea de qué brujería habían empleado, pero mis ojos delineados de negro parecían el doble de grandes y verdes. Verdes de verdad, con motas que parecían doradas, más que castaños.

—Y la guinda del pastel... —dijo uno de los estilistas mientras me colocaba un colgante en el cuello—. Oro blanco y tres esmeraldas.

Las joyas tenían el tamaño de la uña de mi pulgar.

—Estás preciosa —me dijo Libby.

Estaba absolutamente distinta. No parecía yo. Parecía una princesa hecha para asistir a un baile. Y, aun así, estuve a punto de echarme atrás y no ir a la gala. Lo único que me impidió tirar la toalla fue Libby.

Si en algún momento había querido controlar el discurso, era precisamente en ese.

CAPÍTULO 72

Oren me esperaba en lo alto de la escalera.

—¿La policía le ha sacado algo a Drake? —le pregunté—. ¿Ha confesado que disparó él? ¿Con quién se ha aliado?

—Respira hondo —me dijo Oren—. Drake lo ha largado todo, pero está intentando pintar a Libby como la cabeza pensante. Su versión no se aguanta, no hay imágenes de las cámaras de seguridad donde aparezca él accediendo a la finca, y las habría si, como él asegura, Libby lo hubiera dejado entrar por la verja principal. Por ahora nosotros creemos que se coló por los túneles.

—¿Los túneles? —repetí.

—Son como pasadizos secretos que dan a la casa, solo que son subterráneos. Yo conozco dos entradas, y ambas son del todo seguras.

Capté lo que Oren no había dicho.

—Hay dos que tú sepas, pero esto es la Casa Hawthorne. Podría haber más.

De camino al baile, tendría que haberme sentido como una princesa de cuento de hadas, pero mi carruaje tirado por caballos era un coche idéntico al que llevábamos cuando Drake había intentado provocar el accidente. Y nada decía «cuento de hadas» como un intento de asesinato.

«¿Quién sabe dónde están los túneles?», me pregunté. Era la pregunta del millón. Si había túneles que no conocía ni siquiera el jefe de seguridad de la Casa Hawthorne, tenía serias dudas de que Drake pudiera haberlos encontrado por sí mismo. Y seguro que Libby tampoco sabía nada de ellos.

«Entonces, ¿quién?». Alguien que conociera la Casa Hawthorne a la perfección. «¿Y esa persona se ha puesto en contacto con Drake? ¿Por qué?». Esa última pregunta ya no tenía tanto misterio. A fin de cuentas, ¿por qué cometer un asesinato con tus propias manos si había otra persona dispuesta y encantada de hacerlo por ti? Lo único que le hacía falta saber a esa persona era que Drake existía, que ya se había puesto violento antes y que tenía todas las razones del mundo para odiarme.

Nada de lo cual era secreto alguno entre los habitantes de la Casa Hawthorne.

Tal vez su cómplice había endulzado las cosas diciéndole que, si a mí me ocurría algo, Libby sería la heredera.

«Han dejado que un delincuente haga el trabajo sucio, y pague el pato», me dije. Sentada en mi coche a prueba de balas, ataviada con un vestido de cinco mil dólares y un collar que probablemente costaba al menos lo mismo que un año de universidad, me pregunté si la detención de Drake significaba que ya había pasado el peligro o si quienquiera que le hubiera proporcionado acceso a los túneles tenía otros planes para mí.

—La fundación ha adquirido dos mesas para el evento de esta noche —me informó Alisa desde el asiento del copiloto—. Zara era reacia a desprenderse de ningún asiento, pero puesto que técnicamente la fundación es tuya, no le ha quedado más remedio.

Alisa se comportaba como si no hubiera pasado nada. Como si yo pudiera confiar en ella a pies juntillas, cuando en realidad cada vez tenía más motivos para no hacerlo.

—Entonces me sentaré con ellos —dije sin expresión—. Con los Hawthorne.

Uno de los cuales —o, mejor dicho, al menos uno de los cuales— tal vez todavía me quería muerta.

—Te interesa que todo parezca amistoso entre vosotros. —Alisa tuvo que darse cuenta de lo ridículo que resultaba lo que acababa de decir, dado el contexto—. Que la familia Hawthorne te acepte contribuirá mucho a descartar algunas de las teorías menos decorosas respecto a por qué has heredado tú.

—¿Y qué me dices de las teorías indecorosas de que uno de ellos o, mejor dicho, al menos uno de ellos me quiere muerta? —le pregunté.

Tal vez fuera Zara, o su marido, o Skye, o incluso Nana, que me había venido a decir que había matado a su marido.

—Seguimos en alerta roja —me aseguró Oren—. Pero nos interesa que los Hawthorne no se enteren. Si el conspirador tenía previsto cargarle el muerto a Drake, y a Libby, dejemos que piense que lo ha conseguido.

La última vez, yo misma me había cargado el factor sorpresa. Esta vez, las cosas serían muy distintas.

CAPÍTULO 73

—¡Avery, aquí!

—¿Algún comentario sobre la detención de Drake Sanders?

—¿Qué puedes decirnos acerca del futuro de la Fundación Hawthorne?

—¿Es cierto que una vez detuvieron a tu madre por prostitución?

De no haber sido por las nada menos que siete rondas de preguntas de entrenamiento que había tenido que soportar ese mismo mediodía, esa última me habría pillado. Habría contestado esa pregunta y mi respuesta habría contenido palabrotas. Y muchas. En lugar de eso, me quedé junto al coche y aguardé.

Y entonces me llegó la pregunta que había estado esperando:

—Con todo lo que ha ocurrido, ¿cómo te sientes?

Miré directamente al periodista que me había planteado esa pregunta.

—Doy gracias por estar viva —contesté—, y doy gracias por estar aquí esta noche.

El evento tenía lugar en un museo de arte. Entramos por el primer piso y descendimos una inmensa escalinata de mármol hasta llegar a la sala de exposiciones. Para cuando llegué a mitad de la escalera, todo el mundo me estaba mirando descaradamente, o fingiendo que no lo hacía, lo cual era peor.

Vi a Grayson al pie de la escalinata. Llevaba el esmoquin con la misma elegancia con que vestía los trajes. Tenía una copa de cristal en la mano, llena de líquido transparente. En cuanto me vio, se quedó paralizado, tan de pronto y tan completamente que fue como si alguien hubiera parado el tiempo. Pensé en cuando estábamos al pie de la escalera secreta, en cómo me había mirado y, de algún modo, pensé que en ese momento me miraba de la misma manera.

Pensé que lo había dejado sin habla.

Entonces se le cayó la copa de la mano. Chocó contra el suelo, se hizo mil pedazos y las esquirlas de cristal salieron despedidas en todas direcciones.

«¿Qué ha pasado? ¿Qué he hecho?», pensé.

Alisa me empujó para que siguiera avanzando. Acabé de bajar la escalinata al tiempo que los camareros corrían a limpiar el estropicio.

Grayson me miraba de hito en hito.

—¿Qué estás haciendo? —preguntó con voz gutural.

—No te entiendo —repliqué.

—El peinado. —Grayson se atragantó con las palabras. Acercó la mano libre a mi trenza y estuvo a punto de tocarla con los dedos, pero apretó el puño—. Este collar. Este vestido...

—¿Qué? —contesté.

La única palabra que logró pronunciar fue un nombre.

«Emily». Siempre era Emily. De algún modo, conseguí llegar al baño sin dar la impresión de estar huyendo. Con dedos torpes intenté sacar el móvil del interior del bolso de satén negro que me habían dado, sin tener muy claro qué iba a hacer con él una vez que lo tuviera en la mano. Alguien se colocó a mi lado ante el espejo.

—Estás muy bien —dijo Thea, mirándome de soslayo—. De hecho, estás perfecta.

Me quedé mirándola y entonces lo comprendí.

—¿Qué has hecho, Thea?

Bajó la mirada para fijarla en su móvil, tecleó algo y, al cabo de un momento, recibí un mensaje. Ni siquiera sabía que tenía mi número.

Abrí el mensaje y la foto que traía adjunta. Y me quedé absolutamente lívida. En esa foto, Emily Laughlin no se reía. Dedicaba a la cámara una sonrisita pícara, como si estuviera a punto de guiñar el ojo. Llevaba un maquillaje discreto, pero sus ojos parecían exageradamente grandes, y el peinado…

Era exactamente como el mío.

—¿Qué has hecho? —volví a preguntarle a Thea, aunque esa vez fue más una acusación que una pregunta.

Se había autoinvitado a mi expedición a la *boutique*. Había sido ella quien había sugerido que llevara un vestido verde, igual que el que Emily lucía en esa foto.

Resultaba inquietante lo mucho que incluso mi colgante se parecía al suyo.

Cuando el estilista me había preguntado si quería parecerme a la foto, había dado por hecho que era Alisa quien se la había proporcionado. Había dado por hecho que era la foto de una modelo. No de una chica muerta.

—¿Por qué lo has hecho? —le pregunté a Thea, corrigiendo la pregunta.

—Es lo que Emily habría querido. —Thea extrajo un pintalabios del bolso—. Si te sirve de consuelo —dijo en cuanto se hubo perfilado los labios de un rojo rubí resplandeciente—, no te lo he hecho a ti.

Se lo había hecho a ellos.

—Los Hawthorne no mataron a Emily —escupí—. Rebecca me dijo que fue su corazón.

Técnicamente, había dicho que Grayson había dicho que había sido su corazón.

—¿Hasta qué punto estás convencida de que la familia Hawthorne no intenta matarte? —sonrió Thea.

Ella había estado conmigo por la mañana. Se había asustado muchísimo. Y ahora se comportaba como si todo fuera una broma.

—Eres verdaderamente perversa —le dije.

Mi furia no pareció hacer mella.

—El día que nos conocimos te dije que la familia Hawthorne era un pozo negro de desgracias. —Se quedó mirando el espejo un largo instante—. Pero en ningún momento te dije que yo no lo fuera también.

CAPÍTULO 74

Me quité el collar y me quedé plantada ante el espejo, con la joya en la mano. El pelo era más problemático. Si hacer el recogido había requerido dos personas, deshacerlo yo sola requeriría Dios y ayuda.

—¿Avery? —Alisa asomó la cabeza por la puerta del baño.

—Ayúdame —le pedí.

—¿A qué?

—Con el pelo.

Acerqué las manos al recogido y empecé a tirar de las trenzas, pero Alisa me sujetó las manos con las suyas. Me agarró las muñecas con la mano derecha y con la izquierda pasó el pestillo de la puerta del baño.

—No tendría que haberte presionado —dijo en voz baja—. Todo esto es demasiado, demasiado pronto, ¿verdad?

—¿Sabes a quién me parezco? —le espeté.

Le planté el collar en las narices y ella me lo cogió de las manos.

—¿A quién te pareces? —preguntó con el ceño fruncido.

Parecía una pregunta sincera viniendo de una persona a quien no le hacía ninguna gracia plantear preguntas si ya conocía la respuesta.

—A Emily Laughlin. —No pude evitar mirarme de reojo en el espejo del baño—. Thea me ha disfrazado de ella.

Alisa tardó un momento en procesarlo.

—No lo sabía. —Hizo una pausa para pensar—. La prensa tampoco lo sabrá. Emily era una chica como cualquier otra.

«Emily Laughlin no era ni de lejos una chica como cualquier otra», pensé. No sabía desde cuándo lo tenía tan claro. ¿Tal vez desde que había visto la foto? ¿Desde mi conversación con Rebecca? ¿Desde la primera vez que Jameson había pronunciado su nombre, o desde que yo se lo había dicho a Grayson?

—Si te quedas mucho más rato aquí encerrada, la gente empezará a darse cuenta —me advirtió Alisa—. A decir verdad, ya lo han hecho. Para bien o para mal, tienes que salir ahí fuera.

Esa noche había ido a la gala porque se me había ocurrido la retorcida idea de que, de alguna manera, poner buena cara protegería a Libby. Difícilmente estaría ahí si mi propia hermana hubiera intentado matarme, ¿no?

—Vale —le dije a Alisa con los dientes apretados—. Pero si hago esto por ti, quiero que me des tu palabra de que harás todo lo que esté en tu mano para proteger a mi hermana. Me da igual qué rollo tengas con Nash o qué rollo tenga él con Libby. Ya no trabajas solo para mí. También trabajas para ella.

Observé a Alisa tragándose las palabras que quería pronunciar en realidad. Lo único que escapó de sus labios fue:

—Te doy mi palabra.

Solo tenía que aguantar la cena. Y un baile o dos. Y la subasta. Más fácil de decir que de hacer. Alisa me llevó hacia las dos mesas que había adquirido la Fundación Hawthorne. En la mesa de la izquierda, Nana daba audiencia a la plana mayor. La mesa de la derecha estaba a medio ocupar por los Hawthorne; estaban Zara y Constantine, Nash, Grayson y Xander.

Me fui de cabeza a la mesa de Nana, pero Alisa atajó mi gesto y me guio con dulzura hasta instalarme justo al lado de Grayson. Ella ocupó la silla contigua, lo cual dejó solo tres vacantes; di por hecho que una de ellas sería para Jameson.

A mi lado, Grayson no decía nada. Perdí la batalla contra el impulso de mirarlo y le descubrí con la vista al frente, sin mirarme a mí ni a ninguno de los ocupantes de la mesa.

—No lo he hecho a propósito —le aseguré en voz muy baja, intentando mantener una expresión normal de cara a todos los que nos miraban, tanto invitados como fotógrafos.

—Desde luego —replicó Grayson.

Su tono era tenso y las palabras, forzadas.

—Me quitaría la trenza si pudiera —susurré—. Pero no puedo hacerlo sola.

Agachó ligeramente la cabeza y cerró los ojos un instante.

—Lo sé.

Y en ese preciso momento me embargó la imagen de Grayson ayudando a Emily a deshacerse el peinado, a destrenzar el pelo poco a poco.

Sin querer, tumbé con el brazo la copa de vino de Alisa. Ella intentó sujetarla, pero no llegó a tiempo. Mientras el vino manchaba de carmesí el mantel blanco, me di cuenta de lo que tendría que haber resultado evidente desde el mismísimo principio, desde que se había llevado a cabo la lectura del testamento.

Yo no pertenecía a ese mundo ni sus fiestas eran mi lugar, como tampoco lo era estar sentada junto a Grayson Hawthorne. Y jamás lo sería.

CAPÍTULO 75

Aguanté la cena sin que nadie intentara matarme. Jameson no apareció. Le dije a Alisa que necesitaba tomar el aire, pero no salí del museo. Ya no tenía fuerzas para enfrentarme de nuevo a la prensa tan pronto, de modo que acabé en otra ala del museo, con Oren convertido en mi sombra.

El ala estaba cerrada. Las luces eran tenues y las salas de exposiciones estaban clausuradas, pero el pasillo estaba abierto. Crucé el largo corredor, mientras Oren me pisaba los talones. Al final había una luz que brillaba con fuerza contra la penumbra que la rodeaba. Alguien había apartado el cordón que cerraba el paso a la sala de la exposición. El espacio era claro. Incluso los marcos de los cuadros eran blancos. Solamente había una persona en la sala, y llevaba un esmoquin sin americana.

Jameson.

Pronuncié su nombre, pero no se volvió. Estaba de pie ante un cuadro pequeño, a poco más de un metro de él, y lo contemplaba fijamente. Al acercarme a él me miró de soslayo y luego volvió a concentrarse en la obra.

«Me has visto —pensé—. Has visto cómo me han peinado. —Reinaba tal silencio en la estancia que hasta pude oír el latido de mi corazón—. Dime algo», le pedí para mis adentros.

Señaló el cuadro con la cabeza.

—*Cuatro hermanos*, de Cézanne —me dijo en cuanto llegué a su lado—. Un favorito de la familia Hawthorne, por razones evidentes.

Me obligué a mirar el cuadro en lugar de a Jameson. En el lienzo había cuatro figuras con los rasgos borrosos. Me fijé en la definición de sus músculos. Casi pude verlos en movimiento, aunque el artista no buscara el realismo. Dirigí la mirada a la placa dorada que había debajo del cuadro.

Cuatro hermanos. PAUL CÉZANNE, 1898. GENTILEZA DE LA COLECCIÓN DE TOBIAS HAWTHORNE

Jameson volvió a inclinar el rostro hacia el mío.

—Sé que encontraste el Davenport. —Enarcó una ceja—. Me superaste.

—Igual que Grayson —contesté.

A Jameson se le ensombreció la expresión.

—Tenías razón. El árbol del Black Wood solo era un árbol. La pista que buscamos es un número. Ocho. Uno. Uno. Solo queda un número.

—No hables en plural —le dije—. ¿Me ves siquiera como a una persona, Jameson? ¿O solo soy una herramienta?

—Vale, puede que me lo merezca. —Me miró a los ojos un instante más, y luego desvió la mirada hacia el cuadro—. El viejo siempre decía que mi obstinación era como un arma de precisión. No estoy hecho para preocuparme por más de una cosa a la vez.

Me pregunté si esa cosa que decía era el juego o la chica.

—Estoy harta, Jameson. —Mis palabras reverberaron en la sala blanca—. De ti. De lo que fuera esto. —Me di la vuelta para irme.

—Me da igual que lleves la trenza de Emily. —Jameson sabía exactamente qué tenía que decir para que me quedara quieta—. Me da igual —repitió— porque Emily me da igual. —Soltó un suspiro ahogado—. Rompí con ella esa noche. Me cansé de sus jueguecitos. Le dije que estaba harto y, al cabo de unas pocas horas, murió.

Me volví y Jameson posó en mí sus ojos verdes, algo enrojecidos.

—Lo siento —contesté, preguntándome cuantísimas veces habría llegado a rememorar su última conversación con ella.

—Ven conmigo al Black Wood —suplicó Jameson. Tenía razón. Su obstinación era como un arma de precisión—. No tienes que besarme. Ni siquiera tengo que caerte bien, Heredera; pero, por favor, no me obligues a hacerlo solo.

Su voz sonaba cruda, sincera como no la había oído jamás. «No tienes que besarme», lo había dicho como si quisiera que lo hiciera.

—Espero no interrumpir.

A la vez, Jameson y yo miramos hacia la puerta. Grayson estaba de pie en el umbral y me di cuenta de que, desde su perspectiva, la única parte de mí que había visto al llegar a la sala era la trenza.

Grayson y Jameson se miraron a los ojos fijamente durante un momento.

—Ya sabes dónde estaré, Heredera —me dijo Jameson—. Si alguna parte de ti quiere encontrarme.

Rozó a Grayson al pasar a su lado, de camino a la puerta.

Grayson observó cómo desaparecía durante lo que se me antojó una eternidad, y luego se volvió hacia mí.

—¿Qué ha dicho cuando te ha visto?

«Cuando ha visto mi peinado», pensé. Tragué saliva.

—Me ha dicho que rompió con Emily la noche que murió.

Silencio.

Me giré para mirar a Grayson.

Tenía los ojos cerrados y todo el cuerpo rígido.

—¿Y te ha dicho Jameson que yo la maté?

CAPÍTULO 76

Después de que Grayson se fuera, pasé otros quince minutos en la galería, sola, con la mirada clavada en los *Cuatro hermanos* de Cézanne. Hasta que Alisa mandó a alguien a buscarme.

—Estoy de acuerdo —afirmó Xander, aunque yo no hubiera dicho nada para que él se mostrara de acuerdo—. Esta fiesta es una mierda. La proporción de ricachón por bollo es prácticamente imperdonable.

Yo no estaba de humor para aguantar bromas sobre bollos. «Jameson dice que rompió con Emily. Grayson afirma que la mató él. Thea me está usando para castigarlos a los dos», pensé.

—Me largo —le dije a Xander.

—¡No puedes irte todavía!

Lo miré de hito en hito.

—¿Por qué no?

—Porque... —dijo Xander, arqueando su única ceja— acaban de inaugurar la pista de baile. Querrás darle a la prensa algo de lo que hablar, ¿no?

Un baile. Era todo lo que iba a darle a Alisa —y a los fotógrafos— antes de largarme de allí.

—Finge que soy la persona más fascinante que has conocido en tu vida —me sugirió Xander mientras me acompañaba hasta la pista de baile para un vals. Me ofreció una mano y luego me rodeó la espalda con el brazo libre—. Venga, que te ayudo. Cada año, desde que cumplí los siete años hasta los doce, mi abuelo me daba dinero el día de mi cumpleaños para que lo invirtiera, y yo me lo gasté todo en criptomonedas porque soy un genio y ni de lejos porque la palabra en sí me pareciera una pasada. —Me hizo girar una vez—. Antes de que mi abuelo muriera, vendí mis valores en cartera por casi cien millones de dólares.

Me quedé mirándolo con los ojos como platos.

—Que hiciste ¿qué?

—¿Lo ves? —me dijo—. Fascinante. —Xander siguió bailando, pero bajó la mirada—. No lo saben ni siquiera mis hermanos.

—¿En qué invirtieron tus hermanos? —quise saber.

Durante todo ese tiempo había dado por hecho que les habían dejado sin nada. Nash ya me había hablado de la tradición de cumpleaños de Tobias Hawthorne, pero ni siquiera me había planteado sus inversiones.

—No tengo ni idea —contestó Xander alegremente—. Teníamos prohibido hablar de ello.

Seguimos bailando y los fotógrafos no pararon de sacarnos fotos. Xander acercó mucho su rostro al mío.

—La prensa va a pensar que salimos juntos —le dije.

La cabeza todavía me daba vueltas por lo que me acababa de contar.

—Resulta —empezó a decir Xander con aires de superioridad— que soy un excelente novio de mentira.

—¿Se puede saber de quién has sido tú novio de mentira? —pregunté.

Xander clavó la mirada en Thea.

—Soy una máquina de Rube Goldberg humana —contestó—. Hago cosas sencillas de maneras complicadas. —Hizo una pausa—. Fue idea de Emily que Thea y yo saliéramos juntos. Em era, digamos, persistente. Lo que ella no sabía era que Thea ya estaba con alguien.

—¿Y tú accediste a montar el numerito? —pregunté sin poder creérmelo.

—Te lo repetiré: soy una máquina de Rube Goldberg humana. —Luego, su voz se suavizó y añadió—: Y no lo hice por Thea.

«Entonces, ¿por quién?», pensé. Tardé un momento en encajar las piezas. Xander ya me había mencionado dos veces el concepto «novio de mentira»: la primera refiriéndose a Thea y la segunda cuando le había preguntado por Rebecca.

—¿Thea y Rebecca? —dije.

—Profundamente enamoradas —confirmó Xander.

«Thea dijo que era increíblemente guapa», recordé.

—La mejor amiga y la hermana pequeña —prosiguió Xander—. ¿Qué podía hacer yo? Creían que Emily no lo entendería. Era muy posesiva con sus seres queridos, y yo sabía lo difícil que le resultaba a Rebecca llevarle la contraria. Por una vez en la vida, Bex quería algo para sí misma.

Me pregunté si Xander sentía algo por ella, si ser el novio de mentira de Thea había sido su retorcida manera a lo Rube Goldberg de decirlo.

—¿Y tenían razón Thea y Rebecca? —pregunté—. ¿Emily no lo hubiera entendido?

—Uf, ya te digo. —Xander hizo una pausa—. Em lo descubrió esa noche. Y se lo tomó como una traición.

«Esa noche —repetí para mis adentros—, la noche que falleció».

La música llegó a su fin y Xander me soltó la mano, aunque siguió rodeándome la cintura con el brazo.

—Sonríe para la prensa —murmuró—. Dales una historia. Mírame a los ojos. Siente el peso de mi encanto. Piensa en tu pastel favorito.

Esbocé una sonrisa con los labios y Xander Hawthorne me escoltó al abandonar la pista de baile para ir a buscar a Alisa.

—Ya puedes irte —me dijo contenta—. Si quieres.

«Joder si quiero», pensé.

—¿Vienes? —le pregunté a Xander.

La invitación pareció sorprenderlo.

—No puedo. —Hizo una pausa—. He resuelto el Black Wood. —Aquello captó toda mi atención—. Podría ganar. —Bajó la mirada para clavarla en sus elegantes zapatos—. Pero Jameson y Grayson lo necesitan más. Vuelve a la Casa Hawthorne. Te estará esperando un helicóptero cuando llegues. Pídele al piloto que sobrevuele el Black Wood.

«¿Un helicóptero?», repetí para mis adentros.

—Adondequiera que vayas —me dijo Xander—, ellos te seguirán.

Ellos. Sus hermanos.

—Creía que querías ganar —le contesté.

Tragó saliva. Con esfuerzo.

—Y quiero.

CAPÍTULO 77

Cuando Xander me prometió un helicóptero, solo le creí a medias y, sin embargo, ahí estaba: en el césped ante la Casa Hawthorne, con las aspas quietas. Oren no me dejó siquiera poner los pies a bordo hasta que hubo comprobado que todo estaba en orden. Incluso entonces se empeñó en ocupar el asiento del piloto. Me subí al asiento trasero y descubrí que Jameson ya estaba allí.

—¿Has pedido un helicóptero? —me preguntó, como si fuera la cosa más normal del mundo.

Me abroché el cinturón en el asiento contiguo al suyo.

—Me sorprende que hayas esperado para despegar.

—Ya te lo he dicho, Heredera. —Me dedicó una sonrisa torcida—. No quiero hacerlo solo.

Durante una décima de segundo fue como si volviéramos a estar en la pista de carreras, yendo a toda velocidad hacia la línea de meta. Y, entonces, percibí por el rabillo del ojo un destello negro ante el helicóptero.

Un esmoquin. La expresión de Grayson fue imposible de leer mientras se subía al helicóptero.

«¿Y te ha dicho Jameson que yo la maté?», el eco de su pregunta retumbaba en mi mente. Como si lo hubiera oído, Jameson giró la cabeza hacia Grayson igual que un resorte.

—¿Qué haces tú aquí?

Xander había dicho que adondequiera que fuera yo, ellos me seguirían. «Jameson no me ha seguido —me recordé con todos los nervios del cuerpo en tensión—. Ha llegado antes que yo».

—¿Puedo? —me preguntó Grayson, haciendo un ademán con la cabeza hacia el asiento libre.

Podía sentir la mirada de Jameson fija en mí, podía sentir lo mucho que quería que yo dijera que no.

Asentí.

Grayson se sentó detrás de mí. Oren hizo sus comprobaciones para asegurarse de que estábamos seguros y luego encendió el rotor. Al cabo de un minuto el ruido de las aspas era ensordecedor. El corazón se me subió a la garganta cuando emprendimos el vuelo.

Había disfrutado la primera vez que subí a un avión, pero aquello era distinto. Era superior. El ruido, la vibración, la sensación exagerada de que nada me separaba del aire... ni del suelo. El corazón me latía muy fuerte, pero no lo oía. No me oía pensar ni en cómo se le había roto la voz a Grayson cuando había hecho la pregunta, ni en cómo Jameson me había dicho que no tenía que besarlo ni tenía que caerme bien.

No podía pensar en otra cosa que en mirar hacia abajo.

Mientras sobrevolábamos el límite del Black Wood, pude ver la maraña de árboles que tenía debajo, tan densa que ni siquiera la luz del sol podía penetrar en ella. Sin embargo, cuando fijé la mirada en el centro del bosque, vi que la densidad de árboles era menor y que se abría un claro en el mismísimo centro. Jameson y yo nos estábamos acercando al claro cuando Drake había empezado a disparar. Ese día percibí que de pronto había hierba, pero no la había visto bien, al menos no como la veía en ese preciso instante.

Desde las alturas, el claro, el delgado anillo de árboles que lo rodeaba y el denso resto del bosque formaban una fina y esbelta letra O.

«O un cero», me dije.

Para cuando el helicóptero aterrizó, yo ya no cabía en mi piel y estaba a punto de estallar. Salté antes de que las aspas se hubieran detenido del todo, mareada y llena de adrenalina.

Ocho. Uno. Uno. Cero.

Jameson se me acercó de un salto.

—Lo hemos conseguido, Heredera. —Se detuvo justo delante de mí y levantó las manos, con las palmas arriba. Ebria de adrenalina tras el vuelo en helicóptero, hice lo mismo, y Jameson enlazó sus dedos con los míos—. Cuatro segundos nombres. Cuatro números.

Besarlo había sido un error. Cogerle las manos era un error. Pero me daba igual.

—Ocho, uno, uno, cero —enumeré—. Hemos descubierto los números en este orden, que es el mismo orden que el de las pistas del testamento. —Westbrook, Davenport, Winchester y Blackwood, en ese orden—. ¿Puede ser una combinación?

—Hay por lo menos una docena de cajas fuertes en la casa —reflexionó Jameson—. Pero existen otras posibilidades. Una dirección, coordenadas…, y no tenemos la certeza de que la pista no esté desordenada. Para resolverla, tal vez tengamos que alterar el orden.

«Una dirección. Coordenadas. Una combinación», repetí para mis adentros. Cerré los ojos un solo instante, lo suficiente para que mi cerebro pusiera en palabras otra posibilidad:

—¿Y una fecha?

Las cuatro pistas eran números, también eran dígitos individuales. Si se tratara de una cerradura de combinación o de coordenadas, habría esperado entradas de dos dígitos. Pero si se trataba de una fecha...

«El uno o el cero tendrían que ir al principio. 0-8-1-1 sería 08/11», pensé.

—El 8 de noviembre —dije, y luego repasé el resto de posibilidades—: 11/08, 11 de agosto. 18/01, 18 de enero.

Y luego llegué a la última posibilidad, a la última fecha.

Me quedé sin respiración. La coincidencia era tan grande que era imposible que se tratara de una simple coincidencia.

—Dieciocho y diez. El 18 de octubre. —Cogí una bocanada de aire con los dientes apretados. Sentía los nervios electrizados de todo el cuerpo—. Es mi cumpleaños.

«Tengo un secreto —me había dicho mi madre dos años atrás, el día que yo había cumplido los quince, pocos días antes de que muriera— del día que naciste».

—No. —Jameson me soltó las manos.

—Sí —dije—. Yo nací el 18 de octubre. Y mi madre...

—Esto no tiene nada que ver con tu madre.

Jameson apretó los puños y se apartó de mí.

—¿Jameson? —No entendía nada. Que Tobias Hawthorne me hubiera escogido por algo que había ocurrido el día que yo nací, diría mucho. Muchísimo—. Tal vez esto lo explica todo. ¿Igual conoció a mi madre cuando estaba de parto? ¿Quizá ella hizo algo por él mientras estaba embarazada de mí?

—Cállate.

La palabra restalló como un látigo. Jameson me miraba como si fuera un monstruo, como si estuviera rota, como si mi mera presencia pudiera provocarle náuseas a alguien, incluyéndolo, especialmente, a él.

—¿Qué te...?

—Los números no son una fecha.

«Que sí —pensé con vehemencia—. Lo son».

—Esto no puede ser la respuesta —me dijo.

Me acerqué a él, pero se apartó bruscamente. Sentí una mano que se me posaba en el brazo con suavidad. «Grayson», supe. Por mucho que me sujetara con dulzura, tuve la clara sensación de que quería retenerme.

¿Por qué? ¿Qué había hecho yo?

—Emily murió —me explicó Grayson con la voz tomada— el 18 de octubre del año pasado.

—Maldito enfermo de mierda —maldijo Jameson—. Todo este embrollo, las pistas, el testamento, ella... ¿Todo este embrollo por esto? ¿Buscó al azar a una persona nacida ese día para mandar un mensaje? ¿Nada menos que este mensaje?

—Jamie...

—No me hables. —Jameson apartó los ojos de Grayson y los fijó en mí—. A la mierda. No quiero saber nada más de esto.

Mientras se alejaba a grandes zancadas hacia la oscuridad, grité:

—¿Adónde vas?

—Felicidades, Heredera —respondió Jameson también a gritos. Su voz rezumaba de todo menos enhorabuena—. Supongo que has tenido la buena suerte de nacer el día indicado. Misterio resuelto.

CAPÍTULO 78

El acertijo tenía que esconder algo más que eso. A la fuerza tenía que haber más. Yo no podía ser simplemente una persona cualquiera nacida el día del año indicado. «Esto no puede acabar así», me dije. ¿Qué había de mi madre? ¿Qué había de su secreto, el secreto que había mencionado el día de mi cumpleaños, todo un año antes de la muerte de Emily? ¿Y qué había de la carta que Tobias Hawthorne me había dejado?

«Lo siento».

¿Por qué tenía que disculparse Tobias Hawthorne? «Ese hombre no se limitó a seleccionar al azar a una persona con el cumpleaños indicado. Tenía que haber algo más que eso», estaba segura de ello.

Y, aun así, todavía podía oír a Nash diciéndome: «Eres la bailarina de cristal, o la daga».

—Lo siento. —Grayson, todavía a mi lado, volvió a hablar—. Jameson no tiene la culpa de ser como es. Jameson no tiene la culpa... —dijo, pero al parecer el invencible Grayson Hawthorne tenía problemas para hablar— de que el juego acabe así.

Yo todavía llevaba el vestido de la gala. Todavía llevaba el pelo peinado con la trenza de Emily.

—Tendría que haberlo sabido. —La voz de Grayson rebosaba emociones—. Y lo sabía. El día que se leyó el testamento supe que todo esto era por mí.

Me acordé de cómo se había presentado Grayson en mi habitación del hotel esa noche. Estaba enfadado y determinado a descubrir qué había hecho yo.

—¿Qué dices tú ahora? —Busqué respuestas en sus ojos y en sus rasgos—. ¿Cómo va a ser todo esto por ti? Y ahora no me vengas con que mataste a Emily.

Nadie —ni siquiera Thea— había dicho que la muerte de Emily hubiera sido un asesinato.

—Lo hice —insistió Grayson, cuya voz sonaba grave y vibrante por la intensidad—. De no haber sido por mí, ella no hubiera estado allí. No habría saltado.

«Saltado», repetí para mis adentros. Se me quedó la boca seca.

—¿Allí dónde? —pregunté en voz baja—. ¿Qué tiene que ver todo esto con el testamento de tu abuelo?

Grayson tuvo un escalofrío.

—Tal vez tenía que contártelo yo —dijo al cabo de mucho rato—. Tal vez de eso se trataba desde el principio. Tal vez fueras tú desde el principio una mezcla de acertijo... y penitencia —dijo, agachando la cabeza.

«Yo no soy tu penitencia, Grayson Hawthorne», pensé. No pude llegar a decirlo en voz alta porque el chico había empezado a hablar de nuevo. Y, una vez hubo empezado, hubiera costado un milagro hacerlo callar.

—La conocíamos de toda la vida. El señor y la señora Laughlin llevan décadas en la Casa Hawthorne. Su hija y sus nietas vivían en California. Las chicas venían de visita dos veces al año: en Navidades con sus padres y luego en verano, durante tres semanas, solas. No las veíamos mucho durante las Navidades, pero los veranos los pasábamos jugando todos juntos. Era un poco como unos campamentos de verano, a decir verdad. Uno tiene amigos del campamento a quienes solo ve una vez al año, que no forman parte de su vida cotidiana. Eso eran Emily... y Rebecca. Eran muy distintas de nosotros cuatro. Skye decía que era porque ellas eran chicas, pero yo siempre había pensado que era porque solo eran dos, y Emily llegó primero. Era imparable y tenía un carácter muy fuerte, sus padres siempre temían que se esforzara más de la cuenta. Le permitían jugar a las cartas con nosotros, juegos dentro de casa, pero no la dejaban deambular por ahí como nosotros, ni tampoco correr. Un día nos convenció para que le lleváramos cosas y acabó convirtiéndose más o menos en una tradición. Emily nos mandaba en busca de algo y ganaba quien encontraba lo que ella había pedido. Cuanto más raro y difícil de encontrar, mejor.

—¿Qué ganabais? —pregunté.

Grayson se encogió de hombros.

—Somos hermanos. No teníamos que ganar nada en concreto, solo ganar.

Aquello hizo mella.

—Y entonces fue cuando Emily recibió el trasplante —dije.

Jameson me lo había contado. Me había dicho que después de la intervención había querido vivir de verdad.

—Sus padres todavía eran protectores, pero Emily ya estaba harta de vivir en una jaula de cristal. Ella y Jameson tenían trece años. Yo tenía catorce. Los veranos se comportaba como si nada, era una temeraria consumada. Rebecca siempre nos iba a la zaga para que fuéramos con cuidado, pero Emily insistía en que sus médicos le habían dicho que su nivel de actividad solo se limitaba por su resistencia física. Si podía hacerlo, no había motivo alguno para que no lo hiciera. La familia se trasladó aquí de forma permanente cuando Emily tenía dieciséis años. Ella y Rebecca no vivían en la finca como cuando venían de visita, pero mi abuelo les pagó la matrícula para que fueran al instituto privado.

Empecé a comprender por dónde iba la cosa.

—Ya no era solo una amiga de campamento de verano.

—Lo era todo —replicó Grayson. Y no lo dijo precisamente a modo de cumplido—. Emily tenía a todo el instituto comiendo de la palma de su mano. Aunque eso tal vez fue culpa nuestra.

«Incluso el mero hecho de estar relacionada con los Hawthorne cambia el modo en que la gente te mira», recordé que me había dicho Thea.

—O tal vez —continuó Grayson— fue sencillamente que era Em. Demasiado lista, demasiado guapa, y se le daba demasiado bien conseguir lo que quería. No tenía miedo.

—Y te quería a ti —intervine—. Y a Jameson, y no quería escoger.

—Lo convirtió en un juego —dijo Grayson, sacudiendo la cabeza—. Y vaya si jugamos. Me gustaría decir que fue porque la queríamos, que lo hicimos por ella, pero ni siquiera sé si era del todo verdad. No hay nada que caracterice más a un Hawthorne que el afán por ganar.

¿Emily lo sabía? ¿Lo usó para su propia conveniencia? ¿Le hizo daño alguna vez?

—La cosa era que... —prosiguió Grayson, atragantándose con su propia voz—. No solo nos quería a nosotros. También quería lo que podíamos ofrecerle.

—¿Dinero?

—Experiencias —replicó Grayson—. Emociones fuertes. Carreras de coches y motos y manipular serpientes exóticas. Fiestas y discotecas y lugares donde no teníamos que estar. Era una descarga de adrenalina, para ella y para nosotros. —Hizo una pausa—. Para mí —se corrigió—. No sé qué era, exactamente, para Jamie.

«Jameson rompió con ella la noche que murió», recordé.

—Una noche, muy tarde, Emily me llamó. Me dijo que había cortado con Jameson, que solo me quería a mí. —Grayson tragó saliva—. Quería celebrarlo. Hay un lugar llamado Hell's Gate. Es un acantilado que da al golfo, uno de los lugares más famosos del mundo para hacer salto de acantilado. —Grayson agachó la cabeza—. Sabía que era mala idea.

Intenté formular palabras, las que fueran.

—¿Cómo de mala?

Llegados a ese punto, Grayson respiraba con una cierta dificultad.

—Cuando llegamos allí, yo me dirigí a uno de los acantilados más bajos. Emily se fue al más alto. Ignoró las señales de peligro. Ignoró las advertencias. Era noche cerrada. Ni siquiera tendríamos que haber estado allí. Yo no sabía por qué no me había dejado esperar hasta que se hiciera de día, no lo supe hasta más tarde, cuando me di cuenta de que me había mentido al decirme que me escogía a mí.

Jameson había roto con ella. Ella había llamado a Grayson y no estaba de humor para esperar.

—¿Se mató al saltar desde el acantilado? —pregunté.

—No —respondió Grayson—. Estaba bien. Estábamos bien los dos. Fui a buscar las toallas, y cuando volví... Emily ya no estaba ni siquiera en el agua. Yacía en la orilla. Muerta. —Cerró los ojos—. El corazón.

—Tú no la mataste —afirmé.

—La mató la adrenalina. O la altitud, o el cambio de presión. ¡No lo sé! Jameson no quería llevarla allí. Y yo no tendría que haberlo hecho.

«Emily tomó sus decisiones. Tenía criterio. No era cosa tuya decirle que no», pensé. Supe por instinto que decir todo eso, aunque fuera cierto, no llevaría a nada bueno.

—¿Sabes qué me dijo mi abuelo después del funeral de Emily? «Primero la familia». Me dijo que lo que le había ocurrido a Emily no habría pasado si yo hubiera puesto a mi familia por delante. Si me hubiera negado a seguirle el juego, si hubiera escogido a mi hermano antes que a ella. —A Grayson se le tensaron las cuerdas vocales en la garganta, como si quisiera decir algo más pero no pudiera. Al fin, salió—: De eso se trata todo esto. Uno-ocho-uno-cero. El 18 de octubre. El día que Emily murió. Tu cumpleaños. Es la manera de mi abuelo de confirmar lo que, en el fondo, ya sabía. Que todo esto, absolutamente todo, es por mí.

CAPÍTULO 79

Cuando Grayson se fue, Oren me escoltó de vuelta a la casa.

—¿Qué has oído? —le pregunté.

Mi mente era un torbellino de pensamientos y emociones que no sabía si estaba preparada para gestionar.

Oren me miró fijamente.

—¿Qué quieres que haya oído?

Me mordí el interior del labio.

—Tú conocías a Tobias Hawthorne. ¿Podría haberme escogido como heredera solo porque Emily Laughlin murió el día de mi cumpleaños? ¿Decidió dejar su fortuna a una persona cualquiera nacida el 18 de octubre? ¿Hacer un sorteo?

—No lo sé Avery. —Oren sacudió la cabeza—. La única persona que verdaderamente sabía qué pensaba Tobias Hawthorne era el propio señor Hawthorne.

Recorrí los pasillos de la Casa Hawthorne de vuelta al ala que compartía con mi hermana. No tenía claro si Grayson o Jameson volverían a dirigirme la palabra algún día. Ni siquiera sabía qué me deparaba el futuro ni por qué la idea de haber sido escogida por una razón absolutamente trivial me había sentado como un puñetazo en el estómago.

¿Cuántas personas había en el mundo nacidas el mismo día que yo?

Me detuve en la escalera, delante del retrato de Tobias Hawthorne que Xander me había enseñado hacía lo que se me antojó una eternidad. Me exprimí el cerebro, igual que lo había hecho ese día, en busca de un recuerdo, cualquier momento de mi vida en que mi camino se hubiera cruzado con el del multimillonario. Miré a Tobias Hawthorne a los ojos —los ojos argénteos de Grayson— y le pregunté en silencio por qué.

¿Por qué yo?

¿Por qué se disculpaba?

Me imaginé a mi madre jugando a *Tengo un secreto*. «¿Sucedió algo el día que nací?», me pregunté.

Miré el retrato fijamente, observando cada surco del rostro del anciano, cada rasgo de su personalidad escondido en la postura, cada color apagado que conformaba el fondo del lienzo. No obtuve respuestas. Mis ojos tropezaron con la firma del artista.

Tobias Hawthorne X. VIII. X.

Volví a mirar los ojos argénteos del anciano. «La única persona que verdaderamente sabía qué pensaba Tobias Hawthorne era el propio señor Hawthorne», recordé. Era un autorretrato. ¿Y las letras que había junto al nombre?

—Números romanos —susurré.

—¿Avery? —me dijo Oren, de pie a mi lado—. ¿Va todo bien?

En números romanos, x era diez, v era cinco y i era uno.

—Dieciocho. —Coloqué el dedo bajo las primeras letras, que leí como una sola unidad, y luego avancé hasta la última x—. Diez.

Recordé el espejo que escondía la armería y alargué la mano para tocar la parte posterior del marco del retrato. No estaba segura de qué era lo que buscaba hasta que lo encontré. Un botón. «Para accionarlo», pensé. Lo pulsé y el retrato pivotó hacia fuera.

Detrás, en la pared, había un panel de combinación.

—¿Avery? —repitió Oren, pero yo ya había acercado los dedos a las teclas.

«¿Y si los números no son la respuesta final? —La posibilidad me atrapó en sus fauces y no quiso soltarme—. ¿Y si están pensados para conducir a la siguiente pista?».

Introduje con el dedo índice la combinación más evidente.

—Uno. Ocho. Uno. Cero.

Se escuchó un pitido y luego el escalón que tenía debajo empezó a elevarse para dejar a la vista un compartimento secreto. Me agaché y metí la mano. Solo había una cosa en el escalón hueco: un trocito de cristal de color. Era morado, tenía forma de octágono y un agujero diminuto en la parte superior, a través del cual habían ensartado una cinta fina y brillante. Parecía casi un adorno navideño.

Sujeté el cristal por la cinta y me fijé en la cara interna del panel. Grabado en la madera aparecía el poema siguiente:

Corona el reloj
Me hallarás en la cumbre
Saluda las tinieblas

Despídete de la lumbre
Un giro y una vuelta
¿Qué ve tu mirada?
Tómalos de dos en dos
Te espero en mi morada

CAPÍTULO 80

No sé qué se suponía que tenía que hacer con el adorno de cristal morado ni cómo tenía que interpretar las palabras escritas bajo el escalón, pero mientras Libby me ayudaba a deshacerme el recogido, vi que una cosa estaba clara como el agua.

El juego no había acabado.

Al día siguiente por la mañana, seguida por Oren, fui a buscar a Jameson y a Grayson. Encontré al primero en el solárium, de pie bajo el sol con el torso desnudo.

—Vete —espetó en cuanto abrí la puerta, sin molestarse en mirar quién era.

—He encontrado algo —le dije—. No creo que la fecha sea la respuesta. Bueno, no del todo.

No me contestó.

—Jameson, ¿me estás escuchando? ¡He encontrado algo!

Desde que lo conocía, aunque no hacía mucho de ello, Jameson había sido testarudo y obsesivo. Lo que llevaba en la mano tendría que haberle arrancado al menos una pizca de curiosidad, pero cuando se volvió para mirarme con los ojos apagados, lo único que dijo fue:

—Puedes tirarla con el resto.

Y entonces vi que allí al lado había una papelera y, en ella, al menos media docena de octágonos de cristal morado, idénticos hasta en la cinta al que yo tenía en la mano.

—Los números dieciocho y diez están por toda la maldita casa. —Jameson no alzó la voz ni hizo aspavientos—. Los encontré grabados en el suelo de mi vestidor. Y esa mierda lila estaba debajo.

Ni siquiera se dignó a señalar la papelera ni a especificar a qué cristal morado se refería de entre todos los que había.

—¿Y el resto? —pregunté.

—En cuanto empecé a buscar los números, no pude parar. Una vez que lo has visto —dijo Jameson en voz baja—, ya no puedes dejar de verlos. El viejo se creía muy listo. Seguro que escondió centenares de copias de la cosa esta por toda la casa. Encontré una araña de techo con dieciocho cristales en el anillo exterior y diez en el central, y un compartimento secreto debajo. Hay dieciocho azulejos en la fuente de ahí fuera y diez rosas finamente dibujadas en su superficie. Los cuadros de la sala de música… —Jameson bajó la mirada—. Allí donde mire, allí a donde vaya, me encuentro otro recordatorio.

—¿No lo ves? —le espeté—. Es imposible que tu abuelo hiciera todo esto tras la muerte de Emily. Os habríais dado cuenta de que había…

—¿Gente trabajando en la casa? —Jameson acabó mi frase—. El gran Tobias Hawthorne añadía una habitación o un ala cada año, y en una casa de este tamaño siempre hay algo que reparar o que cambiar. Mi madre no para de comprar cuadros, fuentes, arañas de techo. No nos habríamos dado cuenta de nada.

—Dieciocho-diez no es la respuesta —insistí, buscando sus ojos con los míos—. Seguro que tú también te has dado cuenta. Es una pista, una pista que no quería que pasáramos por alto.

Hablé en plural. Usé el plural y lo hice a propósito. Pero no importó.

—Para mí, dieciocho-diez es una respuesta más que suficiente —afirmó Jameson, dándome la espalda—. Ya te lo dije, Avery, no pienso jugar más.

Grayson fue más difícil de encontrar. Al final acabé por buscar en la cocina y me encontré a Nash en lugar de a su hermano.

—¿Has visto a Grayson? —le pregunté.

Nash lucía una expresión cautelosa.

—Me parece que no quiere verte, chiquilla.

La noche anterior, Grayson no me había culpado a mí. No había estallado. Pero después de contarme lo de Emily, se había ido.

Me había dejado sola.

—Necesito verlo —le dije.

—Dale tiempo —me aconsejó Nash—. A veces tienes que dejar respirar una herida para poder curarla.

Acabé de vuelta a la escalinata del ala este, de vuelta ante el retrato. Oren recibió una llamada y supuse que había decidido que la amenaza estaba suficientemente controlada, porque ya no tenía la necesidad de vigilarme mientras me pasaba el día merodeando por la Casa Hawthorne. Se excusó y yo volví a escrutar el retrato de Tobias Hawthorne.

Me había parecido cosa del destino encontrar la pista en su retrato, pero después de hablar con Jameson, tuve claro que no era ninguna señal, ni siquiera una coincidencia. La pista que yo había encontrado era una de tantas. «Usted no quería que se les pasara por alto», le dije al multimillonario en silencio. Si el hombre realmente había hecho todo eso tras la muerte de Emily, su persistencia me pareció cruel.

«¿Quería asegurarse de que no olvidaran lo que había sucedido?

»¿Todo este retorcido juego no es más que un recordatorio, un recordatorio incesante, de que la familia va por delante de todo?

»¿Soy solo eso?», le pregunté para mis adentros.

Jameson había dicho, desde el mismísimo principio, que yo era especial. No fue hasta ese momento cuando me di cuenta de lo desesperadamente que había querido que tuviera razón, lo mucho que anhelaba no ser invisible, no ser papel pintado. Quería creer que Tobias Hawthorne había visto algo en mí que le había confirmado que yo podía hacerlo, que podía soportar las miradas y ser el centro de atención, la responsabilidad, los acertijos, las amenazas..., todo. Quería ser importante.

No quería ser la bailarina de cristal ni la daga. Quería demostrar, al menos a mí misma, que era alguien.

Quizá Jameson no quisiera seguir jugando, pero yo quería ganar.

CAPÍTULO 81

Corona el reloj
Me hallarás en la cumbre
Saluda las tinieblas
Despídete de la lumbre
Un giro y una vuelta
¿Qué ve tu mirada?
Tómalos de dos en dos
Te espero en mi morada

Me quedé sentada en la escalera, observando las palabras, y luego analicé el poema verso a verso, mientras hacía girar el trozo de cristal morado entre las manos. «Corona del reloj». Me imaginé la esfera de un reloj. «¿Qué corona el reloj?», me pregunté.

—El doce.

Lo medité un rato. «El número que corona el reloj es el doce». Como si fuera un dominó, aquello desató una reacción en cadena en mi mente. «Me hallarás en la cumbre». ¿En la cumbre de qué?

—Mediodía.

No era más que una suposición, pero los dos versos siguientes parecían confirmarlo. El mediodía tenía lugar, como su nombre indica, en la mitad del día, cuando te despides de la luz y saludas a lo que viene después.

Avancé hacia la segunda parte del acertijo… y no saqué nada.

Un giro y una vuelta
¿Qué ve tu mirada?
Tómalos de dos en dos
Te espero en mi morada

Me concentré en el cristal morado. ¿Acaso tenía que girarlo? ¿Darle la vuelta? ¿Teníamos que unir todas esas piezas de alguna manera?

—Parece que te hayas tragado una ardilla —dijo Xander, dejándose caer a mi lado, en la escalera.

Evidentemente, no parecía que me hubiera tragado una ardilla, pero supuse que era la manera de Xander de preguntarme si estaba bien, así que lo dejé correr.

—Tus hermanos no quieren saber nada de mí —le dije en voz baja.

—Supongo que mi amable gesto de mandaros a todos juntos al Black Wood explotó. —Xander hizo una mueca—. Francamente, casi todo lo que hago acaba explotando.

Aquello me arrancó una risotada. Moví el escalón para que lo viera.

—El juego no ha acabado —afirmé. Leyó la inscripción y añadí—: Lo encontré anoche, después de sobrevolar el Black Wood. —Le enseñé el cristal morado—. ¿Qué me dices de esto?

—Espera —empezó a decir Xander pensativo—. ¿Dónde he visto yo algo así?

CAPÍTULO 82

No había vuelto a la Gran Sala desde la lectura del testamento. La vidriera de colores era muy larga —casi tres metros de alto por apenas uno de ancho— y su base quedaba a la altura de mi coronilla. El diseño era simple y geométrico. Las esquinas superiores eran dos octágonos y tenían exactamente el mismo tamaño, tono, color y forma que el que yo tenía en la mano.

Alargué el cuello para poder verlo mejor. «Un giro y una vuelta...».

—¿Qué te parece? —me preguntó Xander.

Incliné la cabeza hacia un lado.

—Me parece que vamos a necesitar una escalera.

Encaramada en lo alto de la escalera, mientras Xander la sujetaba desde abajo, presioné con la mano uno de los octágonos de la vidriera. Al principio no pasó nada, pero luego empujé el lado izquierdo y el octágono rotó setenta grados, y luego algo lo frenó.

«¿Eso puede considerarse un giro?», me pregunté.

Giré el segundo octágono. Al presionar los lados, izquierdo y derecho, no pasó nada, pero al empujar la parte inferior sí. El cristal dio una vuelta de unos ciento ochenta grados antes de quedarse fijo en el sitio.

Bajé para volver con Xander, que sujetaba la escalera, sin ver claro qué había conseguido.

—«Un giro y una vuelta —recité—. ¿Qué ve tu mirada?».

Retrocedimos un poco para tener mayor perspectiva. El sol brillaba a través de la ventana, lo cual inundó el suelo de la Gran Sala de luces de colores difusos. Los dos paneles que había accionado, en cambio, proyectaban rayos morados. Al final, ambos rayos se cruzaban.

«¿Qué ve tu mirada?», repetí para mis adentros.

Xander se agachó junto al punto de unión de los dos rayos.

—Nada —dijo, tras examinar la plancha de madera—. Esperaba que se abriera o que cediera.

Volví al acertijo. «¿Qué ve tu mirada?». Veía la luz. Veía los dos rayos de luz que se cruzaban... Al no sacar nada de la observación, retrocedí un poco más por los versos del poema. Hasta el mismísimo principio.

—Mediodía —recordé—. La primera parte del acertijo describe el mediodía. —Los mecanismos de mi cerebro giraban a toda velocidad—. Seguro que el ángulo de los rayos de luz depende, al menos un poco, del ángulo del sol. ¿Tal vez el «giro» y la «vuelta» solo muestran lo que tenemos que ver al mediodía?

Xander se lo planteó un instante.

—Podríamos esperar —dijo—. O... —añadió, alargando mucho la palabra— podríamos hacer trampas.

Nos separamos para analizar las planchas de madera de esa zona. No quedaba mucho rato para el mediodía. Los ángulos no podían cambiar tanto. Golpeé con el pulpejo de la mano una plancha tras otra. «Fija. Fija. Fija», me iba diciendo.

—¿Encuentras algo? —me preguntó Xander.

«Fija. Fija. Suelta», comprobé. La plancha que había tocado no se movía mucho, pero cedía más que las otras.

—¡Xander, aquí!

Se plantó a mi lado, colocó las manos sobre la plancha y presionó. La plancha salió hacia fuera. Xander la apartó y quedó a la vista una pequeña rueda de combinación. La giré sin saber mucho qué esperar. Para cuando me quise dar cuenta, Xander y yo nos estábamos hundiendo. El suelo que nos rodeaba se estaba hundiendo.

Cuando se quedó quieto, Xander y yo ya no estábamos en la Gran Sala. Estábamos debajo de ella y, justo delante de nosotros, había una escalera. Corrí el riesgo de suponer que esa era una de las entradas a los túneles que Oren no conocía.

—Baja los escalones de dos en dos —le dije a Xander—. Eso dice el verso siguiente. «Tómalos de dos en dos / Te espero en mi morada».

CAPÍTULO 83

No tenía ni idea de qué habría sucedido si no hubiéramos bajado los escalones de dos en dos, pero me alegré de no descubrirlo.

—¿Habías estado en los túneles alguna vez? —le pregunté a Xander en cuanto llegamos al pie de la escalera sin haber sufrido ningún percance.

Xander tardó lo suficiente en responder para que mi pregunta pareciera capciosa.

—No.

Me concentré y analicé el espacio que nos rodeaba. Los túneles eran de metal, como si se tratara de una cañería gigantesca o de algo sacado de un alcantarillado, pero estaban sorprendentemente bien iluminados. «¿Luces de gas?», me pregunté. Había perdido por completo la noción de la profundidad a la que nos encontrábamos. Ante nosotros, los túneles se separaban en tres direcciones.

—¿Y ahora? —le pregunté a Xander.

Muy solemne, el chico señaló hacia delante.

Fruncí el ceño.

—¿Cómo lo sabes?

—Pues —empezó a decir Xander alegremente— porque lo dice él.

Hizo un ademán hacia mis pies. Bajé la mirada y chillé.

Me llevó un momento darme cuenta de que había gárgolas al pie de la escalera y de que eran prácticamente idénticas a las que había en la Gran Sala. Aun así, la gárgola de la izquierda tenía una mano y un dedo extendidos, señalando el camino.

«Te espero en mi morada», pensé.

Empecé a caminar y Xander me siguió. Me pregunté si él tendría idea de hacia qué nos dirigíamos.

«Te espero en mi morada», me repetí.

Me acordé de cuando Xander me había dicho que, aunque yo creyera que había manipulado a Tobias Hawthorne, en realidad habría sido el viejo quien me hubiera manipulado a mí.

«Está muerto —me dije—. ¿Verdad?». Aquella idea me impactó. La prensa sin duda pensaba que Tobias Hawthorne había muerto. Su familia parecía creerlo también. Pero ¿habían visto su cuerpo?

¿Qué podía significar, si no, «Te espero en mi morada»?

Al cabo de cinco minutos, nos dimos de bruces contra una pared. No había ningún camino alternativo, no había nada a la vista, ningún recodo que hubiéramos podido tomar desde que habíamos emprendido el camino.

—Quizá la gárgola miente. —Xander pareció disfrutar más de la cuenta de esa afirmación.

Empujé la pared. Y nada. Me di la vuelta.

—¿Se nos ha escapado algo?

—Tal vez —reflexionó Xander— ¡la gárgola miente!

Me volví hacia el túnel que nos había llevado hasta allí. Desanduve lo andado lentamente, escrutando cada detalle del túnel. Centímetro a centímetro.

—¡Mira! —le dije a Xander—. Aquí.

Había una rejilla metálica integrada en el suelo. Me agaché. En el metal aparecía grabado el nombre de una marca, pero el tiempo había borrado casi todas las letras. Las únicas que quedaban eran ADA...

—La morada —susurré.

Me puse en cuclillas, agarré la rejilla con los dedos y tiré. Nada. Volví a tirar y, esa segunda vez, la rejilla cedió. Me caí hacia atrás, pero Xander me sujetó.

Ambos nos quedamos mirando el agujero que había aparecido a nuestros pies.

—Cabe la posibilidad —susurró Xander— de que la gárgola dijera la verdad. —Sin esperarme, se metió en el agujero y se dejó caer—. ¿Vienes?

«Si Oren se enterara de lo que estoy haciendo, me mataría —pensé, pero me dejé caer de todos modos y me descubrí en el interior de una pequeña habitación—. ¿A cuánta profundidad estaremos?». La sala tenía cuatro paredes, tres de las cuales eran idénticas. La cuarta estaba hecha de cemento. Y, en el cemento, había tres letras grabadas.

A. K. G.

Mis iniciales.

Caminé hacia las letras, hipnotizada, y luego vi una luz roja como un láser que me escaneaba el rostro. Se escuchó un pitido y, acto seguido, la pared se partió en dos, como si se tratara de las hojas de un ascensor. Detrás había una puerta.

—Reconocimiento facial —comentó Xander—. Daba igual cuál de nosotros encontrara este lugar. Sin ti, no hubiéramos podido cruzar la pared.

Pobre Jameson. Tanto esforzarse para mantenerme cerca y va y se deshace de mí antes de que pudiera llevar a cabo mi parte. «La bailarina de cristal. La daga. La chica con la cara que abre la pared que revela una puerta que...», ironicé.

—Que ¿qué? —acabé en voz alta.

Me acerqué a la puerta para examinarla. Había cuatro paneles táctiles, uno en cada esquina de la puerta. Xander tocó uno para activarlo y apareció la imagen de una mano fluorescente.

—Oh, oh —dijo Xander.

—¿Cómo que «oh, oh»? —pregunté.

—Este tiene las iniciales de Jameson. —Xander examinó el siguiente—. Las de Grayson. Las de Nash. —Al llegar al último panel, se paró—. Las mías.

Colocó la mano plana sobre la pantalla. Emitió un pitido y luego oí un ruido parecido al de un cerrojo al descorrerse.

Intenté accionar la manija.

—Sigue cerrada.

—Cuatro llaves —afirmó Xander con una mueca—. Cuatro hermanos.

Mi rostro había sido necesario para llegar hasta allí. Para seguir adelante hacían falta sus manos.

CAPÍTULO 84

Xander me dejó custodiando la sala. Me dijo que volvería. Con sus hermanos.

Más fácil de decir que de conseguir. Jameson había dejado muy claro lo que pensaba. Grayson había puesto muy difícil que lo encontráramos. Nash se había mantenido al margen del juego de su abuelo desde el principio. «¿Y si no vienen?», me planteé. Detrás de esa puerta nos esperaba lo que fuera que Tobias Hawthorne había querido que encontráramos. El 18 de octubre no era la respuesta, o no del todo.

Con todas las personas en el mundo que habían nacido el día de mi cumpleaños, ¿por qué yo? ¿Por qué se disculpaba el multimillonario? «Hay demasiadas piezas —pensé—. Y no sé encajarlas de ninguna manera». Necesitaba ayuda.

Se oyeron pasos a través del techo. Y, de repente, el sonido cesó

—¿Xander? —grité. No obtuve ninguna respuesta . ¿Xander, eres tú?

Más pasos, se acercaban. «¿Quién más sabe de la existencia de este túnel?», me pregunté. Había estado tan concentrada en encontrar las respuestas y en seguir con aquello hasta el final que casi se me había olvidado que alguien de la Casa Hawthorne había proporcionado a Drake acceso a los túneles.

A esos túneles.

Me pegué contra la pared. Podía oír a alguien moviéndose justo por encima de mi cabeza. Los pasos se detuvieron. Una figura apareció sobre mí, a contraluz, y se cernió sobre la única salida de ese lugar. «Una chica. Pálida», observé.

—¿Rebecca?

CAPÍTULO 85

—Avery. —Rebecca fijó sus ojos en mí—. ¿Qué haces aquí?

Habló con perfecta naturalidad, pero yo no podía quitarme de la cabeza que Rebecca Laughlin había estado en la finca la noche que Drake me había disparado. No tenía coartada, porque cuando llegamos al Chalet Wayback no se encontraba allí y sus abuelos no sabían dónde estaba. Y, además, me había asegurado que tenía que advertirme de algo.

Al día siguiente, Rebecca tenía cara —según Thea— de haber llorado. ¿Por qué?

—¿Dónde estabas? —le pregunté con la boca cada vez más seca—. ¿Dónde estabas la noche del tiroteo?

Rebecca cerró los ojos.

—No tienes ni idea de lo que es —dijo en voz baja— que toda tu vida gire alrededor de una persona y que, de pronto, un día te levantes y esa persona ya no esté.

Aquello no respondía a mi pregunta. Me acordé de cuando Thea me contó que solo hacía lo que Emily habría querido.

«¿Y qué habría querido Emily que me hiciera Rebecca?», me pregunté.

Xander tenía que volver. Y rápido.

—Fue culpa mía, ¿sabes? —prosiguió Rebecca, todavía desde allí arriba y con los ojos cerrados—. Emily estaba corriendo muchísimos riesgos. Se lo conté a mis padres. La castigaron y le prohibieron que volviera a ver a los Hawthorne. Pero Em tenía recursos. Convenció a nuestra madre y a nuestro padre de que se había cansado de comportarse de aquella manera. No le permitieron ver a los chicos, pero sí empezaron a darle permiso para quedar con Thea.

—Thea —repetí—, con quien tú salías en secreto.

Rebecca abrió los ojos al instante.

—Emily nos descubrió aquella tarde. Y se enfadó. En cuanto me quedé a solas con ella, me dijo que lo que teníamos Thea y yo no era amor, que si Thea me quisiera de verdad, nunca habría fingido que estaba con Xander. Emily dijo... —Llegado ese momento, Rebecca estaba absoluta y furiosamente atrapada en el recuerdo—. Me dijo que Thea la quería más a ella y que me lo demostraría. Le pidió a Thea que la encubriera con lo del salto del acantilado. Yo le supliqué a Thea que no lo hiciera, pero me dijo que, al fin y al cabo, se lo debíamos.

Thea había encubierto a Emily la noche que había muerto.

—Emily convenció a los chicos para hacer muchas cosas, y la mayoría podía hacerlas, pero ni siquiera los profesionales del salto de acantilado se lanzan desde lo alto de Hell's Gate. Habría sido peligroso para cualquiera, pero ¿tanta adrenalina, tanto cortisol, un cambio de altitud y de presión como ese, con su corazón? —Rebecca hablaba en voz tan baja que no tuve claro si recordaba que la estaba escuchando—. Había intentado avisar a mis padres de lo que iba a hacer mi hermana, pero no sirvió de nada. Había intentado suplicarle a Thea, pero ella prefirió a Emily. Así que decidí acudir a Jameson. En principio era él quien tenía que llevarla a Hell's Gate.

Rebecca agachó la cabeza y la cabellera pelirroja le ocultó el rostro. Thea tenía razón: Rebecca Laughlin era preciosa. Aun así, en ese momento parecía algo desequilibrada.

—Yo tenía una grabación de voz —me contó en voz baja— de Emily hablando. Siempre me explicaba lo que los chicos hacían con, por y para ella. Le gustaba llevar la cuenta. —Rebecca hizo una pausa, y cuando volvió a hablar la voz le salió más afilada—. Le puse la grabación a Jameson. Me dije que lo hacía para proteger a mi hermana, para que no se la llevara a los acantilados. Pero la verdad es que lo hice porque me había quitado a Thea.

«Y por eso tú le quitaste algo a ella», pensé.

—Jameson rompió con ella —le dije.

Me lo había contado él mismo.

—Si no lo hubiera hecho —contestó Rebecca—, tal vez Emily no tendría que haber llevado las cosas tan lejos. Quizá se habría ablandado y habría saltado de uno de los acantilados más bajos. Igual no habría pasado nada. —Luego se le suavizó la voz—. Si aquella tarde Emily no nos hubiera pillado juntas a Thea y a mí, si no se hubiera tomado nuestra relación como una auténtica traición, tal vez no habría necesitado saltar.

Rebecca se culpaba a sí misma. Thea culpaba a los chicos. Grayson había cargado sobre sus hombros con el peso de todo lo ocurrido. Y Jameson...

—Lo siento.

La disculpa de Rebecca me arrancó de mis pensamientos. Su tono me decía que ya no hablaba de Emily. Que no hablaba de nada que hubiera ocurrido un año atrás.

—¿El qué? —quise saber.

«¿Qué estás haciendo aquí abajo, Rebecca?», me pregunté a mí misma.

—Yo no tengo nada contra ti, pero es lo que Emily habría querido.

«Esta chica no está bien», pensé. Tenía que encontrar la manera de irme de allí. Tenía que alejarme de ella.

—Emily te habría odiado por robarles su dinero. Habría odiado la forma en que te miran.

—Y por eso decidiste deshacerte de mí —contesté con tal de ganar tiempo—. Por Emily.

Rebecca se quedó mirándome.

—No.

—Tú sabías lo de los túneles y, de alguna manera, se lo contaste a Drake…

—¡No! —insistió Rebecca—. Avery, yo no haría algo así.

—Lo has dicho tú misma. Emily habría querido quitarme de en medio.

—Pero yo no soy como Emily. —Las palabras le salieron con voz gutural.

—Entonces, ¿por qué te disculpas? —le pregunté.

Rebecca tragó saliva.

—El señor Hawthorne me contó lo de los túneles un verano cuando era pequeña. Me mostró todas las entradas, me dijo que me merecía tener algo solo para mí. Un secreto. Bajo siempre que necesito estar sola, a veces cuando visito a mis abuelos. Desde que Emily murió es horrible estar en mi casa, así que a veces accedo desde el exterior.

Esperé.

—¿Y?

—La noche del tiroteo vi a otra persona en los túneles. No dije nada porque Emily no habría querido que lo hiciera. Se lo debía, Avery. Después de todo lo que hice, se lo debía.

—¿A quién viste? —pregunté. No me contestó—. ¿A Drake?

Rebecca me miró a los ojos.

—No estaba solo.

—¿A quién más viste? —Esperé. Nada—. Rebecca, ¿a quién más viste en el túnel con Drake?

¿A quién habría querido proteger Emily?

—¿A uno de los chicos? —planteé, sintiendo que el suelo se hundía bajo mis pies.

—No —respondió Rebecca en voz baja—. A su madre.

CAPÍTULO 86

—¿A Skye?

Intenté asimilarlo. Skye nunca me había parecido una amenaza, al menos no como Zara. Pasivo-agresiva sí, y mezquina. ¿Pero violenta?

«Estamos en confianza, ¿no? —Todavía la podía oír afirmándolo—. Para mí es fundamental tener confianza con quien me arrebata mis derechos de nacimiento».

Todavía la podía ver con la copa de champán en la mano, diciéndome que bebiera.

—Skye estaba aquí abajo con Drake la noche del tiroteo —dije, obligándome a hacer frente a las implicaciones sin rodeos—. Le dio acceso a la finca, probablemente incluso le mostró el camino hacia el Black Wood.

«Hacia mí», me dije.

—Tendría que habérselo dicho a alguien —afirmó Rebecca en voz baja—. Después de los disparos, en cuanto comprendí lo que había visto… tendría que haberlo contado.

—Sí. —Una voz pronunció esa palabra afilada como una daga, y no fui yo—. Tendrías que haberlo contado.

Grayson apareció en nuestro campo de visión.

Rebecca se volvió para mirarlo.

—Era vuestra madre, Gray. No podía...

—Me lo podrías haber dicho a mí —repuso Grayson con calma—. Yo me habría encargado de ello, Bex.

Dudé de que el método de Grayson de «encargarse de ello» hubiera implicado entregar a su madre a la policía.

—Drake lo volvió a intentar —afirmé, fulminando a Rebecca con la mirada—. Lo sabes, ¿verdad? Intentó provocar un accidente de coche. Podría haberme matado, y a Alisa y a Oren. Y a Thea.

Rebecca dejó escapar un grito ahogado en cuanto mencioné el nombre de Thea.

—Rebecca —dijo Grayson en voz baja.

—Lo sé —dijo ella—. Pero Emily no hubiera querido...

—Emily ya no está. —El tono de Grayson no era duro, pero sus palabras dejaron a Rebecca sin respiración—. Bex. —Grayson la obligó a mirarlo a los ojos—. Rebecca. Yo me encargaré de ello. Te lo prometo: todo irá bien.

—Nada va bien —le espeté a Grayson.

—Vete —le murmuró a Rebecca.

La chica se fue y nos quedamos solos.

Grayson bajó lentamente hasta la sala secreta.

—Xander me ha dicho que me necesitabas.

Había venido. Tal vez eso habría tenido más impacto de no haber sido por la conversación con Rebecca.

—Tu madre ha intentado matarme.

—Mi madre —repuso Grayson— es una mujer complicada. Pero es de la familia.

Y escogería a su familia antes que a mí, una y mil veces.

—Si te pidiera que me dejaras ocuparme de todo esto

—continuó—, ¿lo harías? Te garantizo que ni tú ni los tuyos sufriréis más daño.

Yo no tenía muy claro que Grayson pudiera garantizar nada, pero sin duda él creía que podía hacerlo. «El mundo se doblega ante la voluntad de Grayson Hawthorne», me dije. Me acordé del día que lo conocí, de lo invencible y seguro de sí mismo que parecía.

—¿Y si nos lo jugamos? —preguntó Grayson al ver que no contestaba—. Te gustan los desafíos. Lo sé. —Se acercó a mí—. Por favor, Avery. Dame la oportunidad de arreglar las cosas.

Era imposible arreglar las cosas, pero él solo había pedido una oportunidad. «No se lo debo. No le debo nada. Aun así...», me dije.

Tal vez fuera la expresión de su rostro. O el hecho de que él ya lo había perdido todo por mí. Quizá lo único que yo quería era que me mirara y viera algo más que el 18 de octubre.

—De acuerdo, nos lo jugamos —accedí—. ¿Qué propones?

Grayson clavó sus ojos argénteos en los míos.

—Piensa en un número —me dijo—. Del uno al diez. Si lo adivino, me dejarás que me ocupe a mi manera de la situación de mi madre. Y si me equivoco...

—La denunciaré a la policía.

Grayson se me acercó un poco más.

—Piensa en un número.

Lo tenía todo a mi favor. Él solo tenía un diez por ciento de posibilidades de adivinar el número, mientras que yo tenía un noventa por ciento de posibilidades de que se equivocara. Me tomé mi tiempo para decidir. Había ciertos números que todo el mundo escogía siempre; el siete, por ejemplo. Podía decantarme por los extremos, escoger el uno o el diez, pero me pareció demasiado fácil de adivinar. Tras tantos días intentando descifrar la combinación numérica, tenía el ocho en la cabeza. Cuatro era el número de hermanos Hawthorne.

Si quería evitar que él lo adivinara, tenía que escoger lo inesperado. Sin ton ni son.

«El dos», decidí.

—¿Quieres que escriba el número? —le pregunté.

—¿Con qué? —me respondió con dulzura.

Tragué saliva.

—¿Cómo sabrás que no te miento y cambio de número si lo aciertas?

Grayson guardó silencio unos segundos y por fin contestó:

—Confío en ti.

Sabía, con todo mi ser, que Grayson Hawthorne no era de los que confiaba con facilidad ni a menudo. Tragué saliva.

—Venga.

Grayson tardó casi tanto rato en decir un número como yo había tardado en escogerlo. Me miró y pude sentir en la piel cómo intentaba desenmarañar mis pensamientos e impulsos, descifrarme a mí, como si yo también fuera un acertijo.

«¿Qué ves cuando me miras, Grayson Hawthorne?», me pregunté.

Y entonces habló:

—El dos.

Volví el rostro hacia mi hombro para romper el contacto visual. Podría haber mentido. Podría haberle dicho que se había equivocado. Pero no lo hice.

—Muy bien.

Grayson lanzó un suspiro ahogado y luego acunó mi rostro entre las manos para que lo mirara.

—Avery. —Casi nunca usaba mi nombre de pila. Ni siquiera solía tratarme de tú. Me acarició la mandíbula con dulzura—. No dejaré que nadie vuelva a hacerte daño. Jamás. Te doy mi palabra.

Grayson creía que podía protegerme. Quería hacerlo. Me estaba tocando y lo único que yo quería era permitírselo. Permitir que me protegiera. Permitir que me tocara. Permitir que...

«Alguien viene», pensé. El alboroto que nos llegó desde el piso de arriba me obligó a apartarme de Grayson. Al cabo de unos instantes, Xander y Nash aterrizaron en la habitación.

Me las arreglé para mirarlos a ellos y no a Grayson.

—¿Dónde está Jameson? —pregunté.

Xander carraspeó.

—Puedo confirmar que se hizo uso de un vocabulario de lo más colorido cuando requerí su presencia.

Nash se rio.

—Vendrá.

Esperamos. Cinco minutos. Luego diez más.

—Si eso, ya podéis ir activando los vuestros —indicó Xander—. Colocad las manos, por favor.

Grayson lo hizo primero y luego, Nash. En cuanto los paneles táctiles hubieron escaneado sus manos, escuchamos el revelador sonido de cerrojos que se descorrían, uno detrás del otro.

—Pues ya son tres —murmuró Xander—. Solo falta uno.

Pasaron otros cinco minutos. Ocho. «No vendrá», pensé.

—Jameson no vendrá —afirmó Grayson, como si me hubiera leído el pensamiento con tanta facilidad como había adivinado el número.

—Vendrá —repitió Nash.

—¿Acaso no hago siempre lo que me dicen?

Levantamos la mirada y Jameson apareció de un salto. Aterrizó entre sus hermanos y yo, y casi se dio de bruces contra el suelo a causa del impacto. Se irguió y luego los miró a los ojos, uno por uno. Nash. Xander. Grayson.

Y luego a mí.

—No sabes cuándo tienes que parar, ¿verdad, Heredera? —dijo, aunque no precisamente a modo de crítica.

—Soy más fuerte de lo que parece —le contesté.

Me miró largo rato y luego se volvió hacia la puerta. Colocó la palma de la mano encima de la pantalla táctil que llevaba sus iniciales. El último cerrojo se descorrió y la puerta quedó abierta. Cedió unos pocos centímetros. Pensé que Jameson se abalanzaría sobre la puerta y, sin embargo, volvió hacia la trampilla, saltó y agarró los laterales de la abertura con las manos.

—¿Adónde vas? —le pregunté.

Con lo que nos había costado llegar hasta allí, no podía irse sin más.

—Al infierno, tarde o temprano —respondió Jameson—. Pero ahora creo que a la bodega.

No. No podía irse de esa manera. Él había sido quien me había metido en todo eso y quien tenía que llegar hasta el final. Salté para agarrarme a la trampilla del techo, para ir tras él. Sentí que empezaba a resbalar. Unas manos fuertes me sujetaron desde abajo. Grayson. Me empujó hacia arriba y conseguí salvar la trampilla y ponerme en pie.

—No te vayas —le pedí a Jameson.

Ya se estaba yendo. Cuando oyó mi voz se detuvo, pero no se volvió.

—No sé qué hay al otro lado de esa puerta, Heredera, pero lo que sí sé es que el viejo puso esta trampa para mí.

—¿Solo para ti? —dije. Cierto tono de reproche se apoderó de mi voz—. ¿Por eso han hecho falta las manos de los cuatro hermanos además de mi cara para llegar hasta aquí? Es evidente que Tobias Hawthorne quería que todos estuviéramos aquí.

—Él sabía que, dejara el juego que dejara, yo jugaría. Nash quizá lo mandaría a la porra, Grayson quizá se atrancaría con las legalidades, Xander quizá tendría mil y una cosas más en la cabeza, pero yo jugaría. —Lo veía respirar con dificultad, veía lo mucho que sufría—. Así que sí, lo hizo para mí. No sé qué hay al otro lado de esa puerta... —dijo mientras cogía otra bocanada de aire con esfuerzo—. Él lo sabía. Sabía lo que hice y quería asegurarse de que no lo olvidara jamás.

—¿Qué sabía? —pregunté.

Grayson apareció a mi lado y repitió mi pregunta.

—¿Qué sabía el viejo, Jamie?

Detrás de mí pude oír que Nash y Xander volvían al túnel, pero mi mente apenas se percató de su presencia. Estaba —completa y absolutamente— concentrada en Jameson y en Grayson.

—¡Jamie! ¿Qué sabía?

Jameson se volvió para mirar de frente a su hermano.

—Lo que pasó el 18 de octubre.

—Fue culpa mía. —Grayson avanzó a grandes zancadas hasta Jameson y lo agarró por los hombros—. Fui yo quien llevó a Emily hasta allí. Sabía que era una mala idea y me dio igual. Solo quería ganar. Quería que me quisiera a mí.

—Esa noche os seguí. —La afirmación de Jameson quedó suspendida en el aire durante unos segundos—. Os observé mientras saltabais, Gray.

De pronto volvía a estar con Jameson dirigiéndome al West

Brook. Cuando me contó dos mentiras y una verdad. «Vi morir a Emily Laughlin», me había dicho.

—¿Nos seguiste? —preguntó Grayson, que no alcanzaba a comprenderlo—. ¿Por qué?

—¿Masoquismo? —Jameson se encogió de hombros—. Estaba cabreado. —Hizo una pausa—. Al final te fuiste corriendo a por las toallas y yo...

—Jamie. —Grayson dejó caer las manos—. ¿Qué hiciste?

Grayson me había dicho que se había ido a buscar las toallas y que, al volver, Emily yacía en la orilla. Muerta.

—¡¿Qué hiciste?!

—Me vio. —Jameson apartó la mirada de su hermano para fijarla en mí—. Me vio y sonrió. Pensó que había ganado. Pensó que todavía me tenía, pero yo me di la vuelta y me largué. Me llamó. Y no me detuve. La oí jadear. Hacía una especie de ruidito ahogado.

Me cubrí la boca, horrorizada.

—Pensé que estaba jugando conmigo. Escuché una salpicadura, pero no me di la vuelta. Anduve unos cien metros. Ya no me llamaba. Y entonces me giré. —Se le quebró la voz—. Emily estaba encorvada hacia delante, saliendo a rastras del agua. Pensé que fingía.

Jameson pensaba que la chica lo estaba manipulando.

—Me quedé allí de pie —dijo Jameson con voz débil—. No hice absolutamente nada para ayudarla.

«Vi morir a Emily Laughlin», pensé. Me entraron ganas de vomitar. Podía imaginármelo allí, de pie, intentando demostrarle a la chica que ya no le pertenecía, intentando resistir.

—Se desmayó. Se quedó quieta y no se movió más. Y entonces volviste, Gray, y yo me fui. —Jameson tuvo un escalofrío—.

Te odié por haberla llevado allí, pero me odié más a mí mismo porque la había dejado morir. Me quedé allí de pie, mirando.

—Fue el corazón —le dije—. ¿Qué podrías haber…?

—Podría haber intentado reanimarla. Podría haber hecho algo. —Jameson tragó saliva—. Pero no lo hice. No sé cómo se enteró, pero el viejo lo sabía. Al cabo de unos días, a solas, me dijo que sabía que yo había estado allí y me preguntó si me sentía culpable. Quería que te lo contara, Gray, y yo no quise. Le dije que si tan interesado estaba en que tú supieras que yo había estado allí, que podía decírtelo él mismo. Pero no lo hizo. Y por eso… hizo todo esto.

«La carta. La biblioteca. El testamento. Sus segundos nombres. La fecha de mi cumpleaños… y de la muerte de Emily. Los números, repartidos por toda la finca. El cristal morado, el acertijo. El pasadizo para bajar hasta el túnel. La rejilla con la marca A. D. A. La habitación secreta. La pared que se movía. La puerta», enumeré para mis adentros.

—Quería asegurarse, ¿no lo veis? —dijo Jameson—, de que no lo olvidara.

—No —balbució Xander. Los otros se volvieron para mirarlo—. No es por eso —aseguró—. No quería reprochar nada. Nos quería, a los cuatro, aquí juntos.

Nash colocó una mano en el hombro de Xander.

—El viejo podía ser muy desgraciado, Xan.

—¡No es por eso! —repitió Xander.

Su voz transmitía una intensidad que yo no le había oído nunca, como si no fueran especulaciones. Como si de verdad lo supiera.

Grayson, que no había pronunciado ni media palabra tras oír la confesión de Jameson, habló por fin:

—¿Qué estás diciéndonos exactamente, Alexander?

—Vosotros dos parecíais almas en pena. Tú eras un robot, Gray. —Xander había empezado a hablar muy deprisa, casi demasiado rápido para que el resto lo siguiéramos—. Jamie era una bomba de relojería. Os odiabais el uno al otro.

—Más nos odiábamos a nosotros mismos —replicó Grayson con una voz tan áspera como el papel de lija.

—El viejo sabía que estaba enfermo —admitió Xander—. Me lo dijo, justo antes de morir. Me pidió que hiciera algo por él.

Nash entornó los ojos.

—¿Y qué te pidió?

Xander no respondió.

Grayson también entornó los ojos.

—Tenías que asegurarte de que jugáramos.

—Me encomendó la misión de que llegarais hasta el final. —Xander desvió la mirada de Grayson a Jameson—. Los dos. Si alguno de los dos dejaba de jugar, yo tenía la misión de atraeros de nuevo hacia el juego.

—¿Lo sabías? —intervine—. Durante todo este tiempo, ¿sabías adónde llevaban las pistas?

Xander había sido el que me había ayudado a encontrar el túnel. Él había resuelto la pista del Black Wood. Incluso al mismísimo principio…

«Me dijo que su abuelo no tenía segundo nombre», recordé.

—Me ayudaste —dije.

Me había manipulado. Me había movido de aquí para allá, como si fuera un cebo.

—Te dije que era una máquina de Rube Goldberg de carne y hueso. —Xander bajó la mirada—. Te lo advertí. Bueno, más o menos.

Me acordé de cuando me había llevado a ver la máquina que había construido. Le había preguntado qué tenía aquello que ver con Thea y su respuesta había sido: «¿Quién ha dicho que esto tenga nada que ver con Thea?».

Miré a Xander de hito en hito. El Hawthorne más joven, el más alto y probablemente el más brillante. «Adondequiera que vayas —me había dicho cuando estábamos en la gala—, ellos te seguirán». Todo este tiempo había pensado que era Jameson quien me estaba usando. Había pensado que me mantenía a su lado por alguna razón.

Jamás, ni una sola vez había pensado que Xander también pudiera tener sus razones.

—¿Sabes por qué tu abuelo me escogió a mí? —exigí saber—. ¿Has sabido la respuesta durante todo este tiempo?

Xander levantó las manos, como si pensara que iba a estrangularlo.

—Yo solo sé lo que él quiso que supiera. No tengo ni idea de qué hay detrás de esa puerta. Lo único que tenía que hacer era traer aquí a Jamie y a Gray. Juntos.

—A los cuatro —corrigió Nash—. Juntos.

Recordé lo que me había dicho en la cocina: «A veces tienes que dejar respirar una herida para poder curarla».

¿De eso se trataba todo esto? ¿Ese era el gran plan del anciano? Llevarme hasta allí, ponerlos a todos en marcha, ¿y tener la esperanza de que el juego sacara la verdad a la luz?

—No solo a nosotros cuatro —le dijo Grayson a Nash. Se volvió para mirarme—. Sin duda este es un juego para cinco.

CAPÍTULO 87

Volvimos a bajar a la habitación, uno por uno. Jameson colocó la palma de la mano en la puerta y empujó hacia dentro. La celda que esperaba al otro lado estaba prácticamente vacía, solo contenía una pequeña caja de madera. En dicha caja había letras, unas letras doradas grabadas en fichas de oro que parecían sacadas del juego del *Scrabble* más caro del mundo entero.

Las letras de encima de la caja formaban mi nombre: AVERY KYLIE GRAMBS.

Había cuatro fichas en blanco, una a la izquierda de mi nombre, otra a la derecha del apellido y un par más que separaban cada elemento de mi nombre completo. Después de todo lo que había ocurrido —de la confesión de Jameson y luego la de Xander— no me pareció bien que todo se redujera a mí.

«¿Por qué yo?», me pregunté por enésima vez. Aquel juego se había diseñado para reconciliar a Jameson y a Grayson, para desvelar secretos, para sangrar el veneno antes de que produjera gangrena. Y, aun así, de algún modo, todo se cerraba conmigo por alguna razón.

—Parece que te toca lucirte, chiquilla. —dijo Nash, empujándome hacia la caja.

Tragué saliva y me arrodillé. Intenté abrir la caja, pero estaba cerrada con llave. No había cerrojo para una llave ni tampoco un panel donde introducir una contraseña.

Detrás de mí, Jameson dijo:

—Las letras, Heredera.

No pudo evitarlo. Ni siquiera tras todo lo ocurrido podía dejar de jugar.

Alargué la mano con cautela hacia la A de Avery. Se separó de la caja. Una por una, fui apartando el resto de las letras y las piezas en blanco, y me di cuenta de que allí estaba la manera de descorrer el cerrojo. Me quedé mirando las piezas, diecinueve en total. «Mi nombre. —Sin duda, el nombre no era la combinación para abrir la caja—. Entonces, ¿cuál es?».

Grayson se agachó a mi lado. Organizó las letras, primero las vocales y luego las consonantes, en orden alfabético.

—Es un anagrama —comentó Nash—. Hay que volver a ordenar las letras.

Mi instinto me decía que mi nombre solo era mi nombre, y no un anagrama de algo, pero mi cerebro ya empezaba a buscar posibilidades.

En nuestro idioma, *Avery* era fácil de convertir en otras palabras, dos, con solo añadir el espacio que había antes del nombre para dividirlo. Volví a colocar las piezas encima de la tapa de la caja y las fijé en su sitio presionando hasta escuchar un clic.

A very…

Coloqué otro espacio detrás de *very*. Con lo cual me quedaban dos piezas en blanco y todas las letras de mi segundo nombre y de mi apellido.

«Kylie Grambs», ordenado con el método de Grayson era: A, E, I, B, G, K, L, M, R, S, Y.

Empecé a formar palabras y a comprobar con qué letras me dejaba cada una, y entonces lo vi.

De golpe y porrazo, lo vi.

—No me lo puedo creer —susurré.

—¿Qué?

A esas alturas, Jameson ya estaba totalmente inmerso en el juego, le gustara o no. Se arrodilló con nosotros mientras yo iba colocando las letras, una por una.

Avery Kylie Grambs —el nombre que me habían puesto el día que nací, el nombre que Tobias Hawthorne había programado para que apareciera en la bolera y en la máquina de millón y en quién sabía cuántos otros lugares de la Casa Hawthorne— se convertía, al reordenar las letras, en *A very risky gamble*. Una apuesta muy arriesgada.

—No paraba de decirlo —murmuró Xander—. Que daba igual lo que hiciera, porque quizá no funcionaría. Que era...

—Una apuesta muy arriesgada —acabó Grayson, cuyos ojos se abrieron paso hasta los míos.

¿Mi nombre? Intenté procesarlo. Primero mi cumpleaños y ahora mi nombre. ¿De eso se trataba? ¿Esa era la razón? ¿Cómo demonios había podido encontrarme Tobias Hawthorne?

Introduje la última pieza en blanco en su sitio y el cerrojo de la caja cedió. La tapa se abrió al instante. En su interior había cinco sobres, cada uno de los cuales tenía escrito uno de nuestros nombres.

Observé a los chicos mientras abrían su sobre y lo leían. Nash maldijo en voz baja. Grayson se quedó mirando el suyo. Jameson soltó una risita triste. Xander se metió el suyo en el bolsillo.

Dejé de fijarme en ellos y concentré toda mi atención en mi sobre. La última carta que Tobias Hawthorne me había enviado no explicaba nada. Abrí esta esperando algo de claridad. «¿Cómo me encontró? ¿Por qué me dijo que lo sentía? ¿Por qué se disculpaba?», me pregunté.

No había papel alguno dentro de mi sobre, ni carta alguna. Lo único que contenía era una bolsita de azúcar.

CAPÍTULO 88

«Coloco en vertical dos bolsitas de azúcar encima de la mesa y las junto por las puntas para formar un triángulo que se tenga en pie por sí mismo.

»—Ahí está —digo.

»Hago lo mismo con otro par de azucarillos, y luego coloco un quinto paquetito en horizontal, conectando así los dos triángulos que acabo de construir.

»—¡Avery Kylie Grambs! —Mi madre aparece en la cabecera de la mesa con una sonrisa en los labios—. ¿Qué te tengo dicho acerca de construir castillos de azúcar?

»La miro con una sonrisa radiante.

»—¡Que solo merece la pena si los haces de cinco plantas!».

En mi sueño, allí acababa mi recuerdo, pero en ese momento, con la bolsita de azúcar en la mano, mi cerebro dio un paso más.

«Un hombre que come en la mesa que tengo detrás se vuelve para mirarme. Me pregunta cuántos años tengo.

»—Seis respondo.

»—Vaya, mis nietos tienen más o menos tu edad —me cuenta—. Dime, Avery, ¿sabes escribir tu nombre? Tu nombre completo, tal y como lo acaba de decir tu madre hace un momento.

»Sé escribirlo, y lo hago».

—Sí que lo conocía —afirmé en voz baja—. Bueno, solo lo vi una vez, hace muchos años, y fue solo un momento, de refilón.

Tobias Hawthorne había oído a mi madre llamándome por mi nombre completo. Y me había pedido que se lo escribiera.

—Los anagramas le gustaban más que el vino —comentó Nash—. Y a ese hombre le encantaba el buen vino.

¿Tobias Hawthorne había reordenado mentalmente las letras de mi nombre completo en ese mismo momento? ¿Le había hecho gracia? Pensé en Grayson, que había contratado a alguien para que descubriera mis trapos sucios. Los de mi madre. ¿Tobias Hawthorne había sentido curiosidad por nosotras? ¿Había hecho lo mismo que su nieto?

—Seguro que te siguió la pista —intervino Grayson con brusquedad—. Una chiquilla con un nombre curioso. —Miró a Jameson—. Seguro que sabía el día de su cumpleaños.

—Y cuando Emily murió... —Jameson me miraba. Y solo tenía ojos para mí—. Se acordó de ti.

—¿Y decidió dejarme toda su fortuna por mi nombre? —pregunté—. Es de locos.

—Tú misma lo dijiste, Heredera: no nos desheredó por ti. De todas formas, nosotros no íbamos a recibir la fortuna.

—La iba a donar a obras benéficas —discutí—. ¿Y me vais a decir que de pronto le dio un antojo y cambió el testamento que tenía desde hacía veinte años? Es...

—Necesitaba algo para llamar nuestra atención —explicó Grayson—. Algo tan inesperado, tan sorprendente, que solo pudiera interpretarse...

—... como un acertijo —acabó Jameson por él—. Algo que

no pudiéramos ignorar. Algo que nos despertara de nuevo. Algo que nos trajera hasta aquí… a los cuatro.

—Algo que drenara la ponzoña. —El tono de Nash era difícil de descifrar.

Ellos conocían al anciano. Yo no. Lo que me decían tenía sentido para ellos. A su modo de ver no había sido un antojo. Había sido una apuesta muy arriesgada. Yo había sido una apuesta muy arriesgada. Tobias Hawthorne había apostado que mi presencia en la Casa Hawthorne lo sacudiría todo, que los secretos saldrían a la luz y que, de algún modo, de alguna manera, un último acertijo lo cambiaría todo.

Que, si la muerte de Emily los había separado, yo podría volver a unirlos.

—Te lo dije, chiquilla —afirmó Nash a mi lado—. Tú no eres una jugadora. Eres la bailarina de cristal, o la daga.

CAPÍTULO 89

Oren salió a mi encuentro en cuanto puse los pies en la Gran Sala. Que me hubiera estado esperando hizo que me preguntara por qué, pues, me había dejado sola. ¿De verdad lo habían llamado? ¿O tal vez era que Tobias Hawthorne le había dado órdenes de dejarnos acabar el juego a los cinco solos?

—¿Sabes qué hay ahí? —le pregunté al jefe de mi escolta.

Le era más leal al anciano que a mí. «¿Qué más te pidió que hicieras?», añadí para mis adentros.

—¿Aparte del túnel? —replicó Oren—. No.

Me estudió con la mirada y luego la desvió hacia los chicos.

—¿Debería?

Pensé en lo que había ocurrido allí abajo mientras Xander no estaba. Pensé en Rebecca y lo que me había contado en las profundidades del túnel. Pensé en Skye. Miré a Grayson y él fijó los ojos en los míos. En ellos leí una pregunta, atisbé cierta esperanza, e intuí algo más que no supe identificar.

—No.

Fue todo lo que le dije a Oren.

Esa noche me senté en el escritorio de Tobias Hawthorne, el que había en mi ala. Tenía en las manos la carta que me había dejado.

Queridísima Avery:
Lo siento.

T. T. H.

Me pregunté por qué se disculpaba, pero ya empezaba a pensar que había interpretado las cosas al revés. Tal vez no me dejaba el dinero a modo de disculpa. Tal vez se disculpaba por haberme dejado el dinero. Por haberme utilizado.

Me había llevado allí para ellos.

Doblé la carta por el medio y luego la volví a doblar. Todo eso no tenía nada que ver con mi madre, absolutamente nada. Tuviera los secretos que tuviera, eran previos a la muerte de Emily. En el gran plan de las cosas, toda aquella sucesión de eventos que habían cambiado tantas vidas, que eran para perder la cabeza, que se habían apoderado de todos los titulares, no tenían nada que ver conmigo. Yo no era más que una chiquilla con un nombre curioso nacida el día indicado.

«Vaya, mis nietos —todavía podía oír al anciano diciéndomelo— tienen más o menos tu edad».

—Todo ha sido por ellos, desde el principio. —Pronuncié las palabras en voz alta—. ¿Qué se supone que tengo que hacer yo ahora?

El juego había acabado. El acertijo estaba resuelto. Yo ya había cumplido mi función. Y jamás, en toda mi vida, me había sentido tan insignificante.

La brújula que había en la superficie de la mesa atrajo mi mirada. Tal como había hecho la primera vez que puse los pies en ese despacho, giré la brújula y la superficie del escritorio se abrió, lo cual reveló la cavidad que escondía debajo. Pasé el dedo con delicadeza por encima de la T grabada en la madera.

Y luego volví a mirar mi carta, la firma de Tobias Hawthorne. T. T. H.

Desvié de nuevo la mirada hacia el escritorio. Una vez Jameson me dijo que su abuelo jamás compraba un escritorio que no tuviera compartimentos secretos. Habiendo jugado a su juego, habiendo vivido en la Casa Hawthorne, no pude evitar ver las cosas de otra forma. Toqué el panel de madera que tenía el grabado de la letra T.

Nada.

Luego coloqué los dedos sobre la T y presioné. La madera cedió. Clic. Y luego recuperó la posición original.

—T —dije en voz alta. Y luego repetí el movimiento. Otro clic—. T.

Escruté el panel durante mucho rato antes de percatarme: había una ranura entre la madera y la parte superior del escritorio, justo en la base de la T. Introduje los dedos y encontré otra marca, y, justo encima de ella, un pestillo. Descorrí el pestillo y el panel rotó en sentido antihorario.

Tras el giro de noventa grados, ya no veía una T. Veía una H. Presioné las tres barras de la H a la vez. Clic. Algún tipo de motor cobró vida y el panel desapareció en las profundidades del escritorio, lo cual dejó a la vista el compartimento que había debajo.

T. T. H. Tobias Hawthorne había dispuesto que esa fuera mi ala. Había firmado mi carta con sus iniciales, no con su nombre. Y esas iniciales habían abierto ese cajón. En su interior había un portafolios, muy parecido al que Grayson me había mostrado el día que fui a la fundación. Mi nombre —mi nombre completo— estaba escrito en la parte superior.

Avery Kylie Grambs.

Ahora que ya había visto el anagrama, no podía quitármelo de la cabeza. Sin tener claro qué encontraría —ni siquiera lo que esperaba encontrar—, saqué el portafolios y lo abrí. Lo primero que vi fue una copia de mi partida de nacimiento. Tobias Hawthorne había subrayado mi fecha de nacimiento y la firma de mi padre. La fecha tenía sentido, pero ¿la firma?

«Tengo un secreto —todavía podía oír a mi madre diciéndolo— del día que naciste».

No tenía ni idea de qué sacar de todo aquello. De nada de todo aquello. Pasé a la página siguiente, y luego a la otra y a la otra. Estaban llenas de fotografías, cuatro o cinco por año, desde que yo tenía seis.

«Seguro que te siguió la pista —recordé que había dicho Grayson—. Una chiquilla con un nombre curioso».

La cantidad de fotografías aumentaba considerablemente tras mi decimosexto cumpleaños. «Tras la muerte de Emily», me dije. Había tantísimas que parecía que Tobias Hawthorne hubiera mandado a alguien para que vigilara todos y cada uno de mis movimientos. «No podía jugárselo todo con una completa desconocida», pensé. Técnicamente, eso era justo lo que había hecho; pero, al ver esas fotografías, me abrumó la sensación de que Tobias Hawthorne había hecho los deberes.

Yo no era solo un nombre y una fecha para él.

Había fotos mías organizando partidas de póquer en el aparcamiento y fotos mías llevando más vasos de la cuenta en la cafetería. Había una instantánea en la que aparecíamos Libby y yo riendo a carcajadas; había otra en la que aparecía yo interponiéndome entre ella y Drake. También había una foto donde se me veía jugando al ajedrez en el parque, y una de Harry y yo haciendo cola para comprar el desayuno en la que solo se nos veía la nuca. Incluso había una foto donde yo aparecía sentada en el coche, con un fajo de postales en las manos.

El fotógrafo me había retratado soñando.

Tobias Hawthorne no me conocía personalmente, pero sí sabía quién era. Quizá yo había sido una apuesta muy arriesgada. Tal vez yo había sido una parte del juego y no una jugadora, pero el multimillonario sabía que yo sería capaz de jugar. El anciano no se había metido en esto a ciegas y cruzando los dedos para que todo saliera bien. No. Ese señor había conspirado, había hecho sus planes y yo había sido parte de sus cálculos. No solo Avery Kylie Grambs, nacida el día de la muerte de Emily Laughlin, sino la chica de esas fotografías.

Me acordé de lo que me había dicho Jameson la primera noche que se había colado en mi cuarto por la chimenea. A mí Tobias Hawthorne me había dejado la fortuna, y a ellos lo único que les había dejado era a mí.

CAPÍTULO 90

A primera hora de la mañana siguiente, Oren me informó de que Skye Hawthorne se marchaba de la Casa Hawthorne. Se iba a vivir a otro lugar, y Grayson había dado órdenes al equipo de seguridad de que no la dejaran volver a la finca.

—¿Tienes idea de por qué?

Oren me miró como si quisiera decirme que sabía que yo sabía algo. Le devolví la mirada y le mentí.

—Ni la más remota.

Encontré a Grayson en la escalera secreta, con el Davenport.

—¿Has echado a tu madre de la casa?

No era lo que había esperado que hiciera tras ganarme la apuesta. Para bien o para mal, Skye era su madre. «Primero la familia», lo había dicho mil veces.

—Madre se ha ido por voluntad propia —respondió Grayson inexpresivo—. Se le ha hecho entender que era la mejor opción.

Mejor que acabar denunciada ante la policía.

—Ganaste la apuesta —le dije a Grayson—. No tenías que...

Se volvió y subió un escalón para estar en el mismo que yo.

—Sí. Era necesario.

«Si tuviera que escoger entre usted y cualquiera de ellos —me había dicho en una ocasión—, los escogería a ellos, una y mil veces».

Pero no lo había hecho.

—Grayson...

Estábamos muy cerca. La última vez que habíamos estado juntos en esa escalera, le había mostrado mis heridas, literalmente. En ese momento, en cambio, fui yo quien acercó las manos a su pecho. Era un chico arrogante y desagradable y se había pasado la primera semana de conocernos empecinado en convertir mi vida en un calvario. Todavía estaba medio enamorado de Emily Laughlin. Pero desde el primer momento que lo vi, quitarle los ojos de encima me había resultado casi imposible.

Y, a la hora de la verdad, me había escogido a mí. «Antes que a su familia. Antes que a su madre», añadí para mis adentros.

Nerviosa, dejé vagar la mano por su pecho hasta llegar a la mejilla. Durante una décima de segundo permitió que lo tocara, pero luego apartó la cabeza.

—Te voy a proteger siempre —me aseguró. Tenía la mandíbula tensa y los ojos entre sombras—. Mereces sentirte segura en tu propia casa. Y te ayudaré con la fundación. Te enseñaré lo que necesitas saber para vivir en este mundo como si hubieras nacido en él. Pero esto..., nosotros... —Tragó saliva—. No puede ser, Avery. He visto cómo te mira Jameson.

No dijo que no iba a permitir que otra chica se interpusiera entre ellos dos. No hizo falta.

CAPÍTULO 91

Fui al instituto y cuando volví a casa llamé a Max, aun a sabiendas de que probablemente no habría recuperado su móvil. Mi llamada fue directa al buzón de voz.

«Soy Maxine Liu. Me han recluido en el equivalente tecnológico de un convento. Que tengáis un día maravilloso, sinvergüenzas asquerosos».

Probé suerte con el móvil de su hermano y también me saltó el contestador.

«Has llamado a Isaac Liu. —Max se había apoderado también del buzón de voz de su hermano—. Es un hermano pequeño absolutamente tolerable, y si le dejas un mensaje, probablemente te devolverá la llamada. Avery, si eres tú, para de poner en peligro tu vida. ¡Me debes Australia!»

No dejé ningún mensaje, pero sí tomé nota mental de averiguar qué necesitaba Alisa para enviar a toda la familia Liu pasajes en primera clase para ir a Australia. Yo no podía viajar hasta que hubiera transcurrido un año entero en la Casa Hawthorne, pero quizá Max sí podría.

Se lo debía.

Sintiéndome perdida y herida por lo que me había dicho

Grayson, y por el hecho de que Max no podía estar allí conmigo para procesarlo, me fui a buscar a Libby. Era imperativo conseguirle un móvil nuevo, porque en esa casa uno podía perderse.

Y no quería perder a nadie más.

Podría no haberla encontrado nunca, pero cuando me acerqué a la sala de música oí el piano. Seguí su son y me encontré a Libby en la banqueta del piano junto a Nana. Ambas estaban allí sentadas con los ojos cerrados, escuchando.

A Libby por fin se le había curado el ojo morado. Verla con Nana me hizo pensar en el trabajo que tenía cuando estábamos en casa. No podía pedirle que siguiera pasándose todo el día merodeando por la Casa Hawthorne sin hacer nada.

Me pregunté qué sugeriría Nash Hawthorne. «Podría pedirle a Libby que hiciera un plan de empresa —me dije—. ¿Qué tal una cocina sobre ruedas?».

Aunque quizá ella también querría viajar. Hasta que se validara el testamento, yo tenía limitaciones respecto a lo que podía hacer, pero a la buena gente de McNamara, Ortega & Jones les interesaba estar a buenas conmigo. Con el tiempo la fortuna sería mía. Con el tiempo podría gestionarla yo misma.

Con el tiempo yo sería una de las mujeres más ricas y poderosas del mundo.

La música del piano llegó a su fin, y mi hermana y Nana abrieron los ojos y me vieron. Libby se metió de lleno en el papel de mamá pato.

—¿Seguro que estás bien? —me preguntó—. No parece que estés bien.

Pensé en Grayson. En Jameson. En el motivo que me había traído a esa casa.

—Lo estoy —le dije a Libby con una voz tan firme que casi yo misma me lo creí.

Pero ella no.

—Voy a prepararte algo —me contestó—. ¿Has comido quiche alguna vez? Yo nunca he preparado ninguna.

No me hacía especial ilusión probarla, pero cocinar era la manera que Libby tenía de demostrar su amor. Se fue a la cocina y yo hice ademán de seguirla, pero Nana me detuvo.

—Quédate —me ordenó.

No pude hacer más que obedecer.

—He oído que mi nieta se va —afirmó Nana secamente después de una breve pausa que me puso de los nervios.

Me planteé disimular, pero esa señora había dejado muy claro que no era de las que se andan con chiquitas.

—Mandó matarme.

Nana rio.

—A Skye jamás le gustó ensuciarse las manos. Si quieres que te diga la verdad, soy del parecer de que si vas a matar a alguien, lo mínimo es que tengas la decencia de hacerlo tú mismo y de hacerlo bien.

Probablemente, aquella era la conversación más extraña que había tenido en mi vida. Y creo que eso decía mucho.

—Claro que la gente ya no tiene decencia hoy en día —continuó Nana—. Ni respeto. Ni amor propio. Ni valor. —Suspiró—. Si mi pobre Alice levantara la cabeza y viera a sus hijas…

Me pregunté cómo fue la infancia de Skye y Zara al crecer en la Casa Hawthorne. Cómo fue la de Toby.

«¿Cómo acabaron así?», me dije.

—Su yerno cambió el testamento tras la muerte de Toby.

Estudié la expresión de Nana, preguntándome si ya lo sabía.

—Toby era un buen chico —replicó Nana bruscamente—. Hasta que dejó de serlo.

No supe cómo interpretar sus palabras.

Nana acercó las manos al medallón que llevaba en el cuello.

—Era el niño más dulce del mundo, y listo como un zorro. Igual que su padre, decían, pero, uy, ese chico en realidad había salido a mí.

—¿Qué pasó? —pregunté.

A Nana se le ensombreció el rostro.

—Rompió el corazón de mi Alice. Nos lo rompió a todos, a decir verdad. —Agarró el medallón con más fuerza y le tembló la mano. Apretó los dientes y luego abrió el guardapelo—. Míralo —me dijo—. Mira qué niño tan dulce. Aquí tenía dieciséis años.

Me incliné para verlo mejor, preguntándome si Tobias Hawthorne Segundo se parecía a alguno de sus sobrinos. Lo que vi me dejó sin respiración.

No.

—¿Este es Toby?

No podía respirar. No podía pensar.

—Era un buen chico —repitió Nana con brusquedad.

Casi no la oí. No podía apartar los ojos de la foto. Apenas podía hablar porque conocía a ese hombre. Era más joven en la fotografía —mucho más— pero su rostro era inconfundible.

—¿Heredera?

Una voz habló desde el umbral de la puerta. Desvié la mirada y encontré a Jameson allí de pie. Había cambiado a lo largo de los últimos días. Se lo veía más ligero, de algún modo. Relativamente menos enfadado. Capaz de ofrecerme media sonrisita torcida.

—¿Qué te pasa? ¿Has visto un fantasma?

Volví a mirar el medallón y cogí una bocanada de aire que me escaldó los pulmones.

—Toby —contesté como pude—. Lo conozco.

—¿Qué?

Jameson echó a andar hacia mí. A mi lado, Nana se puso rígida.

—Jugaba al ajedrez con él en el parque —expliqué—. Cada mañana.

Harry.

—Es imposible —atajó Nana con la voz temblorosa—. Hace veinte años que está muerto.

Veinte años atrás, Tobias Hawthorne había desheredado a su familia. «¿Qué es todo esto? ¿Qué cojones está pasando aquí?», me dije.

—¿Estás segura, Heredera? —Jameson estaba a mi lado. «He visto cómo te mira Jameson», me había dicho Grayson—. ¿Absolutamente segura?

Miré a Jameson. Aquello no parecía real. «Tengo un secreto —todavía podía oír a mi madre diciéndomelo— del día que naciste...».

Cogí la mano de Jameson y la apreté con fuerza.

—Segurísima.

EPÍLOGO

Xander Hawthorne tenía la mirada clavada en la carta, llevaba así una semana. Al parecer, decía muy poco.

Alexander:
Bien hecho.

Tobias Hawthorne

«Bien hecho». Había conseguido llevar a sus hermanos hasta el final del juego. Incluso había conseguido llevar a Avery. Había hecho exactamente lo que había prometido, pero el viejo también le había hecho una promesa.

«Cuando acabe su juego, empezará el tuyo», le había dicho.

Xander nunca había competido como lo habían hecho sus hermanos; pero, ah, cómo le habría gustado. Había mentido cuando le había dicho a Avery que, por una vez, quería ganar. Al llegar a la sala final, cuando la chica había abierto la caja, cuando él había rasgado su sobre, había esperado... algo.

Un acertijo.

Un rompecabezas.

Una pista.

Y lo único que había recibido era eso. «Bien hecho».

—¿Xander? —lo llamó Rebecca con dulzura, colocándose a su lado—. ¿Qué hacemos aquí?

—Suspirar con mucho drama —espetó Thea—. Está claro.

Que hubiera conseguido juntarlas a las dos en una misma habitación era una proeza. Ni siquiera estaba seguro de por qué lo había hecho, aparte de porque necesitaba un testigo. Testigos, en plural. Si Xander era honesto consigo mismo, le había pedido a Rebecca que viniera porque quería que estuviera allí, y había llamado a Thea porque si no…

Hubiera estado a solas con Rebecca.

—Hay muchos tipos de tinta invisible —les explicó Xander.

A lo largo de los últimos días había acercado una cerilla al papel para calentar la superficie. Había comprado una luz ultravioleta sin reparar en gastos. Había probado todos y cada uno de los métodos que conocía para revelar un mensaje secreto oculto en un papel. Todos menos uno.

—Sin embargo, solo hay una —prosiguió con calma— que destruye el mensaje después de revelarlo.

Si se equivocaba, sería el fin. No habría juego ni victoria. Xander no quería hacerlo solo.

—¿Y qué crees que vas a encontrar exactamente? —le preguntó Thea.

Xander miró la carta una última vez.

> Alexander:
> Bien hecho.
>
> Tobias Hawthorne

Tal vez la promesa del viejo había sido una mentira. Tal vez, para Tobias Hawthorne, Xander no había sido más que una ocurrencia tardía. Pero tenía que intentarlo. Se volvió hacia la bañera que tenía al lado y la llenó de agua.

—¿Xander? —repitió Rebecca. Y su voz estuvo a punto de destruirlo.

—Ahí va eso.

Xander colocó con cautela la carta en la superficie del agua y la sumergió.

Al principio creyó que había cometido un terrible error. Pensó que no iba a pasar nada. Y entonces, poco a poco, aparecieron unas letras a ambos lados de la firma de su abuelo. Tobias Hawthorne, había firmado, sin segundo nombre. Y en ese preciso instante el motivo de la omisión se reveló claro.

La tinta invisible se oscureció sobre la página. A la derecha de la firma solo aparecieron dos letras, las cuales formaban un número romano: «II». Y, a la izquierda, había una sencilla proposición: «Encuentra a».

«Encuentra a Tobias Hawthorne II».

AGRADECIMIENTOS

Escribir este libro ha sido un desafío y una delicia, y estoy muy agradecida a los increíbles equipos (¡en plural!) que me han apoyado a lo largo de todo el proceso. He trabajado con dos editoras fantásticas en este proyecto.

Agradezco muchísimo a Kieran Viola por reconocer que este era, sin lugar a duda, el libro que necesitaba escribir y por ayudarme a dar vida a Avery, a los hermanos Hawthorne y a todo su mundo. Entonces, Lisa Yoskowitz guio el libro hasta la publicación, y su pasión y su visión por este proyecto, junto con su gracia y sus conocimientos del mercado, han convertido este proceso en un sueño. Cualquier autor sería afortunado por poder trabajar con cualquiera de estas dos editoras, ¡y yo he gozado de la inconmensurable suerte de tener la oportunidad de trabajar con las dos!

Un agradecimiento enorme para todo el equipo de Little, Brown Books for Young Readers, especialmente a Janelle De-Luise, Jackie Engel, Marisa Finkelstein, Shawn Foster, Bill Grace, Savannah Kennelly, Hannah Koerner, Christie Michel, Hannah Milton, Emilie Polster, Victoria Stapleton y Megan Tingley.

Un especial agradecimiento para mi publicista, Alex Kelleher-Nagorski, cuyo entusiasmo por este proyecto me ha dado la vida infinidad de veces; a Michelle Campbell, por su maestría por llegar a bibliotecarios y profesores; y a Karina Granda, ¡por su aportación a una de las portadas más preciosas que he visto en mi vida! También estoy fascinada y en deuda con el artista Katt Phatt, que ha creado el increíble material gráfico de la portada. Gracias a Anthea Townsend, Phoebe Williams y a todo el equipo de Penguin Random House UK por la pasión y las horas que han volcado en este proyecto, y al equipo de Disney · Hyperion, que vieron el potencial de este libro en 2018, cuando no era más que una propuesta de cuatro páginas.

Elizabeth Harding ha sido mi agente desde que yo iba a la universidad, ¡y no hubiera podido encontrar una aliada más sabia e increíble que ella! A todo mi equipo de Curtis Brown: gracias, gracias, gracias. Holly Frederick defendió a capa y espada los derechos televisivos de este libro. Sarah Perillo hizo un trabajo sensacional con los derechos internacionales (¡nada menos que en mitad de una pandemia!). Gracias también a Nicole Eisenbraun, Sarah Gerton, Maddie Tavis y Jazmia Young. ¡Os valoro muchísimo a todas!

Estoy inmensamente agradecida a los familiares y amigos que me han acompañado a lo largo de la escritura de este proyecto. Rachel Vincent se sentaba conmigo en Panera una vez a la semana, me decía que podía lograrlo, siempre estaba preparada para una lluvia de ideas, y me hacía sonreír incluso cuando estaba tan estresada que me entraban ganas de llorar. Ally Carter siempre estuvo ahí conmigo para superar los buenos y malos momentos de una publicación. Mis colegas y alumnos de la Universidad de Oklahoma me han dado apoyo de muchísimas maneras. ¡Gracias a todos!

Y, finalmente, quiero dar las gracias a mis padres y a mi marido, por su apoyo incondicional, y a mis hijos, por dejarme dormir lo suficiente para poder escribir este libro.